산에 들에

산에 들에 하근찬 전집 12

초판 1쇄 발행 2023년 11월 11일

지은이 하근찬
펴낸이 강수걸
편집 오해은 강나래 신지은 이선화 이소영 이혜정 김소원
디자인 권문경 조은비
펴낸곳 산지니
등록 2005년 2월 7일 제333-3370000251002005000001호
주소 부산시 해운대구 수영강변대로 140 BCC 626호
전화 051-504-7070 | 팩스 051-507-7543
홈페이지 www.sanzinibook.com
전자우편 sanzini@sanzinibook.com
블로그 http://sanzinibook.tistory.com

ISBN 979-11-6861-194-8 04810
ISBN 978-89-6545-749-7 (세트)

* 본 전집은 백신애기념사업회가 영천시의 지원을 받아 제작되었습니다.

하근찬 전집 12

산에 들에

산지니

밑바닥을 향한 진실한 시선

세상은 속도에 차이는 있겠지만 늘 변해왔다. 그 변화에 사람들은 순응하기도 하고 저항하기도 하면서 발걸음을 맞춰왔다. 좋은 작가에게 우리가 거는 기대가 있다면, '새로운 눈'으로 세상의 변화를 보여주는 것이다. 작가가 보여주는 세계는 새로운 세상의 창조와 같다. 작가가 개성적으로 바라보는 창조적 관점은 세계에 새로운 옷을 입히는 것과 같기 때문이다.

하근찬은 한국전쟁 이후의 상처를 민중의 관점에서 어루만지면서 '치유의 서사'를 펼쳐 보인 좋은 작가다. 그는 전쟁 이후의 혼란한 세계 속에서 '새로운 눈'으로 창조적 소설 작품을 써낸 존재다. 진실을 향한 집념을 가진 작가는 좋은 작품들을 남긴다. 하근찬은 '새로운 눈'과 '진실을 향한 집념'으로 사실의 기록자에 머물지 않고 진정한 창작자가 되었다.

작가는 맑고 정상적인 눈을 가져야 한다. 건강한 눈으로 항상 세상을 골고루 넓게, 그리고 똑바로 바라보아야 한다. 똑바로 바라본다는 것은 바꾸어 말하면 어떤 현상의 밑바닥에 흐르는 진실을 꿰뚫어 보아야 한다는 뜻이다.

세상을 골고루 넓게 바라보는 것도 중요하지만, 똑바로 바라보는, 즉 꿰뚫어 보는 안광이 작가에게는 더욱 중요하다. 그렇지 않고서는 세상이 빚어내는 갖가지 일들의 의미를 파악할 수가 없는 것이다.(하근찬, 「진실을 꿰뚫어야 하는 안광(眼光)」, 『내 안에 내가 있다』, 엔터, 1997, 274쪽.)

하근찬은 세상을 바라보는 '눈'에는 두 가지가 있다고 보았다. 하나는 '세상을 골고루 넓게' 바라보는 눈이고, 또 하나는 '세상을 똑바로' 바라보는 눈이다. 그렇다면 작가가 강조하는 '똑바로 바라보는 눈'이란 무엇일까? 그것은 나타나는 현상에만 머물지 않고, 그 현상의 밑바닥에 있는 원인을 꿰뚫는 혜안을 말한다. '사건이 있었네!'에서, '왜 이 사건이 일어났을까?'라고 질문하는 탐구정신이기도 하다. 하근찬은 '바로 본다는 것'은 보이는 것에만 시선을 두지 않고, "밑바닥에 흐르는 진실"을 밝히는 것이라고 했다. 진실을 위해서는 깊이, 그리고 많이 생각해야 하고, 현상 이면에 담긴 원리와 작용하는 힘을 밝혀내는 노력을 해야 한다.

하근찬은 밑바닥에 흐르는 진실을 탐구한 작가였다. 웅숭깊은 그의 이 시선과 거룩한 문학적 성취는 한국문단에서 보기 드문 문학적 자산이다. 그럼에도 그의 문학세계를 전체적으로 살필 수 있는 전집이 없었으며, 참고할 만한 좋은 선집도 간행되지 못했다는 것은 참으로 안타까운 일이었다.

하근찬 탄생 90주년을 맞아 구성된 '하근찬 문학전집' 간행위원회는 다음과 같은 목표를 설정하였다.

첫째, 하근찬 작품 세계 전체를 충실히 복원하고자 했다. 그간 하근찬의 소설세계는 단편적으로만 알려져 있었다. 하근찬의 등단작 「수난이대」는 일제강점기와 한국전쟁으로 이어져온 민중의 상처를 상징적으로 치유한 수작이다. 그러나 그의 문학세계는 「수난이대」로만 수렴되는 경향이 있었다. 하근찬은 「수난이대」 이후에도 2002년까지 집필 활동을 하면서, 단편집 6권과 장편소설 12편을 창작했고 미완의 장편소설 3편을 남겼다. 문업(文業)만으로도 45년을 이어온 큰 작가였다. '하근찬 문학전집' 간행위원회는 하근찬의 작품 세계를 '중단편 전집' 8권과 '장편 전집' 13권으로 나눠 총 21권을 간행함으로써, 초기의 하근찬 문학에 국한되지 않는 전체적 복원을 기획했다.

둘째, 하근찬 문학세계의 체계적 정리, 원본에 충실한 편집, 발굴 작품 수록을 통해 자료적 가치를 확보하려고 노력했다. 하근찬 문학전집은 '중단편 전집'과 '장편 전집'으로 구분하여 간행했다. 먼저 '중단편 전집'은 단행본 발표 순서인 『수난이대』, 『흰 종이수염』, 『일본도』, 『서울 개구리』, 『화가 남궁 씨의 수염』을 저본으로 삼았다. 이때 각 작품집에 중복 수록된 작품은 제외하여 편집하였다. 또한 단행본에 수록되지 않은 알려지지 않은 하근찬의 작품들도 발굴하여 별도로 엮어냈다. 이를 통해 전집의 자료적 가치를 높였다. 다음으로, 장편의 경우 하근찬 작가의 대표작인 『야호』, 『달섬 이야기』, 『월례소전』, 『산에 들에』 뿐만 아니라, 미완으로 남아 있는 『직녀기』, 『산중 눈보라』, 『은장도 이야기』까지 간행하여 전체 문학세계를 조망할 수 있도록 했다.

셋째, 젊은 세대들의 감각과 해석을 반영하여 그의 문학에 새로운 생명력을 불어넣고자 했다. 하근찬의 작품세계가 펼쳐 보이고 있는 한국현대사의 진실한 풍경들도 젊은 세대들에 의해 읽히지 않으면 의미가 반감될 수밖에 없다. 하근찬 문학의 새로운 해석의 발판을 마련하기 위해, 젊은 연구자들의 충실하고 의미 있는 해설을 덧붙였다. 또한, 개작, 제목 바뀜, 재수록 등을 작품 연보에서 제시하여 실증적 가치를 높이기 위해서도 노력했다.

한 작가의 문학적 평가는 전집이 간행되었을 때 비로소 그 발판이 마련된다고 한다. 1957년에 등단, 집필기간만도 45년의 문업을 이루어온 장인적 작가에 대한 본격적 연구의 발판이 60여 년이 지난 이제야 비로소 마련되었다는 것은 안타까운 일이다. 하근찬의 문학세계에 대한 새로운 조명이 2021년 문학전집 간행과 함께 활기를 띨 수 있기를 기대한다.

2021.10.
『하근찬 문학전집』 간행위원회
송주현 · 오창은 · 이정숙 · 이중기 · 장수희

일러두기

1) 『하근찬 중단편전집』과 『하근찬 장편전집』은 하근찬의 소설세계를 일반 독자들에게
   널리 소개하고, 그 문학적 의미가 현대적으로 재해석되도록 하는 데 목적이 있다.

2) 이 책의 작품 수록 순서는 단행본으로 발간된 순서에 따랐으며, 출전을 작품의 끝부분에
   밝혀두었다.

3) 작가가 지문에서 사용한 방언과 비표준어는 작품을 훼손하지 않는 범위 내에서
   현대어로 바꾸었으며, 작가가 의도적으로 구분해서 사용한 '목덜미'와 '목줄기'는 그대로
   살렸다.
   예 : 밑둥(밑동), 끄나불(끄나풀), 성냥곽(성냥갑), 넓데데한(넙데데한),
        아리숭(아리송), 열적어(열없어), 나꿔채다(낚아채다), 후줄그레한(후줄근한),
        열어제끼다(열어젖히다) 등.

4) 작가 고유의 표현은 그대로 살렸다.
   예 : 오리막(오르막), 고깃전(어물전), 변솟간(변소), 동넷방(동네 방),
        생각키는/생각히는(생각나는) 등.

5) 한 작품에서 같은 뜻의 단어를 표준어와 비표준어 또는 방언을 혼용해서 사용한 경우
   하나로 통일했다.
   예 : 뒤안/뒤란 → 뒤안, 복받치는/북받치는 → 복받치는,
        홀홀단신/혈혈단신 → 혈혈단신, 질급/질겁 → 질겁,
        부시시/부스스 → 부스스, 돋우다/돋구다 → 돋우다 등.

6) 명백한 오류에 해당하는 표현과 문장은 바로잡았다.
   예 : 병신스럽게 → 병신같이, 고물스런 → 고물 같은,
        못지않는 것 → 못지않은 것, 엄청나는 → 엄청난, 마지못하는 듯 → 마지못한 듯,
        대추만씩한 열매 → 대추만큼씩 한 열매 등.

7) 영어 표현의 경우 현행 '외래어표기법'에 따르는 것을 원칙으로 했다.

차례

발간사   4

제1장   11
제2장   144
제3장   256
제4장   342

해설 | 동원과 삶, 그리고 성장의 기억-김요섭   377

제1장

1

드문드문 가볍게 던져놓은 듯한 구름송이가 한가롭게 떠 있는 맑은 하늘에 붓으로 가늘고 길게 찍 그은 것 같은 두 줄기 하얀 구름이 눈에 띄었다. 비행운이었다.

그것을 맨 먼저 본 것은 용길이었다. 고추밭머리를 지나가다였다. 빨갛게 익어가는 고추들이 햇빛을 받아 유난히도 눈부시게 반짝거리자, 공연히 한 개 따서 내던질 생각으로 손을 가져가는데, 땡땡땡 땡땡땡…… 멀리서 종소리가 연달아 들렸다. 주재소의 종이었다. 공습을 알리는 경보 같았다. 그래서 용길이는 얼른 하늘을 쳐다보았던 것이다.

"B29다!"

깜짝 놀라 내지르자, 다른 아이들도 모두 하늘을 우러러보았다.

"맞다. B29다."

"햐아, 참 높이 떴다 그쟈?"

"두 대다, 두 대……."

아이들은 제각기 떠들어대며 입을 딱 벌렸다.

찍 그은 듯한 두 줄기 비행운의 맨 앞쪽에 반짝반짝 은빛으로 빛나는 것이 보였다. 물론 그것이 비행기였다. 반짝반짝 빛나면서 조금씩 조금씩 가느다란 비행운을 뽑아내며 움직여 가고 있었다. 가느다란 비행운은 차츰 폭이 커지며 꼬리 부분에서는 희미하게 퍼져버리고 있었다. 신기하고 아름답기까지 한 광경이었다.

땡땡땡땡땡땡…… 주재소의 종소리는 무슨 다급한 일이라도 생긴 듯이 곧장 울리고 있었으나, 들녘은 후련하고, 산허리를 스치고 불어오는 바람은 산들산들 한가롭기만 했다.

"요전에는 한 대더니, 오늘은 두 대다 그쟈?"

"담엔 세 대가 올껑강……."

얼마 전에 처음으로 B29가 나타났을 때는 정말 놀랐었다. 둘째 시간인가 셋째 시간 공부를 하고 있는데, 난데없이 주재소 쪽에서 연달아 종소리가 울렸다. 그리고 곧 교무실 현관에 매달린 학교의 종도 요란하게 울려댔다.

"공습경보다!"

누군가가 외쳤고, 담임선생은 손에 교과서를 든 채 얼른 창변으로 가서 바깥을 내다보았다. 우르르 아이들이 자리에서 일어나 창 쪽으로 몰렸다.

"공습이니 모두 방공호로 대피하도록! 빨리 빨리!"

담임선생이 다급히 목소리를 뽑아 올리자, 아이들은 와아 무슨 신나는 일이라도 생긴 듯이 앞을 다투어 교실을 뛰어나갔다. 용길이도 주먹을 불끈 쥐고 냅다 뛰었다.

운동장 가에 빙 둘러가며 방공호가 마련되어 있었다. 그러나 말이 방공호지, 그저 땅을 좀 깊게 파놓은, 덮개도 없는 길쭉길쭉한 구덩 이들에 불과했다. 어디서 어디까지는 1학년용, 그 다음 어디까지는 2학년용, 이런 식으로 지정이 되어 있었다.

이따금 방공연습을 한답시고 그 구덩이 속으로 뛰어 들어가곤 해서 익숙해져 있는 터였으나, 막상 진짜 공습경보가 울리고 보니 모두 정신들이 없는 듯했다. 연습 때처럼 그렇게 질서 있게 지정된 자기네 학년의 방공호를 찾아드는 게 아니라, 우르르 아무 구덩이나 닥치는 대로 뛰어들어 와글와글 법석이었다. 용길이도 곧 머리 위로 폭탄이 떨어져 오기라도 하는 듯 정신없이 아무 구덩이로나 뛰어들었다.

그러나 잠시 후, 모두 어이가 없어지고 말았다. 공습이라고 하면 비행기가 마구 폭탄을 떨어뜨려 학교가 와르르 무너지고, 불타고, 야단법석이 나는 것으로 알았는데, 이건 뭐 폭탄은커녕 돌멩이 한 개도 떨어져 오는 것이 없질 않는가. 떨어져 오는 것은 고사하고, 도대체 비행기 소리도 들리지가 않았다. 맑은 하늘에 쩍 붓으로 그은 듯한 한 가닥 구름이 눈에 띌 뿐이었다. 지금까지 본 적이 없는 묘한 구름이었다.

그것이 적기라는 것을 알자, 모두 맥이 풀리는 듯했다. 마치 무엇에 속은 것 같은 기분이었다.

"뭐 이러노. 공습 참 시시하다."

용길이는 투덜거리듯 내뱉었다.

그러나 반짝반짝 은빛으로 빛나는 비행기가 눈에 띄고, 그 비행기의 꽁무니로부터 하얀 구름이 자꾸 뽑혀 나오는 것을 보자, 아이들은 새로운 호기심에 가슴이 부풀었다. 방공호 속에서 기지개를 켜며 일어서서 하늘을 우러러보는 아이들도 있었다.

"앉아! 공습경본데 일어서다니!"

"앉으라니까!"

"야, 이놈아!"

생도들과 함께 방공호 속으로 들어가 웅크리고 앉아 있는 선생들이 고함을 질러댔으니 망정이지, 그렇지 않았더라면 공습이라는 것을 잊고 모두 일어서거나 구덩이 밖으로 나와서 구경을 할 뻔했다.

그 은빛으로 반짝반짝 빛나던 비행기가 아메리카의 B29라는 것을 안 것은 공습경보가 해제되어 교실로 돌아가서였다. 담임선생이 얘기해주었던 것이다. B29는 워낙 높이 뜨기 때문에 지나간 자리에 그렇게 구름 같은 것이 생기는데, 그것을 비행운이라고 한다는 이야기를 들은 아이들은 얼떨떨하고 신기하면서도 아무래도 무엇에 속은 것 같은 묘한 기분들이었다. 아메리카의 B29라면 지금까지는 폭탄을 무지무지하게 많이 싣고 와서 마구 퍼부어대는 아주 무섭고 나쁜 비행기로 알아왔는데, 무섭고 나쁘기는커녕 오히려 비행운이라는 희한한 구름을 만들어 보여주기만 하고 지나가는 신기한 비행기가 아닌가.

그래서 용길이는,

"선생님!"

하고 벌떡 일어서서,

"B29가 뭐 하나도 무섭지 않네예!"

냅다 빽 소리를 질렀다.

아이들은 웃음을 터뜨렸다.

그런 것이 공습이고, B29가 그런 비행기라면 매일 B29의 공습이 있었으면 재미가 좋겠다 싶었는데, 오늘은 학교가 파하고 귀가하는 길에 두 대의 B29가 나타난 것이다.

고추밭머리에 멈추어 서서 하늘을 우러러보고 있던 아이들은 다시 걷기 시작했다. 걸음을 옮기면서도 여전히 고개를 쳐들고 B29를 바라보고 있었다.

비행운은 차츰 희미해지며 아득히 사라져가고 있었다.

"빠빵! 빠빵!"

난데없이 한 아이가 B29를 향해 총을 쏘는 시늉을 했다. 학수였다.

그러자 두어 아이가 덩달아서 빠빵 빠빵! 타탕 타탕!…… 소리를 지르며 재미있다는 듯이 호응을 했다.

용길이는 코끝을 실룩 쳐들며 비죽 웃었다. 그리고 같잖다는 듯이,

"어림도 없다, 어림도 없어. B29가 떨어질 것 같으냐?"

하고 내뱉었다.

"퍼펑! 퍼펑!"

학수는 이번에는 총이 아니라, 대포라는 듯이 주먹질을 냅다 해댔다.

"헤헤헤헤……."

용길이는 같잖으면서도 재미가 있어서 자꾸 웃었다.

용길이의 그런 웃음이 학수는 슬그머니 약이 올라 힐끗 째려보며 말했다.

"임마, B29도 고사포를 쏘면 문제없어. 우리 형님 부대에는 고사포가 억씨기 많단 말이다. 아나?"

"헤헤헤……."

"정말이여, 임마. 우리 형님이 카는데 백 대도 넘는대."

"거짓말 까지 마."

"참말이여."

"너거 형은 겜뻬이(헌병) 앙이가. 겜뻬이 부대에 임마, 무신 놈의 고사포가 있단 말이고."

"있어."

"고사포는 임마, 포병부대에 있는 기라. 포병이 쏘는 기라. 겜뻬이가 무신 놈의 고사포를 쏘노. 헤헤헤…… 순 거짓말 까네."

용길이는 학수를 마구 묵사발을 만들었다. 저의 형이 겜뻬이랍시고 걸핏하면 우리 형님, 우리 형님 하고 들먹이는 게 아니꼬웠던 것이다.

학수는 뚱한 표정으로,

"나중에 임마, 우리 형님 오면 물어보란 말이다."

그래도 기어이 우기고는 열없는 듯 별안간,

"도쓰께끼!(돌격)"

꽥 소리를 지르며 냅다 내달았다. 허리에 동여맨 책보에서 필통 속의 연필들이 딸강딸강 요란하게 나부댔다.

고추밭머리를 지나 저만큼 과수원 모퉁이에 이르자, 학수는 뜀박질을 그만두고 성큼성큼 행진하듯 걸어가며 이번에는 냅다 노래를 부르기 시작했다. 노래를 부른다기보다도 꽥꽥 악을 쓰듯 내지르는 것이 끝내 용길이에게 맞서서 약을 올려주겠다는 심사였다.

"갓데구루소또 이 사마시꾸 지가앗데 구니오 데다까리 와(이기고 돌아오리 용감하게 맹서하고 나라를 떠나왔으니……)"

군가였다.

학수의 꽥꽥 내질러대는 소리에 용길이는 그 심보를 알고도 남겠다는 듯이 비죽 웃었다. 그리고 저도 냅다 큰소리로 노래를 부르기 시작했다.

"갓데꾸릉내난다 누가 똥꼈나*(방귀 뀌었나)……."

학수가 부르는 그 군가를 빈정대서 가사를 얄궂게 고쳐 아이들이 곧잘 장난삼아 부르는 노래였다.

용길이의 노래에 맞추어 다른 아이들도 재미 좋다는 듯이 냅다 신나게 불러댔다.

"집에 가서 생각하니 내가 똥꼈다……."

2

봉례와 순금이는 마루에 앉아 수를 놓고 있었다.

봉례는 마루 끝의 기둥에 등을 기대고 두 다리를 약간 벌린 채 쭉 뻗고 앉아서 수틀에 바늘을 꽂아대고 있었고, 순금이는 벽 쪽에 한 쪽 무릎을 세우고 앉아 손을 놀리고 있었다. 봉례는 머리를 한 가닥으로 묶었고, 순금이는 뒷덜미를 내리덮은 긴 단발머리였다. 둘이 다 맨발인데, 치마는 검정 물을 들인 광목 치마와 삼베 치마였다. 삼베 치마를 무릎 위 허벅살이 드러나도록 훌렁 걷어붙이고서 쭉 뻗고 있는 봉례의 두 다리는 거무튀튀하면서 살이 팅팅해 보였다. 그와 대조적으로 순금이의 광목 치마 밑으로 드러난 다리는 조금 여윈 편이면서 희었다. 얼굴도 마찬가지였다. 봉례는 검은 편이고, 순금이는 희고 고운 살결이었다.

그녀들의 수틀은 똑같이 둥근 것이었다. 쳇바퀴만 한 둥근 수틀을 안고 앉아서 수를 놓고 있는데, 봉례의 수틀에는 지금 한창 수양버들이 늘어져가고 있었다. 연초록색 색실을 꿴 바늘이 부지런히 수양버들 가지에서 반짝거렸다. 파릇파릇 새 이파리가 피어나는 수양버들인 셈이었다. 그러니까 봄이었다. 수양버들 아래로는 시냇물이 흐르고 있었고, 빨간 댕기를 늘어뜨린 처녀가 냇물에서 빨래를 하고 있었다. 냇물 건너편은 논 아니면 밭인 듯했고, 총각이 소를 몰고 쟁기질을 하고 있었다. 그리고 한쪽에 기와집이 한 채 보였다. 말하자면 새봄이 와서 처녀와 총각이 빨래를 하고 쟁기질을 하며 희망에 부풀고 있는 그런 수였다.

순금이의 수틀에는 가지가지 꽃이 만발하고 있었다. 모란과 작약 그리고 접시꽃인 듯한 것이 한데 어우러져 빨강 분홍, 또는 보랏빛으로 피어나고 있는데, 나비들이 꽃에 앉기도 하고 날기도 하며 넘나들고 있었다. 호랑나비 노랑나비 흰나비…… 나비들도 가지가지였다.

그러니까 봉례의 수는 농촌의 일하는 풍경이고, 순금이의 것은 꽃밭의 아름다운 꽃과 나비였다. 얼른 보기에 매우 대조적인 수였으나, 실상 그 속에 담긴 알맹이는 똑같은 것이라고 할 수 있었다. 우선 양쪽이 다 봄인 것이다. 그리고 사랑이 깔려 있다. 봉례는 그 사랑을 빨래하는 처녀와 쟁기질하는 총각으로 은근히 표현하고 있고, 순금이는 꽃과 너울거리는 나비로써 그것을 나타내고 있다.

부풀어 오르는 가슴 속의 꿈을 그녀들은 그렇게 한 바늘 한 바늘 고운 색실로 아로새겨나가고 있는 것이다. 시집갈 때 가지고 가려고, 다시 말하면 아직 누군지는 알 수가 없지만, 신랑 될 남자를 위해서 수를 놓고 있는 셈이다.

봉례는 열여덟이고, 순금이는 열일곱이었다. 그러나 호적상으로는 똑같이 열여섯으로 되어 있었다. 앞뒷집에서 언제나 단짝으로 어울려 자랐고, 학교도 함께 입학했으며, 졸업도 물론 같이 했다. 그리고 이제는 집안일을 거들며 서로 시집갈 나이 차기를 기다리고 있는 것이다.

"봉례야, 솔직하게 말해 보래. 아직 손도 한 번 안 잡았다는 기 정말이가?"

순금이가 수틀을 놓고 기지개를 켜고 나서 좀 묘한 웃음을 띠며 입을 열었다. 봉례는 못 들은 척 부지런히 바늘을 놀릴 뿐이다.

"응? 좀 말해 보라니까."

"……."

"베란간 귀머거리가 됐나…… 야!"

순금이는 봉례를 발로 툭 건드렸다.

그제야 봉례는 일손을 멈추며 시치미를 뚝 떼고,

"뭐라 캤노?"

순금이를 멀뚱히 바라본다.

"이 능구렝이 담 넘어가네."

"앙이다. 정말이다. 수놓는 데 정신이 팔려서 뭐라 캤는동 통 몬 알아들었다. 뭐? 뭐 말이고?"

"헤헤헤……."

순금이는 그래, 좋다는 듯이 웃고는 좀 싱겁다 싶으면서도 다시 되풀이 물었다.

"두만이하고 아직 손도 한 번 안 잡았다는 기 정말이가, 그 말이다."

"누구하고?"

봉례는 여전히 시치미를 떼고 일부러 잘 못 알아들은 척하지만, 얼굴에 웃음기가 묻어나온다.

"가시나야, 두만이 말고 또 누가 있나? 능구렁이같이 카지 말고, 얘기 좀 솔직하게 해보란 말이다. 아무리 생각해도 아직 손 한 번 안 잡았다는 기 믿어지지 않는다 앙이가."

그제야 봉례는 힉 웃었다.

"남이사 손을 잡았거나 허리를 안았거나 무신 상관이 그리 많노."

"히히히…… 그러면 그렇지. 허리도 안았다 그 말이제?"

"안았으면 우짜고, 안 안았으면 우쩔끼고."

"안았구나, 안았어. 허리를 안았어. 히히히…… 누가 안았노? 니가 안았나, 두만이가 안았나?"

"몰라야."

"좀 말해 봐라. 답답해 죽겠다."

"가시나도, 와 자꾸 야단이고? 어디가 근질근질한 모양이제?"

"니가 안았나?"

"여자가 남자 허릴 안다니, 큰일나구로."

"그럼 두만이가 안았구나, 그지?"

"여자가 안 안았으면 남자가 안았겠지, 그거 뭐 뻔한 걸 가지고……"

"아이구, 가시나야, 능글맞게 카지 말고, 좀 말해 봐라. 자세히. 애인 없는 사람 서럽다야."

"서러우만 니도 애인 하나 만들어라마."

"그란해도*('그렇지 않아도'의 영천말) 나도 하나 만들어 보까 생각 중이다. 그래서 자꾸 묻는 거 앙이가. 어떻게 허릴 안더노? 머라 카메, 응?"

"가시나도 참, 그런 얘길 다 우예 하노."

"와 몬 하노. 니캉 나캉 사이에 뭐 몬 할 말이 있나? 감출 끼 있나?"

"헤헤헤……."

아무래도 멋쩍다는 듯이 봉례는 다시 수틀을 바로잡고 일손을 놀리려든다.

"얘기 안 하면 수 몬 놀끼다구마."

순금이가 와락 수틀을 빼앗으려 한다.

"와이카노? 니 참 오늘 얄궂대이. 어디가 근질근질해도 보통 근질근질한 기 아닌 모양이제?"

봉례는 오냐, 좋다, 그렇게 듣고 싶으면 얘기해주지, 하는 표정으로 수틀을 도로 무릎 위에 내리고는 사립 쪽을 힐끗 한 번 바라본다. 혹시 누가 들어서지는 않나 싶은 모양이다. 그리고 집 안도 한 번 둘러본다. 오늘이 읍내 장날이어서 장에 가기도 하고, 들일을 나가고 해서 아무도 없다는 것을 알면서도 좀 부끄럽고 은밀한 이야기를 꺼내려니 어쩐지 신경이 쓰이는 것이다.

엄메— 뒤뜰에서 송아지 우는 소리가 들렸다. 울타리 가에서는 닭들이 흙을 파헤치며 모이를 찾고 있을 뿐, 호젓하기만 했다.

"뭣부터 얘기하꼬?"

봉례는 또 힉 웃었다. 어디서부터 얘기를 꺼내야 될지 아무래도 좀 어색했다.

"두만이가 허리를 안은 기 언젠지, 어디서 뭐라 카메 안았는지, 그런 얘길 해보란 말이다. 안은 다음에 어떻게 됐는지도 솔직하게 털어놓고…… 히히히…….

순금이는 그저 재미있기만 한 모양이다.

"그래, 솔직하게 얘기하지. 메칠 전에 말이지, 둘이 만났거든."

봉례는 마침내 입을 열었다.

"밤에? 낮에?"

"물론 밤이지."

"어디서?"

"냇가 밭둑 밑에서 만났는데, 달이 억씨기 좋더라. 냇물에 달이 떨어져서 찰랑찰랑 부서질라 카고…….

"기분 좋았겠네."

"그런데 우짠지 쪼매 무섭고, 가슴이 두근거리고, 이상해 죽겠더라니까. 밤에 만난 것은 첨이거든."

"그래서?"

"이런 얘기 저런 얘기 하다가 슬그머니 한쪽 팔뚝을 안 잡나. 깜짝 놀랐다 앙이가."

"놀래긴…… 히히히…….

"팔뚝이 베란간 찌리릿 하더라니까 그러네. 아이고, 이러지 마, 카니까, 와 어떤데, 카면서 끌어땡기더니 이번에는 한쪽 팔로 구만 허리를 슬금 안지 뭐고."

순금이는 말없이 꿀꺽 침을 한 덩어리 삼키는 것이 여간 구미가 당기는 게 아닌 모양이다.

"그래서?"

두 눈이 야릇하게 반질거리기까지 한다.

"우야꼬, 우야꼬, 카면서 나도 모르게 구만 궁둥일 불끈 들었지 뭐."

"궁둥이는 와?"

"일어설라고 말이다. 그런데 팔뚝 힘이 얼매나 센동 일어설 수가 있어야제. 뿔끈 힘을 주는데 꼼짝도 몬 하겠더라니까."

"두만이가 그렇게 힘이 세나. 보기에사 뭐 힘이 셀 것 같지도 않는데……."

"야, 팔뚝이 꼭 장작개비 같더라니까 그러네."

"히히히…… 장작개비 같은 팔뚝이 허릴 안으면 아파서 어디 견디겠나."

"아프기는…… 정신이 하나도 없도록 좋기만 하더라야."

봉례는 조금 못마땅한 듯이 내뱉었다.

"그래, 그 담은 우예 됐노? 솔직하게 말해래이."

순금이는 봉례의 비위를 좀 건드렸다 싶어 나긋하게 말한다.

"그 담은…… 입을 맞출라 안 카나."

"우야꼬. 키스를 했다 그 말이제?"

"안 했어. 누가 했다 그러더나? 키스를 할라 그래서 절대로 안 된다고 막 모가질 흔들었지 뭐."

"정말?"

"정말이다."

"나 같으만 눈 찔끔 감고 입을 대주겠다. 히히히······."

"아이, 징그럽어라. 내사 도저히 징그럽어서 몬 그라겠더라. 싫어, 싫어 카면서 모가질 막 흔들어댔더니 글씨, 뜨끈한 입술을 목에다가 덥석 안 갖다 대나. 그러면서 뭐라 카능공 하면······ 히히히······."

"뭐라 카더노?"

"봉례야, 너는 내 끼대이. 내 각시 돼야 한데이. 안 카나."

"어메, 흐흐흐······ 니는 내 끼대이. 내 각시 돼야 한데이. 알았느냐? 봉례야. 흐흐흐, 하하하······."

순금이는 그 소리가 그저 기가 막히게 재미있는 듯 온통 와르르 허물어지듯이 웃어젖힌다.

"가시나, 뭐가 그렇게 우숩노? 흐흐흐······."

봉례도 살짝 눈을 한 번 흘기고는 키들키들 웃어댄다.

그때, 허리에 책보를 질끈 동여맨 용길이가 사립으로 들어섰다.

"누부야, B29 봤제? 두 대 지나갔다."

"응."

봉례는 그저 건성으로 대답하고, 순금이는 아예 B29 같은 것은 관심 밖이라는 듯이 계속 킬킬 웃어대기만 하자, 용길이는,

"와 자꾸 웃노?"

영문을 몰라 눈을 멀뚱거리며 묻는다.

그러자 순금이가,

"용길아, 너거 자형 누군지 아나?"

하고 불쑥 입을 연다.

"자형?"

용길이는 도무지 무슨 소린지 알 수가 없어 순금이의 얼굴과 누나

의 얼굴을 멀뚱멀뚱 번갈아본다.

"너거 누부 신랑이 니 자형 앙이가, 그제?"

"……."

"너거 자형이 누군고 하면 말이다……."

그러자 봉례가,

"애한테 벨소릴 다……."

하면서 순금이의 허벅지께를 콱 꼬집는다.

"아야야! 아야아—"

순금이는 호들갑스럽게 자지러진다.

용길이는 그제야 무슨 영문인지 눈치를 채겠는 듯,

"잘 했다! 잘 했다!"

킬킬거리면서 허리에 동여맨 책보를 풀어 마루에 홀떡 던져버린다. 그리고 사립 밖으로 뛰어나간다.

"논에 새 보로 가아래이!"

봉례가 냅다 소리를 지른다.

3

뉘엿뉘엿 해가 저물어가는 고갯길을 황달수는 절인 간고등어 한 손과 새로 산 낫 한 자루를 새끼로 묶어 한 손에 덜렁 들고 건들건들 힘없이 오르고 있었다. 읍내 장에 갔다 돌아오는 길이었다.

여느 장날과는 달리 오늘은 그저 심란하고 울적하기만 해서 무르팍의 힘줄까지가 느슨하게 늘어진 듯 내딛는 걸음이 무겁기만 했다.

고개라고 해야 뭐 그다지 높지도 가파르지도 않는, 여느 때 같으면 콧노래를 흥얼거리며 단숨에 올라채고 말 그런 것인데도 이상하게 오늘은 숨까지 헐떡거려지며 지겹게 느껴지기까지 하질 않는가.

동행이라도 있었으면 좀 덜 그럴는지 모르겠는데, 오늘은 장에서 일을 마치고 읍내 한쪽에 있는 고모 집에 볼일이 있어 들렀다 오느라고 마을 일행들과 헤어져 혼자서 이십 리 길을 걸어오게 된 것이다.

하지만 그래서 심란하고 울적한 것은 결코 아니었다. 읍내에 갔다가 혼자서 돌아오는 일이 어디 오늘이 처음인가 말이다.

읍내의 오일장이라는 것이 눈에 띄게 차츰 을씨년스러워져 가는 것도 기분을 쓸쓸하게 하는 일 가운데 하나였다. 장꾼들의 수효도 그전보다 현저히 줄어든 것 같았고, 사고파는 물건들도 날로 그 가지 수가 적어지고, 보잘것없어져 갈 뿐 아니라, 숫제 장날인데도 문을 닫고 열지 않는 가게도 늘어가는 형편이었다. 말하자면 팔고 싶어도 팔 물건이 없는 것이다.

장 한쪽 가에 있는 복점이네 선술집도 문을 열지 않았는데, 어쩌면 그게 오늘 황달수의 기분을 울적하게 한 시초인지도 몰랐다. 장에 가면 으레 찾아들어가 컬컬한 목을 축이는 단골집이었다. 얼굴 한쪽에 제법 큰 점이 있어서 복점이라고 부르는, 서른댓*(서른다섯쯤) 된 아낙네가 혼자서 술을 파는 집인데, 그 복점이에게 임자가 있는지 없는지 그런 내막까지는 알 수가 없었지만, 좌우간 얼굴에 점이 있기는 해도 별로 보기 흉하지 않을 뿐 아니라, 단골이어서 곧잘 눈매에 나긋한 웃음을 묻혀가지고 술 사발을 내밀어주곤 하는 터였는데, 어찌된 영문인지 오늘은 가게 문을 열지 않았던 것이다. 팔래야

팔 술이 없었던 것인지, 아니면 어디 몸이라도 아픈지…… 장에 가면 그 집에 찾아 들어가는 것이 큰 낙이었는데, 오늘은 그 낙을 잃었으니 기분이 잡쳐질 수밖에.

다른 서너 선술집을 기웃거렸으나, 단골이 아니어서 그런지, 정말 술이 떨어졌는지, 한결같이 주모가 고개부터 내흔들었던 것이다. 돈 주고 술도 마음대로 마실 수가 없는 세상이 되었으니 참 더럽지 않을 수 없었다.

그렇게 기분을 잡쳐가지고 출출한 얼굴로 터벅터벅 고모 집을 찾아가는데, 이번에는 난데없이 공습경본가 뭔가 하는 것이 발동되어 요란한 사이렌 소리, 종소리와 함께 순사들과 소방대원인지 재향군인인지 잘 알 수 없는 그런 사람들이 호루라기를 불어대며 꽥꽥 악을 써대는 것이 아닌가. 장날이어서 길에는 여느 때보다 행인들이 월등히 많았는데, 그들은 모두 마치 무슨 잘못이라도 저지른 것처럼 이 골목 저 골목, 이 집 저 집으로 쫓기듯 뛰어 들어가는 것이었다.

황달수도 오늘 기분 더럽게 잡치는구나 싶으며 어느 골목 안으로 뛰어들어 담벼락 그늘에 웅크리고 섰었다. 그런데 공습이라면서 도무지 비행기 소리도 나지 않고 해서 뭣이 어떻게 된 영문인가 싶어 목을 쭉 빼가지고 하늘을 이리저리 살펴보았더니, 붓으로 찍 그은 듯한 가늘고 긴 구름이 두 줄기 하얗게 그려져 있는 것이 아닌가.

"B29로구나. 흠—"

그는 절로 고개가 끄덕거려졌다. 얼마 전에 한 번 본 일이 있어서 대뜸 그게 비행운이라는 것을 알 수 있었다.

황달수가 그렇게 하늘을 우러러보며 고개를 끄덕거리자, 골목 안 여기저기 웅크리고 섰던 행인들이 모두 하늘을 쳐다보았다.

"햐아, 저것 좀 보소."

"B29 앙이가."

"맞네. 두 대네. 흠— 참 희한한데……."

공습경보라는 것도 잊고 슬금슬금 골목 가운데로 나서서 무슨 신기한 구경거리라도 생긴 듯이 수군거리고들 있는데,

"코노야로다찌(이 새끼들)!"

일인 순사 하나가 행길*('한길'의 방언)에서 버럭 고함을 질렀다. 그리고 두 눈을 부릅뜨고 골목 안으로 냅다 뛰어 들어오는 것이 아닌가.

"나니오(뭣을) 구경하고 있소까! 칙쇼(개 같은 새끼들)!"

악을 쓰면서 손에 쥔 가죽으로 된 채찍 같은 것을 마구 휘둘러 닥치는 대로 내갈기는 것이었다.

B29의 비행운에 잠시 넋을 잃고 있다가 난데없는 채찍 벼락을 맞은 사람들은 냅다 정신없이 골목길을 튀어 달아났다. 황달수도 등에 채찍을 한 대 얻어맞고 자기도 모르게 비명을 지르며 마구 내달았다.

그런 일까지 있었으니 오늘 기분이 좋을 턱이 만무했다. 그러나 그런 일 때문에 이십 리 길을 걸어 마을 앞 고개에 당도할 때까지 심란하고 울적한 것은 결코 아니었다. 어쩌면 그런 일 따위는 돌아서서 코라도 팽! 풀어 때기장*('태질'의 방언)을 치며,

"니기미 할 것, 오늘 재수 옴 붙었네. 더럽어서 몬 살겠다니까."

하고 내뱉으면 그것으로 속이 쑥 내려갈 수도 있었다. 황달수는 능

28

히 그럴 수 있는 사람이었다. 그런 따위 일로 종일 울적하대서야 어디 왜놈들 밑의 험한 세월을 살아갈 수가 있겠는가 말이다.

그런 일 때문이 아니라, 고모한테서 들은 말 때문이었다.

고모 집에 찾아가서 볼일을 마치고 마루 끝에 앉아 담배 한 대를 피우며 좀 쉬고 있는데, 부엌에 들어가 은밀히 담아 둔 농주를 전내기*(물을 조금도 타지 않은 술)로 듬뿍 한 대접 떠 들고 나온 고모 황성녀가,

"자, 이것 마셔 보래. 상에 채리지도 안 했다."

하면서 김치보시기와 함께 마루에 놓았다.

"아이구, 이거 전내기 아닝교."

황달수는 눈이 번쩍 뜨이는 듯했다. 뻐끔뻐끔 빨던 곰방대를 얼른 놓고, 손을 술대접으로 가져갔다. 꿀꺽 우선 한 모금 맛을 보니 이건 정말 복점이네 탁주 따위는 뺨칠 것 같았다.

오래간만에 전내기 농주가 목구멍을 적시며 내려가자, 황달수는 절로 기분이 화끈하게 밝아오는 느낌이었다. 말술은 아니었지만, 꽤 즐기는 터인 것이다.

그렇게 기분 좋게 입맛을 다셔가며 마시고 있는데, 곁에 앉았던 황성녀가 문득 생각이 떠오른 듯,

"참, 야야, 봉례 지금 몇 살이제?"

하고 물었다.

"열여덟 아닝교."

"벌써 그렇게 됐나…… 호적으로는?"

"호적상으로는 열여섯으로 돼 있구마. 와예?"

그러자 황성녀는 밑도 끝도 없이 불쑥,

"어서 시집보내 삐리래이. 내 말만 듣고……."

하였다.

그 말에 황달수는 무슨 영문인지 알 수가 없어 어리벙벙한 표정을 짓다가,

"열여덟인데 벌써 무신 시집은요."

히죽 웃고는 술대접을 다시 입으로 가져갔다.

"앙이다. 정말이다. 내 말만 듣고 서둘러래이. 안 그라만 나중에 후회할 끼대이."

"와예? 무신 일이 있능교?"

"저…… 누가 카는데 곧 말이다, 처녀 공출이 나온다는 기라."

"처녀 공출요?"

"그래."

"허허허…… 무신 그런 공출이 다 있단 말잉교. 누가 카덩교?"

황달수는 말 같지도 않은 소리여서 그저 건성으로 들어 넘기려 했다.

"군청에 다니는 사람 집에서 나온 말이니까 헛말이 아니라니까 그러네. 우리 이웃에 군청 서기로 다니는 집이 있거든. 그 집 어마시한테서 직접 들은 소리라니까."

황성녀는 건성으로 들어 넘기려는 조카가 안타까운 듯 입의 침까지 튀겨가며 연방 지껄여댔다.

"뭐라 카더라…… 무신 따이라 카던데…… 대시 대시……대시따이라 카던가…… 좌우간 그런 기 새로 생기서 처녀들을 죄다 긁어간다는 기라. 말하자면 처녀 징용인 셈이지."

'데이신따이(정신대)'를 잘 몰라서 그런 식으로 말하자, 황달수

는 그제야 좀 가슴이 뜨끔해지는 느낌이었다. 그 역시 데이신따이라는 말은 알 수가 없었으나, 처녀 징용이라는 말은 있을 법한 일이다 싶었던 것이다. 그게 사실이라면 곧 처녀 공출인 셈이 아니고 무엇인가.

"공장에 직공이 모자라서 처녀들을 데려다가 일을 시킨다는 기라. 북해도로 만주로 끌고 간다 안 카나. 그러니까 아무 소리 말고 봉례를 후딱 시집보내 삐리라 그 말 앙이가. 그래야 안심이지, 그라느만*('그렇지 않으면'의 영천말)…… 인제 내 말 알아듣겠제?"

"음—"

황달수의 입에서 절로 신음소리 같은 게 흘러나왔다.

대접에 두어 모금 남은 술을 마저 들이켜는데, 도무지 그게 이제 목구멍으로 술술 넘어가는 것이 아니라, 명치끝에 무엇이 턱 걸린 듯 거북하게 꾸역거리며 내려가는 느낌이었다.

그런 거북함이 이십 리 길을 걸으면서도 내내 사라지질 않았던 것이다. 오래간만에 전내기 농주를 얻어 마셨으니 여느 때 같았으면 콧노래가 흥얼거려지기도 하는 기분 좋은 귀로가 되었을 터인데 말이다.

고갯마루에 오르자, 황달수는 길가 풀숲에 아무렇게나 털썩 궁둥이를 내렸다. 낫이랑 고등어를 곁에 던져놓고, 곰방대를 꺼내어 담배를 한 대 담았다. 그리고 끄윽 끄윽 몇 번 억지로 트림을 해보았다. 이십 리 길을 걸어오는 동안에 술기운은 거의 가신 듯했으나, 속은 여전히 쑥 내려가질 않고 거북살스러웠다. 어쩌면 그 마지막 전내기 두어 모금이 체했는지도 몰랐다. 속이 지랄 같으니 더욱 심란하고 울적한지도 알 수 없었다.

뻐끔뻐끔 담배연기를 빨아 내뿜으면서 황달수는 봉례를 정말 서둘러 출가시켜 버려야 할 것인지…… 또 그 생각에 머리가 어지러웠다. 고모 집을 나서면서부터 줄곧 심란하게 머릿속을 떠나질 않던 생각이었다. 이제 겨우 열여덟밖에 안 된 것을 애처로워서 어떻게 시집을 보낸단 말인가…… 뿐만 아니라, 출가시킬 무슨 마련이 되어 있는 것도 아니고…… 첫딸이어서 말하자면 개혼*(여러 자녀를 둔 부모가 자녀의 혼인을 처음으로 치름)이 되는 셈인데, 집 안의 중대사를 그렇게 느닷없이 뭣에 쫓기듯 허겁지겁 치러도 되는 것인지…… 도무지 갈피를 잡을 수가 없었다.

"음— 더럽은 놈의 세상…… 모르겠다, 모르겠어."

황달수는 그 심란한 생각을 떨쳐버리기라도 하려는 듯 고개를 두어 번 냅다 내저었다. 그리고 뻑뻑뻑 곰방대를 연거푸 빨고 나서 푸우 한숨을 쉬듯 내뿜으며 멀뚱히 마을을 내려다보았다.

저녁연기가 나부껴 오르고 있는 마을을 산그늘이 서서히 내리덮고 있었다. 면소재지 마을이어서 칠팔십 호가 넘는 제법 큰 동리였다. 길이 세 갈래가 되어 있는 삼거리 쪽에 면사무소와 주재소가 있고, 금융조합도 보이고, 잡화점 같은 것도 그곳에 있었다. 말하자면 동리 중심가인 셈이었다.

학교는 두 개였다. 마을 한쪽에 조그마한 간이학교 같은 것이 보이는데, 그것은 일본 아이들의 학교였다. 조선 아이들이 다니는 학교는 마을에서 꽤 떨어진 들 가운데에 제법 널찍하게 터전을 잡고 있었다.

그 학교와 마을 사이에 큰 과수원이 있었다. '야마구찌(山口)'라는 일인이 경영하는 과수원이었다. 일인들이 경영하는 과수원은 면내에 서너 군데나 되었다. 이 고장은 과수원지대라고 해도 과언이 아닐 만큼 사과밭이 많았다. 그래서 일본 사람들이 군침을 흘리며 꽤 많이 몰려들었던 것이다,

　서서히 땅거미 속에 묻히는 마을을 멀뚱히 내려다보며 곰방대를 다 빨고 난 황달수는 그대로 그 자리에 비실 드러누워 버리고 싶은 심정이었으나, 억지로 털고 일어났다. 한쪽으로 약간 비껴서서*('비켜서서'의 방언) 고의춤을 헤쳐 좍 좀 볼일을 보고, 낫과 고등어 묶음을 집어 들었다. 그리고 휘청휘청 고갯길을 걸어 내려가며

　"처녀 공출이라니, 망할 놈의 자석들, 더럽은 놈의 자석들……."

하고 투덜거렸다.

4

　방문 창호지에 달빛이 희부옇게 어려 있었다. 보름을 지나서 차츰 달뜨는 시각이 늦어지는 터인데, 방문에 달빛이 어린 걸 보니 밤이 꽤 깊었나 보다. 어쩌면 자정이 훨씬 넘었는지도 몰랐다.

　"아으윽—"

　황달수는 커다랗게 하품을 하며 기지개를 켰다. 그리고 부스스 일어나 머리맡에 놓인 숭늉그릇을 더듬어서 두어 모금 들이켰다. 아직도 속이 거북해서 끄윽끄윽 억지로 트림을 해보았으나 신통찮았다. 한숨 푹 잔 것 같은데, 머릿속도 여전히 어수선하고 멍멍했다. 곰방대를 찾아 담배에 불을 붙였다.

　부헝 부헝 부헝…… 뒷산 어디선지 부엉이 우는 소리가 들려왔다.

희부연 어둠 속에 멀뚱히 앉아 부엉이 우는 소리를 들으며 뻐끔뻐끔 담배를 피우고 있던 황달수는 힐끗 마누라 쪽으로 시선을 돌렸다.

양순분은 깊이 잠에 곯아떨어져 있었다. 이불을 아무렇게나 걷어차고 이따금 가늘게 코까지 골고 있는데, 이불 밖으로 드러난 한쪽 팅팅한 허벅다리가 희부연 달빛에 허여스름하고 부들부들하게 떠올라 보였다.

황달수는 공연히 곰방대를 뻑뻑 좀 세게 빨았다. 그리고 푸우 좀 세게 내뿜었다.

곧 곰방대의 담뱃재를 재떨이에 똑똑 떨었다. 담뱃재가 빠졌을 터인데도 무슨 생각에서인지,

"으음—"

하면서 또 땅땅, 이번에는 약간 세게 두들겼다.

양순분이,

"으응—"

꿈틀거리며 돌아누웠다. 잠결에도 그 소리가 들렸던 모양이다.

그녀의 저쪽에 누워 자고 있는 용길이도 이불 속에서 꿈틀거리는 게 느껴졌다.

황달수는 마누라가 아무렇게나 차 넘긴 이불자락을 당겨서 그 속으로 다시 부스스 기어들어갔다. 등을 돌리고 누워 자고 있는 마누라의 두두룩하고 벙벙한 궁둥이가 몸에 닿자, 황달수는 그만 물큰둥하고*(물컹하고) 뜨뜨무레한 무더기를 찔벅 해보았다*(집적거려보았다). 아무 반응이 없었다.

"여보, 여보……."

이번에는 등판을 가만가만 찔벅거렸다. 혹시 용길이란 놈이 깰까 봐 조심스러웠다.

잠에 휘감겨 늘어져서 여전히 천지분간을 모르자,

"어이, 어이, 어이……."

좀 거칠게 어깻죽지를 흔들었다.

그제야 양순분은,

"으응— 와? 응— 누고?"

잠꼬대 같은 소리를 하면서 크게 꿈틀거렸다.

"우짠 잠이 그렇게 깊노. 어이, 어이, 좀 이쪽으로 돌아눕어 보란 말이다."

황달수는 마누라를 자기 쪽으로 뒤집듯 끌어당겼다.

"아이고, 으응— 안 자고 와 이카능게."

잠이 덜 깬 목소리로 투덜거리면서도 양순분은 오랜 습관대로 순순히 남편 쪽으로 돌아누웠다. 그리고,

"아으윽—"

입을 딱 벌리고 하품을 한바탕 늘어지게 하고 나서,

"아니, 지금꺼정 안 잤능게?"

눈을 끔벅끔벅하면서 묻는다.

"한숨 자고 안 일어났나. 얹혔는동*(체했는지) 속이 우짠지 끌끌해서……."

그러면서도 황달수는 조금도 속이 거북한 사람 같지가 않게 훅— 약간 뜨끈해진 숨을 내쉬며 슬그머니 마누라의 목덜미 밑으로 팔 하나를 집어넣었다.

"첫닭이 울었능게?"

양순분은 그저 예사로 물었다. 그러나 어쩐지 그 목소리에도 약간의 열기 같은 것이 느껴졌다.

"모르겠어. 울었는동……."

황달수는 다른 팔로 마누라의 몸뚱어리를 지그시 끌어안았다.

그리고 그 등허리를 커다란 손바닥으로 슬슬 어루만지기 시작했다.

황달수의 숨결이 차츰 야릇해지는 듯하자 양순분은,

"가만 있어예. 잠깐만……."

하고는 남편의 품 안에서 빠져나가 부스스 일어나 방문을 열고 마루로 나갔다.

곧 물줄기 소리가 들렸다. 마루에 놓인 요강에 쏟아지는 소리였다.

양순분이 볼일을 보고 들어와 도로 이불 속으로 기어들자, 황달수는 조금 김이 샌 듯한 기분이었으나, 슬그머니 다시 안았다.

그런데 이번에는 용길이란 놈이 꿈틀꿈틀 이불을 들추고 일어나는 것이 아닌가. 손등으로 눈을 비비면서 저도 방문을 열고 나가더니 찍— 오줌을 갈긴다. 이 녀석은 요강에다가 누는 것이 아니라, 마루 끝에 서서 마당에다가 아무렇게나 볼일을 보는 모양으로, 땅바닥에 오줌줄기 떨어지는 소리가 고요한 야삼경을 흔들어 댄다.

"저누무 자석, 어디다가 오줌을 누노. 해필 요때 깨어나 가지고……."

황달수는 공연히 화가 치미는 듯 투덜거렸다. 양순분은 무엇이 우스운지 킥킥 나지막한 소리로 웃었다.

용길이의 오줌줄기가 멎자 황달수는,

"음—"

허파에서 바람 꺼지는 듯한 소리와 함께 얼른 마누라의 몸뚱어리를 안았던 팔을 느슨하게 풀었다.

곧 방문이 열리고, 용길이가 들어와 이불 속으로 기어들었다.

황달수와 양순분은 약속이라도 한 듯이 잠시 가만히 숨소리를 낮추고 있었다, 황달수는 김이 다 새어버려 뜨끈하게 달아오르던 몸이 그만 맥이 풀리듯 식어버렸다. 기분을 잡쳐서 그런지 별안간 속이 또 지랄같이 거북해왔다. 그러나 양순분은 요강에다 볼일도 보고 해서 이제 잠이 말끔히 씻겨나가 버려 개운하고 따스한 기분으로 용길이가 잠들기를 기다렸다.

잠시 후, 양순분은 남편의 가슴패기로 바싹 다시 파고들었다. 황달수는 마지 못하는 듯 그저 건성으로 마누라를 안으며,

"속이 와 이렇게 끈끈하고 거북한동 모르겠네."

하고는 억지로 끌끌 두어 번 트림을 해보았다.

"장에 가서 술을 너무 많이 마셨으니 안 그렇게."

양순분은 뭐 당연한 일 아니냐는 투로 말한다.

"술은 고모 집에 가서 꼭 전내기 한 대지비*('대접'의 영천말)밖에 안 마셨다니까. 장바닥에서는 인제 술 구경도 할 수 없는 세상이 됐어. 글씨 술집에 술이 없더라니까 그러네."

"그기사 잘 됐소."

"임자 속이 시원하겠구마. 왜놈들 등쌀에 술도 맘대로 못 마시는 세상이 됐으니……"

"술 없는 기사 내사 하나도 안 답답구마."

말은 그렇게 하면서도 양순분은 속으로까지 썩 유쾌하지는 않은

듯 슬그머니 어조를 바꾼다.

"그런데 속이 와 그렇게? 무엇에 얹혔는강?"

"그렁 기 앙이라 저…… 오늘 고모한테서 이상한 소문을 들었는데, 글씨, 그 말을 듣고부터 갑자기 속이 칵 맥힌 것처럼 답답 안 하나. 술이 넘어가다가 얹혔는동……."

"무신 소릴 들었는데예."

"저……."

황달수는 좀 뜸을 들이다가,

"여보, 봉례를 얼른 시집보내 삐리야겠어."

불쑥 엉뚱하게 내뱉었다.

난데없는 홍두깨 같은 말에 양순분은,

"아니, 뭐라고요?"

눈이 둥그레진다. 어이가 없는 모양이다.

"얼른 여워*('여의다'의 영천말) 삐리야겠다니까."

"당신 정신이 있는게 없는게. 베란간 그기 무신 소링교?"

"글씨, 고모가 카는데, 봉례를 얼른 시집보내 삐리는 기 상책이라는 기라."

"와요? 무신 일이 있는데?"

"곧 처녀 공출이 나온다 안 카나."

"뭐예? 처녀 공출?"

"응."

"처녀 공출이 뭔게?"

"처녀 공출이 처녀 공출이지 뭐라."

"아니, 처녀를 공출한다 그 말잉게?"

"그 말이지, 뭐까 봐."

"아이고, 당신도…… 호호호…… 그기 말이라고 하능게? 사람을 우째 공출한단 말잉게. 처녀가 무신 나락가마닌강. 난 또 무신 소리라고. 호호호……."

양순분은 말 같지도 않아서 절로 웃음이 나온다.

"웃지 말어. 웃다가는 나중에 큰코다칠끼니까."

"호호호…… 당신도 참, 큰코다치기는…… 생각해 보소, 처녀를 우째 공출을 한단 말잉게. 말 같은 소리라야 안 웃지."

"그기 아니라니까 그러네. 고모가 카는데, 군청에 댕기는 집에서 나온 말이니까 틀림없다는 기라. 곧 처녀들을 몽땅 징용으로 끌고 간다 안 카나."

"징용?"

"그래, 징용으로 끌고 가는 기 결국 공출해가는 기나 마찬가지 앙이고 뭐고?"

"우야꼬—"

그제야 양순분은 가슴이 덜컥 내려앉았다.

"그러니까 봉례를 서둘러서 여워 삐리는 기 안심이라는 기라. 그란 허면 후회한다는 기여."

"……"

"고모한테 글씨, 그 소릴 듣고 나니 입맛이 뚝 떨어지며 넘어가던 술이 목구멍에 턱 걸린 것처럼 속이 답답하지 뭐고."

"……"

"아무 데나 적당한 데 여워 삐리는 기 옳겠어."

"아이고, 무신 이런 일이 다 있노. 후유—"

양순분은 꺼질 듯이 한숨을 내쉰다. 그리고 별안간 바짝 독이 오른 사람처럼,

"문딩이 같은 놈들, 지랄뻥할라고 처녀들까지 징용을 해가능고. 썩어 문드러질 놈의 자석들⋯⋯."

냅다 욕지거리를 해댄다.

"음—"

황달수도 무거운 신음소리를 토하고는,

"곧 망할 끼니까 두고 보라구."

침통하게 내뱉었다.

"얼른 좀 칵 망해 삐리면 속이 시원하겠어. 더럽고 분해서 어디 사람이 살겠능게. 처녀들까지 징용인강 지랄인강 저거 맘대로 끌고 가다니, 천지에 이런 법이 어디 있단 말잉게."

마누라의 독기 서린 흥분이 쉬 가라앉을 것 같지가 않자, 황달수는 한밤중의 이불 속인데도 슬그머니 두려운 생각이 드는 듯 조금 몸을 웅크리면서 목소리를 낮춘다.

"누가 들을라. 가만 가만 얘기해."

"듣기는 누가 들어요. 이 밤중에⋯⋯."

별 걱정을 다 한다는 듯이 양순분은 거침없이 또 내뱉는다.

"글씨, 썩어문드러질 놈들, 처녀를 끌고 가서 뭐 할라 카능공. 남자들을 징용해 갔으면 됐지."

"공장 같은 데서 일 시키겠지 뭐. 좌우간 처녀들까지 끌고 갈 때는 볼 장 다 봐간다는 징존 기라."

"얼른 망해야지, 얼른. 더럽은 놈의 세상⋯⋯."

"참, 오늘도 미국 비행기가 지나갔는데, 봤어?"

"봤구마. 오늘 밭에서 일하다가……."

"B29가 자꾸 나타나는 것만 봐도 알 수 있는 기라. 왜놈들 입으로는 꼭 이긴다고 큰소리 뻥뻥 치지만, 벌써 틀린 것 같애. 전쟁에 자꾸 밀리고 있는 모양이던데 뭐."

"일본이 지면 우리 조선은 우째 되능게?"

"모르지. 우째 될동……."

양순분은 잠시 말이 없다가,

"미국 비행기는 억씨기 높이 뜨데예. 저번에도 그러더니, 이번에도 비행기는 잘 안 보이고, 하얀 연기만 두 줄기 길게 뻗었더라니까. 참 희한하던데……."

이제 흥분이 가라앉은 듯 부드러운 어조로 말했다.

그러자 그때,

"엄마, 그기 연기가 아니라 비행운이다, 비행운."

자는 줄 알았던 용길이가 난데없이 불쑥 입을 열었다.

"아니, 니 안 잤나?"

황달수가 약간 당황한 듯 내뱉었다. 용길이 녀석이 안 자는 줄 알았더라면 일본이 곧 망하느니 어쩌느니 그런 소리는 하는 게 아닌데 싶었던 것이다.

"안 자고 뭐 하노? 비행운인동 뭔동, 어서 자거라."

양순분도 조금 화가 나는 모양이었다.

용길이는 이불 밖으로 내놓고 있던 얼굴을 후닥닥 이불 속으로 푹 묻어버렸다.

잠시 후, 황달수는 아무래도 마음에 걸리는 듯,

"용길아."

하고 입을 열었다.

이불 속에 묻혀서 못 들었는지 대답이 없다.

"용길아, 이놈아!"

그제야,

"예."

대답하고는 빼꼼히 얼굴을 이불 밖으로 내민다.

"아부지랑 어메가 한 얘기 니 어디 가서 하면 안 된다."

"예, 안 해요."

"그런 소리 하면 큰일 난다. 순사가 아부지랑 어메랑 잡아간다. 알겠제?"

그러자 용길이는 제법,

"나도 안다니까예."

이렇게 대답한다. 국민학교 5학년짜리라 그 정도의 눈치는 이미 열려 있는 모양이다.

"그럼, 어서 자거라. 낼 아침에 늦게 일어날라."

"예."

그리고 용길이는 불쑥,

"아부지, 누부야 시집 언제 보낼 끼라예?"

하고 묻는다.

어이가 없는 듯 황달수는 웃고, 양순분도 웃는다. 그러나 곧 양순분은 웃음을 거두고, 톡 내쏘아준다.

"누가 시집보낸다 카더나. 이누무 자석, 니는 그런 소리 하는 기 앙이라 카이."

"다 들었는데 뭐, 헤헤헤……."

용길이는 낄낄 웃으며 다람쥐처럼 또 후닥닥 이불 속으로 묻혀버린다.

부형 부형 부형…… 부엉이 우는 소리와 함께 밤바람 소리가 지나가고 있었다.

5

일본이 곧 망할 거니까 두고 보라니…… 그렇다면 '고오궁(황군)'이 아메리카 이기리수(영국) 그리고 짱꼴라(중국)들한테 진다는 이야기 아닌가. 학교에서 교장 선생이랑 담임선생은 노상 우리 고오궁이 아메리카, 이기리수군을 무찌르고 혁혁한 전과를 올리고 있다고 말했는데, 그럼 그 말이 거짓말이었단 말인가…….

혼자서 타박타박 논둑길을 걸어 집으로 돌아가는 용길이는 간밤에 아버지와 어머니가 주고받던 얘기가 떠올라 도무지 이상하고 얄궂기만 했다. 오늘은 교실 소제 당번이어서 다른 애들보다 늦게 혼자서 하학하는 길이었다.

일본이 지면 우리 조선은 어떻게 되느냐고, 어머니가 묻던 말이 떠오른다. 그럼 일본하고 우리 조선은 따로따로란 말인가. 똑같은 '고오고꾸신민(황국신민)'이라고 귀에 못이 박히도록 배워왔는데…… 정말 뭐가 뭔지 알 수가 없었다.

잠시 그런 생각에 젖으며 타박타박 걸음을 옮기던 용길이는,

'교장이랑 우리 선생, 인제 보니 순 거짓말쟁이였구나.'

불쑥 혼자 중얼거렸다. 그리고 입술 위까지 기어 내려온 코를 들

이마실까 하다가 찍 풀어 던졌다.

아무리 생각해도 아버지가 거짓말을 할 턱은 없는 것이다. 한밤중에 어머니한테 소곤소곤 그런 거짓말을 할 까닭이 있겠는가 말이다. 그리고 아버지는 그런 얘기 절대로 밖에 나가서 하지 말라고, 순사가 알면 잡아간다고 다짐까지 받지 않던가.

이제 보니 학교에서 큰소리로 떠들어대는 말은 거짓말이고, 밤중에 이불 속에서 소곤소곤 이야기하는 그런 말이 진짜라니, 용길이는 정말 놀라운 사실을 안 것 같아 가슴이 두근거리기까지 했다. 참 이상하고 희한하다는 생각이 들었다.

그러나 일본이 아메리카 이기리수한테 져가고 있다는 그런 사실보다도, 누나를 얼른 시집보내야겠다던 아버지의 말이 용길이에게는 훨씬 귀가 번쩍 뜨이는 듯한 소리였다. 누나가 어디로 시집가게 될 것인지…… 누나 신랑이 어떤 사람일지…… 누나가 족두리를 쓰고 신랑하고 꼬꼬재배를 하는 광경을 얼른 좀 보았으면 싶었다. 누나 꼬꼬재배 하는 날은 떡도 있고, 고기도 있고, 맛있는 음식이 수두룩할 게 아닌가.

잔칫날의 음식 생각을 하니 벌써부터 배에서 꼬르르 소리가 난다.

누나는 자기가 곧 시집가게 되는 줄도 모르고 있겠지. 얘길 해줘야지…… 생각하면서 고추밭머리를 지나 과수원 쪽으로 걸어가고 있는데, 누군지 조그만 계집애가 혼자 논가에서 무엇을 잡고 있는 게 눈에 띄었다.

하라꼬(原字)라는 일본 아이였다.

"하라꼬짱, 뭐 하노?"

용길이가 다가가며 묻자, 하라꼬는 생글 하얀 앞니를 드러내 보였다. 그리고 왼손에 쥔 것을 살짝 쳐들어 보인다.

"메뚜기 잡는구나."

"응, 많이 잡았지?"

강아지풀 꿰미에 겨우 대여섯 마리쯤 꿰어져 있는 걸 가지고 좋아서 뽐내듯 쳐들어 보이는 게 용길이는 참 시시하다 싶으면서도 귀여웠다.

"고거밖에 몬 잡았나? 내가 잡아 주까?"

"응, 잡아 줘."

"메뚜기 잡아서 뭐 할 낀데"

"꿉어 먹을려고……."

그러면서 하라꼬는 '간땅후꾸(간단복, 그 무렵의 원피스)' 호주머니에서 얼른 무엇을 꺼내어 살짝 보여주며 키킥 웃는 것이 아닌가. 조그만 성냥갑이었다.

"히히히……."

용길이도 웃음이 나왔다. 그리고 신이 나는 듯이 말했다.

"그 성냥 어디서 났노?"

"우리 아버지 호주머니에서 훔쳤지. 헤헤헤……."

"그거 가지고 하라꼬짱 니가 혼자서 메뚜기 꿉어 묵을라 캤따나?"

"응, 나 메뚜기 꿉은 거 참 맛있어."

"히히히…… 나도 좋아한다 아나. 그럼, 니캉 나캉 둘이 꿉어묵자. 내가 꿉어 줄 끼니까, 그 성냥 이리 도고."

"응."

하라꼬는 서슴없이 성냥갑을 용길에게 건넨다.

용길이는 성냥갑을 받아서 기분 좋게 호주머니에 쑤셔 넣고 하라꼬의 앞장을 서서 논두렁을 훑어나가며 메뚜기를 잡기 시작했다. 강아지풀 꿰미를 든 하라꼬가 즐거운 표정으로 뒤를 따르며 용길이가 잡아주는 메뚜기를 받아서 꿰미에 꿰곤 했다.

하라꼬는 일본 아이치고 꽤나 색다른 데가 있는 계집애였다. 이제 열 살, 3학년짜리인데, 우선 입성부터가 여느 일본 아이들과는 달랐다. 일본 아이들은 먼 데서 보아도 쉬 조선 아이들과 구별이 될 정도로 옷들이 깨끗한 편이었다. 특히 계집애들은 간땅후꾸가 됐든 '와후꾸(和服. 일본 옷)'가 됐든 알록달록한 무늬의 고운 옷들이어서, 흰 저고리에 검정 치마가 대부분인 칙칙한 조선 계집애들과는 매우 대조적이었다.

그런데 하라꼬는 그게 아니었다. 물론 그녀도 간땅후꾸 아니면 와후꾸를 입고 있었으나, 그게 애초에는 알록달록한 무늬의 옷이었는지는 모르지만, 너무 오래 입어서 그런지 색이 바래고 후줄근해져서 곱기는커녕 오히려 볼품이 말이 아니었다. 게다가 아이가 아직 철이 덜 들어서인지, 털털한 성미 탓인지, 곧잘 맨땅이든 풀밭이든 아무데나 털썩 퍼지고 앉아*(퍼질러 앉아) 놀기도 하는 터여서 더욱 지저분해 보였다.

신도 마찬가지였다. 일본 아이들은 누구나 운동화 아니면 '게다(일본 나막신)'를 신고 있었다. 그러나 하라꼬는 운동화를 신는 일은 거의 없고, 낡은 게다를 끌고 다니지 않으면, 숫제 맨발이었다. 조선 아이들과 같다고 할 수 있었다. 운동화 같은 것이 여간 귀한 시절이 아니어서, 조선 아이들은 추운 겨울철이 아니면 거의가 맨발이었던 것이다.

맨발로도 다니는 유일한 일본 아이인 하라꼬는 자기처럼 노상 맨발인 조선 아이들을 멀리하는 일이 없었다. 오히려 자기와 비슷한 맨발의 후줄근한 아이들이 좋은 듯 곧잘 조선 아이들 곁으로 다가오고, 거리낌 없이 어울렸다.

그런 하라꼬를 조선 아이들도 마다하지 않았다. 일본 계집애라고 해서 조금 지분거리는 녀석들이 없는 것은 아니었지만, 대개는 모두 귀엽게 데리고 놀아주었다.

일본 아이들에 대해서 조선 아이들은 덮어놓고 어떤 얄미움이라 할까, 막연한 적의 같은 것을 가지고 있었다. 우선 입성부터가, 신발부터가 그런 감정을 자아내게 하는 셈이었다. 그리고 일본 아이들 스스로가 조선 아이들을 얕잡아보는 듯, 혹은 은근히 두려워하는 듯, 도무지 어울리려 들지 않고, 멀리 하려고만 했다.

그런데 오직 하라꼬만이 그렇질 않으니, 그녀에 대한 적의 같은 것을 느낄 까닭이 없었다. 아무튼 색다른 묘한 계집애였다.

하라꼬의 아버지 '기무라겐수께(木村健助)'는 야마구찌네 과수원의 고용인이었다. 사과 재배에 남다른 솜씨가 있는, 말하자면 원예 기술자인 셈이었다. 과수원 한쪽 가에 조그만 함석집이 있는데, 그곳에서 마누라와 딸, 세 식구가 살고 있었다. 그러니까 일본 사람으로서는 이 고장에서 유일하게 자기의 논밭이나 과수원을 소유하지 못하고, 남의 집에서 품을 들며 살아가고 있는 사람이었다.

성격이 일본 사람치고 드물게 텁터부리*(성격이 모나지 않고 털털한 사람을 두고 하는 영천말)해서 막걸리를 즐겨 마실 뿐 아니라, 조선 사람들하고도 격의 없이 어울리는 그런 사람이었다. 과수의 전지 같은 일은 아무나 할 수 없는 일이어서 조선 사람 사과밭에서도 곧잘 그에게 일을 맡기는데, 그런 경우에도 그는 조금도 다른 표정 없이 기

꺼이 맡아서 일을 잘 끝내 줄 뿐 아니라, 집에서 담근 농주를 내주기라도 하면,

"고랴 이이 사께데수요. 잇또데수요(이건 기가 막힌 술이지요. 일등이지요)." 하면서 벌컥벌컥 즐겁게 마셔대는 그런 위인이었다.

그래서 마을 사람들은 그를 기무라고 성을 부르는 게 아니라, 그냥 겐수께, 겐수께 하고 친구의 이름 부르듯 불렀다.

그러니까 말하자면 그런 아버지에 그런 딸인 셈이었다.

얼마 후, 메뚜기는 두 꿰미가 되었다. 용길이와 하라꼬는 제각기 한 꿰미씩 들고 밭둔덕의 으슥하면서도 양지바른 장소를 찾아가 검부러기를 듬뿍 긁어 모아놓고 쪼그리고 앉아서 메뚜기를 굽기 시작했다.

산 메뚜기들이 불 속에서 타닥타닥 나부대며 마지막 안간힘을 써대는 것이 재미있는 듯 하라꼬는,

"히히히…… 뜨겁은 모양이지."

하면서 웃었다.

"맛있게 잘 타 죽는다. 흐흐흐……."

용길이도 기분이 그만이었다.

곧 가무잡잡하게 구워진 메뚜기들을 재 속에서 집어내 훌훌 불어가며 입에 넣기 시작했다.

"고소하다 그쟈?"

"응."

"참 맛있다."

하라꼬가 훨씬 바삭바삭 입맛 나게 씹어댄다.

그렇게 군 메뚜기를 먹다가 용길이는 문득 생각이 난 듯,

"하라꼬짱, 니 말이다, 일본이 지면 우얄래?"

불쑥 물었다.

"뭐?"

하라꼬는 얼른 무슨 뜻인지 못 알아들은 표정이다.

"일본이 말이지, 아메리까 이기리수한테 지면 우얄 끼고 말이다."

그러자 하라꼬는 킥 웃기부터 하고는,

"안 져, 일본이 이겨."

빨간 혀끝을 날름 내밀어 보였다.

"만일 지면 우야지?"

"……."

"응?"

"몰라."

하라꼬는 그런 이야기가 흥미 없다는 듯이 재 속의 메뚜기 쪽으로만 눈이 반질거렸다.

용길이는 일본이 곧 망할 거니까 두고 보라고, 간밤에 아버지가 하던 말을 하라꼬한테 얘기해 줄까 하다가 그만두었다. 그런 얘기 절대로 밖에 나가서 하지 말라고 다짐받던 아버지의 목소리가 으스스하게 떠올랐던 것이다.

그래서 그저 혼자서 히들히들 실없이 웃으며,

"일본이 비실비실 오늘도 뒷걸음질치고 있겠지."

하고는 냅다 휙— 휘파람을 한 가닥 뽑았다. 아직 휘파람으로 곡조를 맞추어서 노랠 부르는 재주는 익히지 못했으나, 휙휙 소리만은 곧잘 내뽑을 수가 있었다.

휙— 휘파람소리에 하라꼬는 눈이 동그래졌다가 곧,

"휘파람 잘 분다."

하면서 생글 웃었다.

그러고 있는데 난데없이,

"이누묵 자석, 니 뭐하고 있노!"

호통소리가 머리 위로 떨어져 왔다. 밭둑 위에서였다.

용길이와 하라꼬는 깜짝 놀라 고개를 쳐들었다.

봉례였다. 봉례가 바구니를 옆구리에 끼고 밭둑에 서서 내려다보고 있는 것이 아닌가. 김칫거리로 배추라도 몇 포기 뽑으러 밭에 가다가 모락모락 피어오르는 연기를 보고 이쪽으로 와본 모양이었다.

"니 여기서 뭐하고 있지?"

"……."

"응? 학교가 끝나면 바로 집에 안 오고, 이런 데서……."

"메뚜기 좀 꿉어묵었어. 헤헤헤……."

용길이는 입언저리랑 여기저기 재가 묻어 거뭇거뭇한 얼굴로 멋쩍게 웃었다. 난데없이 이렇게 누나가 불쑥 나타날 줄은 정말 몰랐다는 듯이 한 손으로 뒤통수를 긁으면서.

"아부지한테 일러 혼나게 할 끼다."

"아부지한테 이르진 마. 누부야, 잉?"

"그럼 입이나 좀 닦고, 날 따라와. 밭에 가서 배추 뽑아가지고 니가 집까지 들고 가야 한대. 그래야 안 이른대이."

"그래, 내가 들고 가께."

용길이는 좋다구나 하고 입언저리를 썩썩 문지르며 둔덕을 후닥닥 튀어 오른다. 그리고,

"하라꼬짱, 니도 온나."

한다.

하라꼬도 공연히 좋아서 생글거리며 둔덕을 기어오른다.

빈 바구니를 옆구리에 끼고 앞서 가는 봉례의 뒤를 말없이 따르던 용길이가,

"참, 누부야."

하고 입을 뗀다. 아주 중대한 일을 깜박 잊고 있었다는 듯이.

"와?"

봉례는 뒤도 돌아보지 않고 그저 건성으로 대답한다.

"누부야 시집보낸대."

"뭐라고?"

그제야 봉례는 힐끗 용길이를 돌아본다.

"아부지가 말이지, 누부야 곧 시집보낸다 캤어."

"뭐가 우째?"

봉례는 돌아 서서 걸음을 멈추며,

"아니, 그기 무신 소리고?"

정색을 하고 용길이에게 따지듯 묻는다.

"어젯밤에 그캤어. 자다가 아부지가 엄마한테 소근소근 얘기하는데 그카더라 말이다."

"정말이가?"

"정말이다. 절대 거짓말 앙이다."

용길이도 약간 긴장이 된 듯한 표정으로 눈을 반질거리며 대답한다.

뒤따르던 하라꼬도 걸음을 멈추고, 난데없이 무슨 일인가 싶은 듯 동그래진 눈으로 용길이랑 봉례의 얼굴을 번갈아 바라본다.

봉례는 별안간,

"홋홋후……."

어이가 없는 듯이 웃더니,

"누가 시집을 가능강. 흥! 노망했어. 노망해!"

하고 내뱉었다.

멀리 논에서 새 쫓는 소리가 들려오고 있었다.

"후여 딱딱 후여— 아래쪽 새는 아랫녘으로, 후여 딱딱 후여, 후여—"

한 떼의 새들이 파르르…… 하늘로 날아오르는 게 보였다.

6

봉례를 서둘러 시집보내 버려야 하느냐, 어떻게 하는 것이 옳으냐 하는 문제는 생각처럼 그렇게 쉽사리 결론이 내려질 성질의 것이 아니었다.

혼사뿐 아니라, 집 안의 모든 일이라는 것이 다 때가 있고, 그때가 되어야 이루어지는 법인데, 아무 마련도 없는 판에 난데없이 딸을 출가시키는 문제가 들이닥치다니, 아닌 밤중의 홍두깨도 유분수인 셈이었다. 딸을 시집보내는 일이 그렇게 간단한 문제인가 말이다. 집에서 키우던 개나 돼지를 내다 파는 일도 그렇게 경황없이 서둘러 댈 수는 없는 노릇인데, 하물며 첫딸의 혼사를, 집 안의 개혼을 허둥지둥 무엇에 쫓기듯이 치러버릴 수가 있는 일이겠는가.

그렇다고 결론도 없이 질질 끌고만 있을 수도 없는 문제였다. 좋은 혼처가 있는데, 시집을 보내겠느냐 어쩌겠느냐 하는 그런 성질의 이야기라면 돼도 그만 안 돼도 그만이니 오히려 느긋이 질질 끄는 데에 딸을 키운 부모로서의 재미도 있고, 혼사의 묘미라는 것도 느껴지는 법이지만, 이건 그게 아니라 숫제 발등에 불똥이 떨어진 격이 아닌가. 처녀 공출인지 징용인지 하는 것이 나오기 전에 서둘러 시집을 보내버리느냐, 아니면 설마 무슨 그런 일이…… 하고 헛소문이기를 바라다가, 만일 그런 것이 실제로 나오면 별 수 없이 내보내느냐 하는 갈림길에 바짝 다가선 셈이니 말이다.

황달수는 아무래도 헛소문이 아닌 것 같으니, 일을 당하기 전에 서둘러 출가시켜버리는 것이 옳겠다는 그런 생각 쪽이었다. 그렇다고 그 생각이 결정적으로 굳어진 것은 아니었다. 무엇보다 우선 혼사의 준비가 되어 있지 않다는 점이 앞을 가로막았다.

봉례 나이 이제 열여덟, 옛날 같으면 얼마든지 시집보내고 남을 나이지만, 그러나 지금 세상은 아무래도 스물 두엇 되어야 부모로서 조금은 덜 애처로운 심정으로 남의 집에 보낼 수가 있지 않은가. 그래서 혼사를 사오 년 앞으로 내다보고 있었고, 또 집 안의 개혼이 되는 터여서 되도록이면 남부끄럽지 않게 잘 한 번 잔치를 벌이려고 마음먹어 왔는데, 지금 당장 혼사를 치러야 하다니…… 가장으로서의 꿈이 물거품처럼 꺼지는 듯한 느낌이었다.

양순분은 어느 쪽인가 하면 까짓것 나중에야 어떻게 될 값에 지금 당장 혼사를 치를 수는 도저히 없다는 입장이었다. 혼사의 마련이 되어 있지 않은 것은 말할 것도 없지만, 그것보다도 그녀는 여자가 서방을 맞아 간다는 것은 평생의 행불행을 결정짓는 거나 마찬가지 일인데, 그런 중대사를 허둥지둥 아무렇게나 치러 넘길 수는 없다는 생각이었다. 최악의 경우에는 공출인지 징용인지 그것에 다녀오는 한이 있더라도, 일생일대의 중대사를 그렇게 경솔히 해치워버릴 수는 도저히 없다 싶었다.

그래서 그녀는 공출인지 징용인지 정말 처녀들에게 그런 것이 나오면 혼자 당하는 일이 아니니 까짓것 나가서 한두 해 공장 같은 데서 일을 하고 돌아오면 어떠냐, 그 후에 출가를 시켜도 얼마든지 되지 않느냐, 설마 처녀들을 끌고 가서 여러 해 동안 묶어 두지는 않을게 아니냐, 저희들도 사람인데…… 이렇게 주장했다.

마누라의 그런 주장에 대해 황달수는 고개를 가로 내저었다.

"그 자석들이 사람인 줄 아나? 사람 같으면 남의 귀한 딸들을 저거 맘대로 끌고 가겠어? 한두 해 있다가 꼭 돌려보내 줄지 어떨지 우예 믿노 말이다. 그리고 애당초 여자가 혼자서 외지에 간다는 것은 벌써 틀려먹은 일인 기라. 더구나 처녀가…….."

"혼자 가기는 와 혼자 간단 말잉게. 공출인지 징용인지 그기 나오면 우리 봉례 혼자한테만 나오는게. 다른 처녀들한테도 나올 끼니까 다 같이 갈 끼 아닝게."

"물론 봉례 혼자서 가는 기야 아니지. 그렇지만 부모가 안 따라가는 이상 혼자 가는 기나 마찬가진 기라. 그렇게 처녀들만 내보낸다는 것은 그 자석들한테 몽땅 내맡기는 기나 마찬가지 앙이가 말이다. 늑대들한테 토끼 새끼를 맡기는 셈이지. 남자들이란 다 늑대라는 거 임자는 아직 모르나?"

"남자들은 다 늑댕교? 흐흐흐…… 그럼, 당신도 늑대겠네."

"좌우지간 가시나라는 것은 부모가 꼭 끼고 있다가 시집보내는 기 상책인 기라. 외지에 내보내서는 절대 안 되는 기여. 외지에 나가 굴

54

러댕기던 여자 제대로 성해 가지고 고향에 돌아온 거 본 일 있어? 당장 첫선이 누님을 보라니까구마. 그 신세가 어떤고.”

첫선이란 황달수의 이종사촌 누님 되는 여자였다. 황달수보다 한 살인가 두 살 위여서 어릴 적부터 친구처럼 유난히 정답게 지낸 사이였다. 같은 마을은 아니었지만, 별로 멀지 않은 이웃 동네여서 황달수도 혼자서 곧잘 놀러가고, 그 첫선이 누나도 수시로 찾아오곤 했었다. 둘이 어울리면 너는 신랑, 나는 각시, 하면서 이종사촌끼리 신랑각시가 되어 곧잘 소꿉놀이를 하기도 했고, 함께 논길 밭길을 돌아다니며 삘기 같은 것을 뽑기도 했으며, 때로는 뒷산 깊숙이까지 두려운 줄도 모르고 둘이서 손을 잡고 머루랑 산딸기를 따먹으러 가기도 했었다.

그렇게 서로 별스럽게 정이 들었던 첫선이 누나가 고향을 떠나 경성으로 남의집살이를 하러 간 것은 그녀가 열둘인가 셋 되던 해였다. 돌림병으로 아버지를 여의고, 두어 해 뒤에는 어머니, 그러니까 황달수의 이모마저 시들시들 앓다가 세상을 떠나자, 큰집에 얹혀 지내는 몸이 되었는데, 그 큰집이라는 것도 자기네 식솔 호구하기에도 급급한 그런 형편이어서, 결국 첫선이를 남의집살이로 보내게 되었던 것이다. 남의집살이를 갈망정 마침 어떤 연줄이 닿아서 경성으로 가게 되어 보내는 쪽이나 떠나는 당자나 모두 조금은 마음이 덜 아팠었다.

그때 황달수는 간이학교(시골 조그만 국민학교) 1학년인가 2학년이었는데, 경성이라는 바람에 오히려 누나를 은근히 부러워했었다. 첫선이 역시 고향을 떠나 객지로 남의집살이를 가는 것은 두렵기도 하고 슬프기도 한 일이었지만, 그곳이 경성이라는 바람에 내심 호기심 같은 것이 일며 조금은 우쭐해지는 듯한 기분이기도 했다.

그래서 첫선이는 떠나기 앞서 각별히 정이 든 동생을 찾아와서,

"달수야, 나 경성에 간다. 기차 타고, 아나? 경성에는 높은 집도 많고, 인력거도 많고, 자동차도 많다. 아나?"

이렇게 자랑스럽게 말하고는 이어서,

"나중에 내가 돈 많이 벌어 갖고 니도 경성 구경시켜 주꾸마, 잉? 공부 열심히 하고 기다려, 잉?"

하면서 일 전짜리 동전 두 개를 손바닥에 꼭 쥐어주는 것이었다.

그렇게 경성으로 남의집살이를 떠나간 첫선이가 몇 해 뒤에는 뜻밖에도 일본에서 편지를 보내왔었다. 일본 대판의 어느 공장에서 일을 하고 있다는 사연이었다. 그 편지를 받고 고향의 친척들은 꽤나 놀랐었다. 경성으로 남의집살이를 갔는데, 어떻게 해서 일본 땅으로 건너가 공장에서 일을 하게 되었는지 도무지 알 수가 없는 노릇이었다.

그 말을 듣고 황달수 역시 조금 이상한 일이다 싶었으나, 일본 대판이라는 곳이면 경성보다 월등히 더 도회지가 아닌가 하는 생각에 내심 이것 봐라, 누나가 어쩌면 나를 경성이 아니라, 일본 대판 구경을 시켜 줄지도 모르겠구나 싶으며 가슴을 약간 울렁거리기까지 했었다.

그러나 대판의 공장도 잠시이고, 다음은 동경이 주소로 되어 있었고, 그 다음은 북해도 어디로 되어 있더니, 그 뒤로는 소식마저 끊어져 버렸었다.

그러다가 십 몇 년 만에 홀연히 고향 땅에 모습을 나타낸 첫선이는 대뜸 보아도 그 차림새나 얼굴 모습이 예사 여자 같지가 않았다.

나이는 어느덧 스물대여섯이 되어 버렸으나, 스물대여섯이면 한창
무르익은 꽃다운 시절이라고 할 수 있을 터인데, 이건 벌써 물이 가
도 한물 단단히 간 여자처럼 되어 있었다. 예사로 궐련을 손가락 사
이에 끼고 푸— 푸— 하고 마치 한숨을 내쉬듯 담배연기를 내뿜는
꼬락서니부터가 말이 아니었다. 어느 세상에 아직 서른도 안 된, 스
물대여섯 먹은 여자가 예사로 담배를 피워댄단 말인가. 그것 한 가
지만 보아도 벌써 그녀가 그동안 어떤 처지로 굴러 다녔는가 하는
것을 알 수 있고도 남았다.

그렇다고 돈을 좀 모아 가지고 돌아온 것도 아니었고, 눈에 보이
지 않는 병만 몸에 지닌 듯했으니, 그녀의 앞날은 뻔했다. 그렇게 외
지로 굴러다니다가 돌아온 여자를 정처(正妻)로 맞을 남자가 도대체
어디에 있겠는가. 소실살이를 조금 하다가 그것도 곧 걷어치우고,
결국 다시 외지에서처럼 청루 방면으로 흘러들어 가고 말더니, 중년
의 아낙네가 된 지금도 그런 쪽에서 몸을 빼지 못하고, 비린내 같은
것을 풍기며 시들어져가고 있는 신세가 되고 만 것이다.

"외지라는 곳은 여자에겐 시궁창이나 마찬가진 기라. 첫선이 누님
을 보면 알 끼 앙이가. 그기 시궁창에 빠진 인생 앙이고 뭐고? 한 번
시궁창에 발을 들여놓았다 카면 여자는 볼일 다 본 기나 마찬가지
라. 그러니까 가시나는 어떤 일이 있어도 혼자 외지에 내보내선 안
된다 그 말이다."

황달수의 말에 양순분은 그래도 몇 마디 대거리를 했다.

"외지에 나간다고 다 그렇게 되능게. 지 정신만 똑똑히 채리면 안
그렇구마."

"모르는 소리……."

"호랭이굴 속에 들어가도 정신만 채리면 살아날 수가 있다 카는데, 외지에 나갔다고 다 그럴 것 같으면 어디…… 첫선이 성님은 그기 타고난 팔잔 기라요."

"그런 소리 말어. 팔자가 다 뭐고? 첫선이 누님이 외지에만 안 갔어보래. 얼마나 맘씨 싹싹하고 착한 여잔데…… 시집을 가서 그야말로 현모에 양처가 되고도 남았을 끼다. 그저그저 그놈의 경성, 그놈의 일본 대판인가 동경인가 그 지랄 같은 외지 탓으로 그런 신세가 되고 만 거지, 팔자는 무신 놈의 말라빠진 팔자……."

황달수는 슬그머니 화가 치미는 듯 목에 조금 힘줄이 내비쳤다.

남편의 어조가 약간 격해지는 듯하자, 양순분은 애써 낮고 부드러운 목소리로,

"외지로 나가게 된 그기 다 팔자라니까예. 팔자라고 생각하는 기 맘 편코 안 좋은게. 안 그렇게?"

하고는 헤죽헤죽 웃어넘겨 버렸다.

황달수의 어머니 안 노파는 손녀인 봉례의 혼사 이야기를 듣고 그저 눈구석에 꾀죄죄한 물기를 떠올리며 쯧쯧쯧…… 혀를 차기만 했다. 처음에는 벌써 무슨 혼사 얘길 꺼내느냐는 듯이 약간 눈이 둥그레졌으나, 자세한 까닭을 얘기 듣고는 입속으로 중얼거리듯,

"관셈보살—"

하고는 말없이 그저 쯧쯧쯧…… 혀를 찼다. 그것도 힘이 빠진 흐늘흐늘한 혀끝으로 말이다.

아직 일흔이 되려면 서너 해 남은 터인데도 안 노파는 앞니도 거의 빠지고, 머리도 온통 허옇게 세었을 뿐 아니라, 허리까지 구부정하게 휘어져가고 있었다. 본래 체질이 허약한 것인지, 살아온 세월이

너무 고달파서 그런지, 좌우간 십 년쯤은 앞질러서 폭삭 늙어버린 것 같았다.

그리고 손녀의 뜻밖의 혼사 문제에 대해서도 그저 입안에서 우물우물 관세음보살이나 찾고, 힘없이 혀나 찰 뿐, 이렇다 저렇다 뚜렷한 의견 같은 것이 있을 턱이 없었다. 말하자면 서둘러서 시집을 보내는 것도 애처롭고, 그렇다고 안 보내고 있다가 공출인지 징용인지에 내보내는 것도 가련하고…… 생각하면 절로 퇴죄죄한 물기가 눈구석에 어리는 그런 슬프고 막연한 심정인 셈이었다.

친척들은 말이 많았다. 한 동네에 있는 몇 가호 되는 친척집 사람들은 제각기 이러쿵저러쿵 떠들어댔다. 그러나 그 지껄여대는 푼수에 비해서 실상 별로 걱정을 하는 것 같지가 않았다. 당장 자기네 발등에 떨어진 불이 아니라서 그런지, 어떻게 보면 재미삼아 곧잘 이야깃거리로 봉례의 혼사 문제를 끄집어내는 것 같기도 했다.

오히려 이웃의 나이 찬 딸을 둔 집들에서 걱정과 의논이 자자했다. 설마하니 처녀들을 끌고 가기야 하리라구, 헛소문이겠지, 세상이 뒤숭숭해지면 별 소문이 다 나는 법이지…… 이런 식으로 좋은 쪽으로 생각을 하면서도 여전히 모두 찡그린 이맛살을 펴지 못하는 그런 상태였다.

말하자면 동네가 그 문제로 조용히 술렁거리고 있는 셈이었다.

황달수는 봉례를 서둘러 출가시켜버리는 것이 상책이라는 생각에 변함이 없으면서도, 친척과 이웃들의 분분한 얘기에 귀를 기울이며 관망하듯 차일피일 날을 보내고 있었다. 그러나 곧 한 대 오지게 얻어맞은 듯 정신이 번쩍 들 그런 계기가 다가왔다. 그것은 동생 황달칠의 돌연한 귀가로 인해서였다.

7

봉례는 잠자리에 든 지가 꽤 오래되었으나 도무지 잠이 오지가 않았다. 방문 쪽이 조금 희끄무레하기는 했으나, 방 안은 온통 깜깜한 어둠이었다.

안 노파는 간간이 코를 골면서 잘도 자고 있었고, 봉례 동생 봉숙이도 어느덧 잠이 깊어가고 있는 듯했다.

봉례는 이불자락을 휘감으며 이리 뒤척 저리 뒤척 하고 있었다. 야 릇하고 알록달록한 생각이 온몸을 지근지근 뜨거워지게 하기도 했고, 심란하고 지랄 같은 기분이 별안간 엄습해 오기도 했다. 두만이와 살짝살짝 만나 몸을 조금씩 맞대기도 하는 짜릿한 그 맛을 생각하면 황홀하기 그지없다가도, 집에 가서 자기를 시집보내버릴 논의를 하고 있다는 생각이 떠오르면 팍 기분이 식어버리며 온몸에 두드러기가 돋아나는 듯한 느낌이었다.

시집을 보내려면 두만이한테 보내주어야지, 그렇지 않으면 절대로 시집 안 갈 거니까 두고 보라구…… 이런 생각을 하며 공연히 혼자 깜깜한 어둠 속에서 뿌드득 어금니를 물다가, 잠시 후엔 또 야릇하게 앓는 소리 비슷한 신음소리를 흘리며 희끄무레한 방문 쪽으로 몸부림을 치듯 돌아누웠다.

그런데 그때였다. 어디서 무슨 삐걱거리는 듯한 소리가 들렸다. 봉례는 바짝 귀를 세웠다.

사위가 호젓하기만 한 깊은 밤이라, 그 소리는 곧 사립 쪽에서 나는 소리라는 것을 알 수 있었다. 사립문을 누군가가 밖에서 밀어 열고 있는 기적인 듯했다.

　도대체 이 밤중에 누굴까…… 봉례는 온몸이 썰렁하게 굳어지는 듯했다. 그러나 곧 그녀는 벌떡 일어나 방문을 왈칵 열며,

　"누고?"

　소리를 질렀다.

　아직 달이 뜨지 않아서 바깥도 어두웠다. 별빛이 잔잔히 내리고 있는 마당으로 사립문을 열고 들어서는 거뭇한 그림자가,

　"나다, 나."

하고 대답했다. 굵은 목소리였다.

　"누궁교?"

　"봉례가?"

　"……."

　"나다. 삼촌이다."

　"삼촌이라예?"

　봉례는 깜짝 놀라 후닥닥 마루로 뛰어나갔다.

　"삼촌 오시능교? 아니, 삼촌, 이 밤중에 베란간……."

　마당으로 뛰어 내려가며 봉례가 어리둥절하면서 반기자,

　"그래, 베란간 왔다. 할무이는 지무시나?"

하고 삼촌은 후유— 큰 숨을 한 번 내쉬었다.

　밤길을 걸어오느라 무척 피로한 모양이었다. 등에는 무슨 짐짝을 멜빵을 해서 지고 있었다. 그런데 한쪽 팔을 헝겊 같은 것으로 친친 동여매어 어깨에 걸치고 있는 것이 아닌가.

　그것을 본 봉례는 눈이 휘둥그레지며 물었다.

　"삼촌, 팔을 다쳤습니꺼?"

"그래 그래."

삼촌은 뚜벅뚜벅 토방으로 올라 마루에 털썩 걸터앉았다. 그리고 멜빵을 벗겨 짐짝을 내렸다. 부상한 한쪽 팔까지 어깨에 걸고 있는 터여서 짐짝을 내리는데 매우 어설프고 불편해 보여 봉례가 조심스레 거들었다.

짐짝은 낡은 도랑꾸(트렁크)였다.

큰방 문이 비시시 열리며,

"누궁게? 응?"

잠 덜 깬 목소리가 들렸다. 양순분이 일어난 것이다.

"삼촌 오셨어. 엄마."

"뭐라? 삼촌? 아니 되련님이 이 밤중에……."

너무나 뜻밖의 일에 양순분은 당황하며 쿨쿨 자고 있는 남편을 냅다 흔들어댔다.

"보소, 보소, 되련님 왔구마. 일어나소. 일어나소. 예!"

"으응— 와 이카노?"

황달수는 커다랗게 기지개를 켜며 눈을 떴다.

"일어나소. 되련님 왔다니까."

"뭐? 달칠이가 와?"

황달수는 벌떡 이불을 걷어차고 일어나 앉으며 씩씩 눈을 비볐다.

그러자 황달칠은 지까다비(일제 때의 농구화 같은 신)를 벗고 마루로 올라,

"형님, 별일 없었능교?"

하면서 큰방 쪽으로 다가갔다.

아닌 밤중에 흥남 비료공장에 가 일하고 있는 황달칠이가 돌아오

다니 정말 뜻밖의 일이 아닐 수 없었다. 더구나 한쪽 팔을 다쳐 가지고 말이다.

물론 안 노파도 곧 깨어나 몇 해 만에 불쑥 돌아온 작은아들을 보고 눈물을 질금거렸고, 봉숙이랑 용길이, 그리고 용길이 동생 용수까지 모두 잠이 깼다.

양순분은 부엌에 나가 서둘러 밥을 지었고, 황달수랑 안 노파는 가물거리는 등잔불 아래서 우선 달칠이의 다친 팔이 궁금해서 그 얘기부터 물었다.

"일을 하다가 좀 다쳤심더. 뼈가 쪼매 상했는 거 같애요. 공장에서 일하다 보면 흔히 있는 일인 기라요."

달칠이는 그저 대수롭지 않은 일이라는 듯이 덤덤한 어조였다.

"뼈가 상했어? 아이고, 우짜다가…… 조심 안 하고…… 쯧쯧쯧……."

그리고 안 노파는 반 울음 섞인 그런 목소리로,

"관셈보살, 관셈보살—"

하고 중얼거렸다.

잠시 후, 밥상이 들어오자, 봉례랑 봉숙이, 그리고 용길이는 작은 방으로 건너가고, 다섯 살짜리 용수는 아랫목 한쪽 구석에서 다시 잠이 들었다.

몹시 시장했던 모양으로 달칠은 한참 정신없이 밥이랑 국 국물을 퍼 넣었다. 그리고 약간 겸연쩍었던지 그제야,

"형님, 올 농사는 잘 됐지요?"

하고 입을 열었다.

"농사야 그럭저럭 됐다마는 농사 잘 되면 뭐 하노. 공출에 몽땅 뺏

길 낀데…….”

황달칠은 곰방대에 담배를 담아 입에 물며 말했다.

그러자 가만히 앉아 있던 양순분이 공출이라는 말에 문득 생각이
난 듯,

“참, 되련님요, 저…… 처녀 공출이 나온다는 기 정말인교?”
하고 물었다.

“뭐예? 처녀 공출?”

“예, 처녀 공출이 나온다고 우리 봉례를 얼른 시집보내 삐릴 낀가,
우짤 낀가, 지금 걱정이 태산 같구마.”

그러나 아직 달칠은 무슨 뜻인지 분명히 와닿지가 않은 듯 멀뚱한
표정이었다.

황달수가 말을 이었다.

“처녀들한테도 곧 징용이 나온다는 소문이 있어서…….”

그제야 달칠은,

“아, 데이신따이 말이구먼.”
하고 눈을 번쩍 떴다.

그는 여자정신대근무령(女子挺身隊勤務令)이라는 것이 공포되어 만
십이 세 이상 사십 세 미만의 배우자 없는 여성들을 징용해서 일본
만주 지나(支那) 남양 등 각지로 끌고 간다는 사실을 알고 있었다.
그러나 질녀인 봉례가 그 데이신따이의 대상이 된다는 사실엔 미처
생각이 미치지 못하고 있었던 것이다.

달칠은 남은 국 국물을 훌쩍 들이마셨다. 그리고 숟가락을 놓고는
정색을 하며 조금 목에 힘을 준 것 같은 그런 어투로 말했다.

“당장 시집보내야 되느마. 우물우물하고 있다가는 큰일 난다니까

요. 나는 처녀 공출이라 캐서 무신 소린가 싶었더니……."

"그럼, 그기 정말이란 말잉교? 되련님."

"정말이고말고요. 벌써 끌려 나간 처녀들도 많다니까요. 내가 있던 흥남에서도 만주로 중국으로 끌려 나갔다니까 그러네요."

"우야꼬—"

"음—"

양순분과 황달수는 동시에 가슴이 내려앉는 듯한 소리를 토했다.

그러나 곧 양순분은 다시 물었다.

"처녀들을 끌고 가서 뭐 할라고 그러능교? 공장에서 일을 시킨다 메요."

"공장에서 일을 시키면 그래도 괜찮지요. 그기 앙이라……."

"그기 앙이라 뭔교?"

"저…… 일본 군인들의 저……."

달칠은 설명을 뭐라고 해야 할지 매우 난처한 그런 표정으로 어물거렸다.

"어서 좀 얘기해 보소. 일본 군인들의 무신 빨래를 해주능가예?"

"헛헛헛……."

달칠은 그만 웃음이 나왔다.

"웃지 말고 야야, 어서 말해 봐라."

안 노파도 바짝 궁금한 듯 졸음이 감도는 눈으로 작은아들을 가만히 바라본다.

달칠은 도리 없다는 듯이 내뱉었다.

"갈보 노릇을 시킨단 말입니더. 일본 군인들의……."

"뭐라고? 갈보 노릇을 시켜? 그기 정말이가?"

번쩍 두 눈을 부릅뜬 것은 황달수였다.

"정말이라니까요. 형님, 그렇지 않으면 뭐 할라고 처녀들을 그렇게 만주로 중국으로 끌고 간단 말인교. 만주나 중국에 무신 놈의 공장이 그렇게 많다고……."

"……."

"처녀들뿐 아니라, 과부들까지 징용해 가도록 법이 정해졌단 말이구마. 그걸 데이신따이라 카느마. 만 열두 살인가 몇 살부터 마흔 살까지의 혼자 사는 여자는 모조리 데이신따이로 끌고 갈 수 있도록 법으로 그렇게 되었다니까요."

"음—"

"내가 있던 함경도 쪽에서는 만주로 중국으로 끌고 갔지만, 이쪽 경상도나 전라도 여자들은 아매 남양군도로 끌고 갈 끼구마. 남양군도에 일본 군대가 얼매나 많이 있는게. 그 자석들도 남자니까 간혹 여자 맛을 봐야 전쟁을 할 기운이 날 끼 아닝교. 안 그렁교? 형님, 히히히……."

"알았다. 그만!"

황달수는 마치 화라도 솟구친 사람같이 내뱉었다.

양순분은 어처구니가 없어 기가 차면서도 좀 듣기가 거북했는지 묘한 표정으로 멀뚱히 등잔불을 바라보고 있었다.

기름이 다해 가는지 등잔불은 서서히 자지러들고 있었다.

8

저만큼 바위 언저리 머루 덤불 그늘에서 별안간 푸드득! 날개를 치며 꿩이 한 마리 날아올랐다. 가을 오후의 화사한 햇살 속을 꿩은 영롱한 빛으로 반짝거리며 건너편 산비탈 쪽으로 날아간다. 큼직한 장끼였다.

"햐— 저놈의 꿩……."

두만이는 우뚝 걸음을 멈추고 아쉬운 듯한 표정으로, 날아가는 장끼를 바라보았다. 돌멩이를 집어서 냅다 던져보고 싶은 생각이 들었으나, 이미 거리가 멀어서 소용이 없었다.

두만이는 다시 터벅터벅 걸음을 옮기기 시작했다. 게에트르*(각반)를 친 다리가 조금 뻐근했다. 여느 때 같으면 이 정도의 산길은 예사지만, 오늘은 오전부터 학교에 가서 목총을 들고 전투 연습이랍시고 총검술을 익히고, 운동장을 뛰고 기고하는 훈련을 받고 돌아오는 길인 것이다.

청년훈련대라는 것이 면 단위로 조직되어, 국민학교에서 군대 경력이 있는, 재향군인인 일인 선생을 교관으로 해서 그 훈련을 정기적으로 실시하고 있었다. 징집 입영 전의 예비교육인 셈인데, 그 조직을 약칭 '세이꿍(請訓)'이라고 했다.

그 세이꿍의 훈련을 마치고 두만이는 산으로 봉례를 만나러 가는 길이었다. 어제 봉례의 쪽지를 받았던 것이다. 봉례의 쪽지는 언제나 봉숙이가 남몰래 살짝 전해주었다. 올봄에 국민학교를 졸업한 봉숙이는 말하자면 언니의 사랑의 심부름꾼인 셈이었다.

그 쪽지에 '내일 오후 세 시에 뒷산 각시바위로 와 주어요. 중대한 할 말이 있어요. 꼭 와야 해요. 기다리겠어요.'라고 적혀있었던 것이다. 그래서 훈련을 마치고 바로 금융조합으로 돌아가지 않고, 산 쪽으로 걸음을 돌린 것이다.

두만이는 금융조합의 소사였다. 봉례와 한 교실에서 육 년 동안 함께 공부를 하고, 같이 졸업을 한 동기생인데, 그는 늘 급장이었다. 머리가 우수할 뿐 아니라, 품행도 방정해서 언제나 학교의 모범생이었다. 그러나 집 안이 구차해서 그보다 성적이 뒤지는 몇몇 생도들은 중학교로 갔으나, 그는 진학을 못하고, 담임선생의 주선으로 금융조합에 소사로 들어가게 되었던 것이다. 소사로 일하면서 중학 강의록을 계속 구입하여 독학을 하고 있었다. 그의 꿈은 검정시험에 합격해서 어떻게든지 국민학교 선생이 되는 일이었다. 담임선생이 그런 길이 있다는 것을 가르쳐주고, 끝까지 관철해보도록 당부를 했던 것이다. 금융조합에 일자리까지 얻어주며 그렇게 격려를 해준 고마운 담임선생의 은혜에 보답하기 위해서도 그는 기어이 그 일을 성취시켜 보리라 마음먹고 있는 것이다. 말하자면 졸업 후에도 여전히 모범 청년인 셈이었다.

모범 청년의 이마에도 여드름은 돋아나는 법이어서, 옛 동기생인 봉례와 눈이 맞아 서로 가슴 두근거리는 사이가 되어 있었다.

각시바위는 산자락의 꽤 깊숙한 곳에 있었다. 바위 곁에 아름이 넘는 노송이 가지를 늘어뜨리고 있어서 그 근처는 대낮에도 늘 그늘이 져 우중충했다. 노송의 둥치에는 너덜너덜한 금줄이 감겨 있었고, 바위 언저리에는 돌멩이가 쌓여 커다란 무더기를 이루고 있었다. 바위가 마치 돌무덤 속에서 불쑥 얼굴을 내밀고 있는 듯한 형국이었다. 서낭인 것이었다.

바위의 생김새가 어딘지 모르게 쪽진 아낙네의 옆얼굴처럼 보이기도 했고, 또 옛날에 젊은 과수가 산사에 갔다 돌아오는 길에 능욕을 당하자, 이 바위 위로 늘어진 소나무 가지에다가 목을 맸다는 전설도 있어서 각시바위라고 일컬어져 내려오는 터였다. 그래서 각시바위를 열녀바위라고도 했다.

지금도 바위 위에 사람이 올라서서 발돋움을 하면 목을 매달기에 안성맞춤으로 노송의 굵은 가지 하나가 늘어져 있는 것이 그 전설을 뒷받침해주고 있었다. 그리고 이 각시바위 서낭에다가 돌멩이를 보태고 축수를 드리면 곱고 반듯한 딸을 얻는다는 말이 있는 것도 무리가 아니었다.

각시바위에 당도했으나, 봉례의 모습은 안 보였다.

아니, 뭐 이래, 싶으며 두만이는 사방을 두리번거렸다. '센또보오시(전투모자)'를 벗어 이마에 조금 내밴 땀을 닦았다. 그리고 팔뚝시계를 보았다. 두만이의 한쪽 손목에는 낡은 것이긴 했지만 제법 팔뚝시계가 감겨 있었다. 소사이긴 하지만 금융조합의 직원인 셈이니 그럴 만도 했다.

세 시 반이 조금 지나 있었다. 반 시간가량 늦었는데, 그동안을 좀 기다리고 있지 못해서 돌아가 버렸는가 싶으니 온몸에서 맥이 빠지며 슬그머니 화가 치밀었다. 누가 늦고 싶어서 늦었는가, 훈련인가 뭔가 때문에 늦었는데 말이다.

잠시 뚱한 표정으로 멀뚱히 섰던 두만이는 발 앞에 굴러 있는 돌멩이를 한 개 집어 들어 냅다 각시바위 돌무더기를 향해 내던졌다. 마치 각시바위에다가 화풀이라도 하는 것처럼.

돌무더기의 한 모서리가 와르르 조금 무너져 내렸다.

그러자 어디선가 까르르 웃는 소리가 들렸다. 저쪽 양지바른 머루 덤불께에서였다.

"요 깍쟁이, 호호호…… 그러면 그렇지."

금세 두만이의 입이 헤벌레 벌어졌다.

"얄궂대이, 각시바위에다가 돌을 그렇게 떤지면 우얄라카노. 살짝 얹어야지."

봉례 얼굴이 조금 덤불 너머로 비쳤다가 사라졌다.

두만이는 벌죽벌죽 웃으며 얼른 그쪽으로 다가갔다.

봉례 곁으로 바싹 다가앉으며,

"난 또 삐져서 가삐렸는가 했지."

두만이는 곧장 벙실거렸다.

두만이가 다가앉자, 봉례는 공연히 찔끔 놀라듯 조금 비껴나며 그러나 장난기 어린 목소리로 투정하듯이 뇌까렸다.

"그란해도 쪼끔만 더 기다려보고 안 오면 가삐릴 참이었어. 손목에 시계는 뭐 할라고 차고 있능공?"

"호호호……."

"시계가 너무 헌 기라서 시간이 지대로 안 맞는 모양이제?"

그 말에 두만이는 조금 창피한 듯 얼굴을 살짝 붉히며 그러나 시계를 찬 손목을 척 들어 봉례 눈앞으로 가져갔다.

"헌 거는 헌 거지만, 시간은 너무 잘 맞아 탈인데 와."

"헤헤헤……."

"보라니까구마. 세 시 삼십사 분 앙이가. 일 분도 안 틀린대이."

"일 분도 안 틀리는 시곌 차고 우째서 삼십사 분이나 늦노, 그 말이다."

"오늘 세이꿍 훈련날 앙이가. 그래서 늦었지, 내가 일부로*('일부러'의 방언) 늦게 왔는 줄 아나? 가만 있거라. 게에또루나 좀 풀고……다리가 뻐근해서 죽겠다."

두만이는 양쪽 무릎 밑으로 탱탱하게 감긴 게에트르를 익숙한 솜씨로 척척 풀어서 돌돌 말아 나갔다. 게에트르를 다리에 제대로 척척 감고, 또 빨리 풀며 돌돌 반듯하게 마는 것도 기초적인 훈련동작의 하나여서 수없이 익힌 터이라 이제 눈을 감고도 절로 손이 기계처럼 움직였다.

두만이의 게에트르 푸는 솜씨를 가만히 지켜보고 있던 봉례는,

"맨날 게에또루만 감았다 풀었다 했는 모양이제."

하고는 킥 웃었다.

"말 말어. 여자들은 와 끌어다가 훈련을 안 시키는지 모르겠어."

두만이는 중얼거리면서 반듯하게 말아진 두 개의 게에트르 뭉치를 픽 저만큼 던졌다. 그리고 센또보오시도 벗어 귀찮은 물건이라도 되는 듯 아무렇게나 그쪽으로 던져버리고, 벌떡 자리에서 일어났다.

게에트르를 감았던 구겨진 바짓가랑이를 펄럭이며 뚜벅뚜벅 걸어가더니 조그마한 바위 앞에 멈추어 섰다.

뭘 하려는가 싶어 그 뒷모습을 가만히 지켜보고 있던 봉례는,

"아이고, 지랄."

하면서 얼른 고개를 돌렸다.

좍— 바위 옆구리를 적시는 물소리가 한참 계속되었다.

"참 얄궂대이."

봉례는 공연히 혼자서 얼굴을 붉히며 힐끗 그 물소리 쪽을 훔쳐보기도 했다.

볼일을 마치고 두만이가 돌아와 다시 곁에 앉자, 봉례는 조금 화도 나고, 조금 부끄럽기도 한 것 같은 묘한 표정으로 고개를 돌린 채 살짝 숙이고, 아랫입술을 자그시 물고 있었다.

봉례의 그런 표정을 보고 두만이는 비시그레 소리 없이 웃고는 불쑥 물었다.

"중대한 할 말이 있다는데, 뭐고?"

"……"

"응?"

그러나 봉례는 공연히 투정을 하듯,

"몰라 몰라."

하면서 몸을 흔들었다.

왜 그러는지 두만이가 모를 턱이 없었다. 속으로 마냥 재미있기만 해서 그만 덥석 끌어안아 버릴까 하다가 너무 빠른 것 같아 느긋이 숨을 한 번 내쉬고서,

"오줌 누는 것도 뭐 잘못인강? 나오는 오줌을 그럼 우야노? 안 그러나? 허허허……"

능글맞게 웃었다.

그러자, 봉례는 곱고 야릇한 눈으로 핼끔 한 번 흘겨주며,

"남자는 꼭 개 같다니까."

하고 저도 그만 킬킬킬 자지러들었다.

그런 그녀를 두만이는 가만히 점잖게 내버려 둘 수가 없어 살짝 끌어안으려 다가들었다.

그러나 봉례는 뚝 웃음을 멈추고 반사적으로 몸을 사리며,

"와 이카노! 와 이카노!"

냅다 두 손으로 다가드는 두만이의 가슴팍을 떼밀어버렸다. 마치 지금까지 한 번도 그의 가슴에 안긴 적이 없는 것처럼.

"허, 참."

두만이는 조금 무안해지며 그러나 여전히 능글능글한 어조로,

"인제부터 봉례 앞에서 오줌을 절대로 안 눠야겠구먼."

하였다.

그리고 곧 정색을 하고 물었다.

"중대한 할 말이라는 기 뭐고?"

"……."

"어서 말해 봐."

그러자 봉례는 조금 망설이더니 불쑥 내뱉었다.

"나 시집가."

"뭐라?"

"시집간다니까."

"허허허……."

"와 웃노? 부로(장난으로) 카는 줄 아나?"

"……."

"정말이다."

너무나 뜻밖의 말에 두만이는 그저 얼떨떨하기만 한 모양이었다.

봉례는 그런 그의 그런 표정이 재미있다는 듯이 조금 웃음을 내비치며,

"나 시집가도 개않어?"

하고 물었다.

두만이는 아무 대답 없이 코로 히죽 한 번 웃기만 했다.

"와 웃노?"

"……."

"나 시집가도 개않은가 말해 봐."

그러자 두만이는 불쑥,

"좋겠네."

하고 내뱉었다.

봉례는 약간 어이가 없는 듯 두만이의 표정을 가만히 보다가,

"그카지 말고, 정말로 말해 보라니까. 다른 사람한테 시집가도 개 않은가 어떤가……."

정색을 했다.

"아니, 베란간 시집을 가다니, 도대체 뭐가 우째된 일인동 알 수가 있어야 말이지."

두만이도 정색을 하고 어이가 없는 듯이 투덜대듯 말했다.

"도대체 나도 우째 돌아가는 긴지…… 기가 막힌다니까. 뭐라 카 더라…… 데이신따이, 맞어, 데이신따이라는 거 알어?"

"데이신따이가 뭔데?"

중학 강의록에만 정신을 쏟고 있는 두만이인지라, 그런 것을 알 턱이 없었다.

"말하자면 여자들 징용을 데이신따이라 칸대. 처녀들한테 곧 데이 신따이 나가는 영장이 나온다고 집에서 글씨 서둘러 시집보낸다지 뭐고. 시집간 여자들한테는 안 나온다는 기여."

"……."

"벌써 중신애비가 들락거리고 야단이라니까구마. 우쨌으면 좋을 동 모르겠어."

"음─"

비로소 두만이는 심각한 표정을 지으며 조금 생각해 보는 듯 제법 지그시 두 눈을 감았다.

봉례는 가만히 두만이의 눈 감은 모습을 지켜보고 있었다.

잠시 후, 눈을 뜬 두만이는,

"유언비얼 끼다, 틀림없이."

자신 있는 어조로 말했다.

"유언비어?"

"그래, 틀림없이 유언비얼 끼니까 두고 보래. 처녀들을 징용해 가다니 말도 안 되는 소리지. 가시나들을 델꼬 가서 뭐 할 끼고 말이다. 벨로 힘도 없는 병신 같은 것들을……."

"뭐라고? 병신 같은 것들이라?"

"그래, 허허허……."

두만이는 자기가 생각해도 우스운 듯 절로 긴장이 풀어져버린다.

봉례는 그 말이 뭐 별로 기분 나쁠 것까지는 없는 듯 살짝 눈을 흘기며 웃고는 여전히 정색을 하고 말했다.

"유언비어가 아닌 것 같다니까. 우리 삼촌이 그러는데 글씨, 처녀들이랑 과부들을 델꼬 가서 저…… 헤이따이상(병정)들의 저……."

"뭐? 밥을 짓게 한단 말이가?"

"히히히, 밥을 짓는 기 앙이라……."

"그럼?"

"몰라."

뭐라고 말을 해야 좋을지 모르겠는 듯 봉례는 그만 확 낯을 붉히며 살짝 고개를 숙이고 혼자서 킬킬거렸다.

"헤이따이상들의 뭘 시킨단 말이고?"

정말 두만이는 머리에 와 닿는 것이 없었다. 공연히 부끄러워서 묘하게 웃는 봉례를 보고도 도무지 짐작이 가지가 않았다.

"웃지 말고 말해 봐. 뭘 시킨다는 기고?"

"히히히……."

"참 이상하네. 뭘 시키는데 자꾸 웃기만 하지."

그러자 이 병신아, 짐작도 못 하느냐는 듯이 봉례는,

"갈보 짓을 시킨다지 뭐고."

하고 내뱉었다. 그리고 그녀는 두 손으로 후닥닥 얼굴 가리며,

"몰라 몰라. 아이고 지랄같이……."

곧 어찌할 바를 몰랐다.

"뭐라? 갈보 짓을 시켜?"

두만이는 어이가 없는 듯 멀뚱히 봉례를 바라보다가,

"허허허…… 나 참 벨놈의 소리도 다 듣겠네. 누가 그런 소릴 하더노? 너거 삼촌이 그런 소릴 해?"

조금 화가 치밀기까지 하는 모양이었다.

"몰라 몰라."

봉례는 무안해서 웅크리고 있다가 살며시 얼굴에서 두 손을 뗐다. 그러나 여전히 쑥스러움이 가시지 않는 듯 발그레 귀밑이 물들어 있었다.

"너거 삼촌 순 엉터리구나. 흥남 비료공장에 가 있다는 그 삼촌 말이제?"

"……."

"그 삼촌이 돌아왔나?"

"응."

봉례는 나직이 대답했다.

이번에는 더욱 확신에 찬 목소리로 두만이는 단정을 짓듯 말했
다.

"틀림없는 유언비어라니까. 글씨, 좀 생각을 해 보래. 처녀들을 델
꼬 가서 헤이따이상들의 뭐 갈보 노릇을 시켜? 그기 말이나 되는 소
리가? 안 그러나?"

"……."

"너거 삼촌이 유언비어를 듣고 와서 하는 소리에 틀림없어. 흥남
같은 도회지에는 벨사람이 다 살고 있기 때문에 벨놈의 소리가 다
나도는 기라. 알겠어? 그런 소리 절대로 곧이듣지 마. 말 같은 소리
라야 말이지."

마치 그게 유언비이니까 조금도 걱정 말라는 투였다. 강의록에나
열중하는 모범 청년답다고나 할까.

봉례는 그렇게 말하는 두만이가 답답하면서 어쩐지 힉 웃음이 나
오려고 했다.

"글씨, 나도 믿어지지가 않는 소린데, 좌우간 그래서 서둘러 시집
을 보내겠다고 야단이니, 우짜면 좋노 그 말이다. 유언비언지 참말
인지 그기 문제가 아니라니까."

"음─"

"나 시집가 삐릴까?"

"……."

"와 대답이 없노? 그래 삐릴까?"

"말도 안 되는 소리 하지 마."

두만이는 툭 내쏘듯 말했다.

"그럼 우짜지? 난 우짜란 말이고?"

"……."

"응? 우짜면 될지 가르쳐조. 하라 카는 대로 할 끼니까."

"음—"

사실 두만이는 뭐라고 말을 했으면 좋을지 막막하고 답답할 따름이었다. 무슨 묘책이 있겠는가 말이다.

잠시 두 사람 사이에 침묵이 흘렀다. 두만이는 무슨 뾰족한 수라도 생각해 내려는 듯 또 지그시 두 눈을 감고 있었고, 봉례는 발앞에 떨어진 마른 머루 잎사귀를 주워 손톱으로 조각조각 찢고 있었다.

산속의 가을 오후는 호젓하기만 했다. 햇볕도 적당한 두께로 내리고 있었고, 바람도 알맞게 산들산들 지나가고 있었다. 어디선지 멀리, 꾸꾹 꾸르르 꾸꾹 꾸르르…… 산비둘기 우는 소리가 들려오기도 했다.

그 호젓하고 아늑한 분위기를 봉례가 휘저었다. 침묵이 답답하기만 했던 것이다.

"집에서 니한테 시집가라 카면 얼매나 좋겠노."

혼자 중얼거리듯 내뱉고는 활짝 얼굴을 붉히며 까르르 마구 웃음을 터뜨렸다. 수줍음도 없이 어디서 그런 거침없는 소리가 튀어나왔는지, 자기가 생각해도 어이가 없고 당황할 지경이었다.

두만이는 약간 휘둥그레진 눈으로 봉례를 바라보았다. 너무나 의외의 말이었던 것이다. 봉례의 입에서 그런 말이 나올 줄은 정말 미처 몰랐다. 휘둥그레진 눈언저리가 발그레 물들며 오히려 자기가 부끄럽고 멋쩍기만 했다.

그러나 그런 곤혹스러운 기분은 잠깐이고, 두만이는 절로 가슴이
벌떡벌떡 뛰었다. 벌겋게 상기된 얼굴로 벌죽벌죽 웃으며 그만 봉례
를 덥석 끌어안아 버렸다.

"아이, 몰라―"

봉례는 수줍게 자지러들었다.

두만이는 팥알만 한 여드름이 톡톡 불거진 이마를 봉례의 좁쌀 같
은 여드름이 내돋은 이마에다가 갖다 마구 문질러댔다. 두만이가 하
는 대로 내맡기고 있던 봉례는 곧 발그레 달아오르며 비실 그 자리
에 무너지듯 쓰러져버렸다.

봉례는 입을 딱 벌리며 눈을 질끈 감았다.

잠시 후, 열에 뜬 듯한 눈을 가만히 떠 보았다. 눈앞의 하늘이 이
상하게도 온통 엷은 놀빛으로 곱게 물들어 보였고, 아련한 구름
한 송이가 일렁일렁 움직이고 있었다. 그리고 자기가 깔고 누워 있
는 산 전체가 흔들흔들 물결치고 있는 듯했다. 꾸꾹 꾸르르 꾸꾹
꾸르르…… 산비둘기 우는 소리가 꿈결인 듯 어렴풋이 귓전에 가
물거렸다.

9

혼사는 급진전되어 나갔다. 혼처가 결정되고, 혼례 날짜가 정해
졌다.

신랑은 이웃 면의 산내리 총각이었다. 두멧골이긴 했지만, 제법 터

를 잡고 사는 집 안의 외아들이었다. 스물한 살이었다.

그쪽에서도 서둘러 신붓감을 구하던 참이라 수월하게 일이 낙착되었던 것이다.

징병 해당자였다. 언제 징집영장이 나올지 모르는 터이라, 전장에 나가기 전에 장가를 들여 씨라도 받아놓자는 속셈이었다. 그러니까 말하자면 봉례는 그 집의 씨받이로 시집가게 된 셈이었다.

딸을 그런 자리에 시집보내다니, 양순분은 도무지 마음이 내키지가 않았으나 도리가 없었다. 남편과 시동생이 앞장서서 서둘러대는 일이니, 이제 뭐라고 가로막고 나설 수가 없었다. 그저 봉례 제 팔자거니 생각하고, 한숨이나 쉬며 혼례 준비를 하는 수밖에 없었다.

아직 가을걷이도 하지 않았는데 잔치라니, 뭘 어떻게 해야 좋을지 막막한 노릇이었다. 열 가지 가운데 제대로 서너 가지도 못 할 것만 같았다. 말하자면 거의 맨손으로 뭘 어떻게 한단 말인가.

그렇게 양순분이 안타까워 투덜댈 것 같으면,

"형수씨요, 그저 되는 대로 하이소, 없으면 없는 대로 하는 기지요 뭐. 이 판국에 어디 있는 거 없는 거 다 가리게 됐능교."

하고 황달칠은 형수를 위로하듯 격려하듯 말했다.

"아이고, 내사 살다가 벨일도 다 본다니까. 무신 이런 날베락이 다 있는동 모르겠네. 첫딸 시집보내는데 글씨, 멩주가 한 필 있능게, 비단이 한 감 있능게, 요이불 거죽은 미영베*('무명베'의 방언) 한 필 있능 거 갖고 그럭저럭 때운다 치더라도, 안에 넣을 소케(솜)가 있어야 말이지예. 아무 준비도 안 해놓고 글씨, 베란간 혼사를 벌이다니…… 당장 떡할 쌀은 어디가 있능게. 내 참 기가 맥혀서……."

"나락을 좀 비다가 올기쌀*(덜 여문 벼를 쪄서 말린 뒤 찧은 쌀. 찐쌀)로 맨들먼 안 되능교. 올기쌀로 띡 맨들먼 더 맛좋구마. 구시하고…….”

“구시한 올기쌀떡 한 번 묵어 보게 생겼네. 허, 내 참…….”

“허허허…… 형수씨요, 내 말 좀 들어보소.”

황달칠은 빙글빙글 웃고 나서 조금 정색을 하며 말했다.

“도망치는 놈이 내 신 내 모자 다 챙길 수 있능교? 안 그렁교?”

“도망치다니 그기 무신 소린게?”

“말하자면 지금 도망치고 있는 기나 마찬가지 아닝교. 데이신따인가 뭔가 하는 기 봉례를 붙들러 올라 카니 미리 도망치는 셈이 아니고 뭔교?”

“…….”

“도망치는 판엔 그저 맨발로라도 마구 삼십육계를 놓는 기 상책이지, 내 신 내 모자 하고 우물우물하고 있다가는 붙들리기 십상이라 그 말이구마. 그러니까 아무 소리 말고 그저 없으면 없는 대로 후닥닥 혼례를 치러 삐리는 기라요. 알겠능교?”

시동생의 말이라 더 뭐라고 대꾸는 못하고 양순분은 그저,

“더럽은 놈의 세상…… 살다가 벨 지랄 같은 세상을 다 만나지.”

하고 눈을 공연히 힐끔힐끔 흘기며 세상 원망을 해댔다. 그리고 찍! 물코를 풀어 던지고, 치맛자락을 홀렁 들추어 콧구멍을 썩썩 문질러 닦는 것이었다.

봉례의 혼사 소문은 말할 것도 없이 곧 이웃에 퍼졌다. 아낙네들은 우물가에 둘만 얼굴을 맞대도 그 이야기였고, 남정네들도 심심하면 곧잘 입에 올렸다. 그저 출가시킬 때가 되어서 혼사를 치르는 게 아니라, 처녀 공출인지 징용인지 하는 것을 피하려고 서둘러대는 혼례인지라, 저마다 호기심과 필요 이상의 관심을 가지고 왈가왈부 얘

기들이 많았다. 말하자면 동네의 화젯거리가 된 셈이었다.

이웃이 그렇게 자기 일로 술렁거리고 있는데도 당사자인 봉례는 아랑곳없다는 듯이 노상 방구석에만 처박혀 있었다. 뒷간에 가는 일 외에는 도무지 방문 밖으로 나갈 생각을 하지 않았다. 세수도 하는 둥 마는 둥이었다.

그런 봉례를 양순분은 못마땅해하지 않았다. 의당 그럴 것이 아니겠느냐고 오히려 측은해하였다. 이제 겨우 열여덟 살 먹은 것이 벌써 남의 여편네가 되어 가다니, 세상 잘못 만난 탓에 어쩌면 팔자 조지는 게 아닌지 모르겠다는 생각이 들기도 해서 그저 마음이 아플 따름이었다.

황달수는 그런 딸이 조금 못마땅했으나, 그렇다고 나무랄 수도 없는 노릇이어서 모르는 체하고 있었다. 시집갈 날 받아 놓은 것이 저렇게 방구석에만 처박혀 있다가 무슨 병이라도 나면 어쩔까, 은근히 그런 걱정이 되기도 했다.

방구석에 처박혀 있는 봉례를 곧잘 찾아오는 것은 순금이었다. 순금이는 봉례가 시집간다는 바람에 공연히 재미있고 들떠서 무슨 신바람이라도 나는 듯 수틀을 안고 봉례를 찾아오곤 했다.

그러나 봉례는 순금이까지 귀찮기만 한 것 같은 그런 얼굴이었다.

꼭 시름시름 병을 앓고 있는 사람 같아서 순금이가,

"어디 아프나?"

하고 물을 것 같으면,

"아니."

들릴 듯 말 듯 힘없이 말하며 고개를 조금 내저었다. 그런 표정이 정말 병이 들어도 깊숙한 데에 단단히 골병이 든 사람 같았다.

순금이가 봉례의 심중을 모를 턱이 없었다. 오히려 누구보다도 자세히 안다고 할 수 있었다.

그러나 순금이는 봉례의 얼굴에 웃음이 떠오르게 하려고,

"니는 좋겠다. 시집가게 돼서……."

이렇게 말해 보았다.

그러자 봉례는 웃음이 아니라, 오히려 반대로 발칵 화를 내며,

"누구 약을 올리는 기가?"

하고 내쏘는 것이었다.

약간 무안해진 순금이는 멋쩍게 히죽히죽 웃으며 변명을 하듯,

"데이신따인가 뭔가 안 나가고 안 좋으나 와."

하고 얼버무렸다.

한 번은 또 둘도 없는 가까운 친구로서 걱정이 된다는 듯이 은근한 목소리로,

"니 시집가게 된 거 두만이도 알고 있나?"

하고 물어보았다.

그랬더니 이번에도 역시 낯빛이 싹 달라지며,

"약 올리지 말라니까!"

톡 쏘아붙이는 것이었다.

도무지 무슨 말을 붙일 수가 없을 만큼 봉례는 가시만 남은 사람처럼 되어 있었다. 순금이는 입맛을 쩝쩝 다시는 수밖에 없었다.

봉례의 혼례 날짜가 정해진 줄을 두만이도 알고 있었다. 좁은 바닥이라 그런 소문은 금세 퍼졌다.

그 말이 처음 귀에 들어왔을 때, 두만이는 가슴이 덜컥 내려앉는 느낌이었다. 그러나 그는 곧 설마…… 하고 마음을 태연히 먹으려

애를 썼다. 혼례 날짜가 정해진 것은 사실이겠지만, 그것은 어디까지나 봉례네 집에서 일방적으로 하는 일이지, 봉례 자신이 동의를 한 것은 절대 아닐 게 아닌가. 자기에게 그처럼 간절하게 몸까지 허락해 놓고서 훌쩍 다른 남자에게 시집을 가버릴 수는 도저히 없을 게 아닌가 말이다. 어떻게든지 봉례가 알아서 닥쳐온 이 고비를 잘 헤쳐 나가주겠지 하고 믿고 싶었고, 또 그렇게 믿어보는 도리밖에 당장 자기로서는 어떻게 할 방도가 없었다. 속수무책이었다.

두만이는 아무쪼록 자기가 검정시험에 합격되어 학교 선생이 될 때까지 봉례여, 남의 아내가 되어 가버리지 말고, 잘 견디며 기다려다오, 하고 빌고 싶은 심정일 따름이었다.

그럴수록 그는 더욱 강의록에 열중하는 것이었다. 마치 하루라도 속히 검정시험에 합격되어 학교 선생이 되어야겠다는 듯이…… 그 일이 몹시 급해졌다는 듯이…….

잔칫날이 가까워지자, 누구보다도 신이 나는 것은 용길이였다. 무엇보다 우선 집 부엌에서 평소에는 좀처럼 맡을 수 없던 구수하기도 하고, 비릿하기도 하고 누릿누릿하기도 한, 절로 입에서 군침이 돌며 배에서 꼬르르 소리가 날 그런 가지가지 냄새가 연달아 풍기기 시작했으니 말이다.

그리고 집 마당 한쪽에 쪄서 말리느라 돗자리를 깔고 늘어놓은 누우런 올기쌀부터가 신나는 일이 아닐 수 없었다. 오며 가며 잘 눈치를 보아 얼른 한 움큼씩 집어서 호주머니에 넣거나, 바로 입으로 털어 넣는 그 재미란 정말 이만저만이 아니었다.

아래채 헛간에는 밭에서 캐다 놓은 고구마가 가마니에 거의 가득 담겨 있었다. 그것도 기회를 보아서 한두 개 집어내 가지고 냅다 사립 밖으로 내달았다. 정말 요즘 용길이는 신나는 판이었다.

그래서 여느 때 같으면 학교가 끝나고도 중도에 밭둑에서 머뭇거리기도 하고, 과수원 근처에서 서성거리기도 하고, 길가에서 빈둥거리기도 하다가 느릿느릿 집에 돌아오게 마련인데, 요 며칠 동안은 그저 학교가 파하기 무섭게 집에 무슨 급한 볼일이라도 있는 것처럼 냅다 달려오기까지 하는 것이었다.

학교에서나 동네에서 아이들에게 곧잘 자랑을 해대는 것은 말할 것도 없었다.

"우리 누부 시집간다 아나?"

"우리 집에 올기쌀 억씨기 많대이. 돗자리에 항거(가득) 늘어놓았어."

"떡도 하고, 유과도 만든다 아나? 유과 너거 묵어 봤나? 참 맛있대이."

이렇게 으스댈 것 같으면 아이들은 용길이를 부러운 눈으로 바라보곤 했다. 어떤 아이는,

"유과 나도 좀 도개이."

하고 아첨을 하듯 헤헤 웃기도 했다.

잔치 전날 해질 무렵, 이웃에서 빌려온 차일이 마당에 처졌을 때 용길이는 가장 신났다. 마당에 차일이 처진 게 왜 그렇게 신기하고 좋은지 몰랐다.

차일 밑에 들어서서 위를 쳐다보며,

"야― 내일은 인제 꼬꼬재배 하는구나. 히히히……."

공연히 재미있어서 킬킬거리기도 했다.

그리고 또 기분이 좋은 것은 마침 내일이 일요일이 아닌가. 그렇

지 않았더라면 누나 꼬꼬재배 하는 것을 못 볼 뻔하지 않았는가 말이다. 기분이 좋아서 용길이는 바람에 조금 펄럭거리는 차일을 향해 냅다 획— 획— 휘파람을 불어댔다.

그러나 이튿날 아침, 용길이는 눈이 휘둥그레지고 말았다.

여느 때보다 월등히 일찍 일어난 용길이는 서둘러 뒷간에 가고, 서둘러 세수를 했다. 오늘은 저도 무척 바쁜 날이기나 한 것처럼.

방에 들어가 수건에 얼굴을 대강 닦고 난 용길이는 가서 작은방문을 열어보았다. 누나가 아직 자고 있는지, 일어났는지, 공연히 들여다보고 싶었던 것이다.

할머니와 작은누나는 아직 자고 있었다. 그러나 큰누나는 보이지가 않았다.

"아니?"

용길이는 조금 이상하다 싶었다. 누나가 일어나 바깥에 나와 있는 것 같지가 않는데…… 싶으며 후닥닥 뒷간으로 쫓아가 보았다. 뒷간에는 삼촌이 앉아 있었다.

뒤안으로 돌아가 보았으나, 보이지 않았다.

이번에는 얼른 부엌을 가서 들여다보았다. 부엌에는 어머니와 친척 되는 아주머니가 벌써부터 분주히 일손을 놀리고 있을 뿐, 역시 누나는 거기에도 없었다.

그제야 용길이는 눈이 휘둥그레지며 냅다,

"엄마! 누부야가 없다! 누부야 어디 갔노?"

소리를 질렀다.

"뭐라고?"

양순분은 돼지고기를 썰고 있던 부엌칼을 멈추고 번쩍 얼굴을 처들었다.

헛간에서 멍석을 꺼내어 마당 차일 밑에 깔려고 들고 나오던 황달수도 그 소리를 듣고,

"뭐? 봉례가 없어?"

우뚝 멈추어 섰다.

들고 있던 멍석을 아무렇게나 털썩 그 자리에 떨어뜨리고서, 황달수는 얼른 가서 작은방 문을 왈칵 열었다.

안 노파가 부스스 일어나고 있었다.

"어무이요, 봉례 어디 갔능교?"

황달수는 낯빛이 시꺼멓게 변하고 있었다.

"봉례? 몰라. 여기서 잤는데…… 바깥에 없나?"

안 노파는 아직 잠이 덜 가신 눈을 손등으로 비비며 말했다.

봉숙이도 잠이 깨어 벌떡 일어나 앉았다.

"봉숙아, 봉례 몬 봤나?"

"예?"

"봉례 말이다. 봉례 어디 갔노?"

"싱이(언니) 없습니꼬?"

그제야 봉숙이도 눈이 휘둥그레졌다.

뒷간에 앉았던 달칠이도 그 소리를 듣고 서둘러 바지를 추스르며,

"아니, 봉례가 없다니, 무신 소리고?"

하면서 뛰어나왔다.

발칵 집 안이 뒤집히고 말았다.

10

뎅, 뎅, 뎅…… 괘종소리에 잠이 깬 황성녀는 부스스 자리에서 일어나며 아으윽 기지개를 켰다. 그리고 두어 번 눈을 비비고서 시계를 보니 어슴푸레한 박명 속에 다섯 시를 가리키고 있었다.

황성녀는 방문을 열고 마루로 나갔다. 바깥 공기가 제법 선득하게 느껴졌다. 서리가 내려서 그런 모양이었다.

마당으로 내려선 황성녀는 하늘을 쳐다보았다. 새벽별들이 가물가물 빛을 잃어가고 있었다. 구름 한 점 없었다. 동녘 하늘은 벌써 꽤나 희읍스름하게*(맑지 않고 조금 흰 듯한) 밝아오고 있었다.

변소에 가서 볼일을 보고 나온 황성녀는 마루 한쪽 가 다듬잇돌 곁에 놓인 소금 접시를 들고 목을 움츠리며 우물가로 갔다. 두레박으로 물을 길어 올려 대야에 부어 놓고, 손가락으로 소금을 찍어 이를 닦기 시작했다.

입안의 소금 물거품을 뱉고서 두 손으로 대야의 물을 떠올려 입에 머금었다.

"으이구."

이가 시려 그녀는 찔끔 놀라듯 얼른 입안의 물을 뱉어버렸다.

오십 고개를 넘은 나이 탓인지 한쪽 어금니께에 풍치가 생겨 찬 것이 들어가면 견딜 수가 없는 것이다. 우물물이 벌써 이가 시리도록 차가워지다니, 이제 겨울도 멀지 않았구나 싶으며 황성녀는 입안의 짭짜름한 물기를 곧장 뱉어냈다. 그리고 부엌으로 가서 옹배기를 들고 나왔다.

옹배기에다가 물을 두 두레박 길어 담아 가지고 부엌으로 들어가

서 솥에 붓고 불을 지폈다. 아궁이 앞에 앉아 부지깽이로 솔가리를 끌어넣으며 황성녀는,

"날을 잘 받았네. 서리가 내린 걸 보니 낮에는 따뜻할 끼고……."

혼자 입속말로 중얼거렸다.

"열여덟이라…… 시집가고도 남지. 내사 열일곱 나던 봄에 시집을 왔는데 뭐."

그러나 황성녀는 자기가 출가할 무렵은 벌써 옛날이고, 지금 세상은 아무래도 스물두엇 되어서 시집을 가야…… 그래야 제대로 색시 구실도 하고, 며느리 노릇도 하는 건데…… 싶으니 봉례가 조금 측은하기는 했다. 세상 더럽게 만나서 그런 걸 어떻게 하나, 공출인가 여자 징용인가에 나가는 것보다는 백 번 낫지…… 그렇게 생각하는 도리밖에 없었다.

그리고 황성녀는 혼자서 히죽히죽 웃었다. 열일곱에 혼례식을 올린 자기의 첫날밤 일이 머리에 떠올랐던 것이다.

남자와 여자가 어떻게 다르며, 신랑각시가 어떻게 어울리는가 하는 정도는 알고 있었으나, 막상 신랑이 야물상(夜物床)을 윗목으로 밀어놓고 곁으로 다가와 옷고름을 끄르려고 손을 댔을 때 그만,

"어매야—"

질겁을 하고 소리를 질렀던 일, 그러자 밖에서 문구멍을 뚫고 구경하던 아낙네들이 까르르 웃음을 터뜨렸던 일, 그리고 황밀촉(黃蜜燭)의 불을 끄고, 원앙금침 속에 들어가 신랑이 꿈틀거리며 다가들어 부끄럽기 짝이 없는 곳에 슬그머니 손을 들이댔을 때,

"난 몰라! 아이고—"

절로 비명이 터져 나오며 이부자리 밖으로 빠져나오려고 바둥거

리자 신랑이,

"와 이카노? 가만있어. 가만있으라니까."

하면서 불끈 틀어안아*('끌어안아'의 영천말) 버리던 일, 어둠 속에서 얼굴이 화끈화끈 달아오르면서도 부들부들 온몸이 떨리던 일, 바깥 구경꾼들 가운데 누군가가,

"안 되겠구먼. 신랑이 오늘밤은 참아야겠는데……."

하자,

"열일곱인데 저럴까……."

"열일곱이라도 첨이면 그렇지 뭐. 히히히……."

"내사 열여섯에 시집갔어도 안 그렇던데…… 흐흐흐……."

재미가 좋은 듯 모두 키들키들 웃던 일, 기어이 신랑이 남자 구실을 해왔을 때 뿌드득뿌드득 소리가 나도록 어금니를 악물며 진땀을 뺐던 일…… 그런 아른하고*(그런 것 같기도 하고 아닌 것 같기도 하여 아렴풋하다) 달차근한 기억을 되살리며 공연히 혼자 기분이 약간 후끈해지기까지 해서 히죽히죽 웃고 있던 황성녀는 문득 정신이 든 듯,

"얼른 서둘러야제. 벌써 다섯 시가 넘었는데……."

하면서 부지깽이를 놓고 일어나 솥뚜껑을 열었다. 솥에서 김이 물씬 피어올랐다.

서둘러 아침밥을 지어먹고 친정 조카네 잔치에 갈 참인 것이다. 어제 오후에라도 가서 일도 좀 거들어주고 해야 옳은데, 집 사정 때문에 오늘 새벽에 일찍 떠나기로 한 것이다. 부조로 돼지다리 한 짝은 그저께 미리 보내놓은 터이지만.

솥에서 뜨거운 물을 한 바가지 퍼가지고 세수를 하러 다시 우물로 가는데, 대문 밖에 인기척이 있었다. 대문이 잠겼는가 어떤가 살짝

밀어보는 듯 삐그극 소리가 났다.

　이 새벽에 누군가 싶어서 황성녀는,

　"누고?"

하면서 우뚝 멈추어 섰다.

　그러자 뜻밖에도,

　"할매요."

하는 것이 아닌가.

　"아니 누고?"

　황성녀는 한 손에 바가지를 든 채 후닥닥 대문 쪽으로 다가갔다.

　"저라예."

　"아니, 이거……."

　깜짝 놀라며 한 손으로 얼른 대문 빗장을 뺐다.

　삐그극 대문을 밀고 들어선 것은 봉례였다.

　황성녀는 눈이 휘둥그레졌다. 도대체 어떻게 된 일인가 말이다. 오늘 혼례식을 올릴 신부가 아직 날이 밝지도 않은 꼭두새벽에 이렇게 불쑥 찾아오다니…….

　"야야, 우째된 일이고? 응이?"

　"……."

　"무신 일이고?"

　그러나 봉례는 말없이 그저 고개만 살짝 떨굴 뿐이었다.

　그 표정이나 행색으로 보아 아마 자다가 집안사람들 몰래 빠져나온 게 틀림없어 보였다. 대뜸 그런 눈치를 채고서도 황성녀는,

　"야야, 와 대답이 없노? 오늘 니 시집가는 날 앙이가? 그런데 이 새벽에 우짠 일이지? 응이?"

굳이 캐묻듯이 다그쳤다. 정말 덜컥 걱정이 되는 것이었다.

그러자 봉례는

"할매예―"

하면서 곧 울상을 지었다.

"도대체 이기 무신 일이고? 무신 이런 일이 다 있노. 좌우간 들어
가자. 방에 들어가서 얘기해 봐라."

황성녀는 마치 화라도 난 사람처럼 바가지의 뜨거운 물을 아무렇
게나 마당가에 좍 쏟아버리고 얼른 앞장을 섰다. 마루 한쪽에 바가
지를 픽 던져놓고 고무신을 벗었다.

봉례는 약간 고개를 움츠린 채 뒤를 따랐다.

방 아랫목에 마주앉자,

"말해 보래."

황성녀는 한결 누그러진 목소리로 물었다. 다그쳐 델 문제가 아니
라 싶었던 것이다.

그제야 봉례는 순순히 입을 열었다.

"할매예, 나 아무리 생각해도 시집 몬 가겠어예."

"뭐라고?"

이미 짐작한 대로였으나, 황성녀는 새삼 놀라는 표정을 지었다.

"인제 열여덟 살인데 벌써 무신 시집을 갑니꺼?"

"열여덟이면 시집가고도 남지. 내사 열일곱 나던 봄에 시집왔는데
뭐."

"그때사 옛날 아닙니꺼."

"야야, 그렇다고 시집 몬 가겠다는 기가? 그래서 집을 뛰쳐나왔다
그 말이가?"

"예."

봉례는 이제 거침없이 대답한다.

"아이고 야야, 니 정신이 있나 없나? 혼처를 다 정해놓고 오늘 혼례식을 올릴 판인데, 인제 와서 시집 몬 가겠다면 우얘 되는 기고? 그래서 집을 뛰쳐나오다니, 내 참 기가 맥히서……."

"……."

"물론 식구들 아무도 모르게 도망 나왔을 끼 앙이가. 그제?"

"예."

봉례는 힉 조금 웃기까지 했다.

"집에 난리가 났겠구먼."

황성녀는 어이가 없고, 몹시 곤혹스러운 그런 표정으로 쯧쯧쯧…… 곧장 혀를 찼다. 그리고 무슨 작정이라도 한 듯 바짝 정색을 하고 조금 굳어진 목소리로 내뱉었다.

"안 된다. 집으로 돌아가자. 나캉 같이…… 너거 집 잔치에 갈라고 나도 이렇게 일쩍 일어나서 세수를 할라 카던 참이다."

"……."

"생각해 봐라. 오늘 잔치를 할라고 너거 아배 어메가 있는 거 없는 거 다 털어가지고 준빌 해놓았을 낀데…… 다 된 음식에 코를 떨가도(떨어뜨려도) 분수가 있지 코를 떨구는 정도가 앙이라, 온통 구만 뒤집어 삐리는 심이*(셈이) 앙이고 뭐고. 될 말이가?"

"……."

"너거 집도 너거 집이지만, 저쪽 신랑 집은 또 뭐가 되겠노 말이다. 메느리 볼 준빌 다 해놓았을 끼 앙이가. 사성도 보내고, 예단도 다 보냈는데, 인제 와서 파혼이 된다면 가만있겠나? 더구나 혼례식 당일에……. 너거 집 체면이 뭐가 되노. 앙 그러나?"

"……."

"신랑 집에서도 지금쯤 벌써 일어나서 법석일 낀데…… 니한테 장
개 올라고 신랑 가슴이 두근반세근반*('두근두근'의 방언) 할끼 앙이가
말이다. 그런데 와 시집 안 가겠다고 집을 뛰쳐나오고 이 야단이고.
안 된다. 나하고 어서 돌아가자."

가만히 듣고만 있던 봉례는 거침없이,

"내사 안 돌아갈 끼라예."

하고 내뱉었다.

"정말 안 돌아갈 끼가?"

"예."

"니 와카노. 응이?"

"……."

"와 기어이 안 돌아갈라 카는지 그 까닭을 말해 봐라. 와 그러는동
알아야겠다."

그러자 봉례는 조금 머뭇거리다가,

"이유는 나중에 얘기할께예. 좌우간 죽어도 내사 시집 안 갈 낍니
더. 정말입니더. 할매예."

결연한 표정을 지었다.

황성녀는 절로 눈꺼풀이 파르르 떨렸다. 가만히 봉례의 얼굴을 쏘
아보고 있다가 눈꺼풀의 경련이 멎자, 체념을 한 듯이 김빠진 목소
리로,

"죽어도 안 가겠다면 내가 우얄 끼고."

하고는 부스스 자리에서 일어났다.

94

방문을 열고 마루로 나가면서 그래도 측은한 생각이 드는 듯 돌아보며,

"눕어서 잠이나 한숨 푹 자거라. 밤길을 오니라고 얼매나 무섭었겠노. 쯧쯧쯧……."

혀를 찼다.

다시 뜨거운 물을 떠다가 우물가에서 세수를 하면서도 황성녀는 도대체 무슨 이런 변이 다 있는지, 이 일을 어떻게 했으면 좋을지 어이가 없고, 어리벙벙하기만 했다.

혼례식을 올리는 시각이 오시(午時)라고 들었으니 오시면 열두 시 무렵이다. 그렇다면 아직 시간은 많이 있는 셈이지만, 저렇게 죽어도 안 돌아가겠다니, 제 발로 걸어서 돌아가게 하기는 틀린 일이다. 그렇다고 제 뜻대로 내버려 둘 수는 없는 노릇이 아닌가. 그랬다간 나중에 친정 조카네 식구들한테 혼사 깨진 원망을 몽땅 자기가 뒤집어쓸 게 아닌가 말이다.

"안 되지, 안 되고말고. 우짜든지 오시 안으로 집으로 돌려보내서 혼례식을 치르도록 해야지. 암 그래야지."

스스로 다짐을 하듯 중얼거리기는 했으나, 돌려보낼 방도가 막연했다.

일어나 얼굴에 묻은 물을 손으로 뿌리며 마루 한쪽 벽에 걸린 자기의 낯 수건*(얼굴 닦는 수건)을 벗기러 가면서 문득 무슨 생각이 와닿은 듯,

"옳지. 그라만 되겠구나."

활짝 얼굴이 밝아졌다.

제 발로 걸어서 돌아가지 않겠다면 억지로라도 돌아가도록 하는

도리밖에 없지 않겠는가. 그렇다고 자기가 강제로 끌고 갈 재주는 없으니, 우선 집에 급히 알려서 그쪽에서 와서 끌고 가도록 하는 수밖에…….

수건을 벗겨 후닥닥 대강 얼굴을 닦고 나서 황성녀는 가만히 방문 쪽으로 귀를 기울였다. 봉례의 동정을 살피기 위해서였다. 누워 자는지, 그대로 앉아 있는지 알 수가 없었다.

"봉례야, 자나?"

나직한 목소리로 말하면서 살며시 방문을 열어 보았다.

"예."

졸음이 묻은 듯한 대답 소리였다. 봉례는 아랫목에 새우처럼 오그라져 누워서 반쯤 이불을 덮고 잠들려 하고 있었다.

"한숨 푹 자거라."

하고는 살며시 방문을 닫고 황성녀는 가만가만 작은방 쪽으로 갔다.

작은방에는 아들이 자고 있었다. 금년 봄에 사범학교를 졸업하고 국민학교 훈도(일제 때의 국민학교 교사)가 된 큰아들이었다.

황성녀는,

"박 선상, 박 선상."

하면서 그 아들을 살살 흔들어 깨웠다. 아들이 학교 선생님이 된 게 대견하기만 해서 그녀는 곧잘 아들을 '박 선상'이라고 불렀다.

"아으윽."

명규는 두 팔을 쭉 내뻗으며 기지개를 켰다.

"좀 일어나 보래."

"와예? 무신 일이……?"

명규는 조금 찌푸린 듯한 얼굴로 부스스 일어나 앉았다. 오늘 일요일이어서 실컷 좀 늦잠을 자려고 했었는데 말이다.

"얼른 니가 외가에 좀 다녀와야겠다."

황성녀는 되도록 나직한 목소리로 속삭이듯 말했다.

"외가에요? 지금 말입니꼬?"

"그래, 야야 작은 소리로 말해라. 큰 소리 내면 안 된다."

"와예?"

무슨 심상치 않은 일이 있다는 것을 직감하고 명규는 조금 긴장된 얼굴을 했다.

"저 방에서 듣는단 말이다."

"듣다니요? 누가요?"

"아 글씨, 봉례가…… 오늘 시집갈 년이 도망쳐 와서 지금 저 방에 있지 뭐고."

"예?"

명규는 입이 딱 벌어졌다.

물론 명규도 오늘이 외가의 잔칫날이라는 것을 알고 있었다. 마침 일요일이어서 실컷 늦잠을 자고, 열 시쯤 일어나서 아침을 먹고서 자전거를 타고 슬슬 바람도 쐴 겸 놀러갈 생각이었다. 그런데 오늘 잔치의 주인공인 봉례가 도망쳐 와서 지금 저 방에 있다니, 어이가 없었다.

"와 도망쳐 나왔능공예?"

"내 참 기가 맥혀서. 철딱서니 없는 기 글씨, 아직 시집갈 나이가 안 됐다고 죽어도 시집 안 가겠다지 뭐고. 인제 와서 그카면 우애 되는 기고, 잉? 이 궁한 판에 있는 거 없는 거 다 긁어서 잔치 준빌 해놓았을 낀데…… 지금쯤 아매 난리가 났을 끼다."

"음—"

"내가 아무리 타일러도 글씨, 들어묵어 조야 말이제. 가시나 고집이 황우고집*(황소고집)이라니까."

"지가 그렇게 마다는데 우얘 기어이 시집을 보냅니꼬. 집에서 도망쳐 나올 때야 오죽했으면……."

"야야, 그기 무신 소리고. 인제 와서 그럼 우짠단 말이고? 당장 오늘 오시에 혼례를 올려야 할 판인데, 각시가 없으면 우째 되노? 그런 우사(망신)가 어디 있노. 신랑 쪽에서 뭐라 카노 말이다."

"……."

"그거사 우째 됐거나, 이년이 우리 집에 도망쳐 왔으니, 가만히 내삐리 뒀다간 나중에 우리한테 무신 원망이 돌아올지…… 앙 그러나? 어서 가거라. 자전거 타고 얼른 가서 우리 집에 와 있다고 알려야 한다. 그담이사 저거가 알아서 할 일이고……."

명규는 좀 입맛이 떨떠름했으나,

"예."

대답하는 도리밖에 없었다.

도망쳐 나오기까지 한 봉례에게 동정이 가고, 또 자기가 그녀의 소재를 알리러 간다는 게 꺼림칙하기는 했으나, 지금의 자기로서는 어머니가 시키는 대로 그저 심부름을 하는 것으로 그치는 수밖에 없다고 생각했다. 그 이상 자기가 관여할 문제가 아닌 것 같았다.

명규는 일어나 주섬주섬 옷을 주워 입었다.

밖으로 나온 그는 낯을 씻을까 하다가 그만두기로 했다. 낯을 씻고 어쩌고 할 계제가 아닌 듯했고, 뒤따라 나온 어머니가 방 안에서 눈치를 채지 않도록 조용조용히 어서 출발하라는 그런 눈짓을 보내기도 했던 것이다.

명규는 발자국 소리가 안 나도록 가만가만 가서 아래채 옆쪽 추녀 밑에 세워둔 자전거를 끌어냈다.

첫 발령을 받은 학교가 읍에서 십 리 남짓 되는 이웃 면의 면소재지에 있기 때문에 매일 자전거로 통근을 하고 있는 터였다.

아들이 자전거를 끌어내자, 황성녀는 얼른 가서 조심조심 소리가 안 나도록 대문을 열었다. 그러나 삐그그극 조금 소리가 났다. 얼른 큰방 쪽을 돌아보았다. 가슴이 두근거렸다.

명규도 마치 무슨 해서는 안 될 일을 공모하는 것 같은 묘한 기분이 되어 살금살금 자전거를 끌고 대문을 빠져나갔다.

어느덧 동녘이 훤히 타오르고 있었다.

아들을 보내놓고 나니 조금 마음이 놓이는 듯해서 황성녀는 아침밥을 짓기 시작했다.

솥에서 김이 피어오르자, 지피던 솔가리를 거두고 자리에서 일어났다. 아무래도 방 안의 봉례가 궁금해 가서 방문을 열어보았다.

봉례는 새근새근 깊이 잠들어 있었다. 아랫목이 알맞게 따뜻한 데다가, 밤길을 이십여 리나 걸어온 피로와 긴장이 풀려 무척 노곤한 듯 질질 침까지 흘리며 자고 있었다.

"쯧쯧쯧……."

황성녀는 측은한 듯 혀를 차며 이불을 당겨 올려 잘 덮어주었다.

먼동이 트는 새벽길을 명규는 신나게 자전거를 몰았다. 살갗에 와 닿는 공기가 제법 선득했으나, 오히려 그게 더 상쾌한지도 몰랐다.

집을 나설 때의 그 떨떠름하던 기분은 어느덧 가시고, 읍내를 빠져나가 시골 신작로를 달리기 시작했을 땐 도리어 무슨 재미있고 신나는 일에 뛰어든 듯 묘하게 유쾌하기까지 했다. 마치 외가의 중대한 위기를 자기가 해결해주러 가는 기분이라고나 할까.

매일 자전거 통근을 하는 터이라, 별로 바닥이 고르지 못한 신작로였지만, 자전거를 몰아가는 솜씨는 경쾌하기만 했다. 일요일 새벽의 상쾌한 운동인 셈이었다.

그러나 이십 리 길을 달려 마을 앞 고개에 이르렀을 땐 숨이 헐떡거리고, 이마에 땀이 내뱄다. 아침을 안 먹은 빈 속이어서 더 그런 듯했다. 도저히 고갯길을 자전거를 타고 올라갈 수는 없었다.

조금 오르다가 자전거에서 내렸다. 이마에 내뱄 땀을 닦고, 자전거를 끌고서 천천히 걸어 오르기 시작했다.

고갯마루에 이르자, 자전거를 세웠다. 그리고 털썩 주저앉았다.

해가 어느덧 마을 뒷산 위로 한 뼘가량 돋아 올라 있었다.

마을 한쪽에 외갓집이 보였다. 외갓집 마당에 쳐놓은 차일도 조금 눈에 띄었다.

그 차일을 보자, 왠지 명규는 약간 가슴이 울렁거리는 듯했다. 온통 야단이 났겠지 싶으니 살짝 미소가 지어졌다. 좀 더 앉아 숨을 가라앉히려다가 벌떡 털고 일어나 다시 자전거에 몸을 실었다.

외갓집이 있는 골목 안까지 자전거를 탄 채 찌르릉거리며 들어갔다. 외갓집 사립문이 저만큼 보이자 그제야 자전거에서 내렸다.

자전거를 끌고 명규가 들어서는 것을 맨 먼저 본 것은 황달칠이었다.

"아니, 니 명규 앙이가?"

차일 밑에 깔려고 헛간에서 들고 나오다가 그대로 떨어뜨려 놓은 멍석에 난감한 표정으로 걸터앉아 있던 달칠은 눈이 휘둥그레지며 벌떡 일어났다. 오래간만에 보는 고종사촌 동생이었다. 봄에 사범학교를 졸업하고 선생이 되어 있다는 명규가 이렇게 아침 일찍 웬일인가 싶었다.

"달칠이 형님인교? 돌아오싰다는 소식은 들었심더. 팔을 다쳤다지예?"

"그래, 쪼매 다쳤다. 닌 학교 선생이 됐다제?"

"예."

명규는 자전거를 마당에 세웠다.

"그런데 우짠 일이고? 이렇게 일찍이……."

그러자 큰방 문이 덜컥 열렸다. 봉례가 없어진 바람에 한바탕 집안이 발칵 뒤집힌 다음, 방에 들어가 애꿎은 담배만 빈속에 줄곧 세대를 태우고 나서 숫제 자리에 누워버렸던 황달수가 벌떡 일어난 것이다.

"명규 왔나."

바짝 긴장된 표정으로 얼른 마루로 나온다.

명규는 마루 쪽으로 다가가며,

"형님, 별고 없었능교? 한 번 와 본다는 기……."

하고 인사말을 던졌다.

그러자 황달수는 냅다 자기도 모르게 내뱉었다.

"벨고 없기는야, 난리가 났다, 난리가 났어."

"봉례 때문에 말이지예?"

마루 끝에 걸터앉으며 명규는 조금 웃음을 띠었다.

그러자 황달수는 대뜸,

"봉례가 너거 집에 왔더나?"

버럭 큰소리를 내질렀다.

"예."

"아이고, 이 때리죽일 년이……."

그러자 작은방 문이 열리고,

"누고? 멩규가?"

하면서 안 노파도 부스스 기어 나왔다.

"글씨, 이 때리죽일 년이 읍내 고모 집에 가 있다지 뭔교. 이년을 그저 그저……."

황달수는 곧 화가 머리끝까지 내뻗치는 듯 주먹을 불끈불끈 쥐며 어찌할 바를 모른다.

"고모 집이 어딘 줄 알고…… 바로 호랭이굴을 찾아들어 간 셈 앙이가, 허―"

어이가 없는 듯 달칠은 코를 위로 쳐들며 웃었다.

'바로 호랭이굴'이라는 말에 멩규는 어쩐지 좀 얼굴이 화끈해지는 느낌이었다. 그러나 그는 그 말이 무슨 뜻인지 잘 알 수가 없었다. 봉례를 서둘러 시집보내게 한 장본인이 자기 어머니라는 것을 모르는 터이니 말이다.

사립으로 양순분이 힘없이 걸어 들어오다가 주춤 걸음을 멈추었다. 용길이도 함께였다. 순금이네 집으로 해서 마을에 있는 친척집을 모조리 찾아가, 혹시 우리 봉례 못 보았느냐고 수소문을 했으나 헛걸음을 하고 돌아오는 길이었다.

"봉례가 읍내 고모 집에 가 있다느마."

달칠이가 굵은 목소리로 내질렀다.

"아이고, 그래예? 아이고, 멩규 되련님이 오싯구먼."

양순분은 놀라기도 하고, 기쁘기도 하고, 그러면서 화가 부글부글 치밀기도 하는 듯,

"아이고 그년, 아이고 그년……."

하면서 뒤뚱뒤뚱 달려 들어온다.

"그럼, 어서 가야지. 가서 그년을 그저 그저……."

곧 잡아서 박살이라도 낼 듯이 황달수는 주먹을 떨며 벌떡 자리에서 일어났다.

"나도 갑시더."

달칠이도 함께 가겠다고 나선다.

"가자, 그런데 지금 몇 시고?"

"일곱 시가 다 돼 갑니더."

"그럼, 걸어서는 늦겠다. 자전거로 가자. 명규 니는 여기 있거라. 니 자전거 하고, 또 하나 자전거를 빌리야지."

황달수는 어느새 신을 신고 사립 밖으로 냅다 잰걸음을 친다.

자전거를 빌려 가지고 오는 동안 달칠은 부엌으로 들어가서 쭈그리고 앉아 양순분이 차려준 음식으로 간단히 아침 요기를 했다.

삼거리에서 잡화상을 하고 있는 친구한테 급히 가서 자전거를 빌려가지고 온 황달수는 양순분이 뭐 좀 요기를 하고 가라고 해도 고개를 내흔들며,

"지금 밥이 목구녁으로 넘어가게 생깄나. 술이나 한 대지비 떠 도고."

하였다.

"빈속에 술을 마시면 자전거 타기가 어렵울 낀데예."

"걱정 말고 어서!"

양순분은 눈을 조금 흘기고는 얼른 부엌으로 가서 대접에다가 뿌연 막걸리를 반 대접쯤만 떠가지고 나왔다.

그것을 받아 단숨에 꿀꺽꿀꺽 들이켜고는,

"가자, 어서."

황달수는 자전거를 끌고 성큼 앞장을 섰다.

한쪽 팔을 헝겊으로 친친 동여매어 어깨에 걸고 있는 달칠이도 성한 한 손으로 자전거를 끌고 뒤를 따른다.

사립까지 따라가면서 양순분이 남편에게 말했다.

"너무 쥐박지 말고 딜꼬 오소, 잉?"

그러자 황달수는 다시 화가 치밀어 오르는 듯,

"그년을 내가 가만 둘 줄 아나. 그저 그저……."

입에서 침을 튀겨댄다.

11

삐그극 대문 열리는 소리와 함께 찌릉찌릉 자전거 소리가 나자, 황성녀는 얼른 방문을 열었다.

두 대의 자전거가 마당으로 들이닥쳤다.

황성녀는 힐끗 봉례를 돌아보곤 마루로 나갔다.

"오나?"

그녀의 표정은 착잡했다. 이제 마음이 놓이는 듯하면서도 난처하고 곤혹스럽기는 매일반이었다.

"고모님, 그동안 잘 계싰능교?"

달칠은 자전거를 마당에 세우며 굵은 목소리로 인사를 던졌다.

"왔다는 소식은 들었다. 팔을 많이 다쳤나?"

"아니예. 쪼매 다쳤심더."

대화는 끊겼다. 그런 대화를 계속하고 있을 계제가 아니었다.

황달수는 마루에 가 털썩 걸터앉으며,

"어디 있능교?"

불쑥 물었다.

황성녀는 말없이 눈짓으로 큰방을 가리켰다.

봉례는 새파랗게 굳어져 있었다.

아침 먹으라고 깨우는 바람에 밥이고 뭐고 생각이 없었으나, 다른 사람 밥 먹는데 그대로 누워 자고 있을 수 없어서 부스스 일어나 함께 몇 숟가락 뜨고, 멀뚱히 앉았다가 다시 아랫목에 쓰러져 있는데, 대문이 열리며 자전거 소리가 났다. 그러나 그 자전거 소리가 아버지와 삼촌이 찾아오는 소리인 줄은 정말 몰랐다. 삼촌의 목소리를 듣고서야 소스라치게 놀라며 발딱 그 자리에 반사적으로 일어나 앉았다. 너무나 뜻밖의 일에 봉례는 온몸의 피가 싹 씻겨 내려가는 느낌이었다. 눈앞이 아찔했다. 그러나 그녀는 곧 아랫입술을 자그시 물며 단단히 마음을 도사리려 애를 썼다.

이 집 할매가 얄밉도록 원망스러웠다. 털썩 마루에 걸터앉으며 아버지가 "어디 있능교?" 하고 묻는 것으로 보아 이 집 할매의 기별을 받고 달려온 게 틀림없었다.

그러나 할매에 대한 원망이고 뭐고 그런 게 지금 문제가 아니었다. 당장 눈앞에 들이닥친 이 일을 어떻게 감당했으면 좋을지, 난감

하고 아찔할 따름이었다. 온몸이 바짝 굳어들며 가늘게 떨리기까지
했다.

"이리 몬 나오겠나!"

황달수는 큰방을 향해 냅다 고함을 질렀다. 방문이 한 뼘가량 열
린 채 있었으나, 봉례의 모습이 그 틈으로 보이지는 않았다. 앞뒤 가
리지 않고 방으로 뛰어 들어가 이년을 그저 마구 두들겨 패서 머리
끄덩이를 휘감아 짐승 끌 듯 끌어냈으면 속이 시원하겠으나, 꾹 참
고 우선 호통을 쳐보았다. 순순히 제 발로 걸어 나오면 분통을 누르
고 그냥 아무 소리 없이 데리고 갈 생각인 것이다. 화풀이가 목적이
아니니 말이다. 어떻게든지 오늘 혼례를 망가뜨리지 말아야 되지 않
겠는가.

황성녀는 슬그머니 두어 걸음 물러서서 방관하듯 엉거주춤한 자세
로 바라보고만 있었다. 달칠은 토방에 우뚝 서서 지켜보고 있었다.

"안 들리나! 응?"

황달수의 목에 힘줄이 꿈틀거렸다.

방 안에서 아무 기척이 없자 다시,

"안 나올 작정이가?"

버럭 내질렀다.

형의 표정이 험악해지는 듯하자, 달칠이 입을 연다.

"봉례야, 나오너라. 고집 부리지 말고 나오는 기 옳다. 잔칫날 아침
에 신부될 사람이 집을 뛰쳐나오다니 말이 되나. 안 그러나? 어서 나
오너라."

굵고 제법 위엄이 서린 그런 저음이었다.

그러나 여전히 봉례는 움직이는 기색이 없었다.

이번에는 황성녀가 방문을 활짝 열며,

"야야, 아부지가 나오라는데 나와야지."

하고 타이르듯 말했다.

봉례는 싸늘한 시선으로 할매를 할퀴듯이 매섭게 흘겨보고는,

"몬 나가겠어예."

싹 자르듯 내뱉었다.

얄밉고 원망스러운 할매에 대한 앙갚음인 셈이었다.

"몬 나오겠어? 이누무 가시나가……."

황달수는 벌떡 일어나 마루로 뛰어올랐다. 얼굴에 확 불이 붙는 듯했다.

방으로 뛰어들어 냅다 봉례의 머리끄덩이를 거머쥐고 왈칵 잡아당겨 방바닥에 곤두박으려 하는데, 우르르 뒤따라 들어온 달칠이와 황성녀가 후닥닥 팔을 잡았다.

"참으소, 형님!"

"아서라! 손질은 하지 마라. 말로 해라, 말로."

그러나 황달수는 머리끄덩이를 잡은 손에 불끈불끈 힘을 주며,

"이누무 가시나 죽이 삐리고 말 끼다. 죽이 삐리고……."

입에 거품을 물어댔다.

그런데도 봉례는 조금도 항복할 기색이 없이 끙끙 용을 쓰며 버티는 것이었다.

"아이고 야야, 이기 무신 꼴이고. 어서 잘몬했다고 빌고, 일어서거라."

"……."

"응이? 가시나 고집이 너무 그러면 못 쓴다. 어서……."

무슨 일이 날까 봐 황성녀는 안타깝고 두렵기도 해서 타이르듯 애원하듯 말했고, 달칠이도,

"자, 일어나. 좋게 말할 때 일어나야지, 삼촌도 화낼 끼다."

조금 목소리에 힘을 주었다.

봉례는 떠는 듯 꿈틀거렸으나, 여전히 일어나려고 들진 않았다.

"이누무 가시나가!"

도저히 더 못 참겠는 듯 황달수는 거머쥔 머리끄덩이를 확 뒤로 밀어버리며 냅다 발로 봉례의 한쪽 어깻죽지를 걷어찼다.

"으악—"

봉례는 비명소리와 함께 벌렁 뒤로 나가떨어졌다.

"아이고, 이기 무신 짓이고."

깜짝 놀란 황성녀가 봉례를 일으키려고 얼른 다가들었다. 그러나 봉례는 어느새 발딱 반사적으로 일어나 앉았다.

그때였다. 땅 땅 땅…… 재떨이에 세게 대꼭지 두들기는 소리가 들렸다. 바깥 아래채에서였다. 곧 방문이 열리는 소리가 나고,

"어험! 어험!"

헛기침 소리가 이쪽으로 다가왔다.

이 집 할아버지였다. 연세가 여든이 다 되어 가는데도 헛기침에 아직 심지가 박혀 있는 듯한 꼬장꼬장한 노인이었다. 황성녀의 시아버지인 것이다. 몇 해 전에 남편과 사별을 하고 황성녀는 시아버지를 모시고 살아가고 있는 터였다.

"어험!"

하면서 할아버가 토방으로 올라서자, 황달수는 약간 당황하는 기색으로,

"이르신네 그간 안녕하십니껴?"

면목이 없는 듯 어색하게 꾸벅 머리를 숙였다.

"안녕하십니껴?"

달칠이도 송구스러운 표정으로 인사를 했다.

누구보다도 난처한 것은 황성녀였다. 친정 식구들이 와서 이렇게 난리를 치고 있으니 말이다. 뭐라고 시아버지에게 변명을 했으면 좋을지 모르겠다는 듯 몹시 곤혹스러운 얼굴로 황성녀는 곧장 손등을 만지작거리기만 했다.

봉례는 앉은 채 그대로 얼른 고개를 떨구었다.

벌써 무슨 일인지 다 짐작을 하고 있는 듯 노인은 너불너불한 수염을 두어 번 쓰다듬어 내리고서,

"자네네 오늘 잔치 아닝가. 잔칫날 여기 와서 와 이 야단들이고?"

하고 입을 열었다.

"어르신네 정말 면목이 없심더."

황달수는 조금 목을 움츠렸다.

"무신 일이고, 이기?"

"……."

"보자, 저게 누고? 자네 딸 앙이가?"

"예, 이누무 가시나가 글씨……."

황달수가 말을 잇지 못하자, 대신 황성녀가 받았다.

"시집을 안 가겠다고 이 야단이지 뭡니꺼."

"뭐라? 시집을 안 가? 시집을 안 가겠다고 잔칫날 집을 뛰쳐나왔단 말이가?"

노인은 이미 짐작을 하고 있으면서도 어이가 없는 듯이 내뱉었다.

봉례는 고개를 한층 깊이 떨구었다.

"그런 법이 어디 있노. 고얀 것 같으니라구. 혼사를 뭐로 생각하는 기고."

노인의 목소리에 약간 노기가 서렸다.

봉례는 몸을 꿈틀했다. 떨리는 모양이었다.

"일어나거라! 일어나서 어서 가아라! 기집이 혼사를 깨다니, 베락을 맞을 일이지."

그러나 봉례는 움직이질 않았다.

"야야, 그만 일어나야지. 할아부지 말씀도 안 들을 작정이가?"

황성녀가 다그쳤다.

계집애의 고집이 보통이 아니라는 것을 알자, 노인은 안 되겠다는 듯이 냅다 발칵 핏대를 세우며,

"몬 일어날 끼가? 이 고얀 것 같으니!"

후닥닥 마루로 올라섰다.

그제서야 봉례는 질린 듯 몸을 떨고는 부스스 일어섰다.

달칠이가 일어선 봉례의 한쪽 어깨를 토닥거리며,

"그래야지, 어서 가자."

대견하다는 듯이 말했다.

황성녀도 활짝 얼굴이 밝아지며,

"진작 그럴 것이지. 쯧쯧쯧…… 어서 가거라. 오시니까 아직 멀었다."

하고는 벽에 걸린 괘종을 본다. 아홉 시가 조금 지나 있었다.

"가자!"

불쑥 내뱉고 황달수는 앞장서 마루로 나가며 노인에게 고맙기도

하고 송구스럽기도 한 듯,

"어르신네, 정말 면목이 없심더."

하고 깊이 허리를 꺾었다.

"어서 가게."

노인은 잘됐다는 듯이, 그러나 조금 민망스럽기도 한 듯 어색하게 수염을 쓰다듬어 내렸다.

마지못하는 듯 뒤따라 걸음을 떼놓던 봉례는,

"으ㅎㅎㅎ……."

그만 울음을 터뜨렸다.

꼿꼿하게 굳어졌던 심지가 와르르 무너지며 주르르 눈물이 되어 녹아내리는 모양이었다.

마루에서 토방으로 내려서며 닳아빠진 검정고무신을 발에 꿰자, 왈칵 더 설움이 복받치는 듯 한바탕 목놓아 울었다. 아버지와 삼촌에게 호위되듯 해서 대문을 나서면서도 봉례는 계속 훌쩍거렸다.

"그만 울어라. 시집갈 색시가 울면 해롭다. 울지 말고 어서 가거라. 나도 옷 좀 갈아입고 곧 뒤따라 너거 집에 갈 끼니까."

대문 밖까지 따라 나가며 황성녀는 측은한 듯이 말했다.

읍내를 벗어날 때까지 달칠이 앞장을 서서 천천히 자전거를 밟았고, 그 뒤를 터벅터벅 봉례가 걸었다. 봉례 뒤를 황달수의 자전거가 느릿느릿 따랐다. 마치 봉례를 어디로 압송해가는 것 같았다.

읍내를 벗어나자, 달칠이 자전거를 세웠다.

"봉례야, 타라. 타고 어서 가자."

자전거 뒤에 타라는 것이었으나, 봉례는 여전히 부루퉁 부은 얼굴로 말을 들으려 하지 않았다.

"어서 타!"

황달수가 내질렀다. 그러나 한결 부드러운 목소리였다.

마지못하는 듯 봉례는 삼촌의 자전거 뒷자리에 을씨년스럽게 올라앉았다.

달칠은 한쪽 손으로 자전거를 모는 데도 봉례를 싣고 제법 가볍게 신작로를 미끄러져 나갔다. 오히려 혼자 타고 뒤따르는 황달수 쪽이 더 힘들어 보였다.

12

"신부 출—"

집례 하는 노인이 손에 쥔 홀기(笏記)를 보며 목청을 돋우었다.

초례상 위에 다리를 묶어서 엎어놓은 수탉 암탉 두 마리 가운데 암탉이 놀란 듯 볏을 흔들며 꾸꾸꾹 소리를 낸다. 지나가는 산들바람에 두 개의 촛불이 춤을 추고, 송죽의 이파리가 가볍게 흔들린다.

차일 주위에 빙 둘러선 구경꾼들의 시선이 일제히 안채 큰방 쪽으로 쏠렸으나, 신부는 쉬 나타나질 않는다.

"신부 추울—"

집례가 다시 큰방 쪽을 향해 목청을 길게 뽑았다.

큰방 문이 열렸다. 문이 열리고도 잠시 후에야 대반의 부축을 받으며 신부가 나타났다.

사모관대에 목화(木靴)를 신고 초례상 앞에 서서 기다리고 있던 신랑은 좀 멋쩍은 표정으로 힐끗 신부 쪽을 바라본다. 족두리를 쓰고 원삼을 입은 신부의 팔을 두 사람의 대반이 양쪽에서 살짝 들어 올리고 있고, 신부는 원삼의 색동 소맷자락에 얼굴을 묻듯 깊숙이 머리를 숙이고 걸어 나오고 있어서 그 용모는 보이지가 않는다.

"신부 얼굴 좀 보자—"

"억씨기(굉장히) 부끄럽은 모양이제—"

"부끄럽고말고—"

여기저기서 익살이 튀어나온다.

구경꾼들 대부분이 신부의 가출 소동을 알고 있는 터이라, 더욱 호기심에 찬 시선들을 신부에게 집중하고 있다. 어떤 이는 신부의 심정을 헤아리듯,

"조용히 하자—"

하고 농담을 제지하기도 했다.

신부가 초례상 앞에 와 서자, 그 얼굴이 드러났다. 대반이 양쪽에서 살짝 들어 올리고 있던 신부의 팔을 내렸던 것이다. 깊숙이 머리를 숙이고 있어서 똑바로 잘 보이지는 않았으나, 보오얗게 분을 바르고 연지 곤지를 곱게 찍은 신부의 얼굴은 그러나 넋이 나간 사람 같았다. 아예 두 눈을 가만히 감고 있었다.

집례가 이번에는 좀 낮은 목소리로 외쳤다.

"신부 재배(再拜)—"

대반의 부축을 받아 시키는 대로 그저 신부는 눈을 감은 채 움직였다. 힘없이 자리에 앉아 고개를 깊숙이 숙이자, 족두리에 달린 보요(步搖)가 반짝반짝 슬픈 빛으로 떨었다.

신부 재배가 끝나자, 다음은 신랑 일배(一拜)였다.

신랑이 무릎을 꿇고 너부시 절을 하자,

"이마가 땅에 닿아야 하는 기라."

"저런 수가 있나, 정말로 이말 땅에 델라 칸대이."

"각시가 억씨기 맘에 드는 모양이제."

"허허허……."

"히히히……."

구경꾼들이 좋아서 웃어댔다.

그러나 신부는 여전히 무표정한 얼굴로 눈을 뜨질 않았다.

다음은 합환주였다. 신랑 신부가 서로 술을 나누어 마시며, 백년 해로의 가약을 하는 것이다. 먼저 신부 쪽에서 따라주는 술잔을 신랑이 받아 마시고, 그 잔에 술을 채워서 신부에게 되돌려주는 것이다.

신부가 따른 술잔을 집례가 받아서 초례상 위로 신랑한테 건네주자, 신랑은 멋쩍은 듯 히죽 웃으며 그것을 받았다. 그러자 여기저기서 또 익살이다.

"웃는대이. 술 억씨기 좋아하는 모양이제."

"암, 술을 좋아해야 남자지. 어디 마시라 보자."

"꿀떡 마시삐려."

"몬 마시는 모양 앙이가. 남자 아니구나."

"저런, 입술에만 대고 만대이."

신랑은 술잔을 입에 대고 한 모금 마시는 둥 마는 둥 하고 잔을 상 위에 놓아버렸다.

그러자 집례가 상 위에 차려져 있는 밤과 대추 가운데서 아무거나 한 개 젓가락으로 집어먹으라고 이른다. 그런데 그 젓가락이라는 것이 꼭 윷가락 굵기만 하고, 길이는 두 뼘이 넘어 보였다. 그런 것으보 어떻게 밤이나 대추를 집어 올릴 것인지…….

신랑은 그 장작개비 같은 젓가락을 손에 쥐며 곧장 히죽히죽 웃었다. 그리고 깎아서 접시에 소복이 담아놓은 하얀 알밤 쪽으로 그 젓가락을 가져갔다. 잘 잡힐 리가 없었다. 겨우 집어 올렸다 싶으면 미끄러지듯 젓가락 사이에서 알밤이 빠져 굴렀다.

그렇게 서너 차례나 실패를 하자, 신랑은 그만 그 장작개비 같은 젓가락을 놓고, 얼른 손으로 알밤 한 개를 집어서 벌쭉 웃으며 입에 넣어버렸다.

“야― 손으로 막 집어 묵는대이.”

“신랑 참 점잖지 몬하다.”

“안 된다. 다시 해라, 다시.”

이렇게 떠들어 대는가 하면,

“마 됐다. 젓가락으로 안 잡히면 손으로라도 집어 묵어야지.”

“알밤을 집는 걸 보니 첫딸을 낳겠는데. 대추를 집어야 첫아들을 낳지.”

“첫딸이 좋지. 살림 밑천 앙이가.”

“첨부터 아들을 쑥 뽑아놓아야 안심인 기라.”

한쪽에서는 이렇게 지껄여 대며 웃었다.

알밤을 다 깨물어 먹고 나자, 집례가 술잔에 술을 조금 치라고 일렀다. 한 모금 마시는 둥 마는 둥 해서 잔에 술이 그대로 남아 있으나, 신랑은 주전자를 들어 두어 방울 따랐다.

그 잔을 집례가 받아서 초례상 위로 신부한테 가져갔다. 그러나 신부는 여전히 고개를 깊이 숙이고 있어서 잔이 자기 앞으로 건네온 줄도 모르고 있었다.

"신부 잔 받소."

집례가 말했으나, 신부는 살짝 고개를 들어 눈을 한 번 가늘게 떠 보았을 뿐 그 잔을 받으려고 하지 않았다. 얼른 대반 한 사람이 잔을 받아 신부의 손에 쥐어주었다. 마지못하는 듯 술잔을 두 손으로 받아 들기는 했으나, 입으로 가져가려 하지 않자, 대반이 그 손을 입 쪽으로 조심스럽게 떠받쳐 올렸다.

술잔이 바로 입 앞에 멎었으나, 신부는 입을 대지 않았다. 하는 수 없이 대반이 살짝 밀어서 술잔이 입술에 닿도록 했다. 그러자 신부는 잔뜩 얼굴을 찡그리며 얼른 고개를 돌려버린다. 그 바람에 잔에서 술이 절반가량 쏟아졌다.

그 광경을 보고 까르르 웃는 아이가 있었다. 하라꼬였다. 하라꼬도 아이들을 따라 잔치에 놀러와 용길이 곁에 서서 구경을 하고 있었다.

"하하하……하나요메상가 오꼿다와(신부가 화났다 그지). 사께와 이야닷데네(술은 싫다고 그지). 하하하……."

그러자 용길이가,

"시스까니세(조용히 해)!"

하면서 눈을 부릅떠 보였다.

하라꼬는 무안한 듯 빨간 혀끝을 날름 내보이고는 손가락 하나를 입에 물었다.

혼례 절차가 끝나 신부 퇴장 차례가 되자, 대반들의 부축을 받으며 돌아서 걸음을 떼놓는 신부는 마치 심한 현기증이라도 일으킨 사람처럼 비실 쓰러질 듯 휘청거렸다. 대반들이 놀라 얼른 껴안듯이 해가지고 큰방으로 향했다.

신부의 가출 소동을 전혀 모르는 신랑은 그저 신부가 너무 긴장했던 탓인가 보다 생각하며 멀뚱히 그 뒷모습을 바라본다. 매우 수줍은 듯 시종 고개를 깊숙이 숙이고 눈까지 감고 있던 것으로 보아 아주 얌전한 성격인가 보다 싶으며 말이다.

마루 한쪽에 서서 아낙네들과 함께 구경을 하고 있던 황성녀는 혼례가 무사히 끝나자, 무거운 짐이라도 내려놓은 듯 후유— 큰 숨을 내쉬었다. 그리고 얼굴에 조금은 씁쓰레한 듯한 그런 미소를 띠며 신부의 뒤를 따라 큰방으로 들어갔다.

그날 밤, 그러니까 신랑 신부의 첫날밤이다.

신방은 작은방이었다. 촛불이 너울거리는 병풍 앞에 야물상을 가운데 하고 신랑과 신부가 마주 앉았다. 신부는 밤에도 역시 생기를 잃은 무표정한 얼굴로 몸을 약간 옆으로 돌리고 앉아 있다.

바깥에서는 빠끔빠끔 문구멍을 뚫고 아낙네들이 신방을 엿보고들 있다. 이른바 신방지키기인 것이다.

옛날엔 첫날밤에 불상사가 일어나는 일이 적지 않았다 한다. 평소에 신랑에게 원한을 품은 자나, 신부를 연모하다가 뜻을 이루지 못한 자가 칼을 들고 뛰어들어 신방을 피로 물들이는 그런 끔찍한 춘사가 발생하기도 했고, 화적들이 신방을 덮쳐서 신부를 업어가는 망측한 변이 일어나기도 했고, 더러는 신랑을 따돌리고 대신 신랑 노릇을 하는 해괴한 일이 있기도 했으며, 혹은 첫 관계에 지나치게 긴장이 되어 신랑이 그만 신부 배 위에서 숨을 거두는 복상사 같은 참변이 생기기도 했다. 그래서 그런 변고를 막기 위해 신방을 지키는 풍습이 있었는데, 그 풍습이 내려와서 이제는 한갓 신방 엿보는 장난으로 바뀌고 만 것이다.

신랑이 잔을 들었으나, 신부는 모르는 척 고개를 돌리고 목석처럼 앉아 있기만 하자,

"봉례야, 어서 신랑 잔에 술을 쳐라."

문구멍으로 들여다보고 있던 아낙네 하나가 나직한 소리로 말했다. 그러나 신부는 못 들은 척 여전히 움직일 줄을 모른다.

"술 좀 쳐조야지예."

비식 웃으며 신랑이 입을 열었다.

"봉례야, 어서!"

"어서 치라니까."

"신랑 팔 빠지겠다."

"어서."

아낙네들이 수군거리자, 신부는 마지못하는 듯 주전자를 든다. 그러나 여전히 얼굴에 조금도 수줍음 같은 것이 떠오르진 않는다.

그래도 신랑은 조금 멋쩍기는 하지만 기분이 좋은 듯한 표정으로 잔에 술이 차기를 기다려서 입으로 가져가 제법 꿀컥꿀컥 소리가 나도록 들이킨다.

"우야꼬!"

"잘 마신대이. 낮에는 체면 채렸던 모양이제."

"하하하……."

"히히히……."

아낙네들은 재미가 여간이 아닌 모양이다. 신부가 시집가기 싫어서 가출소동까지 벌인 터이라, 그 첫날밤 구경이 더욱 흥미진진한 것이다. 무슨 변고가 일어나지는 않을까 조금 걱정이 되기도 해서 더 재미가 짜릿하다고 할까.

신랑은 잔을 놓고 젓가락으로 안주를 집는다. 돼지고기를 한 점 입에 넣고 우물우물 씹어 넘기고 나서 또 술잔을 들어 꿀컥꿀컥 이번에는 잔을 비워버린다. 제법 큰 잔인데, 거기 담긴 노르끄름한 전내기를 두 번에 그만 들이켜 버리다니, 꽤 술이 센 모양이다.

빈 잔을 신부 앞으로 내밀며,

"조금 마시겠소?"

묻는다.

신부는 목석처럼 반응이 없다.

"봉례야, 받아라. 받아서 입만 대면 된다."

"어서 받아."

"저런……."

아낙네들의 독촉에도 불구하고 신부가 잔을 받으려 하지 않자, 신랑은 좀 무안한 듯 비식 웃으며 잔을 상 위에 놓는다. 자작자음으로 한잔 더 할까 망설이는 듯하더니, 바깥에서 구경하는 아낙네들을 의식했는지 신랑은 그만 야물상을 한쪽으로 밀어내버린다.

그리고 잠시 말없이 앉았다가 조금 발그레해진 얼굴에 쑥스러운 듯한 웃음을 띠며 자기 발목의 대님에 손을 가져갔다. 자기 대님부터 먼저 푸는 것을 보고,

"각시 옷고름부터 풀어주는 기라요."

"히히히……."

"헤헤헤……."

아낙네들이 웃자, 신랑은 좀 무색한 표정을 지으면서도 얼른 양쪽 대님을 다 풀었다. 그리고 신부 앞으로 다가갔다. 신랑이 옷고름에 손을 대려 하자, 목석처럼 무표정하게 앉아 있던 신부가 냅다 얼굴

을 찡그리며 홱 반사적으로 가슴을 돌렸다. 신랑이 무안할 지경이었다. 그러나 신랑은 여자의 수줍음의 본능이려니 생각하고 주저 없이 옷고름을 풀어버렸다. 그리고,

"불을 끌까요?"

물었다.

신부는 대답이 없다. 옷고름이 풀린 채 그대로 뚱한 얼굴로 앉아만 있다.

"끕시다."

신랑은 훅 불어 촛불을 꺼버린다.

어둠 속에서 신랑은 훌훌 바지저고리를 벗고, 아랫목에 깔린 이부자리 속으로 들어가 원앙침의 한쪽을 베고 눕는다. 신부가 옷을 벗고 들어와 나란히 원앙침을 베고 눕기를 기다리는 것이다.

신방에 불이 꺼지자, 아낙네들은 문구멍에 들이대고 있던 눈을 떼고, 대신 귀를 바싹 가져간다. 보이지 않으니 소리라도 엿듣는 수밖에 없다.

신랑이 이부자리 속에 들어가 누운 지도 꽤 됐으나, 신부는 어둠 속에 그대로 꼼짝을 않고 앉아 있는 듯 도무지 아무 기척이 없다.

"에헴, 에헴."

신랑이 헛기침을 한다. 어서 옷을 벗고 들어오지 않고 뭘 하고 있느냐는 신호다. 그러자 아낙네 하나가,

"봉례야, 옷을 벗고 들어가야지."

나직한 목소리로 타이르듯 말했다.

여전히 아무 기척이 없다.

"봉례야, 어서."

"어서 옷을 벗으라니까."

"그러는 기 앙이다. 첫날밤에 인연을 잘 맺어야 하는 기라. 기왕에 신랑각시가 됐으니……."

그러나 아무 반응이 없더니, 잠시 후 가만히 코를 훌쩍 들이마시는 소리가 들렸다. 흐느끼는 것이었다. 훌쩍훌쩍 나직한 흐느낌이 한참 동안 계속되었다.

신부의 흐느낌에 신랑은 눈이 휘둥그레졌을 게 틀림없는데, 아무 기척이 없었다. 어찌된 영문인가 싶어 가만히 숨을 죽이고 있는 모양이었다. 아낙네들도 누구 하나 입을 떼지 않았다. 낭패감과 함께 측은하고 처연한 그런 기분에 휩싸이고 있었다.

흐느낌 소리가 멎더니, 잠시 후, 가만가만 저고리 벗는 듯한 기척이 있었다. 그리고 일어나 치마끈을 푸는 듯했다. 사르르 치마 흘러 내리는 소리가 들렸다.

13

요즘 두만이는 도무지 사람이 맥이 없어 보이고, 시들시들 시들어 져가는 몰골이다. 어디 아주 깊은 곳에 골병이 들어도 단단히 들었는지 두 눈동자부터가 흐릿하게 풀어졌다.

그런 얼빠진 듯한 얼굴을 하고 금융조합 사무실의 한쪽 구석에 있는 자기 자리에 멍청히 앉아 있기 아니면, 숙직실에 가서 벌렁 나자 빠져 눈을 끔벅끔벅 하며 누워 있기 일쑤였다. 면사무소나 학교, 혹은 주재소 같은 데로 심부름을 갈 때와는 달리 걷는 걸음걸이가 흐느적흐느적 마치 다리의 나사가 헐렁해진 사람 같았다. 읍내에 심부름을 갈 때는 자전거로 가는데, 그 자전거 타는 것까지가 전과는 영딴판이었다. 페달을 밟는 발에 힘이 없으니, 자전거 자체가 꼭 맥이 빠진 것처럼 보였다.

도무지 밤으로 잠을 잘 이루지 못하는 터이니 그럴 수밖에 없다. 두만이는 요즘 거의 매일 밤 닭이 울 무렵까지, 어떤 때는 숙직실 창문에 새벽빛이 희끄무레 어릴 무렵까지 잠들지 못하고 이리 뒤척 저리 뒤척 한다.

그는 매일 밤 숙직실에서 잔다. 직원들도 교대로 한 사람씩 숙직을 하기로 되어 있지만, 시골 금융조합이라 직원 수효도 몇 안 되고, 또 굳이 두 사람이 숙직을 하지 않더라도 도난사건 같은 것이 발생할 염려가 거의 없기 때문에 신출내기 직원 한두 사람을 제외하고는 숫제 소사한테 숙직을 떠맡겨 버리고 나오질 않는다. 그런 줄을 조합장이 모르고 있을 턱이 없었으나, 묵인을 하고 있는 것이다. 그래서 두만이는 거의 매일 밤 혼자서 숙직실에 잔다.

신출내기 직원과 숙직을 할 때는 그래도 첫닭이 울 무렵이면 잠들수가 있는데, 그렇지 않고 혼자서 잘 때면 덜렁하게 넓은 방에 혼자 누워서 그런지 더 괴롭고 처량해져서 거의 새벽녘까지 잠을 이루지 못하고 이리 뒤척 저리 뒤척 하는 것이다. 꺼지는 듯한 한숨을 내쉬기도 하고, 끙끙 앓는 소리를 토하기도 하고, 때로는 질금질금 울기도 하면서 말이다.

말할 것도 없이 봉례 때문이다. 그처럼 간절하게 몸까지 주던 봉례가 그만 남의 아내가 되어 홀쩍 떠나버리다니, 너무나도 허망하고 너무나도 야속했다. 분함과 슬픔이 뒤범벅이 된 그런 괴로움과 함께 두만이는 자기 자신이 한심하고 가련해서 견딜 수가 없었다. 나중에 아내로 삼으려고 마음먹고 있는 상대가 시집을 가는데도 속수무책으로 멀뚱히 보고만 있었던 자기가 도대체 불알을 찰 자격이 있는가 싶었다. 설마 봉례가 잘 알아서 어떻게든지 그 난관을 헤쳐나가 주겠지 하고 믿고만 있었으니, 어리석기 이를 데 없고, 부끄럽기 짝이 없었다. 그래도 봉례는 혼례식을 피해 보려고 읍내 친척집까지 도망이라도 쳐보았지만, 도대체 자기는 요만큼이라도 무슨 행동을 취해 보았는가 말이다. 시집을 가면서 봉례가 오히려 자기를 원망했을 것을 생각하니 가슴이 에는 듯 쓰라렸다.

지금쯤 봉례는 신랑이 된 딴 사내 녀석의 품 안에 안겨 달아오르고 있겠지. 자기에게 그처럼 간절하고 뜨겁게 내맡기던 살을 그 녀석에게 온통 죄다 내맡기고서…… 그런 생각이 들면 온몸의 피가 지글지글 끓으며 머리로 치솟아오는 듯 미칠 것 같았다. 으악— 냅다 고함을 지르며 당장 달려가서 사내 녀석을 마구 박살을 내고, 봉례를 빼앗아 오고 싶었다.

그래서 벌떡 일어나 그만 애꿎은 숙직실의 벽을 대가리로 사정없이 들이받고는,

"으우—"

거품 같은 것을 입에 물며 벌렁 나가뒹굴기도 했다.

그러다가 잠시 눈을 붙이고서 일어나는 터이니, 입맛인들 있을 턱이 없었다. 집으로 가서 한 숟가락 뜨는 둥 마는 둥 하고 나오는 그런 나날이니, 몰골이 한물가도 단단히 간 것처럼 되어버릴 도리밖에.

중학 강의록도 요즘은 손에 잡히질 않았다. 잠이 안 오고 괴로운 생각에 시달릴 때, 혹시 강의록에나 열중하면 될까 싶어서 더러 책

을 펼쳐보기도 하지만, 활자는 곧 눈에서 미끄러지듯 흘러가 버리고, 머릿속에는 어느덧 또 뒤숭숭하고 심란한 생각들이 꼬리를 물고 일어나곤 했다. 국민학교 선생이 될 꿈을 실현하기 위해 꾸준히 노력을 해오던 모범청년이 말하자면 실의의 청년처럼 되어버린 것이다.

살 의욕 같은 것을 잃어버린 두만이는 오후가 되면 곧잘 뒷산 각시바위를 찾아갔다. 그곳을 찾아가면 마치 봉례의 그림자라도 찾아볼 수가 있고, 체취라도 맡을 수 있는 것처럼.

오늘도 두만이는 집에 가서 점심을 몇 숟가락 떠먹고는 뒷산으로 올랐다. 각시바위에 이르자 숨이 헐떡거리고, 이마에 식은땀이 내뱄다. 아랫도리가 후들후들 떨리는 듯하고, 가벼운 현기증까지 느껴져서 두만이는 그만 아무 데나 풀썩 무너지듯 주저앉았다.

산에는 가을이 을씨년스럽게 짙어가고 있었다. 지나가는 바람에 저만큼 떡갈나무 잎사귀가 우수수 나부끼기도 했고, 다람쥐라도 뛰어가는지 낙엽 부서지는 소리가 들리기도 했다. 서낭인 노송의 가지 사이로 흘러내리는 햇살도 바싹 엷어진 듯 어설프게 느껴졌다.

"아흐—"

두만이는 신음소린지 한숨소린지 잘 분간할 수 없는 그런 소리를 내쏟으며 멀뚱히 노송의 가지를 우러러보았다. 각시바위 위에서 발돋움을 하면 손에 닿을 듯 말 듯 늘어져 있는 그 굵은 가지 말이다. 옛날 젊은 과수댁이 목을 맸다는 전설이 깃든 그 나뭇가지를 두만이는 요즘 이 각시바위에 올 때마다 멀뚱히 바라보곤 한다.

목을 매달아버릴까 싶은 것이다. 저 가지에 목을 매달아버리면 모든 것이 끝나는 게 아닌가. 얼마나 간단한가. 밤마다 그처럼 잠을 이루지 못하고 괴로움에 시달릴 까닭도 없고, 금융조합의 소사 노릇이나 하며 국민학교 선생이 되어 보려고 아등바등할 필요도 없고, 얼마나 개운한가.

그러나 어찌된 셈인지 머릿속의 생각과는 달리 막상 그렇게 하려고 마음을 굳히려 들면 슬그머니 겁이 나는 것이었다. 나뭇가지에 매달려 뻘건 혓바닥을 길게 빼물고, 눈을 뒤집어 까고서 축 늘어져 있을 자기의 모습이 눈앞에 보이는 듯해서 몸서리가 쳐지고, 그런 자기 송장을 앞에 놓고 땅을 치며 목 놓아 울 어머니의 비통한 얼굴이 떠올라 그만 가슴이 축축해지는 듯했다.

일찍이 홀몸이 되어 우리 세 남매를 키우느라 무척 고생이 많았던 어머니, 지금도 여전히 고생을 뒤집어쓰듯 하고 있는 불쌍한 어머니, 아직 철없는 여동생과 남동생, 그들을 어떻게든지 기어이 국민학교 선생이 되어 거느려 나가야 할 게 아닌가. 그런 생각이 앞을 가로막으며 코허리가 시큰해지고, 두 눈에 핑 뜨거운 것이 어렸다. 뜨겁게 감도는 눈물에 그만 자살하려던 생각이 번번이 흐늘흐늘 녹아버리는 것이었다.

말하자면 아직 실의의 끝까지, 절망의 낭떠러지까지 이르지는 않은 모양이었다.

"음—"

그리고 두만이는 훌쩍 한 번 콧물을 들이마시며 부스스 털고 일어났다. 눈앞이 뿌옇게 흐려져서 바위 위로 늘어진 그 나뭇가지도 흐늘흐늘 희미해져 있었다.

두만이는 저쪽 머루 덤불께로 휘청휘청 걸음을 옮겨갔다. 조그마한 바위 앞으로 가 멈추어 서서 바지 단추를 끌렀다. 지르르— 소변이 힘없이 조금 흘러나왔을 뿐이다. 요즘 두만이는 오줌줄기까지도 도무지 힘이 없었다.

단추를 잠그며 두만이는 힐끗 뒤를 돌아보았다. 마치 언젠가 그날처럼 뒤에 봉례가 앉아서 지켜보고 있지나 않을까 싶은 듯…… 거기 고개를 살짝 돌리고 수줍은 듯 앉아 있던 봉례가 홀연히 사라져버리는 것 같은 착각을 느끼며 두만이는 팽! 코를 풀었다. 지르르 흘러내리는 물코였다.

두만이는 그날 봉례와 나란히 앉았던 그 자리에 가서,

"휴—"

한숨과 함께 털썩 무너지듯 궁둥이를 내렸다.

어디선지 산비둘기가 운다. 꾸꾹 꾸르르 꾸꾹 꾸르르…… 봉례와 만났던 그날은 산비둘기 우는 소리도 경쾌한 음향으로 들리더니, 오늘은 쓸쓸하고 처량한 가락으로 가슴에 와 닿는다. 어쩐지 저 산비둘기까지가 암컷을 잃고 서럽게 우는 것만 같다.

두만이는 잠시 넋을 잃은 사람처럼 산비둘기 우는 소리에 귀를 기울이고 있었다. 그런데 문득 "집에서 니한테 시집가라 카면 얼마나 좋겠노" 하고 까르르 웃던 소리가 귓전에 가물거리는 듯했다. 힐끗 옆을 돌아보았다. 옆에 누가 있을 턱이 없다. 그런데도 마치 봉례가 활짝 얼굴을 붉히며 나긋한 눈매로 자기를 쳐다보고 앉아있는 듯이 착각되었다.

"음—"

두만이는 절로 뜨거운 신음소리가 흘러나왔다.

벌겋게 상기된 얼굴로 벌쭉벌쭉 웃으며 봉례를 덥석 끌어안자,

"아이 몰라—"

하고 수줍게 자지러들더니, 비실 그 자리에서 무너지듯 쓰러지던 그날의 봉례가 짜릿하게 가슴에 다가오는 듯해서 견딜 수가 없었다.

두만이는 마치 그날 비실 쓰러져 다리를 쭉 뻗고 누운 봉례 위로 포개졌듯이, 슬그머니 배를 깔고 길게 엎드렸다. 꼭 그 자리였다.

낙엽이 드문드문 깔린 시들어져가는 풀 위에 엎드리니 봉례의 배 위에 포개졌을 때와는 달리 몸에 선득한 냉기가 와 닿았다. 그러나 두만이는 두 눈을 지그시 감고 그날의 봉례의 야들야들하고 미끈미끈하고 뜨끈뜨끈한 살을 머리에 떠올리며 더운 숨을 몰아쉬었다. 선득한 냉기가 스며 오르는데도 아랫도리가 슬며시 뜨거워지고 있었다.

안타깝고 그립고 미칠 것만 같아 두만이는 혼자서 몸부림을 쳐댔다. 지근지근하고 스멀스멀한 피가 좀처럼 사그라지질 않아 신음소리를 질질 흘리다가 그만 두만이는 질금질금 울기 시작했다. 자기의 꼬락서니가 너무나도 창피하고 가련했던 것이다.

그대로 엎드린 채 힘없이 축 늘어져서 얼굴을 두 팔에 묻고 훌쩍훌쩍 흐느끼고 있는데, 바로 지척에서 부스럭부스럭 소리가 났다.

두만이는 가만히 얼굴을 들어 보았다. 바로 저만큼 눈앞이었다. 머루 덤불 그늘에서 다람쥐 한 마리가 빠끔히 얼굴을 내밀고 이쪽을 바라보고 있는 게 아닌가. 제법 큰 놈인데, 두 눈이 유난히 반질거린다. 그런데 그 반질반질 빛나는 두 눈에 어쩐지 웃음 같은 것이 감돌아 보인다. 마치 자기를 보고 재미있다는 듯이 조롱하고 있는 것 같아 두만이는 그만 발칵 뿔이 돋았다.

바로 눈앞에 굴러있는 돌멩이 하나를 후닥닥 거머쥐고 뛰어 일

어나,

"요누묵 다람쥐 새끼가!"

냅다 소리를 지르며 돌멩이를 던졌다.

다람쥐는 가볍게 몸을 돌려 미끄러지듯 덤불 속으로 자취를 감추었다.

별 것이 다 사람 부아를 긁는다 싶어 두만이는 얼굴을 시뻘겋게 해가지고 근처에 굴러 있는 돌멩이랑 나무막대기 같은 것을 마구 집어서 덤불 속으로 던졌다.

놀란 다람쥐가 덤불에서 튀어나가 저쪽 각시바위께로 가볍게 굴러가는 게 눈에 띄자,

"저누무 다람쥐 새끼! 지랄 같은 기 다……."

하고 내뱉으며 뒤를 쫓았다.

다람쥐는 각시바위의 돌무더기 틈새로 스며들 듯 사라졌다. 벌겋게 되어 식식거리며 뒤쫓아 간 두만이는 다람쥐가 숨어들어 간 돌 틈께를 냅다 사정없이 발로 내질렀다. 와르르— 돌이 좀 무너져 내렸다.

두만이는 내지른 한쪽 발이 못 견디게 아파서 쩔쩔 맸다. 그러면서도 굴러 내린 돌덩이를 주워서 마구 던져댔다. 발이 아파 화가 더 난 듯했다. 와르르 와르르— 돌무더기가 의외로 수월하게 자꾸 허물어져 내리는 바람에 차츰 묘하게 기분이 시원해지는 듯 나중에는 그만 킬룩킬룩 웃음이 나오기까지 했다. 남들이 나중에 어여쁘고 마음씨 곧은 딸을 얻으려고 오며 가며 정성 들여 던져 쌓아올린 돌무더기를 마구 허물어 버리는 재미가 여간이 아니었다. 이제 다람쥐 따위는 염두에 없었다.

"뭐 열녀바위? 열녀 같은 딸을 낳는다고? 흥! 열녀가 아니라, 스무 녀가 좋겠다. 흥! 흥!"

빈정거리며 콧방귀를 뀌어대기도 했다.

장차 국민학교 선생이 되려는 청운의 꿈을 안고 중학 강의록에 열중하고 있는 모범 청년인 두만이가 이런 고약한 심보가 되어 마구 짓궂게 설쳐대기는 정말 처음이었다. 마치 심술궂은 말썽꾸러기 청년이 되어버린 듯했다.

돌에 묻히다시피 했던 각시바위의 모습이 꽤나 드러날 지경으로 돌무더기를 벗겨놓고 나서야 두만이는 제풀에 지쳐서 벌렁 나가떨어져 한참 식식거리며 누워 있은 다음, 휘청휘청 산을 내려갔다. 오늘은 각시바위의 돌을 허무는 심술을 부리기 위해서 산에 온 것 같았다. 그러고 나니 어쩐지 묘하게 조금은 답답하고 지랄 같기만 하던 속이 풀린 듯하고, 기분이 약간은 가벼워진 듯했다. 온몸을 나른하게 내려누르는 듯한 허탈감은 여전히 마찬가지지만.

그런, 조금은 가벼워진 듯한 기분도 잠시였다. 산을 다 내려가기 전에 그 기분은 다시 바싹 깨지고 말았다.

산기슭을 휘청휘청 내려가던 두만이는,

"으?"

하면서 자기도 모르게 주춤 걸음을 멈추었다.

저만큼 아래에 산비탈을 돌아 길이 나 있었다. 두 사람이 나란히 걸을 수 있을 만한 길인데, 밭 언저리를 지나 마을로 이어져 있었다.

그 길에 웬 검정 두루마기를 입은 남자와 다홍치마에 초록빛 저고리 차림의 여자가 나타나는 게 아닌가. 산비탈을 돌아 검정 두루마기를 입은 신랑인 듯한 남자가 앞장서고, 그 뒤를 두어 걸음 떨어져서 고운 치마저고리를 입은 새색시가 따라 걸어오는 게 보였다. 꽤 떨어진 거리였으나, 남자는 손에 한 되짜리 뿌연 술병을 들고 있고, 여자는 보자기에 싼 닭을 앞에 안고 있는 걸 알아볼 수 있었다. 시집 간 새색시가 신랑과 함께 친정에 다니러 오는 게 틀림없었다.

신랑이 흰빛이 아닌 검정빛 두루마기를 입은 것은 순사들의 등쌀 때문이었다. 흰 두루마기를 입은 사람을 보면 노인이건 젊은이건 가릴 것 없이 마구 먹물 칠을 해버리기 일쑤였다. 흰 옷을 못 입게 할 뿐 아니라, 숫제 한복은 안 입는 게 좋다는 그런 판국이었다. 불편한 한복 따위 입지 말고, 노상 게에트르를 치고, 머리에는 센또보오시를 쓰고 다니기를 권장하는 판이었으니, 검정빛이나마 두루마기를 입고 나들이를 한다는 것은 비록 신랑이지만 대견한 일이 아닐 수 없었다.

그러나 그런 건 지금의 두만이에겐 아랑곳없는 일이었다. 두만이는 가만히 숨을 죽이고 그 신랑각시를 눈여겨 바라보고 있었다.

그들의 모습이 차츰 이쪽으로 가까워지자,

"음—"

두만이는 자기도 모르게 그만 신음소리가 흘러나왔다. 그리고 경련이 이는 듯 버르르 몸을 떨었다.

검정 두루마기를 입은 신랑의 뒤를 따라 걸어오고 있는 것은 봉례였다. 봉례가 신랑과 함께 친정에 오고 있는 것이었다. 첫 근행(覲行)이었다.

앞서 걸어오는 신랑이 힐끗 이쪽을 바라보는 듯했다. 얼른 두만이는 허리를 낮추어 다복솔 뒤에 몸을 숨겼다.

왜 그랬는지 자기도 잘 알 수가 없었다. 어쩐지 못난 짓을 한 것 같아 얼굴이 조금 붉어지는 듯하고, 입맛이 떨떠름했으나, 다시 일어설 수도 없는 그런 묘한 상태였다. 마치 허리께가 빳빳하게 굳어진 듯한 느낌이었다.

다복솔 뒤에 그렇게 엉거주춤 허리를 낮추고 서서 두만이는 두 사람의 거동을 살피듯 쏘아보고 있었다.

뭐 별다른 거동이 있을 턱이 없었다. 신랑은 뿌우연 탁주 병을 다른 손으로 바꾸어 들었고, 봉례는 살포시 다홍치마자락을 당겨 여미며 말없이 두어 걸음 떨어져서 걸어오고 있을 뿐이었다.

신랑이 가만히 뒤를 돌아보며 봉례에게 뭐라고 지껄이는 듯했다. 봉례는 얼굴에 조금 웃음을 띠며 고개를 가로 내저었다. 아마 신랑이 발이 아프지 않느냐고 묻는 모양이었다.

몇 걸음 걷더니, 이번에는 봉례가 신랑에게 뭐라고 지껄이는 듯했다. 그러자 신랑이 다시 뒤를 돌아보며 자기 역시 빙그레 웃음을 띠고 고개를 가로 내저었다. 아마 이번에는 봉례가 그 술병 무겁지 않느냐고 물은 것 같았다.

퍽 다정한 사이처럼 보였다. 음양이 잘 들어맞은 모양이었다.

혼인을 한 지 이제 겨우 보름 남짓밖에 안 되었는데, 벌써 저렇게 봉례의 마음이 신랑 쪽으로 온통 기울어져버리다니, 두만이는 놀람과 함께 분하고 괘씸해서 견딜 수가 없었다. 마치 그녀에게 이제 완전히 배신을 당한 것 같았다. 비록 시집을 가서 몸은 남의 사내에게 내맡겨졌다 하더라도 마음만은 언제까지나 간절하게 자기를 향해 있을 줄 알았는데 말이다.

두만이는 어금니를 뿌드득 물었다. 절로 주먹이 버르르 떨렸다. 냅다 고함을 지르고 그들 앞으로 뛰쳐나가고 싶은 충동을 느꼈으나,

어쩌된 셈인지 도무지 몸이 싸늘하게 굳어진 듯 와들와들 떨리기만 할 뿐 움직여지지가 않았다.

산기슭 다복솔 뒤에 두만이가 몸을 숨기고 서서 지켜보고 있는 줄을 모르는 봉례는 새색시의 첫 근행 길답게 사뿐사뿐 즐거운 듯 수줍은 듯 걸음을 옮기고 있었고, 신랑은 조금 전에 누가 산에서 내려오다가 멈추어 선 듯해서 힐끗 한 번 바라보긴 했으나, 그저 산에 무슨 볼일이 있어 갔다가 내려오는 사람이겠지 여기고 별 관심 없이 앞장서 걷고 있었다. 처가 마을이 가까워지자, 신랑은 한결 기운이 나는 듯한 걸음걸이였다. 검정 두루마기자락이 펄럭거리기까지 했다.

그들이 산 아래 밭 언저리를 지나자, 이제 다복솔 뒤에 몸을 숨길 필요가 없어 두만이는 가만히 허리를 폈다.

봉례의 쪽진 머리가 눈에 띄었다. 은비년지 그냥 보통 쇠비년지 알 수 없지만, 좌우간 봉례의 조그만 쪽에 꽂힌 비녀가 햇빛을 받아 반짝거렸다.

봉례의 비녀 꽂은 모습을 보자, 두만이는 왠지 그만 묘하게 핑 눈물이 어렸다. 그러나 그는 애써 힝! 하고 콧방귀를 뀌었다. 힝! 힝! 콧방귀를 뀔 때마다 눈에서 눈물이 쑥쑥 빠지는 것이 아닌가.

마을 쪽으로 차츰 멀어져가는 그들의 뒷모습을 뻣뻣이 서서 벌겋게 핏발이 서고 눈물에 젖은 눈으로 노려보듯 지켜보고 있던 두만이는 그만 견딜 수 없는 어떤 뜨겁고 격한 것을 칵 내뱉듯 냅다,

"봉례야—"

하고 목줄기를 뽑아 올리고 말았다.

그것은 고함소리면서 뭉클한 울음소리 같았다.

두 사람이 동시에 힐끗 뒤를 돌아보았다. 그러나 봉례는 얼른 고개를 돌리고 몹시 당황한 듯 걸음을 냅다 빨리했다. 신랑은 무슨 영문인가 싶은 듯 곧장 이쪽을 바라보며 머뭇거리고 있었다.

머뭇거리는 신랑의 한쪽 소맷자락을 봉례가 살짝 잡아당기며 뭐라고 지껄이는 듯했다. 어떤 실없는 마을 녀석이 짓궂게 장난을 치는 것이니까 돌아보지 말고 어서 가자고, 걸음을 재촉하는 모양이었다. 신랑이 비식 웃는 것 같았다.

이제 봉례가 앞장을 서고, 신랑이 그 뒤를 따라 좀 걸음을 빨리 하는 듯했다.

"봉례야—"

그리고 두만이는 그만 아찔한 현기증이라도 이는 듯, 그 자리에 풀썩 꺾어지며 비실 쓰러졌다.

잠시 후,

"으흐흐흐……."

그는 풀밭에 이마를 냅다 문질러 대며 어깨를 들먹이기 시작했다.

"으흐흑 으흐흐흐……."

분하고 야속한 생각보다도 자기 자신이 비참해서 견딜 수가 없었다.

14

첫 근친을 다녀온 뒤로 봉례는 도무지 심란하고 뒤숭숭해서 일이 잘 손에 잡히지가 않았다. 괴롭고 울적하기는 시집온 뒤로 내내 마찬가지였지만, 근행 길에 공교롭게도 두만이의 눈에 띄게 된 일이 한층 마음을 산란하게 뒤흔들어 놓은 것이었다.

봉례야— 하고 내지르던 그 울음소리 같은 고함소리가 곧잘 지금도 어디선지 울려오는 것 같아 가슴이 찡하고 먹먹했다. 자기를 얼마나 원망했을까 싶으니 미안했고, 안됐고, 왠지 서럽기도 했다. 지금도 자기를 원망하고 있을 게 틀림없으니, 두렵기도 하고, 괴롭기도 했다.

개천에서 빨래 같은 것을 하다가 멍하게 산 너머 고향 쪽 하늘을 곧잘 바라보는 것도 무리가 아니었다. 그런 봉례를 마을 사람들은 새색시가 친정이 그리워서 그러는 것이려니 하고, 누구나 다 시집온 처음에는 그런 것이라고, 오히려 당연한 일로 보아주었다.

그런 마음속의 괴로움과는 달리 봉례는 신랑 앞에서는 밝고 나긋나긋하기만 했다. 자기의 속마음을 조금도 내색하지 않으려고 일부러 그렇게 애를 쓰는 것이었다.

밤에 잠자리에 들었을 때도 봉례는 신랑이 하자는 대로, 시키는 대로 고분고분 응했다. 어떤 때는 도리어 신랑보다 더 뜨겁게 달아오르며 못 견디게 행복한 듯이 굴기도 했다. 물론 아직 봉례는 여자로서의 기쁨에 까무러칠 듯한 그런 지경에까지 이르는 일은 없었다. 그러나 남자라는 것이 마냥 좋기만 했다. 그래서 때로는 부끄러움을 무릅쓰고 자기가 먼저 신랑의 살결을 어루만지기도 했다.

애써 그렇게 함으로서 봉례는 두만이라는 머릿속의 괴로운 존재를 잊고, 진정으로 남편만을 위하는 아내가 되어보려는 속셈도 없지 않았다. 처녀시절의 일은 이미 끝난 사연이고, 시집을 온 이상 의당 남편만을 진정으로 섬겨야 되지 않느냐, 그게 여자의 옳은 길이 아니겠느냐, 싶었다.

그러나 남편에 대한 정이 날로 두터워져가기는 했지만, 결코 머릿속의 첫 사내가 사라져버리지는 않았다. 잊으려고 애를 쓰면 쓸수록 묘하게 더 선명하게 달라붙는 듯했다.

어떤 때는 신랑과의 한창 뜨거운 자리가 엉뚱하게도 고향의 뒷산 각시바위 근처의 그 머루 덤불 곁인 듯했고, 식식거리며 땀에 젖어가고 있는 신랑이 마치 그날의 두만이인 듯이 착각되었다.

그런 착각을 느끼며 일을 마치고 났을 때는 신랑에게 죄를 지은 듯이 몹시 미안했고, 자기가 아주 못쓸 여자가 아닌가 싶어 입맛이 쓰기도 했다.

남편이 그런 눈치를 아는지 모르는지, 봉례는 문득 궁금할 때도 있었다. 초례상 앞에서 혼례식을 올릴 때의 자기의 표정으로 보나, 첫날밤 잠자리에 들기 전에 서럽게 운 일로 보아서나, 그리고 근행 길에 두만이가 두 번이나 내질렀던 그 목소리로 미루어 보아 아무래도 무슨 심상치 않은 일이 있었던 것이라고 십중팔구 짐작을 했을 듯한데, 도무지 그런 기색을 내비치지 않으니, 약간 두려운 생각이 들기도 했다. 혹시 이이가 몹시 의뭉한 그런 성격이어서 말없이 자기를 의심의 눈으로 지켜보고 있는 것이나 아닌가 싶어 기분이 나쁘기도 했다.

한편 전혀 그런 기색이 없이 자기를 알뜰살뜰 아끼고 위하는 것이 어쩌면 눈치를 못 챈 게 아닌가 여겨지기도 했다. 그런 눈치를 못 챌 만큼 신경이 무딘 것 같지는 않는데…….

그래서 한 번은 그 속을 떠보려고 이부자리 속에서 봉례는 신랑의 품 안으로 파고들며 어리광을 부리듯,

“저…… 내가 와 첫날밤에 울었는지 알아예?”

하고 물어보았다. 그러자 남편은,

“글씨…… 와 울었디노?”

오히려 자기가 그 까닭을 되묻는 것이었다. 그 어조가 어쩐지 짐작을 하면서도 짐짓 모르는 척 시치미를 떼는 것 같기도 하고, 그렇지 않은 것 같기도 하고, 아리송했다.

그래서 봉례는 다시 능청스럽게 말했다.

“그걸 몰라예?”

“내가 우째 아노. 남의 속을…….”

“피— 알면서 카지?”

“허허허…….”

“와 웃능게? 어서 말해 보소.”

“너무 좋아서 울었겠지 뭐. 너무 기쁘면 도리어 눈물이 안 나오나.”

“호호호…….”

정말로 그러는지, 일부러 그러는지, 참 재미있다 싶어 봉례는 까르르 웃고 나서,

“정반댄 기라요. 좋아서 울은 기 앙이라, 섧어서 울은 기라예.”

하고 내뱉듯 말했다.

“섧기는 와 섧으노?”

신랑의 말투가 좀 무뚝뚝해지는 듯하자, 봉례는 재빨리 나긋나긋한 목소리로 대답했다.

“그날 밤으로 아까운 처녀시절이 끝난다고 생각하니 왈칵 섧어지지 뭡니꾜. 호호호…….”

“정말로 그렇게 섧더나?”

"예, 남사는 모를 끼라예."

"허허허……."

신랑의 웃는 소리가 여전히 아리송하게 느껴지기만 했다. 그 속을 도무지 알 수가 없었다. 어쩌면 이이가 속이 아주 깊은 남자가 아닌가 싶어 든든한 생각이 들기도 했다.

그러나 속이 깊은 것인지, 의뭉한 것인지, 아니면 신경이 무딘 것인지…… 도무지 헤아릴 수가 없어 봉례는 잔칫날 아침에 자기가 가출을 했던 사실을 알고 있는지 어떤지, 그것을 떠보면 그 속이 분명해지겠구나 하는 생각이 떠오르기도 했다. 그러나 그런 질문을 꺼낼 수는 도저히 없었다. 공연히 일을 위태로운 쪽으로 끌고 가는 것 같아 두려웠다. 신랑의 속이 궁금하다고 해서 긁어 부스럼을 일으켜서야 되겠는가 말이다. 자칫하다가는 부스럼이 아니라, 커다란 종기가 되어 곪아 터질지 알 수 없는 일이 아닌가.

시집 식구들 눈치도 그런 일을 전혀 모르는 듯했다. 그들 역시 알고도 모르는 척하는 것인지, 확실한 것은 알 수 없는 일이었으나, 그런 눈치가 조금도 없는 게 아마도 모르는 쪽인 듯했다. 신랑과는 달리 시집 식구들이, 특히 시어머니와 시누이들이 잔칫날 아침의 가출 사실을 알면 결코 예사로운 눈으로 자기를 보지 않을 게 아닌가. 눈초리가 아무래도 좀 다를 게 아닌가 말이다.

아무튼 그런 점은 염려할 건덕지*('건더기'의 방언)가 없다고 봉례는 생각했다. 문제는 자기 자신이 두만이를 머릿속에서 깨끗이 밀어내 버리는 일이었다. 그 일이 그렇게 쉬운 일이 아니겠지만, 세월이 흐르면 그렇게 되겠지, 속히 그렇게 되도록 애를 써야지 하고 마음을 다져먹곤 했다.

가을이 가고, 이제 겨울로 성큼 들어선 듯한 어느 날, 봉례는 부엌 앞 토방에서 배추뿌리를 칼로 깎아 다듬고 있었다. 김장을 하고 난 나머지인 시래기가 토방에 수북이 쌓여 있고 배추뿌리도 여남은 개 굴러 있었다. 배추뿌리는 무와 함께 땅에 묻고, 당장 먹을 것만 여남은 개 남겨 놓았는데, 그것을 쪄먹으려고 다듬고 있는 중이었다.

바람결은 꽤 싸늘했으나, 햇볕이 잘 내리쬐는 좋은 날씨였다. 일요일이었다.

집 안은 호젓했다. 사랑채에 시아버지가 들어앉아 있을 뿐, 시어머니랑 시누이들, 시동생들도 모두 이웃에 가거나 놀러 나가고 없었다. 신랑은 아랫말 친구한테 볼일이 있어 아침을 먹자 바로 출타를 했다.

누렁이가 토방 아래 앉아서 멀뚱히 배추뿌리 다듬는 봉례를 쳐다보고 있었다. 꽤 늙어 보이는 수캐였다. 벌건 혓바닥을 축 늘어뜨리고 있는 게 조금 징그럽기도 했다.

그러나 봉례는 그 누렁이가 싫지 않았다. 개천에 빨래 같은 것을 하러 갈 때도 곧장 어슬렁어슬렁 따라 오는 것이 무척 자기를 좋아하는 것 같아, 아마 다홍치마가 고와서 그러는 모양이라고 힉 웃기도 했다.

배추뿌리를 다듬다가 그 누렁이와 눈길이 마주치자 봉례는 왠지 묘하게도 두만이가 번뜩 머리에 떠오르는 것이었다.

여전히 요즘도 중학 강의록에 열중하고 있는 것인지…… 혹시 마음을 걷잡지 못해 공부를 소홀히 하고 있는 것이나 아닌지…… 그런 쓸쓸하고 안타까운 생각이 또 머리를 어지럽히기 시작했다. 이상하게도 오늘은 그가 몹시 보고 싶기까지 했다. 그동안 조금 아물어져

간다 싶던 가슴의 상처가 다시 찌릿하게 아려오는 느낌이었다.

'아무쪼록 나중에 국민학교 선생님이 돼야 될 낀데⋯⋯.'

눈물이 핑 어리는 것을 느끼며 쓸쓸하게 혼자 그런 소리를 입안에서 중얼거리다가,

'그런 생각 안 하기로 해놓고서는⋯⋯.'

하고 아랫입술을 자그시 물고 있는데,

"누부야—"

소리를 지르며 뛰어 들어오는 아이가 있었다. 용길이였다.

"우야꼬! 용길이 앙이가!"

정말 뜻밖이어서 봉례는 다듬던 배추뿌리를 떨어뜨리고, 자기도 모르게 후닥닥 자리에서 일어났다.

용길이 혼자가 아니었다. 뒤따라 한 아이가 들어서고 있었다.

"우짠 일이고? 종수도 다 오고⋯⋯."

물론 용길이 친구였다. 봉례는 너무나 뜻밖의 일에 놀라기도 하고, 반갑기도 해서 어찌할 바를 몰랐다.

누렁이도 자리에서 일어나 멀뚱멀뚱 두 어린 손님을 쳐다보고 있었다.

"용길아, 니 어무이(어머니)가 가라 캐서 왔나?"

봉례는 조금 걱정이 돼서 물었다.

"아니."

"그럼 집에서 니 여기 온 줄 모르나?"

"응."

용길이는 헤죽 웃었다. 일요일이어서 누나 생각이 나 친구와 함께 찾아온 모양이었다. 시오리 남짓 되는 길이었으나, 전에 와 본 적이

있는 것도 아닌데, 어린것들이 대견하다 싶어 봉례는,

"아이고 야야, 잘 왔다. 그런데 어무이한테 허락을 받고 안 오고…… 혼나만 우얄라고."

하고는 제법 쯧쯧쯧…… 혀를 찼다.

"안 혼난다. 쪼매 놀다가 갈 낀데 뭐."

"쪼매 놀다가 가다니, 그럼 점심도 안 묵고 갈라고? 이거 내가 쪄 줄 끼니까, 묵고 놀다가 천천히 가거라. 기왕에 왔는데……."

봉례는 다시 자리에 주저앉아 남은 배추뿌리를 얼른얼른 다듬기 시작했다.

용길이는 처음 보는 누나의 시집이 신기하기만 한 듯 곧장 사방을 둘러보다가 누나 곁에 쪼그리고 앉았고, 종수는 뜰에 멀뚱히 서서 하얗게 깎여 다듬어지는 배추뿌리에 눈을 주고 있었다.

"집을 우예 찾았지?"

봉례가 용길이에게 물었다.

"자형 이름 대니까, 대번에 알켜 주던데 뭐."

"호호호…… 자형 이름을 니가 우째 아노?"

"와 모르까 봐. 정춘식이 앙이가. 헤헤헤……."

"하하하……."

용길이랑 봉례가 웃자, 종수도 따라서 빙그레 웃음을 띠었다.

"누부야."

"와?"

"순금이 누부야는 데이신따이 나갔다 아나?"

"뭐? 언제?"

봉례는 귀가 번쩍 뜨이는 듯했다.

"메칠 됐어. 나가면서 울었다 아나?"

"그래? 아이고 우야꼬—"

"누부야는 시집와서 잘 했다 그쟈?"

"……."

"시집왔으니까 데이신따이 안 나갔지 그쟈?"

"그래, 그래. 아이고 순금이가…… 안됐다, 안됐어."

봉례는 기분이 또 처량해지는 것을 어쩌지 못했다. 그러면서도 한편 묘하게 후유— 안도의 숨 같은 것이 내쉬어지기도 했다. 자기도 시집을 안 왔더라면 그 데이신따이에 끌려 나갔을 게 아닌가 말이다. 오기 싫은 시집을 억지로 떼밀리다시피 해서 온 게 지금 와서 생각하니 오히려 다행이 아닌가.

이번에는 뜰에 멀뚱히 섰던 종수가 저도 소식을 한 가지 알려야겠다는 듯이 불쑥 입을 열었다.

"용길이 누부요, 우리 싱이(형)는 금융조합 소사로 들어갔심더."

그 말에 봉례는,

"뭐라?"

그만 눈이 휘둥그레졌다. 금융조합에 소사로 들어가다니…….

"두만이는 그럼?"

자기도 모르게 두만이 소리가 입에서 튀어나왔다. 봉례는 아뿔싸 싶었다. 재빨리 말을 수정해서,

"전에 있던 소사는 우째 되고?"

하고 물었다.

"지원병에 나갔다 아나?"

용길이가 대답했다.

"지원병에?"

"응, 헤이따이상 말이다."

봉례는 눈앞이 아찔해지는 느낌이었다. 가벼운 현기증 같은 것이
지나가는 것을 기다렸다가,

"언제 나갔노?"

힘없는 목소리로 물었다.

"벌써 오래 됐다. 이 주일도 넘었을 끼다."

"그래……?"

봉례는 목이 칵 메는 듯 말이 잘 나오지가 않았다.

국민학교 선생이 되려고 열심히 중학 강의록 공부를 하던 두만이
가 지원병으로 나가다니, 그럼 선생이 되려는 꿈을 내던져버렸단 말
인가. 제 발로 걸어서 헤이따이상이 되려고 지원해 가다니, 전쟁터에
나가서 죽으면 어쩌려고…… 봉례는 가슴이 뭉클하게 젖어오는 것
을 어찌지 못했다. 두만이가 지원병으로 나가버린 게 자기 탓이고,
자기가 두만이의 등을 떼민 것만 같아 견딜 수가 없었다.

그때, 사랑채 문이 열리고 시아버지가 나오면서,

"누가 왔나?"

하고 말을 던졌다.

그제야 봉례는 정신이 번쩍 드는 듯 약간 당황하며,

"아이고 예, 아버님, 친정 동생이 놀러왔네예."

얼른 일손을 놓고 일어섰다.

혹시 주고받는 소리를 시아버지가 다 듣지나 않았는가 싶어 절로
얼굴이 붉어 올랐으나, 봉례는 애써 아무 일도 없었던 듯 시치미를
뚝 떼고,

"참 용길아, 어서 인사드려라."

하면서 용길이를 데리고 뜰로 내려서 사랑채 쪽으로 종종걸음을 쳤다.

용길이가 꾸벅 머리를 숙여 인사를 하자,

"오냐, 이 먼 데까지 놀로 왔구먼."

시아버지는 대견하다는 듯이 빙그레 웃었다.

점심을 먹고 놀다가 용길이가 돌아갈 무렵, 희끗희끗 눈잎사귀가 나부끼기 시작했다. 이상한 날씨였다. 멀리 저쪽에는 하늘이 트여 햇살이 쏟아지고 있는데, 이쪽은 눈발이 비치는 것이 아닌가.

"용길아, 한눈팔지 말고 어서 가거래이."

"응, 누부야도 잘 있어. 시집 잘 살어."

"그 녀석……."

봉례는 힉 웃음이 나오면서도 눈물이 핑 어렸다.

동구 앞까지 따라 나가 연자방아 앞에 서서 옷고름을 눈에 가져가며 봉례는 동생과 친구의 조그만 뒷모습이 나란히 산모롱이를 돌아 사라질 때까지 지켜보고 있었다.

산 너머 친정 쪽에서도 희끗희끗 눈잎사귀가 나부끼고 있었다.

제2장

1

그해 겨울은 유난히 눈이 많이 내렸다. 눈 위에 눈이 내려 쌓이고 해서 산과 들이 온통 눈에 뒤덮여 있었다. 말할 것도 없이 마을도 눈 속에 묻히다시피 되어 있었다. 옹기종기 모여 있는 초가집들이 눈에 덮여 마치 돋아 오르는 하얀 버섯들 같은 형국이었다.

눈이 많은 겨울은 어른들에게 뭐 별로 신통한 게 못 되었지만, 아이들에겐 즐겁기만 한 계절이었다. 하얀 꽃이파리들 같은 눈발이 나부끼기 시작하면 절로,

"햐, 또 눈 온다!"

하는 소리가 터져 나오곤 했다.

푸덕푸덕 함박눈이 쏟아져 오면 일부러 뛰어나가 홀딱홀딱 뛰기도 하면서 온통 몸에 눈송이가 묻어 마치 움직이는 눈사람처럼 될

때까지 히히덕거리며 놀기도 했다.

용길이는 곧잘 눈을 입에 집어넣기도 했다. 하얀 떡가루 같기도 하고, 설탕가루 같기도 해서, 두 손으로 푹 떠서 입으로 가져가는 것이었다. 눈이 무슨 맛이 있을까마는, 그래도 싸늘한 것이 뱃속으로 흘러들어가는 쾌감 같은 것이 전혀 없는 건 아니었다. 배가 고플 때면 눈을 딴딴하게 뭉쳐서 조금씩 베어 먹기도 했다. 마치 무슨 딴딴한 과실이라도 되는 듯이. 용길이뿐 아니라, 다른 아이들도 마찬가지였다.

종수는 눈 위에 벌렁 드러누웠다가 일어나는 그런 장난을 곧잘 했다. 눈에다가 사진을 찍는다는 것이었다. 누웠다가 일어나면 그 자리가 움푹 패는데, 그게 사진이라는 것이다. 일어날 때 서투르게 움직이면 흔적이 망그러져서 사진이 제대로 찍히지가 않는다.

누가 사진을 잘 찍는가 내기 같은 것을 하며 아이들은 즐거워했다.

그리고 한 번은 종수가 '링꾸단렝(忍苦鍛鍊)'을 누가 잘 하는가 내기하자는 말을 꺼냈다. 맨발로 누가 눈 위에서 오래 견디는가 해보자는 것이다.

'링꾸단렝'은 그 무렵의 교육 3대 지표 가운데 하나였다. '고꾸따이메이쬬(國體明徵)'*(국가의 존엄을 명확히 나타냄) '나이셍잇따이(內鮮一體)'에 이어 '링꾸단렝'이었다. 그런 구호가 학교 교사의 바깥 벽 쪽에도 커다랗게 세 개 걸려 있었다.

조회 때나 수신(修身) 시간 같은 때의 훈화 내용이 대개 그 세 가지 구호의 풀이 같은 것이었다. 조회 때는 물론 전교생 앞에서 교장 선생이 훈화를 하지만, 수신 시간에도 상급반에는 한 달에 한 번 정도 직접 교장 선생이 들어와서 수업을 했다. 교장 선생은 코 밑에 수염을 여덟팔자로 기른 일인이었다.

용길이는 교장 선생의 그 여덟팔자수염이 언제 보아도 신기했다. 대개 수염이란 끝이 아래로 처지는 법인데, 교장 선생의 수염은 신기하게도 가느다란 곡선을 그으며 위로 솟구쳐 있는 것이 아닌가. 마치 수염이 무슨 빳빳한 철사 같은 것이기라도 한 것처럼.

교장 선생이 교실로 들어오면 용길이는 묘하게 긴장이 되면서도 한편 은근히 재미있기도 했다. 근엄한 표정으로 훈화를 늘어놓는 동안 곧잘 그 여덟팔자의 수염이 꿈틀꿈틀 움직이는 게 재미있는 것이었다. 용길이뿐 아니라, 다른 아이들도 마찬가지였다.

5학년 학급이라 그런지, 교장 선생은 '고꾸따이메이쬬'나 '나이셍잇따이'에 대해서보다 '링꾸단렝'에 관한 이야기를 주로 했다. '고꾸따이메이쬬'나 '나이셍잇따이'보다 '링꾸단렝' 쪽이 훨씬 얘기하기 쉽고, 또 생도들이 곧바로 실천할 수 있는 구호이기 때문인 모양이었다.

옛날에 어떤 '사무라이(무사)는 어떻게 '링꾸단렝'을 해서 '도노사마(領主)'에게 충절을 다했는가 하는 따위 예화(例話)를 늘어놓은 끝에,

"너희들도 무슨 일에든지 링꾸단렝을 해서 덴노헤이까(천황폐하)에게 주우기(충의忠義)를 다하지 않으면 안 된다."

하고는,

"왓깟다까(알겠느냐)? 링꾸단렝!"

하고 느닷없이 꽥 고함을 지르기도 했다. 마치 기합이라도 넣듯이.

그러면 아이들은 깜짝 놀라 일제히,

"하이(예)!"

큰 소리로 대답하고는 깜짝 놀랐다는 듯이 헤죽헤죽 킬킬 웃기도

했다.

그런 수업이 끝나면 아이들은 우르르 운동장으로 몰려나가면서 곧잘,

"왓깟다까? 링꾸단렝!"

"왓깟다요(알았다)! 링꾸단렝!"

하고 재미가 좋은 듯 떠들어댔다.

말하자면 그렇게 '링꾸단렝'이라는 구호가 아이들의 몸에 배어든 터이라, 종수의 입에서 문득 누가 맨발로 오래 눈 위에서 '링꾸단렝' 을 하는가 내기를 하자는 그런 말이 튀어나왔던 것이다.

"니가 이길 것 같으나?"

용길이는 씩 웃었다. 같은 5학년이긴 하지만, 한 살 덜 먹은 녀석 이 까분다 싶은 것이다.

"이길 끼다. 해보자. 내가 얼매나 링꾸단렝을 잘 한다고."

종수는 자신 있다는 듯이 먼저 신을 벗었다. 낡은 검정 고무신이 었다. 그리고 양말도 벗기 시작했다.

"히히히…… 좋아."

용길이도 군데군데 꿰맨 운동화를 벗고 양말을 뽑으면서,

"니는 안 할 끼가?"

하고 명철이한테 말했다.

"내사 안 할 끼다. 발 시럽어서. 너거 둘이 링꾸단렝 실컨 해보래."

명철이는 재미있다는 듯이, 그러나 조금 목을 움츠리며 한 걸음 뒤로 물러섰다.

"자, 하자."

"하자."

"요이똥(시이작)!"

마치 무슨 경주라도 하듯이 용길이와 종수는 동시에 맨발로 눈 위를 디뎠다.

대번에 발이 시려 와서 가만히 서 있을 수가 없는 듯 종수가 먼저 이 발 저 발을 번갈아 움직이기 시작했다. 그럼, 나도 그런다는 듯이 용길이도 발을 번갈아 움직였다. 마치 제자리걸음을 하듯이 한참 이를 악물고 둘이는 '링꾸단렝'을 해댔다.

그러다가 이번에는 용길이가 도저히 못 참겠는 듯 냅다 제자리서 달리기를 시작했다. 그러자 종수도 따라서 제자리 달리기를 시작한다.

용길이는 얼굴을 온통 찡그린 채 이를 악물며 뛰고 있고, 종수는 눈을 찔금찔금 감으면서 오들오들 떤다. 그러면서도 끝내 지지 않으려고 악을 쓰듯 '링꾸단렝'을 계속해 댄다.

구경하는 명철이가 재미 좋다는 듯이 힐힐 웃다가,

"이찌 니 산 시, 이찌 니 산 시(하나 둘 셋 넷, 하나 둘 셋 넷)."

하고 냅다 구령을 지른다.

용길이는 슬그머니 화가 치밀기 시작했다. 남은 지금 발이 시린 정도가 아니라, 온통 두 다리가 싸늘하게 굳어지는 것 같고, 불알이 탱탱 오그라붙는 판인데, 재미가 좋은 듯이 냅다 구령을 질러 대다니…….

용길이는 힐끗 종수의 표정을 살폈다. 좀처럼 항복을 않을 모양으로, 구령에 맞추어 악착같이 뛰고 있다. 한 살 덜 먹은 녀석이 보통 아니다.

화도 나고, 도저히 안 되겠다 싶어 용길이는 그만 구령을 질러대는 명철이에게 발칵 화를 냈다.

"임마! 뭐가 그렇게 재미있노. 구령 지르지 마!"

그리고 가서 냅다 명철이를 떼밀어버렸다.

난데없이 왈칵 떼밀린 명철이는 벌렁 눈 위에 나가 넘어지며 눈이 휘둥그레진다.

"와 미노!"

큰소리를 질렀으나, 한 학년 밑이라 감히 더 세게 나오진 못하고, 그저 눈을 힐끔거리며 털고 일어난다.

"이 짜식 때문에 화가 나서 몬 하겠다. 짜식, 누가 구령 지르라 캤나."

공연히 명철이 탓을 하며 용길이는 그만 눈 위에 털썩 주저앉아 주섬주섬 양말을 주워 신는다.

"내가 이겼다. 반사이(만세)!"

종수는 좋아서 두 손을 번쩍 쳐든다. 그리고 저도 얼른 양말을 주워 신기에 바쁘다. '링꾸단렝'을 잘 해서 용길이한테 이긴 것은 좋지만, 도무지 온몸이 얼어드는 것 같아 견딜 수가 없는 듯 곧장 사시나무 떨 듯 덜덜 떨어댄다.

"가자—"

신을 신은 용길이가 앞장서 달린다. 종수도 얼른 고무신을 끌며 뒤따른다. 그러나 명철이는 뚱하게 부은 얼굴을 해가지고 돌아서 자기 집 쪽으로 걸음을 옮긴다. 같이 놀고 싶은 생각이 싹 가셔버린 것이다.

용길이와 종수는 발이 꺼덕꺼덕 얼어붙는 것 같아서 가볍게 달리질 못하고 어기적어기적 약간 서툴게 달려서 용길이네 집 사립을 들어섰다. 아래채 헛간 옆에 있는 방으로 뛰어들려는 것이다.

그 방은 쇠죽을 끓이는 까닭에 늘 아랫목이 뜨끈뜨끈했다. 황달칠이 흥남에서 내려오기 전에는 그 방은 쌀가마니나 보리가마니, 혹은 광주리나 소쿠리, 함지 같은 너절한 것을 넣어두는 곳으로 되어 있었다. 달칠이 귀가한 뒤로는 구질구질한 것을 치우고, 그 방에서 달칠이와 용길이가 함께 기거했다.

겨울 들면서 달칠은 방 안에서 새끼를 꼬는 게 일이었다. 어떤 날은 죽치고 앉아서 아침부터 저녁까지 새끼를 꼬아대기도 했다. 마치 새끼 꼬는 일에 신들리기라도 한 사람처럼. 공출을 하기 위한 새끼였다. 책임량이 가가호호 할당되어 나와서 싫어도 억지로 그 수량을 채우지 않으면 안 되었다.

방 바로 옆에 있는 헛간에는 가마니틀이 차려지고, 황달수와 양순분이 틈틈이 가마니를 쳤다. 황달수가 바디질을 하고, 양순분이 대바늘에 짚을 물리는, 말하자면 보조역을 했다. 양순분 대신에 간혹 봉숙이가 보조역을 할 때도 있었으나, 서툴러서 그런 때는 능률이 잘 오르지 않아 황달수가 곧잘 이맛살을 찌푸리게 마련이었다.

가마니 역시 공출량이 할당되어 있었다. 그러니까 겨울이 되면 공출을 하기 위해 가마니를 짜고, 새끼를 꼬는 게 마을 사람들의 일과였다.

용길이와 종수가 어기적어기적 사립을 뛰어 들어서자 스르르 철턱 스르르 철턱…… 헛간에서 가마니를 치고 있던 황달수와 양순분이 힐끗 돌아본다.

"어디 갔다 오노? 시퍼렇게 해가지고는……."

양순분이 툭 내쏘듯 말한다. 여느 때보다 유난히도 추운 듯한 용길이의 을씨년스러운 꼬락서니가 공연히 못마땅한 것이다.

아무 대답 없이 덜덜 떨며 아랫방으로 다가가자, 이번에는 황달수가 불쑥 내뱉는다.

"어디 가서 뭐 했디노?"

"놀았심더."

　용길이는 그저 건성으로 대답한다.

　그러자 종수가 힉 웃으며 입을 연다.

"링꾸단렝 안 했심니꼬."

"뭐? 링꾸단렝?"

"예, 누가 맨발로 눈 위에서 링꾸단렝을 오래 하는가 내기했심더."

"뭐라? 맨발로 눈 위에서?"

"예."

"발가락이 안 얼어서 몸살이 났나…… 와 카노."

　어이가 없는 듯 황달수는 조금 화를 내려다가 그만 두고, 바디를 좀 더 힘을 주어 철턱! 내리친다.

"이누무 자석, 공부는 안 하고, 맨발로 눈 위에서 뭐를 해? 나 참기가 맥혀서. 고뿔(감기)만 들었다 보래, 가만히 안 둘끼니까."

　양순분은 필요 이상 눈을 흘겨대며 야단이다.

　방문이 덜컥 열리며 달칠이 얼굴을 내민다.

"뭐라고? 눈 위에서 맨발로 링꾸단렝을 했다고? 허허허……."

　재미있다는 듯이 껄껄 웃고는,

"춥다. 어서 들어온나."

한다.

　용길이와 종수는 얼른 방 안으로 기어들어 가버린다.

2

황달칠은 서른이 넘었는데도 아직 총각이었다. 정확하게 말하면 총각이랄 수도 없고, 그렇다고 기혼자라고도 할 수 없는 어정쩡한 그런 상태였다. 초례상 앞에서 혼례를 올린 일이 없으니 총각임에는 틀림없으나, 한동안 여자와 살림을 차리고 산 일이 있으니, 총각은 이미 깨끗이 면한 터였다. 말하자면 총각도 아니요 기혼자도 아닌 그런 홀아비인 셈이었다.

황달칠은 보통학교를 졸업하자, 곧 면사무소의 서기보로 일자리를 얻게 되었다. 그러나 몇 해 안 가서 그는 그 자리를 떠나버리고 말았다. 술과 노름 탓이었다.

황달칠은 평소에는 성실하고 근면한 사람이었다. 머리도 명석한 편이어서 면서기 가운데서 장래가 유망한 사람 중의 하나였다. 그러나 술을 입에 대기만 하면 사람이 영 달라져버리는 것이었다. 평소의 그 성실함과 근면함은 간 곳이 없고, 사람이 마치 나사가 다 빠져버린 것처럼 되었다. 몸만이 그렇게 되는 것이 아니라, 머릿속의 생각까지가 그렇게 헐렁헐렁해져버리는 듯, 까짓것 내일이야 어떻게 되든 부어라 마셔라 하는 식이었다. 면사무소가 다 뭐냐, 서기보, 흥 서기보가 뭐 말라비틀어진 것이야, 하면서 마셔대는 것이었다. 그런 식으로 밤을 새워 통음을 하는 것이 예사였고, 어떤 때는 이틀이고 사흘이고 술집 아랫목에 눌어붙어 주모와 히히덕거리기도 했다.

그럴 때 그가 십팔번으로 뽑아대는 노래가 있었다. 인생이란 백사지*(흰 모래가 깔려 있는 땅), 인생은 나그네…… 하는 유행가였다. 울며 웃는 한평생 야속스럽소…… 어쩌고 구슬픈 가락을 뽑으며 젓가락으로 술상을 두들겨 대는 것이 마치 무슨 세상일에 크게 실패를 하고 비관에 빠진 사람 같기도 했다. 어쩌면 평소에 면사무소의 서기보로서 성실하고 근면하게 근무를 하고는 있지만, 총독부의 말단 수족이 되어 일하고 있는 터이라, 마음속 깊숙한 곳에 은연중 어떤 못마땅한 것이 쌓여서 그것이 술기운을 타고 구슬픈 가락으로 솟구쳐 오르는지도 몰랐다.

술뿐 아니라, 노름도 마찬가지였다. 한 번 시작하면 코에서 단내가 물씬 풍길 정도로 끝장을 보는 성미였다. 마치 노름에 신들린 사람 같았다.

그러니 아무리 평소에 성실하고 근면하다 한들 면사무소 같은 데서 오래 배겨낼 수 있을 턱이 없었다. 결국 권고사직을 당하듯 면사무소를 그만두고 말았다.

면사무소에서 나오자, 집안사람들의 낙심이 이만저만이 아니었다. 서기보이긴 했지만, 면사무소에 취직하기가 얼마나 어려운데, 그걸 잘 지켜나가지 못하고 물러나오다니, 부모와 형 황달수는 그놈의 술과 노름 때문에 저 놈은 끝내 신세 망치고 말 것이라고, 거들떠보지도 않으려고 했다. 그 무렵은 아버지도 아직 생존해 있었다.

두어 달 집 안에서 눈총을 맞아가며 빈둥거리다가 황달칠은 장사를 해보겠다고 집을 나섰다. 장돌뱅이가 되어 몇 해 이 장 저 장 자전거에 짐을 싣고 돌아다니며 제법 돈을 모았다. 단단히 결심을 했던 모양으로 그동안에는 술동이에 빠지는 일도 없었고, 노름에 미치는 일도 없었다. 농사에 보태라고 간혹 한 뭉텅이씩 돈을 집에 내놓기도 했다.

그런데 돈이 좀 모아지자, 이번에는 여자한테 눈이 어두워졌다. 그것도 어느 장거리의 국밥집 부엌일을 하는 과부였다. 나이도 자기보다 서너 살이나 많은 과부에게 그만 홀딱 반하고 말았다. 향선네라는 아낙네였다. 비록 남의 집 부엌일을 하는 몸이긴 했지만, 그 살결과 용모는 남정네들 눈을 끌어당기기에 충분했다. 특히 두툼하면서도 혈색 좋은 야들야들한 입술과 쌍꺼풀 지고 긴 속눈썹을 가진 눈매는 매력적이었다. 부엌에서 일을 할 때 걷어붙인 소매 밖으로 드러난 팔뚝은 마치 잘 가꾸어진 허연 무처럼 탐스럽고 눈부시기까지 했다. 속은 어떤지 모르지만, 겉으로 보기에는 좌우간 시궁창에 피어난 부용화 같은 느낌이었다. 장거리의 국밥집 부엌일을 하기에는 아까운 여자였다. 그래서 뭇 사내들이 군침을 흘리는 터였으나, 마침내 활량기가 다분한 황달칠의 차지가 되고 말았다.

그런 줄을 알고 집에서는 극구 말리며 빨리 장가를 들도록 성화를 댔으나, 황달칠은 장갈 들어도 그녀한테 들겠다는 것이었다. 총각이 서너 살이나 나이가 위인 과부한테 장가를 들다니 될 말이 아니었다. 더구나 그녀에게는 딸애가 하나 딸려 있었다. 부모뿐 아니라, 형 황달수도 펄쩍 뛰었다. 그래서 결국 황달칠은 그 향선네와 몰래 저희끼리 살림을 차렸다.

부용화 같은 겉 용모와는 달리 향선네는 속으로 매우 음흉한 구석을 간직하고 있는 여자였다. 총각과 차린 살림이 얼마나 오래 가려나 싶었던지, 아니면 자기 딸애를 황달칠이 은연중에 못마땅하게 여기는 기미가 보여서 그랬던지, 좌우간 같이 사는 동안에 실속이나 차려보자는 심보로 남자의 돈을 기회 있을 때마다 빨아내어 차곡차

곡 챙기는 것이었다.

이 여자가 돈을 너무 밝히는구나, 주머니를 두 개 차고 있는 모양이로구나 싶었지만, 황달칠은 그녀의 허여멀쑥하고 부들부들하면서도 싱싱한 살에 혹해 있는 터이라, 조금 찜찜하면서도 선선히 돈을 내주곤 했다.

주머니를 두 개 차고 실속을 차리는 것까지는 참을 수가 있었는데, 그녀의 허여멀쑥한 몸속에는 음탕한 피까지 흐르고 있었던 모양으로, 그런 기미가 보이기 시작하자, 황달칠은 견딜 수가 없었다.

하루는 장에 갔다가 여느 때와는 달리 해가 있을 적에 돌아왔더니, 웬 낯선 사내가 술상을 앞에 놓고 방 아랫목에 앉아서 잔을 기울이고 있는 것이 아닌가. 상머리에 향선네도 앉아 술을 쳐주고 있는 듯했다.

황달칠이 방문을 열고 들어서자, 두 사람은 순간적으로 매우 당황하는 것 같았다. 그러나 향선네는 얼른 시치미를 싹 떼듯 예사로운 표정을 지으며,

"이종사촌 오라버닙니더. 인사 하이소."

하고 소개를 하는 것이었다.

사내는 사십이 가까워 보였다. 술이 제법 된 듯 불그레 얼굴이 상기되어 있었다. 향선네도 몇 모금 얻어 마신 듯 눈언저리가 조금 발그레 했다.

그렇게 이종사촌 오라버니가 모처럼 찾아와서 술대접을 하고 있는 것 같았다. 그러면서도 어쩐지 좀 표정들이 어색하고, 분위기가 서먹하게 느껴졌다. 향선네의 화장이 여느 때보다 짙은 것도 이상했다.

사내는 곧 돌아갔다. 그 점도 수상쩍지 않을 수 없었다. 모처럼 찾아온 친척 오라버니라면 저녁을 먹고 자고 가도 될 법한데 말이다. 비록 단칸방이기는 하지만.

그런 일이 있은 뒤로 황달칠은 향선네를 약간 삐딱한 눈으로 바라보지 않을 수 없었다. 자기가 장에 돌아다니는 사이에 집에서 무슨 일을 하는지 마음을 놓을 수가 없었다. 그렇다고 자전거에 짐을 싣고 다니는 터에 향선네를 함께 데리고 다닐 수도 없는 노릇이었다. 혹시 딸애만 딸려 있지 않으면 억지로라도 그럴 수 있을지 몰랐지만, 이제 겨우 서너 살 되는 애를 집에 혼자 떼놓을 수도 없고, 그렇다고 그것까지 달고 다닐 수도 없었다. 이 장 저 장 전전하려면 며칠씩 집을 비우는 수가 허다한데 어린애까지 달고 숙박을 해가며 돌아다닐 수는 도저히 없는 일이었다. 그래서 황달칠은 여느 때와는 달리 가급적 그날그날 집으로 돌아와 자기로 하고 있었다. 그러나 아무리 자전거로 달린다 하지만 집에 돌아왔다가 이튿날 나갈 수는 도저히 없는 그런 먼 거리에 있는 장이 많기 때문에 여전히 집을 비우는 일이 허다했다.

집을 비우는 날을 향선네도 알고 있었다. 어느 장 어느 장은 집에서 거리가 멀기 때문에 그 장날에는 미리 그곳에 가서 숙박을 하지 않으면 장사를 할 수 없다는 것을 알고 있는 것이었다.

원평장이라는 데가 황달칠이 다니는 장 가운데서 가장 거리가 먼 곳이었다. 그 장이 서는 전날 해질 무렵 황달칠은 월촌이라는 장에서 장사를 끝냈는데, 이상스레 몸이 찌뿌드드했다. 약간 열이 있는 듯도 했다. 원평장을 보기 위해서는 그날 저녁에 그곳으로 짐을 싣고 옮겨가야 하는데, 몸이 좋지 않아 아무래도 무리일 것 같았다.

그래서 내일의 원평장은 그만두기로 하고, 자전거를 집 쪽으로 몰았다.

달이 좋은 밤이었다. 집에 도착한 것은 저녁 아홉 시경이었다.

자전거가 마당으로 들어서는 것도 모르고 방 안에서 무엇을 하는지 까르르 웃는 소리가 들려왔다. 분명히 남자의 목소리도 섞여 있었다.

주춤 긴장이 되어 멈추어 섰다가 황달칠은 얼른 가서 왈칵 방문을 열었다. 예의 그 사내였다. 이종사촌 오라버니라는 그 사내와 둘이서 화투를 치면서 향선네는 유난스레 웃어대고 있는 것이었다.

"우야꼬!"

속치마 바람으로 퍼질고 앉아서 화투장을 두들기던 향선네가 화들짝 놀라자 동시에,

"아이고 이거……."

하면서 웃통을 벗어 붙이고 앉은 사내도 얼굴이 벌게지며 얼떨결에 손에서 화투장을 떨어뜨렸다.

방 윗목에는 다 먹은 술상이 밀어 붙여져 있고, 딸애는 한쪽 구석에서 새우잠을 자고 있었다.

황달칠은 뭐라고 말을 해야 좋을지 몰라 얼굴이 붉으락푸르락하기만 했다.

"당신 내일 원평장은 우얄라고 돌아오는교?"

얼른 표정을 바꾸어 향선네는 오히려 나무라듯이 말했다.

그제야 황달칠은 무뚝뚝한 목소리로,

"몸이 좀 안 좋아서."

하고 내뱉었다.

그 말을 재빨리 받아 사내는,

"아이고 그래? 그럼, 어서 자리를 하고 눕어야지."

하면서 벌떡 일어나 횃대에 걸어놓은 윗도리를 벗겨 팔을 꿰었다. 그리고,

"나는 갈라네. 몸조리 잘 하게."

마치 도망을 치듯 서둘러 가버리는 것이었다.

사내가 가고 난 다음 대판 싸움이 벌어졌다. 왜 밤중에 화장을 짙게 하고서 외간남자와 술을 마시고 화투를 치고 지랄이냐고, 뭐 이종사촌 오라버니라고, 누가 모를 줄 아느냐고, 황달칠이 퍼부어 대자, 향선네는 오히려 어처구니가 없다는 듯이,

"뭐 이런 사내가 다 있어. 오라버니하고 화투 치는 것까지 샘을 내다니, 나 참 벨놈의 꼴을 다 보겠네."

쌍꺼풀진 눈을 온통 허옇게 흘겨대며 새파랗게 맞섰다.

"오라버니는 무신 놈의 말라빠진 오라버니. 오라버니 같으면 그래 그 앞에서 속치마 바람으로 지랄뻥을 할 수 있어?"

"지랄뻥을 하기는 누가 지랄뻥을 하더노? 생사람 잡네. 나 참 기가 맥히서…… 사내가 그렇게 소가지가 옹졸해가지고는 아무 짝에도 못 쓰는 기다."

"뭐가 우째?"

"내가 틀린 소리 했나? 지가 장바닥을 돌아댕기면서 남의 예편네나 밝혀쌓아 놓으니까, 남도 다 그런 줄 알고……."

"뭐라고? 이기 말을 하면 단 줄 아나……."

어느 결에 불끈 쥐어진 황달칠의 주먹이 버르르 떨었다.

"안 그러나? 나도 그래서 니한테 넘어갔지 뭐고. 이렇게 소가지가

158

고딩이(다슬기) 창사 같은 사낸 줄 알았더리면 어림도 없었지."

"나도 이년아, 니년이 이렇게 화냥기가 있는 줄 알았더라면 거들 떠보지도 않았어. 애새끼까지 딸린 과부 년을 딜꼬 살아주는 것만도 고마운 줄 알아. 이년아."

"뭐가 우짜고 우째? 이 더럽은 놈아, 이놈아!"

악을 쓰면서 향선네는 황달칠의 얼굴을 냅다 할퀼 듯이 덤벼들었다.

"이 쌍년이!"

황달칠의 주먹이 날았다.

비명을 지르며 나가떨어졌던 향선네가 발딱 튕겨 일어나더니, 황달칠의 손목을 가서 아가각! 물어뜯었다.

"아야얏!"

정신없이 뿌리치고 나서 황달칠은 윗목에 놓인 술상을 가서 번쩍 들었다. 놀라 휘둥그레진 눈으로 바라보는 향선네의 머리빡 위로 그 상을 와장창 뒤집어씌워 버렸다.

방 안은 수라장이 되어 버렸고, 딸애가 놀라 깨어서 질겁을 하고 울음을 터뜨렸다. 곧 주인집에서 사람들이 뛰어나왔다.

향선네가 보따리를 싸가지고 사라져버린 것은 그로부터 얼마 뒤의 일이었다. 며칠 동안 몸도 안 좋고 해서 장사를 안 나가고 방 안에 틀어박혀 있던 황달칠이 자전거에 물건을 싣고 장에 갔다 돌아왔더니, 방 안이 텅 비다시피 되어 있었다. 가지고 갈 만한 것은 죄다 싸가지고, 딸애와 함께 온데간데없이 사라져버린 것이었다.

"화냥년, 잘 가삐렸다. 속이 시원하다."

황달칠은 입으로는 이런 소리를 내뱉었으나, 가슴속에 무엇이 와르르 무너지는 듯 눈앞이 약간 아찔하기까지 했다.

홧김에 다시 술을 퍼마시기 시작한 황달칠은 또 면서기보 시절처럼 되어버렸다. 도무지 부지런히 자전거를 끌고 이 장터 저 장터를 찾아다닐 흥이 조금도 나질 않았다. 세상 살 맛이 뚝 떨어져버린 것이었다.

나이도 서너 살이나 위인, 애까지 딸린 과부인데다가 돈을 밝히고, 화냥기가 있어서 속을 썩이는 여자이긴 했지만, 그래도 짜릿한 정이 배었던 모양으로, 얄밉고 원망스러우면서도 잊혀지지가 않았다. 참 더러웠다. 그런 여자에게 혹해서 모든 것을 바치다시피 했던 일이 분하고, 배반을 당하고도 잊지 못하는 자신이 한심스럽기 짝이 없었다.

좀 모았던 돈을 술과 노름으로 거의 축내고, 고향집에 가서 달포가량 시들시들 앓다시피 한 다음, 황달칠은 이번에는 멀리 정처도 없이 훨훨 떠나버렸다. 집에다가는 만주에 가서 돈을 많이 벌어가지고 돌아오겠다는 말을 남기고서.

몇 해 동안 소식이 없더니, 어느 해 가을 불쑥 고향에 돌아왔다. 돈을 제법 한 뭉텅이 내놓고, 그해 겨울을 집에서 나더니, 추위가 풀리자 다시 어디론지 훌쩍 떠나가 버리는 것이었다. 역마살이 끼어서 그런 모양이라고 집안사람들은 체념을 했다.

경성에서 두어 차례 편지가 오더니, 나중에는 흥남 비료공장에 취직해 있다면서 이따금 돈도 부쳐오고, 소식이 끊기질 않았다. 아버지가 세상을 버렸을 때는 전보를 받고 지체 없이 달려오기도 했다. 그래서 이제 마음을 제대로 잡았나 보다고 어머니랑 형 황달수는 적이 좋아했다.

그런데 지난겨울에 난데없이 팔 하나 다쳐가지고 돌아왔던 것이다. 트렁크까지 짊어지고 온 걸 보니 아마 일자리를 그만둔 모양이었다.

이제 장가나 들어 고향에서 자리를 잡으려나 보다고 어머니 안 노파가 한 번은,

"니 인제 장가를 들어야제. 나이가 몇이고, 서른하나 앙이가."

하고 말을 꺼내보았더니, 황달칠은 비시그레 웃으면서,

"세상이 이 꼬라진데 장가를 들어서 우짤라고예."

하고 대답하는 것이었다.

"그럼. 장개를 안 들고 펭생 혼자 살 끼가?"

"내가 알아서 하겠심더. 어무이, 걱정 마이소."

"아이고 야야, 니 장개를 보내삐리야 내가 죽어도 눈을 감을 끼다."

"걱정 마시라니까예. 내가 다 알아서 한다니까요."

황달칠은 객지 풍상을 많이 겪어서 그런지 나이보다 훨씬 속이 들어차 보였다. 목소리부터가 걸걸하게 가라앉은 것이 그렇게 느껴졌다.

3

방 윗목에 놓여 있는 조그마한 앉은뱅이책상은 얼른 보아도 이삼십 년은 족히 된 듯 싶은, 약간 삐딱하기까지 한 낡은 것이었다. 물론 용길이의 책상이었다.

지금은 용길이의 차지가 되어 있지만, 애초에는 아버지 황달수의 것이었다. 마을에 간이학교가 처음으로 생겨 황달수가 그 학교의 생도가 되자, 목수질*('목수'를 낮잡아 이르는 말)을 하던 외숙이 대견해서 선물로 만들어 준 책상이었다. 황달수가 간이학교 이 년을 수료하자, 한동안 그 책상은 주인 없는 물건처럼 그저 방 윗목 한쪽 구석에 놓여 있다가, 간이학교가 보통학교로 승격이 되고, 뒤이어 황달칠이 보통학교에 입학을 하자 그의 차지가 되었다. 달칠이 보통학교를 졸업하자, 또 몇 해 임자 없는 신세이다가, 이번에는 봉례의 것이 되었고, 봉례가 학교를 마치자, 봉숙이에게로, 그리고 용길이에게로 물림이 된 것이다. 그동안에 보통학교는 심상소학교로 명칭이 바뀌었고, 다시 공립국민학교, 그러다가 공립 두 자가 떨어져 나가고, 그냥 국민학교가 되었다.

그러니까 그 조그마한 앉은뱅이책상은 이 집안사람들의 학문이라 할까, 학교 공부라 할까, 좌우간 그런 것의 때가 전 어떤 상징 같은 것이라고 할 수 있었다.

책상 옆에는 낡은 반닫이가 하나 놓여 있었다. 그 반닫이는 책상보다도 훨씬 오래된 가구로 그야말로 대물림이었다. 집 안에 반닫이가 세 개 있는데, 그중에서도 가장 낡고 오래된 물건이었다. 황달수가 어릴 때부터 벌써 그 반닫이는 고물처럼 되어 있었으니까, 아마 달수의 조부나 증조부 때의 가구임이 틀림없었다. 용길에게는 증조부나 고조부에 해당되니, 꽤나 긴 세월을 내려오고 있는 반닫이였다.

말이 반닫이지, 너무 낡아서 틈이 벌어지기도 하고, 장식도 어긋나고, 자물쇠 고리도 떨어져 나가고 해서 이제 가구로서 쓸모가 없었다. 그래도 내다버리기 아까워서 방 윗목 구석에 놓아두고, 이불 같은 것을 얹는 데 쓰고 있었다.

그 낡은 반닫이 위로 꽤 큼직한 트렁크가 하나 얹혀 있었다. 황달칠의 트렁크였다. 그 트렁크 역시 꽤나 허름한 몰골이었다. 황달칠이 향선네와 살림을 차렸을 때 마련한 물건이었다. 향선네의 화냥질 때문에 장사까지 거덜 내고, 훌쩍 만주로 간답시고 고향을 떠날 때 이 트렁크 하나만을 들고 떠났던 것이니, 말하자면 황달칠의 역마살에 붙어서 만주로 어디로 떠돌아다닌, 그의 분신 같은 물건이었다. 그러니 허름한 몰골일 수밖에. 그것도 객지 풍상을 많이 겪은 듯한 그런 허름함이었다.

한쪽 모서리가 찌그러지기도 한 그 허름한 트렁크를 황달칠은 무슨 대단히 소중한 물건이라도 되는 듯 끈으로 양쪽 두 군데를 동여매고, 보자기로 싸놓기까지 했다. 트렁크의 자물쇠 부분이 망그러져서 제 구실을 못하기 때문에 뚜껑이 함부로 열리지 않도록 끈으로 동여맨 것 같고, 그래도 마음이 놓이지 않았던지 보자기로 싸기까지 했다. 보자기의 네 가닥을 다 묶지는 못하고, 앞뒤로 두 가닥만 질끈 묶어서 싸놓았다. 그러니까 트렁크의 양쪽 옆구리는 보자기 밖으로 삐죽이 불거져 나와 있다.

그리고 그 트렁크 위에다가 낮으로는 언제나 이불이랑 요를 개켜서 얹어놓고 있는 것이다. 누가 보아도 그 트렁크 속에 무엇이 들었는지 무척 소중하게 간수하고 있다는 것을 알 수 있었다.

용길이는 삼촌의 그 트렁크 속이 궁금하기만 했다. 도대체 그 속에 무엇이 들었기에 저렇게 끈으로 동여매고, 또 보자기로 싸놓기까지 했는지 알 수가 없었다. 하도 궁금하고 호기심이 동해서 한 번은,

"삼촌예, 저 도랑꾸 속에 뭐가 들었능교?"

물어보았다.

그러자 황달칠은,

"아무 것도 안 들었다. 들긴 뭐가 들었겠노."

하고 대답했다.

그러나 빙긋 묘하게 웃는 것이 아무래도 그 말이 곧이들리지가 않아 용길이는,

"거짓말. 그럼, 와 저렇게 묶어놓고, 싸놓고 했능교?"

반문을 했다.

"뭐 좋은 기 들었을 것 같으나?"

"예."

"허허허……."

황달칠은 기분이 좋은 듯 껄껄 웃고 나서,

"뭐가 들었을 것 같으노?"

하고 물었다.

"글씨예……."

용길이는 조금 생각하는 듯하더니,

"돈?"

하면서 눈을 반짝거렸다.

"허허허…… 돈이 들었을 것 같으나?"

"예, 그러니까 저렇게 꽁꽁 묶어놓았지."

"앙이다. 돈은 무신 돈이 들었겠노. 별것 안 들었다. 입던 옷하고 양말하고…… 뭐 그런 기 들었을 뿐인 기라."

"거짓말."

용길이는 아무래도 곧이들리지가 않았다.

"참말이다, 이 녀석아. 삼촌이 언제 거짓말하는 거 봤나. 허, 그 녀석."

"정말이예?"

"정말이고말고."

그리고 황달칠은 표정을 바꾸어 아주 정색을 하고서 한결 걸걸하고 낮은 목소리로 말했다.

"용길아, 니 혹시 저 도랑꾸 열어 볼라 카는 건 앙이제?"

"……."

"열어 보면 안 된대이. 큰일 난대이. 삼촌한테 큰 베락을 맞을 끼니까 절대로 열어 보면 안 된다. 알았제?"

"……."

"와 대답이 없노. 응. 알겠제?"

"예."

그제야 용길이는 마지못해 대답을 하고서, 힉 웃었다. 어쩐지 우습다는 생각이 들었던 것이다. 입던 옷과 양말 같은 것밖에 안 들었다면서 절대로 열어 보면 안 된다고, 큰 벼락을 맞는다고, 으름장을 놓다니, 속이 뻔히 들여다보이는 일이 아닐 수 없었다.

그런 일이 있은 뒤로 용길이는 삼촌의 그 트렁크 속이 한층 더 궁금하고, 호기심이 동하기만 했다. 틀림없이 돈이 들어 있는 것이려니 싶었다. 돈도 조금 들어 있는 것이 아니라, 아주 무더기로 듬뿍 들어 있는 모양이라고 생각했다. 그러니까 그렇게 단단히 간수를 해놓았고, 또 절대로 열어 보지 말라고 으름장까지 놓은 게 아니겠는가.

용길이는 까짓것 나중에 알게 되면 한 대 얻어맞을 셈치고 한 번 열어 볼까 싶었다. 설마 삼촌이 트렁크를 열어 보았다고 정말로 벼락을 치듯이 혼내지는 않겠지 여겨졌다. 살짝 열어서 안을 들여다보기만 하고, 손은 대지 않고, 그대로 닫아서 감쪽같이 처음대로 묶고 싸놓으면 삼촌이 알 턱이 없을 것도 같았다.

그래서 어느 날, 용길이는 삼촌이 없는 틈을 타서 트렁크 위에 개켜서 얹어놓은 이불과 요를 내렸다. 그리고 트렁크를 싸놓은 보자기의 매듭을 풀려고 손을 가져갔다. 가슴이 걷잡을 수 없이 쿵덕거렸다. 마치 무슨 해서는 안 될 나쁜 짓을 하는 것만 같았다.

보자기의 매듭은 쉬 풀 수가 있었다. 그러나 트렁크의 양쪽 두 군데를 동여맨 끈의 매듭은 어찌나 죄어 놓았는지 좀처럼 풀리지가 않았다. 손끝이 떨리는 듯해서 더 안 풀리는지도 몰랐다. 한참 기를 쓰다가 용길이는 입을 가져갔다. 매듭을 잇바디로 물어서 풀어보려는 것이다.

그렇게 끙끙거리고 있는데, 바깥에서 인기척이 났다. 누군가가 헛간으로 들어서는 것이었다.

용길이는 놀라 잇바디로 물어 흔들고 있던 매듭을 얼른 놓고, 풀어 헤친 보자기를 후닥닥 도로 싸맸다.

아버지였다.

"날씨가 쪼매 풀린 것 같제?

하면서 아버지가 가마니를 짜려는 듯 틀 앞에 앉는 기척이 나고 뒤따라,

"용길이 요놈아는 또 놀로 나갔나…… 공부는 안 하고 만날천날 쏘댕기기만 하니 뭐 그렁 기 있던동. 쯧쯧쯧……."

어머니가 들어서며 공연히 혀를 차댔다. 그리고 역시 가마니를 앞

에 자리를 잡고 앉는 기척이었다.

용길이는 조금 얼굴을 붉히며 헤죽 웃고는, 소리가 안 나도록 가만가만 요와 이불을 도로 트렁크 위에 얹었다. 그리고 제 책상 앞에 다가앉아 아무것이나 손에 잡히는 대로 교과서를 하나 펼쳐 들었다. 이과 교과서였다.

스르르 철턱 스르르 철턱…… 아버지와 어머니의 가마니 치는 소리가 들리기 시작했다.

용길이는 묘한 미소를 지으며 펼쳐든 이과 교과서를 목청을 돋우어 큰소리로 읽어 나갔다.

"책상을 이루고 있는 나무, 유리병을 이루고 있는 유리와 같이 물체를 이루고 있는 재료를 물질이라고 합니다. 나무와 유리와 같은 물질은 그 물질의 가장 작은 분자로 만들어진 것입니다……."

바깥에서 아버지의 중얼거리는 소리가 들렸다.

"용길이 방 안에 있구마는. 공부하느마는."

그러나 어머니는 아무 말이 없었다.

용길이는 공연히 재미있고 기분이 좋기까지 해서 냅다 더 목소리를 높였다.

"나무나 유리와 같은 딴딴한 물질은 고체라고 합니다. 물 같은 것은 액체라고 합니다. 고체뿐 아니라, 액체도 분자가 모여서 된 것입니다……."

4

아이들이란 호기심이 잘 동하기도 하지만, 그 호기심이 쉽사리 사라져버리기도 한다. 사라져버린다기보다도 다른 데로 옮겨 간다고 하는 편이 옳을지도 모른다. 아무튼 한 가지 일에 오래도록 관심이 머물러 있질 못하는 것이다.

용길이 역시 마찬가지였다. 삼촌의 트렁크 속에 무엇이 들었을까 하는 호기심을 풀 길이 없었지만, 언제까지나 그 호기심에 매달려 있질 않았다. 얼마 뒤에 결국 그 수수께끼 같은 트렁크 속의 물건이 무엇인가를 알게 되어 용길이는 놀라움과 감탄에 눈이 휘둥그레지고 입이 딱 벌어지고 말았지만, 우연히 그것이 밝혀졌을 뿐, 결코 계속 호기심을 가지고 알려고 애를 쓴 것은 아니었다.

용길이의 관심은 어느덧 그 트렁크로부터 삼촌의 이야기 쪽으로 옮아가 있었다.

황달칠은 이야기를 구수하게 잘했다. 이웃 사랑방 같은 데 가서도 입담 좋게 자기가 겪은 이야기, 들은 이야기, 세상 돌아가는 이야기 같은 것을 늘어놓았지만, 용길이랑 그 꼬맹이 같은 친구들을 데리고도 곧잘 이야기를 꺼냈다. 방 안에 들어앉아 새끼를 꼬는 게 겨울 들어서의 일과였기 때문에 따분하고 지겨워서 일부러 그렇게 아이들을 데리고 놀기도 하는 것이었다.

용길이랑 그 친구들 역시 바깥에서 제기차기니 팽이돌리기니, 혹은 썰매타기, 연날리기 같은 것을 하다가 싫증이 나고 손가락 발가락이 시리고 하면,

"가자― 우리 집으로."

"그러자―"

"이바구(이야기) 들으로 가자―"

하고 우르르 용길이네 집으로 몰려들었다.

쇠죽을 끓이느라 늘 아랫목이 뜨뜻했기 때문에 바깥에서 손발이 얼어가지고 몰려든 아이들은 다투어 아랫목을 차지하고 앉아서,

"용길이 삼촌예, 이바구 한 자리 해주이소."

"예? 해주이소."

"요전에 그 이바구보다 더 무섭은 거 해주이소."

하고 졸랐다.

새끼를 꼬거나, 아니면 목침을 베고 누워 쉬고 있던 달칠은,

"허, 그 녀석들……."

마지못하는 듯, 그러나 싫지 않은 표정을 하며,

"보자…… 그럼, 오늘은 무신 이바구 해주까."

잠시 생각을 하다가,

"오늘은 하르삥 뒷골목의 중국집 고기 이바구나 해주까."

이런 식으로 빙그레 웃으며 이야기를 꺼내는 것이었다.

아이들에게 들려주는 그의 이야기는 대개가 지어낸 것인 듯 허황된 그런 내용이었다. 옛날 옛적 어느 곳에…… 이런 식으로 시작되는 호랑이 담배 피우던 시절의 이야기는 또 그렇다 치고, 자기가 실제로 겪었다는 이야기나, 보고 들었다는 이야기 역시 대개가 허황한 것이었다. 손가락 한 마디만 한 사실에다가 주먹만 한 살을 붙여서 그럴싸하게 늘어놓는데, 구수한 입담 때문에 그게 전부 틀림없는 사실처럼 짜릿하게, 혹은 으스스하게, 화끈하게 아이들을 사로잡았다.

하르빈 뒷골목 으슥한 곳에 중국 요릿집이 하나 있었는데, 그 요릿집의 고기는 맛이 유별났다는 것이다. 무슨 고기를 쓰는지 다른 중국집 요리보다 맛이 월등해서 손님들이 끊일 새가 없었다. 그런데

하루는 어떤 손님이 우동을 먹다가 으악! 하고 냅다 비명을 울렸다.

"이기 뭐고, 이기? 이거 사람 손가락 앙이가?"

질겁을 하고 소리를 지르는 바람에 다른 손님들이 놀라 우르르 몰려들어 보니 우동 그릇에 글쎄, 사람의 손가락 한 토막이 섞여 있는 것이 아닌가. 손톱이 시퍼렇게 박힌 손가락 끝 토막이었다.

발칵 뒤집힌 것은 말할 것도 없고, 순사들이 와서 그 중국 요릿집을 샅샅이 뒤져보았더니, 지하실에 사람의 시체가 토막이 져서 푸줏간의 고깃덩어리처럼 매달려 있질 않는가. 그 집의 요리 맛이 유별났던 것은 사람의 고기를 다른 고기와 함께 섞어 썼기 때문이었다는 것이다.

말하자면 이런 식의 허황한 이야기들이었다.

황달칠은 귀신 이야기도 곧잘 했다.

일본 병대*(군대)의 우두머리 집에서 중국 남자 한 사람이 하인으로 일하고 있었는데, 그가 하루는 그 집 물건을 훔쳐내다가 주인에게 들켰다. 육군 대좌인 주인은 서슴없이 군도를 뽑아 그 하인의 목을 단칼에 베어버렸다.

그날 밤 자정 무렵, 주인은 혼자 자기 방에 누워 잠을 청하고 있었으나, 어찌된 셈인지 도무지 잠이 잘 오지가 않아 이리 뒤척 저리 뒤척 하고 있는데, 바깥 골마루를 짜박짜박 걸어오는 발자국 소리가 들렸다. 이 밤중에 누굴까, 마누라가 변소에라도 갔다가 이 방으로 들어오려는 것일까, 하고 주인은 귀를 곤두세웠다.

짜박짜박짜박…… 발자국 소리가 방문 앞에 멎고, 스르르 문이 열렸다. 문을 열고 들어서는 사람을 본 주인은,

"으악!"

질겁을 했다.

다름 아닌 낮에 목을 베어 죽인 그 하인이 아닌가. 그 하인의 머리 부분이 없는 몸뚱어리만 방 안으로 들어섰던 것이다. 그런데 잘려나간 대가리를 덜렁 한 손으로 거머쥐고 있었다.

놀라 새파랗게 굳어진 주인 앞으로 하인은 손에 거머쥔 그 대가리를 쳐들어 보이며 뚜벅뚜벅 다가왔다.

"이놈아, 내 목을 도로 붙여 주겠나, 못 붙여 주겠나*(원전에는 '못 주겠나'로 되어 있다)?"

손에 거머쥔 대가리가 눈을 부릅뜨고 노려보며 말하는 것이었다. 잘려진 목에서는 지금도 선혈이 뚝뚝 떨어지고 있었다.

"붙여 주겠어, 못 붙여 주겠어? 어서 말해!"

하인은 그 대가리를 주인 얼굴 앞으로 바싹 들이댔다.

"다스께데구레(사람 살려)―"

육군 대좌인 주인도 별수 없이 비명을 지르며 기절을 하고 말았다.

이런 이야기도 있었고, 또,

달이 밝은 밤, 어떤 젊은이가 혼자서 거리를 걸어가고 있는데, 어느 골목 어귀에 웬 젊은 여자가 한 사람 쪼그리고 앉아 울고 있었다. 어찌된 일인가 싶어 젊은이는 다가가서 물었다.

"이 밤중에 무슨 일로 이렇게 혼자서 울고 있나요?"

그러자 여자는 고개를 들며 일어섰다. 눈물을 닦고 바라보는데, 보니 서양 여자였다. 달빛을 받아 얼굴이 요염하도록 아름다웠다. 노서아 여자인데 조선말로,

"어머니가 돌아가셨어요. 어머니와 단 둘이 살고 있었는데, 갑자기 어머니가 돌아가셔서 혼자 힘으로 어떻게 했으면 좋을지 몰라 이렇

게 울고 있어요."

하고 말했다.

"아, 그래요? 참 안됐군요."

"미안하지만 나하고 같이 우리 집에 가서 우리 어머니 시체를 좀 치워 줄 수 없을지요? 그 은혜는 잊지 않겠어요. 당신이 원하는 대로 돈을 달라면 돈을 주고, 보석을 달라면 보석을 주고, 나하고 같이 살자면 같이 살겠어요. 그러니 부디 지금 우리 집으로 함께 가도록 해요."

그 말에 젊은이는 마음이 동했다. 돈을 달라면 돈을 주고, 보석을 달라면 보석을 주고, 같이 살자면 같이 살기까지 하겠다니, 이런 횡재가 어디 있느냐 싶었다.

"그럽시다. 갑시다."

"아이, 고마워요."

여자와 젊은이는 골목 안 깊숙한 곳에 있는 여자의 집으로 같이 갔다. 큼직한 양옥이었다.

방 안에 들어서니 촛불이 켜져 있고, 침대 위에 여자 어머니의 시체가 하얀 시트에 덮여 있었다.

"이리로 가까이 오세요. 이게 우리 어머니 시체예요."

하면서 여자는 침대 쪽으로 다가갔다.

젊은이도 가만가만 다가섰다.

여자는 시체의 얼굴 쪽을 덮고 있는 시트 쪽으로 손을 가져가며 젊은이를 돌아보았다. 촛불에 비친 여자의 얼굴은 더욱 요염하고, 섬뜩하도록 아름다웠다. 여자는 별안간 그 아름다운 얼굴을 약간 위로 쳐들며 까르르 소리를 내어 웃었다. 그리고,

"자, 보세요. 이게 누군가."

하면서 홀떡 시트를 걷어붙였다.

펄럭 하고 시트가 걷히는 바람에 촛불이 꺼지고, 유리창으로 달빛
이 쏟아져 들어왔다.

젊은이는 순간 정신이 얼떨떨했으나, 곧 침대 위에 뻗어 있는 시체
를 보자,

"으악!"

비명이 터져 나왔다.

달빛을 받아 새파란 얼굴로 싸늘하게 굳어져 누워 있는 것은 여자
의 어머니가 아니라, 바로 그 여자였다. 곁에 섰던 그 여자는 온데간
데없었다.

"사람 살려—"

젊은이는 소리를 지르며 후다닥 방을 뛰쳐나가려고 했으나, 어찌
된 영문인지 문이 굳게 닫혀 도무지 열리지가 않았다.

"아이고 아이고— 나 좀 살려, 나 좀—"

냅다 방문을 두들기고 차고 하다가 젊은이는 결국 정신이 가물가
물해지며 비실 그 자리에 쓰러지고 말았다.

이튿날 날이 훤히 밝아서야 깨어난 젊은이는 정신을 차리고서 그
여자의 시체를 자기 손으로 거두었다. 자기의 시체를 거두어 달라고
그 혼령이 그렇게 자신을 끌어들였던 게 틀림없다고 생각했던 것이
다. 그리고 양옥과 그 집에 있는 모든 재물을 젊은이가 차지했다.

이런 허황한 이야기도 있었다.

이런 이야기들의 무대는 으레 만주였다. 실제로 달칠이 만주에 간
일이 있었던 모양으로, 그런 괴이하고 으스스한 이야기는 으레 만주

에서 있었던 일이고, 자기가 본 일이며, 들은 이야기라는 것이었다. 만주라는 곳은 그런 괴이한 이야기가 수없이 널려 있는 으스스한 땅인 셈이었다.

그래서 용길이랑 꼬맹이 친구들은 만주라고 하면 우중충하고 무시무시하고, 그러면서도 어쩐지 한 번 가보고 싶은, 호기심이 동하는 그런 불가사의한 나라처럼 생각되었다.

하루는 이야기를 조르는 아이들에게 달칠은 새끼를 꼬던 일손을 늦추어 슬금슬금 손을 비벼 나가며 마적 이야기를 꺼냈다.

"오늘은 그럼 마적 이바구나 한 자리 해주까."

달칠의 입이 열리자 아이들은,

"예."

"아이 좋아라."

"재밌겠다, 그쟈?"

눈들을 반질거리며 침을 꿀컥 삼키기도 했다.

"만주 어느 산중에 마적 떼가 있었는데 말이지, 하루는 그 마적들이……."

황달칠이 이야기를 시작하자,

"마적이 뭡니꼬?"

불쑥 아이 하나가 물었다. 명철이었다.

그러자 종수가 재빨리,

"말 타고 댕기는 도적 앙이가. 그것도 모르나."

뽐내듯이 말했다.

"그래, 맞다. 말을 타고 댕기는 도적을 마적이라 카는데, 하루는 그 마적들이 해가 지고 어둡어지자, 동네 하나를 털로 나갔거든, 그 동네는 마적들이 있는 산중에서 제법 멀었는데, 와 멀리 일부로 그 동네를 털로 갔는가 하면 말이지, 그 동네에 절세미녀가 한 사람 있었는 기라. 절세미녀가 뭔동 너거 아나?"

멀뚱히 그저 달칠의 얼굴을 바라보고 있을 뿐 아무도 아는 아이가 없었다.

"허허허……."

황달칠은 재미있다는 듯이 한 번 웃고 나서,

"절세미녀라는 것은 뭔고 하면 말이지, 아주 이쁜 여자라는 말인 기라. 알았제?"

그리고 또 히들히들 웃었다.

그러자 아이들도,

"히히히……."

"헤헤헤……

공연히 조금 킬킬거렸다.

"제물을 털고, 그 절세미녀도 납치해 올라고 그 동네로 향해 갔는 기라. 납치라는 것은 강제로 붙들어 오는 걸 말한다. 알제?"

"예."

"압니더."

용길이와 종수가 대답하자 명철이는 불쑥,

"용길이 삼촌예, 마적들이 와 여자를 붙들어 갑니꺼? 뭐 할라고예?"

하고 물었다.

황달칠은 그저 빙그레 웃음을 띠기만 했다.

그러자 용길이가,

"그것도 모르나? 히히히……."

킬킬거렸고, 종수도,

"나도 뭐 하는동 안다. ㅎㅎㅎ ㅎㅎㅎ……."

코를 조금 위로 쳐들며 웃었다.

"마적들이 뭐 할라고 여자를 붙들어 가는지 그건 명철이 니가 나중에 크면 알게 되니까, 허허허…… 자, 이바구나 들어."

황달칠은 이야기를 계속했다.

명철이는 도무지 알 수가 없어 멀뚱한 표정이었으나, 용길이와 종수는 재미 좋다는 듯이 히들히들 곧장 웃으며 이야기를 들었다.

"마적들이 자기를 납치하로 오는 줄도 모르고 그 절세미녀는 저녁을 묵고 등불 앞에 앉아서 색실로 수를 놓고 있었거든. 그 여자는 열여덟 살이었는데, 약혼한 총각이 있었는 기라……."

마적들이 그 동네로 몰려가서 닥치는 대로 재물을 털고, 그 절세미녀를 납치해 가지고 산중으로 돌아가자, 그 미녀의 약혼자가 마적들을 찾아 산중으로 들어가서, 천신만고 끝에 마침내 약혼녀인 그 미녀를 구해 가지고 나오는 그런 무협담 같은 연정가화(戀情佳話)인 셈이었다.

이야기를 어쩌나 입담 좋게 늘어놓았는지, 다 듣고 난 아이들은 그 구수하고 짜릿함에 취한 듯 후유— 더운 숨을 내뱉기도 했고, 하— 하면서 쭉 기지개를 켜기도 했다.

명철이는 맛있는 음식이라도 먹은 것처럼 입맛을 다시고 나서 불쑥,

"마적 놈들 참 나쁜 놈들이다 그쟈?"

용길이와 종수에게 동의를 구하듯 말했다.

"응."

용길이가 고개를 끄덕이자 종수도,

"마적 놈들 잡아 죽이삐리면 좋을 낀데……."

하고 주먹을 불끈 쥐었다.

달칠은 싱그레 미소를 띠며 굵고 나지막한 목소리로,

"마적이라고 해서 다 나쁜 건 아니지. 그중에는 좋은 마적도 있는 기라."

이렇게 말했다.

좋은 마적도 있다는 말에 아이들은 모두 조금 멀뚱한 표정이 되었다. 좋은 마적이라니…… 말 타고 도적질하러 다니는 무리들이 어떻게 좋을 수가 있단 말인가.

"삼촌예, 좋은 마적이라니, 어떤 마적인데예?"

용길이가 물었다.

황달칠은 대답을 하려다가 말고 침을 꿀꺽 삼켰다. 마치 목구멍을 넘어 오려는 말을 안으로 밀어 넣어 버리듯이.

"예? 삼촌예."

그러나 황달칠은 못 들은 척 약간 목소리를 높여,

"자, 인제 모두 밖에 나가 놀아라. 오늘 이바구는 이것으로 끝이다."

선언을 하듯 말했다. 그리고 새끼를 꼬던 일손을 놓고,

"이바구하는 것도 힘든다니까. 담배나 한 대 피울까."

하면서 종이에다가 침을 묻혀 잎담배를 말기 시작했다.

좋은 마적이 어떤 마적인지, 그 궁금증을 풀지 못하고 밖으로 나가는 아이들은 모두 좀 서운한 것 같은, 혹은 못마땅한 것 같은 그

런 얼굴들이었다. 특히 용길이는 와 안 가르쳐 주노, 참 얄궂데이, 싶었다.

5

 그날 밤, 용길이는 쉬 잠을 이룰 수가 없었다.

 바람소리 때문이었다. 저녁을 먹고 나서부터 일기 시작한 바람이 밤이 이슥해질수록 그 기세는 더하는 듯했다. 눈까지 흩날리고 있었다. 밤 눈보라였다.

 휘융 휘융 바람소리와 함께 좍— 하고 이따금 방문에 눈발이 들이치기도 했다. 방문 창호지가 아래로 절반가량은 젖어서 곧 찢어져 너덜너덜 펄럭일 것 같았다.

 그렇게 눈발이 들이칠 때마다 윗목 한쪽 구석에 켜놓은 호롱불도 곧 꺼질 듯이 팔락거렸다.

 용길이는 불안하기만 했다. 진작부터 잠이 든 삼촌은 드렁드렁 코까지 골고 있었다. 해질 무렵에 친구네 집 잔치에 가서 술을 꽤 얻어마신 황달칠은 제법 취해가지고 돌아와서는 벌렁 드러누워 잠이 들더니, 천지분간을 모르고 아직 자고 있었다.

 좍— 좌르르 좍 자르르— 또 연달아 눈발이 들이치자, 마침내 창호지가 푹 찢어지며 바람과 눈이 방 안까지 몰려들었다. 호롱불도 팔딱 꺼져 버렸다.

 "아이고— 삼촌예! 삼촌예!"

 용길이는 놀라 삼촌을 냅다 흔들어 깨웠다.

"으응—"

달칠은 크게 기지개를 켰다.

방문이 찢어졌심더. 삼촌예, 저 보이소."

"뭐라?"

"방문이 찢어졌어예. 막 바람이랑 눈이랑 들어옵니더. 어서 일어나이소."

"아윽—"

달칠은 크게 하품을 하고 나서,

"불 좀 키 보래."

하면서 부스스 일어났다.

용길이가 성냥을 찾아서 호롱에 다시 불을 붙이자, 달칠은 아직 술이 덜 깬 듯한 어리벙벙한 얼굴로 방문을 멀뚱히 바라본다.

"비가 오나, 우째 된 일이고?"

"눈이 안 옵니꾜. 막 바람이 불면서예."

"음—"

"방문이 저래서 우야지예? 바람이 들어와서 우째 자지예?"

"보자…… 음— 물부터 좀 마시고……."

하면서 달칠은 어설픈 듯 고개를 움츠리며 방문을 열고 밖으로 나갔다.

부엌에 가서 물부터 마시고, 달칠이는 헛간에 있는 가마니때기를 두 장 갖다가 방문을 바깥과 안 양쪽에서 가렸다.

"날씨도 지랄 같으네."

그동안에 머리랑 온몸에 허옇게 묻은 눈을 털며 달칠은 오한이라도 오는 듯 버르르 한 번 몸을 떨었다. 술기운이 말짱 가시는 느낌이었다.

방문 안팎을 가마니뙈기로 가리자, 바람소리가 한결 누그러져 들리며 방 안이 제법 아늑해졌다. 호롱불도 이제 팔딱거리지 않았다.

이제 됐다는 듯이 용길이는 얼른 아랫목 이부자리 속으로 파고들었고, 달칠은 종이에 잎담배를 큼직하게 말아서 입에 물었다.

이부자리 속으로 파고들었으나, 용길이는 잠이 오지 않아 삼촌 담배 피우고 앉아 있는 모습을 말똥말똥 지켜보고 있다가 문득 무슨 생각이 떠오른 듯 입을 열었다.

"삼촌예."

"와?"

담배를 크게 빨아 푸— 하고 매우 맛이 좋은 듯이 연기를 내뿜으며 달칠은 용길이를 힐끔 돌아본다.

"좋은 마적은 어떤 마적인데예?"

"……."

"가르쳐 주이소. 아무리 생각해도 모르겠심더. 좋은 마적은 도적질을 안 합니꼬? 이쁜 여자도 안 붙들어 가고예?"

"허허허……."

"그러면 마적이 아니잖아예. 마적은 말 타고 댕기면서 도적질을 안 합니꼬. 예? 삼촌예."

그러자 달칠은,

"알고 싶으나?"

웃음을 띤 듯한 좀 묘한 표정을 지었다.

"예, 알고 싶심더."

"음— 가만있거라."

달칠은 담배를 마저 피우고 보자는 듯이 조금 남은 담배 도막을 뻑뻑 세게 빨았다.

담배를 다 피우고 나서,

"불을 끌까?"

용길이에게 물었다.

"끄지 마이소. 잠이 안 옵니더."

"와 잠이 안 오노?"

하면서 달칠은 이부자리 속으로 들어갔다.

달칠이 이부자리 속으로 들자, 용길이는 삼촌 쪽으로 돌아누워 빤히 삼촌의 누워 있는 옆얼굴을 바라본다.

"어서 가르쳐 주이소."

"그래, 가르쳐 주지. 그런데 말이다, 니 입이 무겁나, 어떠노?"

"예?"

"남한테 말을 하지 마라 카면 절대로 안 하나, 어떤노 말이다."

"안 합니더. 무겁심더."

"그래? 허허허…… 그럼 얘기해 주겠는데, 오늘 밤에 삼촌이 한 말은 니 혼자만 알고, 절대로 남한테 얘기하면 안 된다. 알겠제?"

"예."

"큰일난다. 순사나 일본 사람 귀에 들어가면 삼촌도 잽히 가고, 니도 잽히 간다. 잽히 가서 콩밥 묵는다. 알겠제?"

"콩밥 묵다니예?"

"징역 사는 걸 콩밥 묵는다 안 카나. 형무소에 가서 징역 살게 된다 말이다. 알겠제?"

"예."

"절대로 입 밖에 내면 안 된다."

"예, 걱정 마이소. 전에 아부지도 일본이 곧 망한다는 말 절대로 남한테 카지 말라 캐서 안 캤심더."

그 말에 달칠은 약간 눈이 휘둥그레지며, 그러나 재미있다는 듯이 묘한 웃음을 띠었다.

"아부지가 그런 말 하더나?"

"예, 봉례 누부야 얼른 시집보내야 된다 카면서 밤중에 어무이하고 말합디더. 곧 망할 끼니까 두고 보래, 카면서 일본을 막 욕하대예."

"그래?"

"내가 안 자고 안 들었습니꺼. 헤헤헤…….."

"안 자고 듣다가 아부지한테 들킸구나, 그제?"

"예."

용길이와 황달칠은 마주보며 미소를 지었다. 그러나 두 사람 다 기분이 좋기만 한 그런 얼굴은 아니었다. 어떤 두려움 같은 것에 휩싸이는 듯 몸이 절로 오그라들고 있었다.

황달칠의 두 눈엔 아직 술기운이 감돌고 있는 듯 조금 불그레한 빛으로 번질거렸다. 그런 눈으로 용길이를 가만히 바라보며 한결 낮은 목소리로 말했다.

"그럼, 용길이 니도 일본이 우리나라가 아니라는 것은 알고 있겠구나."

"예, 알고 있심더."

용길이는 숨을 죽이고 속삭이듯이 대답했다.

"좋은 마적이라는 것은 다름이 아니라, 바로 일본한테서 우리나라를 도로 찾을라고 하는 마적들인 기라."

"……."

"일본이 우리나라를 빼앗았단 말이다. 빼앗아서 저거 나라를 만들었거든. 지금으로부터 삼십 몇 년 전에…… 그래서 빼앗긴 나라를 도로 찾을라고 만주벌판에서 싸우고 있는 기라. 알겠나?"

"예."

용길이는 어떤 놀라움에 두 눈을 반짝이며 가만히 침을 한 번 삼켰다.

"그러니까 좋은 마적이 아니고 뭐고, 그제?"

"예, 그런데 와 마적이라 캅니꼬?"

"말을 타고 댕기니까 일본 놈들이 마적이라 안 카나. 독립운동 하는 우리 병댄 기라."

"독립운동이 뭔데예?"

"독립운동이라는 것은 빼앗긴 나라를 도로 찾을라고 싸우는 걸 말하는 기라."

"독립운동……."

용길이는 가만히 입속에서 중얼거려 본다. 참 희한한 운동도 다 있구나 싶은 것이다.

운동이라고 하면 운동장에서 체조를 하거나, 달리기를 하거나, 철봉에 매달리거나, 아니면 공을 던지고 차는 그런 것으로만 알고 있었는데, 만주라는 우중충하고 무시무시한 벌판에서 말을 타고 싸우는 운동도 있다니…… 그 운동 참 신나겠다 싶었다. 사람의 고기를 요리에 섞어 팔기도 하고, 일본 병대의 우두머리가 군도로 사람의 목을 자르기도 하고, 귀신이 나타나기도 하는 그런 만주벌판에서 빼앗긴 나라를 찾기 위해 말을 타고 다니면서 좋은 마적들이 독립운동이라는 것을 하다니…… 용길이는 묘하게 가슴이 부풀어 오르며 휴― 큰 숨이 내쉬어졌다.

"독립운동을 하는 우리 병대의 본부가 어디 있는가 하면……."

달칠의 말에 용길이는 얼른,

"산중에 있겠지예.

하고 받았다.

"산중에 있는 것은 부대 본부고, 진짜 본부는 중국에 있는 기라."

"중국에예? 지나(支那) 말이지예?"

"그래, 중국 상해에 있다가 중경으로 옮겼는데, 그 진짜 본부를 임시정부라 카는 기라."

"임시정부예?"

"그래."

"임시정부가 뭔데예?"

"임시정부라 카는 것은……."

달칠은 국민학교 5학년짜리에게 무엇이라고 설명을 해야 될지 잠시 망설이다가,

"임시로 나라를 다스리는 곳이지."

하고 말했다.

무슨 말인지 알아듣기는 하겠으나, 그게 어떤 뜻인지, 무슨 일을 한다는 것인지, 분명하게 머리에 와 닿지가 않고 모호하기만 해서, 용길이는 그저 두 눈을 반질거리며 삼촌을 가만히 바라보기만 했다.

"다스릴 나라를 빼앗겼으니까, 일본 놈들한테서 도로 나라를 찾을라는 운동을 하는 본부란 말이다."

"독립운동을 하는 본부란 말이지예."

"그렇지. 그 임시정부의 명령을 받고 우리 병대들이 만주에서 일본 병정들하고 싸우고 있는 기라."

"총 가지고 싸우지예?"

"그래, 허허허……."

"우리 병대가 이깁니꺼?"

"이길 때도 있고, 질 때도 있지. 우리 병대는 사람이 적고, 무기도 시원찮으니까, 산에 숨었다가 밤중에 몰래 일본 병정들 잠잘 때 냅다 덮치는 기라. 그럴 때는 이기고, 낮에 일본 병정들한테 들키면 막 도망치는 수밖에 없지."

용길이는 두근두근 가슴이 뛰어 꿀꺽 침을 한 덩어리 삼켰다. 그리고 이불 속에서 가만히 주먹을 쥐며,

"대포가 있으면 낮에도 안 도망치고, 이길 낀데 그지예?"

하고 말했다.

"그래, 일본 병정들은 대포도 있고 전차도 있고 비행기도 있는데, 우리 병대들은 소총만 가지고 싸우는 기라. 분통이 터질 노릇이지."

"정말 분통이 터지네예. 와 우리 병대는 대포랑 전차랑 비행기가 없습니꺼?"

"나라가 없으니 그런 기 있을 택이 있나. 돈이 있어야 그런 걸 맨들든지 사 오든지 하제."

그 말에 용길이는 눈을 깜짝거리면서,

"그런 걸 돈으로 맨듭니꺼? 쇠로 안 맨들고요?"

하고 물었다.

"허허허…… 쇠로 맨들지만, 쇠도 돈이 있어야 사제. 누가 공짜로

주나. 안 그러나?"

"그런 걸 만들어 파는 데도 있습니꼬? 돈으로 사 오구로예."

"그래, 큰 나라에서는 그런 것도 만들어서 판단 말이다. 돈만 있으면 얼마든지 사 올 수가 있지."

"그렇구나……."

참 신기하기도 하고, 이상하기도 한 듯 용길이는 베개를 베고 있는 머리를 가만가만 끄덕인다. 그런 무기들을 만들어 놓고 파는 점 방은 얼마 크고 굉장할까, 한 번 구경을 해보았으면 싶었다.

바깥의 눈보라는 여전한 듯 휘융휘융 바람소리와 함께 쏴— 하고, 방문 밖을 가린 가마니뙈기에 눈발 들이치는 소리가 들린다. 곧 가마니뙈기가 넘어지거나 날아갈 것만 같아 불안해서 가만히 목을 움츠리고 있던 용길이는 또 무슨 생각이 떠올랐는지 불쑥 입을 연다.

"삼촌예."

"와?"

"저…… 돈하고 금하고 마찬가지지예?"

"금? 그렇지, 금이 바로 돈이지. 돈보다 더 좋은 기지."

"금덩어리 큰 것 있으면 대포랑 전차랑 비행기도 살 수 있지예? 이만한 것 있으면……."

용길이는 누운 채 두 팔을 커다랗게 벌려 보인다.

"허허허…… 그만한 금덩어리가 어딨노. 그런 기 있으면 사고도 남지. 그래서 말이다, 독립운동 하는 사람들은 금을 제일 좋아하는 기라. 돈도 좋지만, 금이 더 좋은 기라. 금은 어디로 가지고 가나, 어느 나라에서나 곧 돈이거든. 그리고 돈뭉치보다 부피도 적고, 가지고 댕기기도 편리하고……."

"금은 쪼맨해도 비싸지예?"

"비싸고말고. 그리고 또 돈은 바뀌어 언제 휴지쪼각처럼 될동 모르지만, 금은 절대로 그런 일이 없거든. 아무리 세상이 바뀌도 금은 언제나 금인 기라."

"금은 불에도 안 타지예?"

"안 타지. 그래서 독립운동 하는 사람들뿐 아니라, 누구나 모두 금을 제일 좋아하는 기라. 특히 난세에는 금을 가지고 있는 기 제일이지."

달칠은 금에 관한 얘기가 나오자, 신명이 나는 듯 두 눈을 유난히 번질거리면서 지껄여댔다.

"난세가 뭔데예?"

"난세라 카는 것은 저…… 요새처럼 전쟁을 치고, 처녀들까지 데이신따인가 뭔가로 잡아가는 이런 지랄 같은 세상을 말하는 기라."

"난세, 난세……."

처음 듣는 말이어서 용길이는 가만히 입속에서 중얼거려 본다.

"아으윽—"

달칠은 커다랗게 하품을 한 번 하고는,

"그만 자자. 불 끈대이."

고개를 들어 훅— 호롱불 쪽으로 세게 숨을 불었다.

팔딱 불이 꺼져 방 안이 깜깜해지자, 삼촌 쪽으로 돌아누워 있던 용길이가 이제 반듯이 자리를 잡고 잠을 청한다. 그러나 오늘 밤에 엄청난, 놀라운 이야기를 들어서 좀처럼 잠이 올 것 같지가 않다. 두근거리며 부풀어 올랐던 가슴이 아직도 제대로 가라앉질 않는 것이다.

잠시 후 용길이는,

"독립운동, 독립운동…… 난세, 난세……."

하고 속으로 가만히 중얼거려 본다.

그리고 오늘 밤 같은 이런 눈보라가 칠 때는 좋은 마적들, 아니 독립운동을 하는 우리 병대들은 산중에서 어떻게 잠을 자는 것일까, 굴을 파고 그 속에 들어가서 자겠지만, 춥고 고생이 참 많겠다 하고 생각해 본다. 금덩어리가 많이 있으면 대포랑 전차랑 비행기도 사가지고 일본 병정들하고 낮에도 도망치지 않고 싸워서 이길 것인데…… 그런 안타까운 생각도 해본다. 금덩어리는 산에 묻혀 있다는데, 어느 산에 묻혀 있는 것일까. 산속에 묻혀 있는, 바윗덩어리만 한 번쩍번쩍 빛나는 누우런 금덩어리를 머릿속에 그려보기도 한다.

바깥의 눈보라는 조금 기세가 누그러진 듯 바람소리가 한결 희미해졌다.

6

좋은 마적, 아니 우리 조선의 병대가 빼앗긴 나라를 도로 찾기 위해서 만주에서 일본 병정들과 싸우고 있다는 삼촌의 이야기는 용길이에게 큰 놀라움을 던져주었다. 그렇게 싸우는 것을 독립운동이라 하고, 그 본부를 임시정부라 하며, 우리 임시정부가 중국 상해에 있다가 중경이라는 곳으로 옮겨갔다는 등의 이야기는 정말 가슴 두근거리는 충격이 아닐 수 없었다. 일본 병정들은 대포도 있고 전차도 있고 비행기도 있는데, 우리 병대들은 소총밖에 없어서 낮으로는 숨어 있거나 도망치고, 밤으로만 주로 싸우고 있다니, 생각하면 분하기도 하고 코끝이 찡하기도 했다.

그리고 큰 나라에서는 대포나 전차 비행기 같은 것을 만들어 팔기도 한다는데, 우리 임시정부는 돈이나 금이 없어서 그런 무기를 사오지 못한다니, 안타깝기도 했다. 바윗덩어리만 한 번쩍번쩍 빛나는 누우런 금덩어리가 어디서 불쑥 솟아나 우리 임시정부도 그것으로 대포랑 전차랑 비행기를 많이 살 수 있으면 얼마나 좋을까 하고 꿈같은 생각에 젖어 볼 때도 있었다.

말하자면 용길이의 두 번째의 놀라움이요, 충격인 셈이었다.

지난가을 어느 날 밤, 이부자리 속에서 아버지와 어머니가 일본이 곧 망할 거라면서, 얼른 좀 콱 망해버리면 속이 시원하겠다고, 더럽고 분해서 어디 사람이 살겠느냐고, 문둥이 같은 놈들, 썩어문드러질 놈들 하고 마구 욕지거리까지 내뱉는 것을 들었을 때 역시 놀라지 않을 수 없었고, 일본이 망하면 우리 조선은 어떻게 될지 모르겠다는 말에 그렇다면 일본과 우리 조선은 따로따로란 말인지, 학교에서 교장 선생이나 담임 선생이 하던 얘기와 너무나 달라서 이상하고 얄궂기만 했었는데, 그 첫 번째의 충격보다 이번은 훨씬 더 강도가 센 것이었다.

첫 번째는 우리 조선이 일본과 따로라는 것만 알았지만, 이번에는 따로인 우리 조선 병대가 만주에서 빼앗긴 나라를 도로 찾기 위해서 일본 병정들과 싸우고 있다는 사실까지 알았으니, 그 충격이 엄청날 수밖에 없었다. 첫 번째는 그저 눈이 휘둥그레지고 이상하기만 했지만, 이번에는 놀라움과 함께 가슴이 두근거려지기까지 하는 후끈한 충격인 셈이었다.

용길이는 그런 놀라운 사실을 혼자서만 알고 속에 꼭 담아 두고 있기가 무척 힘들었다. 친구들에게 얘길 해 주어서 그들이 놀라는 것을 보고 싶었다. 그러나 삼촌의 다짐이 앞을 가로막아 열리려던 입이 다물어지곤 했다. 순사나 일본 사람 귀에 들어가면 삼촌도 잡혀가고, 너도 잡혀가서 콩밥 먹는다는 말은 어린 용길이에게도 으스스하고 겁나는 말이 아닐 수 없었다.

그러면서도 콩밥 먹는다는 말이 문득 재미있기도 했다. 잡혀가서 징역 사는 것을 왜 콩밥 먹는다고 하는 것일까. 형무소에서는 콩밥을 주는 걸까. 그럼 맛있겠는데…… 싶어서 혼자 웃기도 했다.

날씨가 좋은 어느 날 오후, 용길이는 친구들과 함께 마을 앞 논바닥에서 '센소곡꼬(전쟁놀이)'를 시작했다. 여느 때의 센소곡꼬는 손에 막대기를 하나씩 들고 두 패로 나뉘어 진지를 정하고서 돌격— 고함을 지르면서, 말하자면 백병전인 칼싸움을 해서 진지를 먼저 빼앗는 쪽이 이기는 그런 것이었으나, 그날은 칼싸움이 아니라 눈싸움이었다. 두 패로 갈리어서 눈을 뭉쳐 마구 적군에게 던져 맞으면 죽는 것으로 해서 상대방을 먼저 다 죽이는 쪽이 이기기로 했다. 백병전이 아니라 말하자면 포격전인 셈이었다.

한쪽이 세 사람씩, 모두 여섯 명이었다. 이쪽은 용길이가 대장이었고, 저쪽은 학수가 대장이었다.

학수는 센소곡꼬가 시작되자,

"뎀비라— 나는 겜뻬이(헌병)다—"

하고 고함을 지르면서 눈뭉치를 던져댔다. 제 형이 겜뻬이라고 늘 뽐내는 그 아이였다.

용길이는 학수의 그 겜뻬이 소리가 늘 아니꼬웠던 터이라,

"오냐─ 해보자─ 껨뻬이 때려잡자─"

목에 핏대를 세우며 냅다 눈뭉치를 학수를 향해 던졌다.

그러자 용길이와 한편인 종수와 명철이도,

"그러자─"

"때려잡자─ 와─"

고함을 지르면서 정신없이 눈뭉치 포탄을 던져댔다.

하얀 대포알이 날아오고 날아갔으나 서로 거리가 꽤 있어서 좀처럼 맞지가 않았다.

한참을 그렇게 던져대다가 용길이는 이래서는 안 되겠다 싶은 듯,

"자, 돌격이다. 껨뻬이 때려잡으로 도쓰게끼(돌격)─"

냅다 목청을 뽑으면서 눈뭉치를 두 손에 쥐고 학수를 향해 달려 나갔다.

"도쓰게끼─"

"야─"

종수와 명철이도 뒤따랐다.

학수와의 거리가 가까워지자, 용길이는 눈뭉치 한 개를 힘껏 던지면서,

"껨뻬이 뎀비라─ 나는 마적이다, 좋은 마적, 알겠나─"

저도 모르게 그런 소리가 입에서 튀어나왔다.

"뭐라? 마적? 요오씨(좋다), 이놈의 마적 맛 좀 보래─ 나는 껨뻬이다─"

학수도 힘껏 눈뭉치를 던진다.

용길이가 마적이라는 바람에 종수와 명철이는 재미가 있어서 킬킬 웃으며 소리를 질렀다.

"나도 마적이다—"

"나도—"

그리고 종수는 마치 말이 달리는 것처럼 껑충껑충 뛰어다니면서 포격을 가했다. 그러다가 그만 학수 편의 하얀 대포알이 옆구리에 명중되고 말았다.

"마적 한 놈 죽었다—"

"와—"

"신난다—"

겜뻬이 편이 환호성을 올린다.

"문제없다. 자, 해보자—"

"최후의 승리는 우리 것이다—"

2대 3이 되자, 용길이와 명철이는 더욱 힘을 낸다.

용길이가 던진 눈뭉치가 학수의 가슴패기에 가서 정통으로 맞았다. 학수는 분해 죽겠다는 듯 이를 악물며 그러나 겜뻬이답게,

"덴노헤이까 반사이(천황폐하 만세)—"

두 손을 번쩍 들어 만세를 부르고는 전사하는 시늉을 하며 픽 쓰러진다.

"와— 겜뻬이 대장 죽었다—"

"우리가 이겼다— 문제없다. 자, 나머지 두 놈도 뎀비라—"

용길이와 명철이의 기세가 한층 더 높아진다.

결국 마적, 아니 좋은 마적들이 겜뻬이 부대를 전멸시켰다. 그러나 다음번에는 아깝게도 패배하고 말았고, 그 다음에는 다시 승리했다. 그래서 2대 1로 용길이의 편이 이기고, 센소곡꼬는 끝났다. 손발이 시려서 더 하고 싶어도 못 하겠는 것이었다.

의기양양 집으로 돌아가는 길에서였다. 용길이는 문득 무슨 생각이 떠오른 듯 뒤따라오는 종수랑 명철이를 돌아보며 말했다.

"좋은 마적이 어떤 마적인지 나는 안다, 아나."

"어떤 마적인데?"

명철이가 묻자 종수도,

"너거 삼촌이 갈켜 주더나? 어떤 마적이고? 잉?"

하면서 용길이 곁으로 바싹 다가들었다.

"말 안 한다. 말하면 큰일 나는 기라. 콩밥 묵는 기라."

용길이는 공연히 기분이 우쭐해지는 듯 빙긋빙긋 웃었다.

"콩밥 묵다니?"

명철이가 묻는다. 그러자 종수가 얼른 대답한다.

"징역 산다 말이다. 징역 사는 걸 콩밥 묵는다 안 카나."

한참 걸어가다가 또 용길이가,

"너거 독립운동이 뭔동 아나?"

불쑥 물었다.

"독립운동? 모르겠는데…… 무신 운동이고?"

종수가 말하자 명철이도,

"첨 듣는 운동인데…… 어떻게 하는 운동이고? 니는 할 줄 아나?"

하고 용길이를 빤히 쳐다본다.

"하하하……."

용길이는 까르르 웃고 나서,

"운동장에서 하는 그런 운동인 줄 아나? 앙이다 말이다. 만주에서 하는 운동인 기라. 만주에서."

뽐내듯이 말했다.

"만주에서 하는 운동?"

"그기 뭔데?"

종수와 명철이는 약간 눈이 휘둥그레진다.

그러자 매우 재미있다는 듯이 용길이는 또 불쑥,

"임시정부가 뭔동 모르제? 모를 끼라. 알 택이 있나."

하고 내뱉는다.

"뭐고, 쫌 알켜 도고."

"니 혼자만 알 끼가?"

그러나 용길이는 고개를 내젓는다.

"안 된다니까. 큰일난다니까. 그거 알면 잽혀 가서 콩밥 묵는다 말이다. 콩밥."

"니는 그럼 콩밥 안 묵나?"

종수가 불만인 듯이 입을 쑥 빼며 말하자,

"맞다. 니는 아는데 와 잽혀 가서 콩밥 안 묵노?"

명철이도 맞장구를 친다.

"까불지 마. 나는 콩밥 안 묵어. 너거들한테 안 갈켜 줬는데 와 콩밥 묵으까바. 나 혼자만 알고 있으면 개않은(괜찮은) 기라. 남한테 얘기 안 하면 콩밥 안 묵는 기라."

용길이가 어쩐지 자꾸 으스대는 것 같아 아니꼬운 생각이 들어 종수가 내뱉는다.

"안 갈켜 줘도 좋아. 그런 나쁜 것 알고 싶지도 안 해."

나쁜 것이라는 말에 용길이는 재미있다는 듯이 웃는다.

"헤헤헤…… 나쁜 긴 줄 아나? 헤헤헤…… 정말로 좋은 기라. 알면 깜짝 놀랄 만큼 좋은 기라."

"그런데 와 콩밥 묵노? 나쁜 기니까 콩밥 묵지."

"헤헤헤…… 알지도 못하면서 까불지 마!"

그러자 종수는 자기 집으로 꺾어지는 골목이 아직 저만치 남았는데,

"나는 우리 집에 간다!"

빽 소리를 지르고는 냅다 달리기 시작한다.

"짜식, 흥!"

용길이가 콧방귀를 뀌면서 뒤를 째려본다.

7

땡땡땡 땡땡땡 땡땡땡…….

저녁을 먹고 있는데 종소리가 들렸다. 주재소 쪽이 아니라 회당(會堂)집 쪽에서였다. 마을 회관을 회당집이라고 했다. 회의를 알리는 종소리였다.

애국반이라는 것이 조직되어서 일주일에 한 번씩 회의가 열리고 있었다. 일주일에 두 번 세 번 열릴 때도 없지 않았다. 면사무소나 주재소에서 무슨 통보가 내려오면 그날 밤으로 회의가 소집되는 것이었다.

회의 때마다 먼저 시국에 대한 판에 박은 것 같은 계몽이 있고, 다음은 지시사항이었다. 공출에 관한 지시, 무슨 부역에 관한 지시, 무슨 훈련에 관한 지시, 그리고 징용이나 데이신따이에 나가는 통지서 같은 것을 그 자리에서 배부하기도 했다. 때로는 석유 배급이 나왔

으니 받아 가라는 그런 반가운 소식도 있었다.

그러나 좌우간 회의라고 하면 십중팔구 귀찮기도 하고 엄청나기도 한 그런 일이 부과되는 터이라, 마을사람들은 회의를 알리는 종소리가 울리면 절로 이맛살이 찌푸려지고, 입에서 투덜거리는 소리가 흘러나오기도 했다.

땡땡땡 땡땡땡 땡땡땡…….

저녁을 먹고 있던 용길이가 숟가락을 멈추고 종소리에 맞추어,

"모여라, 모여라, 애국반 회의다……."

하고 억양을 넣어 중얼거리자,

"밥 묵다가 와 카노. 방정맞그로."

어머니 양순분이 힐끔 눈을 흘기고는,

"또 무신 회의고, 지랄같이. 그저껜강 회의를 해놓고서."

귀찮은 듯이 상판을 찌푸렸다.

회의에는 한 집에 한 사람씩 남정네들이 모이기로 되어 있었다. 그러나 부득이한 경우에는 아낙네가 대신 나가도 무방했다. 그래서 회의장엔 자연히 남정네와 아낙네가 반반 정도 되기 일쑤였다.

황달수도 걸핏하면 허리가 아프네, 머리가 아프네, 혹은 잠이 오네 하고 양순분을 내보내곤 했다.

"오늘 밤엔 당신이 나가소."

양순분은 남편 쪽에서 말이 나오기 전에 미리 입을 열었다.

황달수는 아무 말이 없었다. 밥을 다 먹고, 숭늉으로 입가심을 하고 나서,

"담에 내가 나갈 끼니 오늘 밤엔 당신이 좀 나가소. 우짠지 몸이 찌뿌듯하다니까. 몸살긴가……."

하고 중얼거리듯이 말했다.

"그저께도 내가 안 나갔는교. 무신 놈의 몸살이 해필 회의한다니까 나는게."

양순분이 눈을 핼끔 흘긴다.

그러자 달칠이 숟가락을 놓고 숭늉 그릇을 들어 벌컥벌컥 마시고 나서,

"오늘 밤엔 내가 한 번 나가지예."

하고 말한다.

애국반 회의에 달칠이 참석한 것은 처음이었다. 달칠은 한쪽 뒤편에 멀뚱한 표정으로 앉아서 회의가 진행되는 것을 지켜보았다.

회의장은 꽤 널따란 마룻방으로, 학교 교실처럼 양편은 유리창이었다. 두 개의 남포등을 켜놓아서 제법 밝기도 했다.

회의를 진행하는 사람은 구장이었다.

먼저 '히노마루노하다(일본 국기)'에 대한 경례가 있고, 전몰 황군에 대한 묵도를 한 다음, 황국신민의 선서를 다 함께 외쳤다.

그리고 구장의 시국에 관한 계몽 연설이 있었다. 우리 황군이 오늘도 태평양에서 아메리카와 이기리수의 군함을 몇 척 침몰시켰고, 비행기를 몇 대 떨어뜨렸으며, 남방의 여러 나라에서 적군을 몇 천 명 무찌른 혁혁한 전과를 올렸다는 대본영(大本營)의 발표가 있었으니, '주우고(銃後, 후방)'의 우리 신민들은 힘을 다해서 황군의 노고에 보답하고, 천황폐하에게 충의를 바치지 않으면 안 된다는 식의 판에 박은 소리였다.

구장의 그런 연설을 들으면서 달칠은 속으로, 혁혁한 전과? 흥! 하고 콧방귀를 뀌었다.

계몽 연설이 끝나자, 다음은 유기 공출 독려였다. 아직 유기 공출을 하지 않은 집이 더러 있다면서, 그런 집엔 석유 배급을 끊을 것이며, 주재소 순사랑 면서기들이 나가서 집 안을 뒤져 숟가락 한 개 남기지 않고 모조리 압수해 갈 모양이니, 그런 일을 당하기 전에 어서 내놓는 것이 좋을 것이라고 했다.

그러면서 아직 유기 공출을 하지 않은 집 세대주 이름을 하나하나 큰소리로 불러 나갔다.

호명이 끝나자 한 아낙네가 앉은 채로,

"없는 놋그릇을 우예 낸단 말인교? 맨들어서 내란 말인교, 우야란 말인게."

퉁명스럽게 내뱉었다.

와— 하고 장내에 웃음이 터졌다.

구장도 조금 웃고 나서, 곧 정색을 하며 말했다.

"놋그릇 한두 개 없는 집이 어디 있단 말이요. 그런 소리 말고, 내는 기 좋을 기요. 나중에 당하지 말고…….."

"내 참 기가 찰 노릇이네. 없는 놋그릇을 우야란 말이고."

"나중에 집 안을 뒤져서 정말 없으면 도리가 없겠지만, 그때 만약 숨가났다가 발각되면 야단날 끼니, 잘 알아서 하시요. 땅 속에 묻어 놔도 소용없단 말이요. 다 안단 말이요."

구장은 으름장을 놓듯이 조금 이맛살을 찌푸리며 어조를 높여 말하고는 다음으로 넘어갔다.

다음은 오늘 새로 내려온 지시사항이었다.

"에— 오늘은 면사무소에서 통보가 왔는데, 그 내용을 지금부터 여러분에게 알려 드리겠소. 다름이 아니라…….."

구장은 잠시 말을 멈추었다가 조금 웃는 듯한 묘한 표정을 지으며 말을 이었다.

"이 통보는 여러분 전부에게 해당되는 것은 아닌 것 같은데, 좌우간 들으시오. 에— 대동아전쟁을 하루 속히 승리로 이끌기 위해서 이번에 우리 도에서 국가에 비행기를 한 대 헌납하기로 했다는 거요. 그런데 이번에는 돈을 걷는 것이 아니라…… 그동안 여러 차례 국방헌금을 했기 때문에 이번에는 돈 대신 금반지니 금팔찌니 금목걸이 같은 금붙이를 헌납 받기로 했다고 하니, 적극적으로 협조를 해주었으면 좋겠소."

돈 대신 금반지니 금팔찌니 금목걸이 같은 금붙이 패물을 헌납하게 되었다는 말에 모두가 어이가 없는 듯한 표정들이 되어 허— 웃기도 하고, 재미있다는 듯이 옆 사람과 수군거리기도 했다.

장내가 수런수런해진 가운데 한 아낙네가 마치 야유를 하듯이,

"은반지는 안 받는교?"

하고 내질렀다.

와— 웃음이 터졌다. 그리고 여기저기서,

"놋그릇도 없는데, 금붙이가 어딨단 말이고."

"금반지는 고사하고 내사 구리반지도 없다."

"우리 같은 사람에게 무신 놈의 금붙이가 있단 말이고."

하고 떠들어댔다.

어떤 아낙네는,

"시집올 때 예물로 받은 한 돈쭝 반짜리 금반지 작년에 팔아묵었는데, 잘도 팔아묵었제."

혼자 중얼거리면서 회심의 미소를 짓기도 했다.

"조용히들 하시오!"

구장이 고함을 질렀다.

"금붙이가 없는 집은 할 수가 없지만, 있는 집은 헌납해 달라는 것인데, 뭘 그렇게 떠들어쌓소. 다 국가를 위해서 하는 일 아니요. 대동아전쟁을 하루 속히 승리로 이끌기 위해서 하는 일인데, 여러분이 협조를 안 하면 누가 한단 말이요, 안 그렇소?"

그러자 몇몇 사람이,

"예, 맞심더."

했다.

그러나 대부분의 사람들은 그저 멀뚱히 구장의 얼굴을 쳐다보며 듣고만 있을 뿐이었다.

그렇게 말없이 멀뚱히 앉아만 있는 대다수의 사람들이 못마땅한 듯 구장은 약간 어조를 높여 말을 이었다.

"이 비상시국에 금반지니 금팔찌니 금목걸이 같은 패물을 몸에 지니고 있다는 것은 황국신민의 도리가 아닌 것이요. 정신상태가 영 글러먹었다고 할 수 있소. 에— 우리 황군들은 천황폐하를 위해서 전장에서 목숨을 바쳐 싸우고 있는데, 사치스럽게 그런 폐물을 몸에 지니고 있다니 될 말이 아니요. 그런 사람은 비국민이요, 비국민. 나라가 있고 국민이 있는 것인데, 만약 대동아전쟁을 승리로 이끌지 못하고, 아메리카 이기리수에게 지기라도 한다면 우짤 것이요. 패물이 다 무신 소용이 있겠소. 안 그렇소? 그러니까 금붙이를 가지고 있는 사람은 자진해서 국가에 헌납하도록 합시더. 알겠소?"

"예—"

대답을 한 사람은 여전히 소수였다.

다른 사람들은 도대체 금붙이고 뭐고 있어야 헌납인지 뭔지 하지, 나야 해당 없다는 그런 표정들이었다.

　구장은 잠시 숨을 돌린 다음,

　"자, 그럼, 금붙이를 헌납할 사람은 손을 들어 보시요."

하고 장내를 둘러보았다.

　아무도 손을 드는 사람이 없었다.

　"아무도 없소?"

　두어 아낙네가 누가 손드는 사람이 없는가 하고 둘러볼 뿐, 모두가 가만히 앉아 있기만 했다. 아까 예— 하고 대답을 했던 몇몇 사람들 역시 숨을 죽이고 있었다.

　구장은 안 되겠다는 듯이 조금 이맛살을 찌푸리며 장부를 펼쳤다. 그리고 한 사람 한 사람 호명을 해서 금붙이가 있는지 없는지 캐묻기 시작했다.

　한결같이 없다는 대답이었다.

　구장이면 그 마을 주민들의 살림 형편을 손바닥 들여다보듯이 알고 있는 법이다. 그래서 없을 만한 집은 아예 호명만 하고 묻지도 않고 지나가고, 있을 만한 집만 추궁을 해대는 것이었다. 그러나 누구 하나 선선히 내놓겠다는 사람이 없었다. 틀림없이 있을 만한 집에서도 한사코 없다는 것이었다.

　"우리 마을에서 상당한 분량을 헌납해야 한단 말이요. 그냥 넘어갈 수가 없어요. 그러니까 있을 만한 집에서는 자진해서 내놓아야지, 그렇지 않으면 주재소에 의뢰해서 샅샅이 집 안을 뒤지는 도리밖에 없소."

　단 한 사람도 헌납하겠다는 사람이 나오질 않아, 구장은 슬그머니 화가 치미는 듯 으름장을 놓고서 호명을 계속했다.

"황달수."

"예."

달칠이 굵고 나직한 목소리로 대답했다.

"달칠이가 대신 나왔구먼. 아매 집엔 금붙이가 있을걸. 있어, 없어?"

구장은 반말로 물었다.

"없심더."

달칠은 싹 자르듯 대답했다.

"정말이가? 있을 낀데……."

구장이 약간 고개를 기울이며 의심하는 듯한 그런 눈길로 바라보자, 달칠은 무뚝뚝한 어조로 투덜거리듯 말했다.

"구장 어른, 그런데 금붙이를 그냥 공짜로 내놓으란 건 아무래도 좀 너무하지 않습니꼬?"

항의를 하는 듯한 뜻밖의 말에 구장은 약간 당황하는 기색이었다.

"안 그렇습니꼬? 금붙이를 장만할 때는 다 뼈빠지게 장만했을 낀데, 그걸 그냥 공짜로 내놓으라니, 선뜻 내놓을 사람이 어딨겠어요. 구장 어른 같으면 선뜻 내놓겠습니꼬?"

구장은 야, 이것 봐라, 싶은 듯 눈에 심지를 세우면서 내뱉었다.

"자네 지금까지 무신 얘길 들었나. 비행기를 국가에 헌납하기 위해서 금붙이를 모은다 카는 말 못 들었어?"

"비행기를 헌납하는 기사 좋은 일이지예. 그렇지만 금붙이를 공짜로 내놓으라는 것은 아무래도 너무하는 것 같다 그 말입니더."

"……."

"우리 집엔 금붙이가 없지만, 만약 있다 하더라도 그냥 내놓기는……."

황달칠은 말끝을 흐렸다. 좀 말이 지나치지 않았나 싶어, 구장을 바라보며 히들 웃었다.

장내는 수런수런해졌다. 그 말이 옳다는 그런 수군거림이었으나, 한편 그런 말을 함부로 하다니, 저 사람 간이 배 밖에 난 모양이라고 걱정을 하기도 했다.

구장은 여러 사람 앞에서 면박을 당한 꼴이어서 기분이 나빠 못 견디겠다는 그런 표정으로,

"알았어. 자네는 비행기 헌납을 반대한다 그 말이지?"

하고 냉랭하게 뱉었다.

"비행기 헌납을 반대한다니예. 제가 언제 반대한다 캅디꾜. 비행기 헌납은 좋은 일인데, 금붙이를 그냥 공짜로 내놓으라는 것은 아무래도 좀 너무한 것 같다 캤지예."

"자네 말재주 참 좋으네. 비행기를 헌납하기 위해서 금붙이를 모으는데, 금붙이 내는 걸 반대하면 그기 비행기 헌납을 반대하는 기 앙이고 뭐고?"

"그런 뜻이 아니라니까예."

"만주로 어디로 객질 돌아 댕기고 오더니 자네 간이 부은 거 같어. 좋아."

어디 두고 보자는 듯이 내쏘고는 구장은 다음 사람을 호명했다.

달칠은 한 대 쾅 얻어맞은 것 같은 느낌이었다. 얼굴에 슬며시 열기가 모이는 듯했으나, 입을 다물고 꾹 참는 수밖에 없었다.

호명된 다음 사람들은 한결 고분고분한 어조였다. 그러나 역시 아

무도 금붙이가 있다고, 헌납을 하겠다고 말하는 사람은 없었다.

달칠은 속으로 히죽히죽 자꾸 웃음이 나왔다. 그러면서도 어쩐지 온몸이 썰렁해지는 듯 으스스 춥기만 했다.

8

무슨 기척이 느껴져서 문득 용길이는 잠이 깨었다.

방 안에 호롱불이 밝혀져 있고, 옆에 누워 잠든 줄 알았던 삼촌이 일어나 앉아 있었다. 무슨 일인가 싶어 정신을 차리고 가만히 보니, 삼촌은 앉아서 트렁크를 열어 젖혀놓고 무엇을 꺼내고 있었다.

용길이는 숨을 죽였다. 그 속에 무엇이 들었는지 궁금하기만 하던 트렁크가 눈앞에 열려졌고, 속에 든 것을 꺼내고 있으니, 바짝 호기심이 동하며 긴장이 되지 않을 수 없었다.

잠시 숨을 죽이고 삼촌을 지켜보고 있던 용길이는 무엇에 놀란 것처럼 벌떡 일어났다. 불빛에 무언지 번쩍 빛나는 것이 눈에 들어왔던 것이다.

"삼촌 그기 뭐예?"

용길이가 바짝 다가앉자, 달칠은 약간 당황한 듯 얼른 펼쳐진 종이를 두 손으로 뭉쳐 싸버리며,

"아니, 니 안 잤띠나?"

툭 내뱉듯이 말했다.

"잤심더."

"자다가 와 일어나노?"

"오짐이 매렵어서예."

용길이는 힉 웃으며 거짓말을 하고는,

"그기 뭡니꼬? 뭔데 반짝 빛이 나대예."

하면서 삼촌의 두 손 밑에 감추어진 종이 뭉치를 호기심에 찬 눈으로 바라보았다.

"아무것도 앙이다."

"헤헤, 거짓말 마이소. 아무것도 아닌데 와 그렇게 놀래면서 감춥니꼬?"

"허, 그 녀석."

"예? 뭡니꼬? 쫌 봐예."

용길이가 달라붙듯이 하자, 황달칠은 잠시 망설이더니 마지 못하는 듯,

"그래, 비주지. 그 대신 니 놀래지 마래이."

약간 장난기가 어린 그런 표정을 지었다.

"예, 안 놀랠께예."

"자, 뭔고 하니…….""

황달칠은 두 손으로 싸 감추고 있던 종이 뭉치를 마치 자랑이라도 하듯 천천히 펼쳤다.

종이는 색이 약간 바랜 창호지였고, 그 속에서 나온 것은 누우런 금붙이들이었다.

"하—"

용길이는 눈이 휘둥그레지며 입이 딱 벌어졌다.

"뭔동 알겠나?"

"금 아닙니꼬, 맞지예?"

"그래, 맞다."

달칠의 얼굴에 빙그레 자랑스러운 듯한 미소가 떠오른다.

"햐— 삼촌 부자네요. 우짠 금이 이렇게 많습니꾜?"

"허허허……."

"이건 금가락지지예?"

"그래."

"금가락지 하나, 둘, 셋, 넷, 다섯 개나 되네예. 이건 뭡니꾜?"

"거북이 앙이가."

"거북인 줄은 아는데요, 뭐 하는 깁니꾜?"

"그냥 보물로 가지고 있는 기지 뭐. 거북이를 가지고 있으면 복이 자꾸 들어온다는 기라."

"그래예? 하하하……."

용길이는 참 신난다는 듯이 웃고는,

"이건 뭐라예?"

눈을 반질거리면서 묻는다.

"그거 뭔동 모르겠나?"

"꼭 열쇠 같으네예."

"맞다. 열쇠 앙이가."

"햐— 이렇게 큰 열쇠가 다 있네. 진짜 열쉽니꾜?"

"진짜 열쇠 같으면 자물통은 얼매나 크라고. 금으로 그냥 열쇠처럼 맨들어 놓은 기라. 행운의 열쇠란 말이다. 그 황금 열쇠로 행운을 연다 그런 말이지."

"행운이 뭔데예?"

"행운이라는 것은…… 말하자면 복하고 같은 기라. 재수가 좋은 걸 행운이라 카는 기라."

"이 열쇠로 행운을 여는구나. 햐—"

용길이는 그 황금 열쇠를 조심스럽게 집어 눈앞에서 이리저리 돌려 살펴보며 희한해한다.

그러니까 달칠의 트렁크 속에서 금반지 다섯 개와 물방개보다 조금 클까 말까 한 황금 거북이 한 개, 그리고 제법 용길이의 손바닥에 가득 놓일 만한 황금 열쇠 한 개가 나온 것이다. 낡은 트렁크를 그처럼 끈으로 묶고, 보자기로 싸놓기까지 했던 까닭을 용길이는 이제야 알겠는 것이다.

용길이는 트렁크 속에 아마 돈이 들어 있는 것이려니 생각했었는데, 뜻밖에도 반짝거리는 누우런 금붙이가 이처럼 들어 있었다니, 놀랄 일이 아닐 수 없었다. 그렇게 많은 금을 가지고 있다니, 별안간 삼촌이 대단히 훌륭한 사람처럼 생각되기도 했다.

그런데 그 많은 금붙이를 삼촌이 어떻게 해서 가지게 되었는지 궁금한 생각이 들어서 용길이는,

"삼촌, 이 금 다 어디서 났어예?"

하고 물었다.

"샀지, 어디서 나."

황달칠은 조금 퉁명스럽게 대답했다.

"비싸지예?"

"그래."

"이거는 얼마나 해예?"

용길이는 그중 큰 황금열쇠를 가리켰다.

"얼매를 하는동 니는 그런 거까지 알 거 없다."

그러면서 달칠은 도로 종이를 싸버렸다.

용길이는 문득 생각이 떠올라 물었다.

"삼촌, 독립운동 하는 우리 임시정부한테 줄라고 샀습니꾜?"

"뭐라?"

"우리 임시정부는 금덩어리가 없어서 대포랑 전차랑 비행기를 몬 산다 안 캤어예. 우리 임시정부한테 갖다 주면 억씨기(대단히) 안 좋아하겠습니꾜."

그러자 달칠은 허— 어이가 없는 듯 웃으며,

"이 녀석아, 내가 그동안 빼빠지게 모은 기 이기다. 내 전 재산이란 말이다."

하고는 그 금붙이를 싼 종이 뭉치를 들고 벌떡 일어났다.

일어나 바로 방문을 열고 밖으로 나가려다 말고 달칠은 용길이를 돌아보며,

"자거라."

툭 내쏘듯 말했다.

용길이는 삼촌이 그 금붙이를 싼 종이 뭉치를 들고 이 한밤중에 어디로 가려는가 싶어,

"삼촌, 어디 가는데예?"

의심쩍은 눈으로 바라보았다.

"아무 데도 안 간다. 어서 자."

"아무 데도 안 가는데 와 밖으로 나갑니꾜? 그 금을 가지고예."

그러자 달칠은 좀 망설이는 듯하더니 툭 내뱉듯이,

"땅에 묻어 놓을라고."

하고 말했다.

"예? 땅에 묻어예? 와예?"

뜻밖의 말에 용길이는 눈이 휘둥그레지면서도 무척 호기심이 동하는 그런 표정이었다.

"아무래도 땅에 묻어놔야 안심이 되겠어."

"와예? 무신 일이 있습니꺼?"

"아 글씨, 오늘 밤 회의 때 빌어묵을 놈들이 금을 공출하라 안 카나."

"금을 공출해예?"

"그래, 놋그릇이랑 쇠붙이랑 모조리 걷어가더니, 이번에는 금까지 내놓으라는 기라. 뭐 비행기를 한 대 헌납인가 지랄인가 한다나."

"헌납이 뭔데예?"

"갖다 바치는 걸 헌납이라 안 카나. 일본 천황한테 우리 도에서 비행기를 한 대 바친다는 기라. 내 참 더럽어서."

"참 더럽네예. 비행기를 바칠라면 우리 독립운동 하는 임시정부한테 바치면 좋을 낀데, 그지예?"

그 말에 황달칠은 힉 웃고는 나무라는 듯한 어조로 말했다.

"니 자꾸 독립운동이니 임시정부니 그런 말 입 밖에 내지 말어. 큰일난다 안 카더나."

"알고 있심더."

"누구한테 그런 말 했나, 안 했나?"

"안 했심더."

"절대로 하면 안 돼. 그리고 삼촌이 금을 가지고 있다는 말도 입밖에 내면 안 된다. 알겠제?"

"예."

"금을 땅에 묻어놨다는 걸 알면 뒤지로 와서 몽땅 가져가 삐리는

기라. 그란해도 곧 뒤지로 올 것 같애서 겁이 나 땅에 묻어놓을라 카
는 기거든. 알겠제?”

“예, 걱정 마이소.”

용길이의 대답에 황달칠은 허, 그 녀석, 싶은 듯 웃음을 띠며,

“그럼, 어서 자거라.”

하고는 밖으로 나갔다.

용길이는 아무래도 그대로 잠자리에 묻히고 싶지가 않아 삼촌의
뒤를 따라 밖으로 나가려 했다.

“와 안 자고, 따라 나오는 기고?”

“헤헤, 땅에 묻는 거 나도 볼라고예.”

“이누무 자석, 보면 안 된다 말이다.”

“개안심더. 절대로 입 밖에 안 낸다니까예.”

“그래도 안 돼.”

그러면서 황달칠은 방문을 밖에서 쾅 닫아버렸다.

용길이는 화가 치밀어 왈칵 도로 방문을 열어젖히며 소리치듯 내
뱉었다.

“그라면 내가 전부 말할 끼다!”

“뭐라고?”

“말해삐릴 끼라예. 우리 삼촌 금 많이 갖고 있다고, 애들한테랑 아
부지 어무이한테랑······.”

“시끄럽다, 이놈아야. 누가 깰라.”

달칠은 안채 쪽을 힐끗 돌아보고는 잠시 망설이더니 얼굴에 히죽
이 웃음을 떠올렸다.

“그래, 좋다. 그라면 말이다, 니하고 삼촌하고 둘이 같이 금을 묻

는 기다. 알겠제? 그러니까 절대로 아무한테도 말하면 안 된다. 아부지한테도, 어무이한테도, 할무이한테도 말하면 큰일 난다. 약속할 끼가?"

"예, 하지예."

"약속했대이?"

"예."

"오냐, 그럼 나오너라. 가만가만…… 누가 깰라."

그러자 용길이는 좋다구나 하고 얼른 밖으로 나갔다.

헛간에서 괭이를 꺼내 든 삼촌이 뒤안으로 돌아가자, 용길이도 살금살금 뒤를 따랐다. 마치 삼촌과 함께 해서는 안 될 무슨 큰 비밀을 저지르러 가기라도 하는 듯 가슴이 두근거리며 재미가 좋았다.

바람결이 싸늘했다. 하늘에는 이지러진 달이 얼어붙어 있었다.

뒤안 한쪽에 장독대가 있는데, 장독대 한편 모서리의 넓적한 돌두어 개를 들어내고, 그 밑을 달칠은 파기 시작했다. 소리가 크게 안 나도록 조심조심 괭이질을 하는 삼촌 곁에 용길이는 목을 움츠리고 쪼그리고 앉아서 지켜보고 있었다.

뭐 별로 깊이 팔 필요도 없는 두어 뼘가량 파이자, 그 속에 금을 종이에 싼 채 그대로 집어넣고 흙을 덮었다. 그리고 한 발로 꾹꾹 밟기 시작했다.

"삼촌, 내가 밟을께예."

용길이가 발딱 일어나 삼촌을 밀어내고 제가 흙 위에 올라섰다. 자근자근 무슨 재미있는 일이라도 되는 듯이 밟아대며 용길이는,

"삼촌, 금은 땅에 묻어도 안 썩지예?"

하고 물었다.

"그래, 금이 썩을 택이 있나."

"은도 안 썩어예?"

"안 썩지. 썩으면 보석이 아닌 기라. 자, 됐다. 그만 밟아라."

용길이가 비켜나자, 딴딴하게 다져진 흙 위에 달칠은 돌을 도로 놓았다. 그 돌 밑에 금붙이가 묻혀 있는 줄은 귀신도 모를 만큼 감쪽같이 숨겨버리고 나서, 달칠은 다시 한 번 다짐을 하듯 나직한 목소리로 말했다.

"이 금이 삼촌의 전 재산이라는 것 알제?"

"예."

"삼촌이 이 금을 사 모으니라고 얼매나 고생을 했는동 그건 모를 끼라. 억씨기 고생했대이. 피땀을 흘려서 사 모은 기라 그 말이다."

"……."

"만약에 이 금을 빼앗기는 날이면 삼촌은 다 산 기나 마찬가진 기라. 나중에 전쟁이 끝나고 좋은 세상이 되면 이 금을 팔아서 논도 사고, 장개도 들고 할라 카거든."

"헤헤헤, 삼촌 장개가는 거 늦었지예?"

"허허허, 그 녀석. 그러니까 니 정말로 비밀 지켜야 한대이. 아무한 테도 말하면 안 된대이."

"걱정 말라니까예. 약속 안 했습니꾜."

"참, 그렇지. 아까 약속했지."

황달칠은 기분이 좋은 듯 용길이의 머리를 한 번 쓰다듬어 준다.

하늘 한쪽에 싸늘하게 얼어붙은 달이 가만히 내려다보고 있을 뿐, 사위는 고요하기만 하다.

9

이튿날 오후, 용길이는 미끄럼틀을 타러 나갔다.

삼거리 쪽에서 과수원을 지나 조금 나가면 냇물이 흐르고 있었다. 강이라고는 할 수 없지만, 제법 십여 미터 되는 시내여서 그 얼어붙은 얼음판 위에서 아이들은 곧잘 미끄럼을 지쳤다.

썰매를 타는 아이들도 있었고, 스케이트를 지치는 아이도 있었다. 말이 스케이트지, 판자 조각에 철사를 한 가닥 붙여 만든 그런 것이었다. 한쪽 발바닥에 그것을 동여매어 가지고 쭉쭉 밀고 다녔다. 제법 양쪽 발에 다 동여매어 진짜 스케이트 타듯 가볍게 얼음판 위를 미끄러져 다니는 아이도 더러 있었다. 그런 스케이트도 없이 그저 신만 신고 미끄럼 타는 흉내를 내며 노는 아이도 없지 않았다.

더러는 얼음판 위에서 팽이를 치기도 했다.

간혹 계집애들도 나와 노는데, 물론 그들은 썰매도 스케이트도 없었다. 그래서 곧잘 머슴애들의 썰매를 얻어 타보려고 안달이었다.

용길이는 스케이트가 아니라 썰매였다. 스케이트도 한 개 없는 건 아니지만, 아무래도 썰매가 기분 좋고 재미있었다.

용길이가 한참 신나게 썰매를 몰고 있는데,

"와다시 좃또(나 좀)―"

소리를 지르는 아이가 있었다.

하라꼬였다. 푸른색 털실로 짠 짤막한 외투를 입은 하라꼬가 언제 왔는지 한쪽 가에 서서 용길이를 향해 빨간 벙어리장갑을 낀 손을 들어 간들간들 손짓을 해대며,

"와다시 좃도 노세떼(나 좀 태워줘)— 와다시(나)—"

곧장 소리를 질렀다.

푸른색 털실 외투를 입고, 빨간 장갑을 낀 두 손을 간들간들 흔들고 있어서 그런지 오늘따라 하라꼬가 무척 귀엽게 보여서 용길이는,

"알았어— 가만 있어—"

기분 좋게 대답을 던지고는 더욱 신나게 썰매를 몰아 저만큼 아래까지 내려갔다가 돌아와서는 하라꼬 앞으로 쭉 미끄러져 갖다 댔다.

"아리가또 아리가또(고마워, 고마워)."

하면서 하라꼬는 용길이의 썰매에 올라앉았다.

용길이는 하라꼬의 뒤에서 양쪽 어깨를 잡고 살살 밀어 주었다. 혼자서는 제대로 썰매가 미끄러져 나가질 않는 것이었다.

"아, 오모시로이와(야, 재밌는데)."

기분이 좋은 듯 하라꼬는 곧장 방글방글 웃었다.

저 아래쪽까지 살살 밀고 갔다가 돌아오며 차츰 속도를 더해서 나중에는 장난기가 동해 왈칵 힘을 주어 밀어버리자, 썰매는 그만 쏜살같이 미끄러져 나갔다.

"으아—"

하라꼬는 얼음판 위에 발랑 뒤로 나뒹굴며 주루룩 미끄러졌다.

놀라서 울 줄 알았더니, 발딱 뛰어 일어난 하라꼬는 얼굴이 빨개지면서도,

"하하하……."

재미 좋다는 듯이 웃는 것이 아닌가.

야, 요것 봐라, 싶으면서도 용길이는 하라꼬가 귀엽기만 해서 또 썰매에 태웠다.

서슴없이 또 썰매에 올라앉는 하라꼬는 저 아래쪽까지 갔다가 돌아올 때는 이미 각오를 한 듯 바짝 긴장이 되며,

"하야꾸 하야꾸(빨리 빨리)."

오히려 제 입으로 빨리 밀어버려 달라고 재촉이었다.

용길이는 이번에는 아까보다 훨씬 사정없이 밀어붙였다.

"으아— 수바라시이와(신나는데)—"

그러면서 하라꼬는 썰매에서 굴러 떨어지듯 발랑 얼음판 위에 나뒹굴며 미끄러져 나갔다. 여전히 방글방글 재미가 좋기만 한 얼굴이었다.

그렇게 몇 번을 되풀이하다가 그만 썰매가 다른 아이의 썰매와 부딪치는 바람에 얼음판 위에 나가떨어진 하라꼬는 이마에 혹이 하나 생겨가지고 기어 일어났다.

"이따이와 이따이와(아이 아파, 아이 아파)."

눈에서 비어져 나오는 눈물을 참지 못하겠는 듯 하라꼬는 그 자리에 서서 빨간 장갑을 낀 손으로 눈물을 닦으며 조금 울었다.

용길이가 울지 말라고 달래자, 곧 울음을 그치고 잠시 정신이 얼얼한 듯 가만히 섰다가 얼굴에 생기를 돌이키며,

"모 이따꾸나이와(이제 안 아픈데)."

하고 생글 앞니를 드러냈다.

냇가 밭둑 아래서 연기가 올랐다. 몇몇 아이가 나무막대기랑 검부러기를 끌어 모아 모닥불을 놓은 것이다.

용길이도 하라꼬를 데리고 그쪽으로 갔다.

학수였다. 학수가 성냥을 가지고 불을 붙여 몇몇 아이와 함께 둘러앉아 손발을 쬐고 있었다.

용길이도 하라꼬와 한몫 끼어 앉았다.

한 아이가 하라꼬의 외투에 달려 있는 단추를 손으로 만져보며,

"하라꼬, 이거 금이가?"

하고 물었다.

노오란 빛으로 반짝거리는 둥글납작한 단추였다.

"호호호……."

하라꼬는 웃기만 했다.

"금 앙이다. 금은 무신 금이까바."

학수가 내뱉듯 말했다.

그러자 하라꼬가,

"단추여, 단추."

하고 말했다.

와— 모두 웃었다.

"단춘 줄 누가 모르까바."

"이 바보, 가시나야."

"그 오바 누끼고? 니꺼 맞나?"

"남의 꺼 얻어 입은 거 앙이가?"

"하하하………."

"히히히……."

아이들이 재미있다는 듯이 놀려대자 하라꼬는,

"내꺼 맞어. 우리 엄마가 짜줬어."

하고는 빨간 혀끝을 날름날름 내보였다.

"너검마*('네 엄마'의 영천말) 재주 좋구나."

용길이의 말에 하라꼬는 기분이 좋은 듯,

216

"우리 엄마는 진짜 금단추 있다."

고개를 까딱 옆으로 눕히며 자랑스럽게 말했다.

"정말이가?"

학수가 추궁하듯 불쑥 물었다.

"정말이여. 나비 같은 금단추 있어."

"부롯지*(브로치) 말이구나."

"그래."

그러자 학수는 또 겜삐이인 자기 형을 들먹였다.

"우리 형님 군복에 달린 단추는 전부 금이다, 아나? 번쩍번쩍 한대이."

그 말에 용길이가 빈정거렸다.

"군복에 달린 단추가 금이라고? 헤헤헤…… 니 눈엔 누런 것은 죄다 금으로 보이는 모양이제?"

"금이네."

"앙이네."

"기이네."

"누런 칠을 한 기지, 금은 무신 금. 진짜 금을 보지도 몬 했구나, 니."

"봤어. 우리 어무이 반지는 진짜 금이네. 금반지네. 우리 아부지 안경도 금테 안경이고."

"……."

"너거 집엔 금 하나도 없지?"

학수가 깔보는 듯한 어투로 말하자 용길이는,

"흥!"

콧방귀를 팽 뀌고는,

"까불지 마. 우리 삼촌은……."

말을 할까 말까 좀 망설이다가 아무래도 그냥 참아 넘길 수가 없어서 그만 내뱉어버렸다.

"임마, 금반지가 다섯 개 있어. 그리고 황금 거북이도 있고. 황금 열쇠도 있어, 아나?"

그러자 하라꼬가,

"햐―"

눈이 동그래진다.

학수는 대뜸 내뱉는다.

"거짓말 마. 너거 삼촌이 뭔데 금반지가 다섯 개나 있다 말이고. 황금 거북이? 황금 열쇠? 흥! 순 거짓말쟁이 앙이가."

"임마, 거짓말 앙이다. 우리 삼촌이 돈 벌어가지고 그렇게 금을 사가지고 왔어. 우리 삼촌의 전 재산인기라."

"황금 거북이가 다 있나. 황금 열쇠도 있고."

"있어. 황금 거북이는 요만하고, 황금 열쇠는 이만해."

용길이는 손으로 황금 거북이와 황금 열쇠의 크기를 설명해 보이며 자랑스럽게 지껄여댄다.

"황금 거북이를 가지고 있으면 복이 들어오고, 황금 열쇠 가지고는 행운을 연대. 그래서 사왔다 캐. 니 행운이 먼동 모르제?"

"알어."

"머고?"

"재수 좋은 기 행운 앙이가."

"안대이."

218

빨간 장갑을 낀 두 손을 불에 쬐며 가만히 듣고 있던 하라꼬가,

"황금 열쇠를 가지고 행운을 어떻게 열어? 행운이 담긴 궤짝이 있어?"

하고 묻는다.

그 말에 아이들은 모두 웃었다.

용길이도 웃고 나서 대답했다.

"행운이 담긴 궤짝이 있는 기 앙이라, 그 황금 열쇠를 가지고 있으면 행운이 온다는 그런 뜻 앙이가. 이 바보야."

"그럼, 열쇠로 여는 기 아니네. 헤헤헤……."

하라꼬는 지지 않겠다는 듯이 낄낄거린다.

잠시 후, 용길이는 절대로 비밀을 입 밖에 내지 말라던 삼촌의 당부 말이 생각나,

"내가 거짓말 했어. 우리 집에 금 하나도 없어."

슬그머니 꽁무니를 빼듯 말했다.

그러자 학수가 기분이 매우 좋은 듯,

"그러면 그렇지. 너거 삼촌이 그런 금이 있을 택이 있나. 하하하……."

웃었다.

용길이는 학수가 몹시 기분이 좋아하는 게 아니꼬워서 다시,

"흥!"

콧방귀를 뀌고는,

"정말 없는 줄 아나? 하하하 하하하……."

참 재미있다는 듯이 학수보다도 더 큰소리로 웃어댔다.

아이들은 도무지 어떻게 된 영문인지 알 수가 없어 멀뚱히 용길이

를 바라보기만 한다.

10

　황달칠이 주재소에 연행되어 간 것은 며칠 뒤의 일이었다.

　점심때가 가까워질 무렵, 새끼를 꼬다가 지겨워 담배 한 대를 피우고서 목침을 베고 드러누워 움푹 꺼져 올라간 천정 한가운데 들보에서 양쪽으로 마치 무슨 갈비뼈처럼 가지런히 불거져 나와 있는 서까래들을 멀뚱멀뚱 바라보고 있는데, 인기척이 있었다.

　철거럭 철거럭 하는 소리와 함께,

　"주인 없소까?"

하는 소리가 들렸다.

　달칠은 반사적으로 벌떡 몸을 일으켰다.

　"아무도 없소까?"

　그러자,

　"누구싱교?"

　안채 큰방 문 열리는 소리가 났다. 형수가 마루로 나오는 모양이었다. 형 황달수는 아침 일찍 읍내 장에 볼일을 보러 갔고, 어머니랑 조카들도 모두 이웃에 가고, 집 안은 호젓했다.

　달칠은 바짝 긴장이 되어 귀를 방문 쪽으로 곤두세웠다. 일인 순사인 것 같았다. 방문을 열어볼까 하다가 그만두고, 가만히 숨을 들이쉬었다. 마치 무슨 죄라도 지은 사람처럼 가슴이 두근거렸다.

　"황달칠이 없소까?"

"……."

"황달칠이가 집에노 없소까, 있소까?"

일인 순사의 말에 형수 양순분은 뭐라고 얼른 대답을 못하고 우물
거리고 있는 듯했다.

"코라, 도오시테(이것이 어째서) 대답이 없소까?"

일인 순사의 목소리가 좀 거칠어지는 것 같자, 달칠은 이러고 있
을 게 아니라 싶어 아랫배에 힘을 주며 벌떡 일어섰다. 그러나 침착
하게 방문을 밀었다.

"누구십니꺼?"

한쪽 옆구리에 칼을 찬 일인 순사가 노려보는 듯한 눈길을 던졌다.

"당신이가 황달칠이 맞소까?"

"예, 그렇심더. 무신 일이십니꺼?"

의외로 착 가라앉은, 굵으면서도 침착한 목소리가 흘러나왔다.

낡은 지까다비(농구화 비슷한 일본의 노동화)를 신고 마당으로 내려
서는 달칠을 굳은 표정으로 눈여겨 훑어보고 있던 순사는 약간 누
그러진 듯한 목소리로 말했다.

"좃도(좀) 물어볼 말이 있소까라 주재소까지 같이 갑시다."

"무신 일인지 모르겠심더만, 여기서 물어보시면 안 되겠습니꺼?"

"따라나 와요. 주재소에 가서 물어노 보겠으니까."

그리고 순사는 돌아서서 칼을 철거럭거리며 앞장서 사립을 걸어
나갔다.

도리없이 달칠은 순사의 뒤를 따라 집을 나섰다. 양순분은 무엇이
어떻게 된 영문인지 알 수가 없어 그저 얼떨떨한 표정으로 멀뚱히
바라보다가,

"되련님예, 뭐가 우째 된 일잉게?"

나직한 목소리로 물으며 사립 밖까지 뒤따를 따름이었다.

일인 순사 나까노(中野)를 따라 주재소로 가는 동안 달칠은 연행해 가는 까닭이 무엇인지 궁금하기만 했다. 며칠 전 애국반 회의 때의 일 때문이 아닌가 대뜸 그렇게 여겨졌으나, 설마하니 구장한테 그 정도로 몇 마디 말대거리를 했다고 해서 그게 문제가 되어 주재소로 불려가기까지야 하겠는가 싶었다. 구장이 그 정도의 일을 가지고 주재소에 고자질을 할 그런 비열한 사람은 아니라고 알고 있는데…… 그렇다고 그날 밤 회의에 주재소나 면사무소 같은 데서 누가 참석했던 것도 아니고…… 알 수 없는 일이었다. 연행되어 가는 까닭이 분명치 않기 때문에 달칠은 공연히 불안하기도 했다.

주재소 정문을 들어설 때는 정말 자기가 무슨 죄라도 지은 것처럼 어깨가 뻣뻣이 굳어지며 목줄기가 오그라드는 듯했다. 주재소에 발을 들여놓아 보는 것도 처음은 아니었다. 면사무소에 서기보로 근무하고 있던 시절, 사무 연락 관계로 두어 차례 들어가 본 적이 있었다. 그러나 그때는 공용이었기 때문에 조금도 꿀리거나 움츠러들 이유가 없었던 것이다. 무슨 까닭인지 알 수가 없지만, 좌우간 어떤 혐의를 받아 연행되어 이렇게 주재소로 발을 들여놓아 보기는 처음이었다. 만주로 어디로 돌아다니면서 더러 순사나 겜뻬이한테 검문을 당하기도 했고, 본부로 끌려가 조사를 받아본 적도 있지만, 그것은 불심검문이었지, 결코 어떤 혐의가 있어서 그런 것은 아니었다.

주재소 사무실에는 난로가 알맞게 달고*(달아오르고) 있었다. 난롯가에 의자를 갖다놓고 소장인 모리오까(森岡) 순사부장이 혼자 팔짱을 끼고 비스듬히 기대앉아 두 눈을 지그시 감고 있었다. 조선인인 최 순사는 또 어디로 누구를 잡으러라도 나간 듯 보이지 않았다.

나까노 순사와 달칠이 들어서자, 모리오까는 가만히 눈을 떴다. 나까노가 연행해 왔다는 보고를 해도 그는 혼혼한 열기에 알맞게 익은 얼굴을 그저 한 번 끄덕해 보일 뿐 아무 말이 없었다. 마치 중대한 사색에라도 잠겨 있는 사람 같기도 했고, 만사가 귀찮은 그런 사람같이도 보였다.

그는 코밑에 나비수염을 기르고 있었다. 그 까만 나비수염도 난로의 열기에 알맞게 익어서 부드럽게 늘어져 있는 듯했다.

달칠은 출입문 한쪽 가에 두 손을 앞으로 모으고 멀뚱히 그러나 굳어져서 서 있었다.

자기 자리에 가서 앉은 나까노는 잠시 모리오까의 표정을 힐끗 힐끗 살피기만 했다. 연행해 온 자를 어떻게 할 것인지, 소장의 입이 열리기를 기다리는 것이었다.

모리오까는 다시 지그시 눈을 감고 한동안 말이 없다가,

"나니시도룬다, 하지메데미로(뭘 하고 있는 거야, 시작해 봐)."

그대로 눈을 감은 채 나직한 소리로 말했다. 매사가 귀찮은 듯한 그런 목소리로 들렸다.

"하이(예)."

그러나 나까노의 대답은 절도가 있었다.

나까노의 책상 앞으로 불려가 달칠은 걸상에 앉아 그가 묻는 말에 대답을 하기 시작했다. 본적이 어디며, 출생지가 어디냐, 그리고 현주소는…… 이런 식으로 마치 무슨 중범을 심문하듯 출생부터 훑듯이 물으며 그것을 일일이 조서를 작성하는 것처럼 적어 나가는 것이었다. 대답을 하면서 달칠은 속으로 조금 우습기도 했다. 무슨 대

단한 혐의가 있다고 이렇게 꼬치꼬치 캐묻는지 우습지 않을 수 없었다. 그러면서 한편 도대체 자기에게 무슨 혐의를 두고 있는 것인지 더욱 궁금해지고, 한층 더 불안과 두려움이 짙어지기도 했다.

면서기보로 있다가 왜 그만두었느냐는 대목에서 나까노는 미심쩍다는 듯이 곧장 고개를 갸웃거려가며 추궁하듯 되묻기도 했다. 면사무소를 그만둔 후 몇 해 동안 장사를 했다는 말은 예사로 들어넘기더니, 고향을 떠나 만주로 돈벌이를 하러 갔다는 대목부터는 바짝 긴장이 되는 듯 나까노의 눈빛과 목소리가 달라지는 듯했다.

그 대목에 이르자, 지금까지 팔짱을 끼고 눈을 감은 채 혼혼한 열기에 나른하게 늘어져서 잠이라도 든 듯 싶었던 모리오까가 눈을 뜨고 의자의 등받이에서 가만히 몸을 떼어 달칠이를 한 번 힐끗 돌아보는 것이었다. 그 눈빛이 섬뜩했다. 난로의 열기를 받아 조금 불그레해진 듯한 눈자위에 야릇하게 째려보는 것 같은 안광이 떠오르니, 여느 때의 그런 눈길보다 한결 고약하고 으스스했다.

만주에 갔을 때가 어느 해 어느 달이냐, 만주의 어디에 처음 갔느냐, 거기서 무얼 했느냐…… 이런 식으로 나까노는 지금까지보다 월등히 세밀하게, 한 가지도 놓치지 않고 죄다 끄집어내 밝혀보겠다는 듯이 덤볐다. 벌써 여러 해 전의 일이라 달칠은 기억이 희미한 대목이 많아서 대답을 하는 데 애를 먹었다. 조금 애매하게 대답을 할 것 같으면 거짓말 말라고, 사실대로 대답해야 된다고, 바로 그 대목이 수상하다는 투로 다그쳐 댔다.

그렇게 심문에 대답을 해나가는 동안에 달칠은 자기가 어떤 혐의를 받고 있는가를 짐작할 수가 있었다. '후떼이센징(불령선인)'으로 여겨지고 있는 게 틀림없는 듯했다. 대일본제국을 반대하고, 독립운동 같은 것에 가담을 하고 있거나, 적어도 그런 사상을 지니고 있는 불평분자라는 혐의를 받고 있는 게 분명해 보였다. 그러니까 그처럼 과거의 행적을 샅샅이 훑어내는 게 아니고 무엇이겠는가.

달칠은 이거 야단났구나 싶었다. 간단하게 넘어갈 문제가 결코 아닌 것 같아 암담한 생각이 들기도 했다.

아무래도 그날 밤 애국반 회의 때의 말대거리가 발단인 것 같았다. 그렇다면 구장이란 자가 그처럼 비열하고 치사한 인간이란 말인가. 새삼 놀라지 않을 수 없고, 무서운 생각에 으스스 몸서리가 쳐지기도 했다. 만주에서의 행적을 유독 끈덕지게 캐묻는 걸 보면 혹시 용길이의 입에서 무슨 말이 퍼져나간 게 아닌가 하는 생각이 문득 들기도 했다. 아직 철없는 어린 것에게 좋은 마적이니, 독립운동이니, 임시정부니 하고 지껄여 댄 게 큰 실수인 것 같아 아찔하기도 했다. 그런 말이 자기 입에서 나왔다는 것을 주재소에서 알고 있다면 문제는 큰 것이다.

달칠은 정신이 번쩍 드는 듯해서 재빨리 머리를 쓰기 시작했다. 심문에 사실대로 대답을 해나가면서도 약간씩 윤색을 하기 시작한 것이다. 가령, 만주의 하르빈에서 수달피와 여우목도리 행상을 했는데, 그때 중국인들의 항일 움직임 같은 것을 눈치채고, 그 정보를 일본 헌병대에 제공해서 상금을 받은 일도 있다는 식으로 말이다.

그런 윤색은 전혀 터무니없는 소리였다. 그는 결코 그와 같은 짓을 할 위인이 아닐 뿐 아니라, 오히려 반대로 항일운동 같은 것을 눈치채면 가슴이 울렁거리며 슬그머니 주먹이 쥐어질 그런 사람이었다. 그렇다고 그가 독립운동 같은 것에 직접 발을 들여놓을 생각을 해 본 적은 없었다. 그것은 몹시 가치 있고 숭고한 일로 여겨지면서도, 자기 같은 사람으로서는 엄두를 못 낼, 벅차고 두렵기도 한 그런 일로 생각되었던 것이다. 그러나 심정적으로는 그쪽으로 기울어져 있다고 할 수 있지만 직접 뛰어들지는 못하는, 평범하다면 평범하고 소심하다면 소심한 그런 선량한 보통 백성이라고나 할까, 그는 그런 사람이었다. 돈을 많이 벌어가지고 고향에 돌아가는 것이 그의 목전의 소망일 따름이었던 것이다.

아무튼 교활하다면 교활한 슬기를 번뜩여서 그런 식으로 그때그때 자연스럽게 거짓말을 첨가해 나가자, 효과는 곧 나타났다. 우선 그를 바라보는 나까노의 눈길부터가 현저히 누그러지는 듯했다.

흥남 비료공장에서 근무하다가 팔을 다치게 되어 지난가을에 귀향했는데, 팔을 다치게 된 것도 그저 실수로 그렇게 된 것이 아니라, 고장이 생겨 잘못 돌아가는 기계를 위험을 무릅쓰고 자기가 달려들어 바로잡다가 그렇게 되어 회사로부터 공로로 금일봉을 받기도 했다면서, 그 상처가 아직도 선명한 팔뚝을 걷어붙여 증거로 드러내 보이기도 했다. 물론 그 말도 윤색이었다. 자기의 실수로 그렇게 되었던 것이다.

나까노뿐 아니라, 난롯가에 팔짱을 끼고 앉아서 이따금 힐끗 돌아보곤 하는 모리오까의 눈길도 이제 현저히 풀어져 있었다.

달칠은 그제야 자기가 독립운동 같은 데에 가담해 있는 그런 어마어마한 '후떼이센징'이라는 혐의를 받고 있는 것은 아니로구나 하는 생각이 들었다. 용길이의 입에서 그런 말이 퍼져나가서 그 진원이 자기라는 것을 알고 있다면 결코 자기의 혀끝에서 나오는 윤색에 호락호락 넘어갈 자들이 아닌 것이다.

달칠은 조금 마음이 놓이는 듯했다. 그러나 결코 안심을 할 계제가 아니라 싶어 아랫배에 지그시 힘을 주었다.

과거의 행적을 죄다 심문하고 나더니, 나까노는 두어 번 고개를 끄덕였다. 그리고 펜대를 놓고, 자리에서 일어나 사무실 뒤쪽 문으로 나갔다. 변소에 가는 모양이었다.

나까노가 나간 다음에도 모리오까는 여전히 난롯가에 그대로 묵묵히 앉아 있을 뿐이었다.

잠시 후 돌아온 나까노는 자리에 앉으며 다시 시작이라는 듯이 불쑥 물었다.

"금붙이를 많이 가지고 있다는 소문인데, 어디서 났는가?"

물론 일본말이었다. 달칠이 일본어에 능하기 때문에 문답이 처음부터 일본말로 이루어지고 있었다.

그 말에 달칠은 아하, 바로 이거로구나 싶었다. 자기를 연행해 와서 과거를 훑듯이 심문해 댄 까닭이 '후떼이센징'이라는 혐의 때문이 아니라 금붙이 때문이었구나 싶으니, 좀 맥이 풀리는 듯하면서도 한편 새롭게 긴장이 되는 듯도 했다.

도대체 자기가 금붙이를 많이 가지고 있다는 소문이 어떻게 난 것일까. 그 소문이 주재소의 순사 귀에까지 와 닿다니, 정말 뜻밖의 일이 아닐 수 없었다. 그렇다면 역시 그날 밤 애국반 회의 때의 자기 발언이 그런 짐작을 불러일으킨 걸까. 금붙이를 많이 가지고 있기 때문에 그렇게 금 헌납을 반대하는 발언을 하는 것인지, 그렇지 않다면 굳이 그런 말대거리를 하고 나설 까닭이 없지 않겠느냐, 아마 만주로 어디로 돌아다니더니 금붙이를 많이 장만해 가지고 돌아온 모양이라는 식으로 시작된 말이 입에서 입으로 퍼져나가면서 그만 황달칠이는 금붙이를 많이 가지고 있다는 단정적인 소문으로 탈바

꿈을 하고 만 것일까.

아니면 용길이의 입에서 사실이 퍼져 나간 것인지…… 자기가 금붙이를 많이 가지고 있다는 것을 아는 사람은 용길이 하나뿐이 아닌가. 어린 것에게 자랑하듯 금붙이를 보이고, 또 경솔하기 짝이 없게도 묻는 장소까지 알게 한 사실이 왈칵 불안으로 다가오기도 했다.

그러나 달칠은 재빨리 시치미를 뚝 떼고,

"아니, 금붙이라니요?"

그게 무슨 말씀이냐는 듯이 눈까지 약간 휘둥그레 가지고 껌벅 껌벅하면서 나까노를 멀뚱히 바라보았다.

"시치미를 떼지 말어. 금붙이를 많이 가지고 있다는 소문이 퍼져 있단 말이야."

"허 참, 기가 막히네. 어디서 그런 터무니없는 소문이…….”

"터무니없다니…… 아니 땐 굴뚝에 연기 나는 법이 있나? 지난 번 회의 때 금 헌납을 네가 반대했다면서?"

"반대하다니요? 그런 일 없습니다."

"다 알고 있어. 거짓말 말어. 금붙이를 가지고 있지 않으면 헌납을 굳이 반대하고 나설 이유가 어디 있나. 안 그래?"

"반대한 일 없다니까요?"

"그럼 좋아, 가지고 있는 금붙이를 전부 헌납하겠다 그 말이지?"

"정말 답답도 하십니다. 가지고 있지 않은 금을 어떻게 헌납한단 말입니까. 가지고 있다면 전부 헌납을 하고말고요. 정말입니다."

달칠은 진정임을 표시하려고 약간 미간을 찌푸려 애원하는 듯한 빛을 두 눈에 가득 담았다.

나까노는 이 새끼 악질이라는 듯이 무섭게 쩨려보고는 목소리를 높여,

"끝내 우길 작정이야?"

험하게 내뱉었다.

달칠은 조금 움츠러들지 않을 수 없었다.

"이놈아, 네가 가지고 있는 금붙이 가운데 황금 거북이도 있고, 황금 열쇠도 있다는 것까지 다 알고 있어. 그래도 끝내 거짓말을 할 작정이야?"

달칠은 아찔했다. 이마빼기를 정면으로 한 대 오지게 얻어맞은 느낌이었다. 황금 거북이, 황금 열쇠까지 들먹여지는 걸 보니, 용길이란 놈의 입에서 말이 나간 게 틀림없었다. 그리고 구장이란 자가 애국반 회의 때의 일을 주재소에 일러바치기도 하지 않았는가. 달칠은 어떤 무서움과 노여움이 절망감이 되어 눈앞이 깜깜해지는 느낌이었다.

그러나 그 깜깜한 절망감 속을 순간적으로 한 줄기 끈질기고 뜨거운 힘 같은 것이 뚫고 지나가는 듯했다. 그것은 어떠한 일이 있어도 그 금붙이를 지켜야 된다는 생각이었다. 절대로 그 금붙이들을 내놓을 수 없다는 강인한 의지 같은 것이었다. 그 금붙이들을 마련하느라고 얼마나 많은 땀을 흘리고, 고초를 겪었던가. 말하자면 만주로 어디로 굴러다니며 고생을 한 눈물과 피땀의 결정 같은 것이라고 할 수 있었다. 그런데 그것을 아무 대가도 없이 호락호락 빼앗겨 버리다니, 될 말이 아니었다.

"누가 말을 만들어내도 참 희한하게 만들어 냈네요. 황금 거북이 있고, 황금 열쇠도 있다고요? 허허허……."

달칠은 별안간 아랫배에 뿌듯한 어떤 힘이 충만하는 것을 느끼며 능청스럽게 껄껄 웃기까지 했다.

그러자 그때까지 난롯가에 팔짱을 끼고 조는 듯 앉아 있던 모리오까가 홱 돌아보더니,

"저쪽 방으로 끌고 가!"

버럭 외쳤다. 코밑의 까만 나비수염이 바르르 떨리는 듯했다.

"하잇! 야 이놈아, 일어나! 일로 따라와!"

나까노는 자리를 박차고 일어났다.

달칠은 약간 당황했으나, 올 것이 오는구나 하는 생각과 함께 뜻밖에도 마음이 무겁게 밑으로 처지듯 착 가라앉는 느낌이었다. 지그시 어금니를 물며 걸상에서 궁둥이를 들었다.

나까노의 뒤를 따라 들어간, 사무실 뒤편에 붙어 있는 방은 대번에 무엇을 하는 장소라는 것을 알 수 있었다. 방 가운데에 등받이가 없는, 기다란 걸상 같은 것이 하나 놓여 있고, '복겡(木劍)' 두 자루와 '시나이(죽도)' 한 자루가 한쪽 구석에 세워져 있으며, 개라도 때려잡는 듯한 그런 몽둥이도 한 개 굴러 있었다. 그리고 한쪽 벽에는 38식 장총까지 걸려 있었다. 밧줄 같은 끈이 아무렇게나 마룻바닥에 흩어져 있기도 했고, 물이 절반가량 담긴 바께쓰가 한쪽에 놓여 있기도 했다.

그리고 썰렁했다. 난로 같은 것이 놓여 있을 까닭이 없었다. 대번에 기가 팍 질리는 그런 으스스한 방이었다.

무겁게 착 가라앉았던 황달칠도 그 방에 발을 들여놓자, 절로 아랫도리가 후들거리는 듯했다.

"앉어! 여기."

등받이가 없는, 사람 하나가 드러눕기에 알맞도록 일부러 그렇게 만들어놓은 듯한 그런 기다란 걸상 같은 것에 달칠은 가만히 궁둥이를 내렸다.

나까노는 달칠을 앉혀놓고, 그 앞에 서서 우선 담배를 한 대 피우는 것이었다. 방 안이 너무 썰렁해서 손가락이 시려 담배도 제대로 못 피우겠는지, 궐련이 채 절반도 타기 전에 내팽개치듯 마룻바닥에 버리고는 구둣발로 콱 으깨어 버렸다. 그리고 슬슬 시작해보자는 듯이 바지 포켓에서 장갑을 꺼내어 손에 끼기 시작했다.

달칠은 썰렁한 공기가 스며들어 등줄기를 슬금슬금 핥는 듯한 기분 나쁜 오한 같은 것을 느끼면서, 그저 처분을 기다리는 도리밖에 없다는 그런 체념 어린 눈으로 멀뚱히 나까노의 장갑 끼는 두 손을 바라보고 있었다. 흰 장갑에 때가 꽤 묻었구나 하고 생각하면서.

장갑을 끼고 나자 나까노는 가서 한쪽 구석에 세워져 있는 시나이를 집어 들었다. 그리고 달칠이 앉아 있는 앞으로 돌아오기가 무섭게 냅다,

"에잇!"

외마디 날카로운 기합소리와 함께 그의 한쪽 어깻죽지를 그 시나이로 내려쳤다. 눈 깜짝할 사이의 일이었다. 마치 자기의 날쌘 검도 솜씨를 뽐내 보이는 듯했다.

"으악!"

질겁을 하고 달칠은 비명을 질렀다.

"이래도 바른말을 안 하겠어?"

또 시나이가 언제 어디로 날아갈지 모를 그런 자세로 나까노는 달칠을 노려보았다. 그러나 그의 얼굴에는 어딘지 모르게 약간 기분이

좋은 듯한 짓궂은 미소 같은 것이 어려 보였다. 자기의 시나이 솜씨에 스스로 으쓱해져 있는 듯했다.

어깻죽지가 감각을 잃은 것처럼 멍멍하다가 화끈화끈 열이 나는 듯 욱신거리는 것을 느끼며 달칠은 이맛살을 찌푸렸다. 시나이 한 대에 정신이 얼얼할 지경이었다.

"맛이 어때? 더 좀 맛을 봐야 정신이 들겠는가? 응?"

"아닙니다, 아닙니다. 순사 나릿님, 정말입니다."

"뭣이 정말이란 말이야?"

"금붙이가 있으면 왜 안 내놓겠습니까. 황국신민의 한 사람으로서 당연히 헌납을 해야 하고말고요. 그렇지만 없는 금을 무신 재주로 헌납한단 말입니까 안 그렇습니까? 나릿님."

"아직 정신이 덜 들었군."

말이 떨어지기가 무섭게,

"에잇! 얏!"

기합소리와 함께 또 시나이가 날았다. 이번에는 한 군데만 내리친 게 아니었다. 대가리에 불이 번쩍 하는가 싶더니, 이어서 팔뚝 하나가 우지끈 부러져 나가는 듯하질 않는가. 두부에 이어 옆구리를 거의 동시에 갈긴 것이었다.

"아이쿠―"

달칠은 눈앞이 아찔해지는 듯한 현기증을 느꼈다. 당장은 아픈지 어떤지도 알 수 없었다. 정신이 멍멍하기만 했다.

숨 돌릴 사이도 없이 이어서,

"얏! 얏! 에잇! 얏!"

기합소리가 연발했고, 시나이가 계속 날았다. 옆구리, 어깨, 무릎,

그리고 대가리를 마구 연타해 대는 것이었다.

"으악! 아이쿠 아이쿠—"

달칠은 앉았던 걸상에서 비실 무너지듯 마룻바닥에 굴러 떨어지고 말았다.

마룻바닥에 떨어져 꿈틀거리는 달칠의 몸뚱어리를 나까노는 구둣발로 툭 차면서,

"일어낫!"

냅다 고함을 질렀다.

반사적으로 달칠은 벌떡 몸을 일으켰다.

"앉어!"

도로 걸상에 궁둥이를 갖다놓았다.

"이래도 바른말을 못 하겠나?"

"⋯⋯."

"왜 대답이 없어? 아직 정신이 덜 든 모양이지?"

하도 사정없이 연타를 당해서 달칠은 입 언저리의 근육이 마비가 된 듯 쉬 열리지가 않았다.

"응? 더 맞아야 알겠어?"

그러면서 나까노가 다시 시나이를 휘두를 기세를 보이자 그제야 달칠은,

"아이구 아닙니다. 나릿님, 인제 그만합시다."

무의식중에 한쪽 팔뚝을 들어 얼굴 앞을 가리며 말했다.

"그래 그만하지. 자, 그럼 어서 실토를 해."

"⋯⋯."

"왜 말이 없지? 응?"

"나릿님, 뭐라고 말을 하면 됩니까?"

"무엇이 어째? 이 새끼 아직 정신이……."

"아이구 아닙니다, 아닙니다. 나릿님, 나릿님."

달칠은 어쩔 줄을 몰라 그만 두 손을 앞에 모아 합장을 하고 굽신 굽신 빌기 시작했다.

"그럼 어서 말을 해. 금붙이를 모조리 헌납하겠지?"

"……."

"야, 이 새끼야, 왜 대답을 안 하나. 응?"

곧 또 시나이로 내리칠 듯이 나까노가 무섭게 째려보는데, 방문이 열렸다.

들어선 것은 최 순사였다. 최 순사는 손이 시린 듯 손등을 싹싹 번 갈아 비비면서,

"이놈이 금붙이를 많이 가지고 있다는 놈인가?"

혼자 중얼거리듯이 말했다.

달칠은 힐끗 최 순사를 바라보았다. 전혀 낯선 얼굴이었다. 그런 데도 묘하게 어쩐지 좀 의지가 될 듯싶은 그런 느낌이 들었다. 순사 이긴 하지만 같은 조선 사람이기 때문에 그런 모양이었다.

"대답을 못하겠어?"

버럭 또 나까노가 소리를 질렀다.

"헌납을 하고 싶은 생각이 간절합니다만, 없는 금을 어떻게 헌납 한단 말입니까. 정말 답답합니다. 이럴 때는 어떻게 해야 됩니까?"

달칠은 가만히 서서 지켜보고 있는 최 순사를 의식하고, 힐끗 그를 바라보기도 하면서 심정을 좀 알아달라는 듯이 그에게 하소연 하듯 말했다.

"말 다 했지?"

나까노가 이제 냅다 사정없이 두들겨 패는 도리밖에 없다는 듯이 내뱉자, 재빨리 그 말을 받아서,

"옷을 벗겨요. 홀랑 벗겨놓고 시작합시다."

최 순사가 이렇게 말하는 것이 아닌가. 같은 조선 놈이 한 술 더 뜨는 것이었다.

달칠은 그 말에 아찔해지는 느낌과 함께 어딘지 몸속 깊숙한 곳에서 시퍼런 한 줄기 불길 같은 것이 치솟는 것을 느꼈다. 이놈의 새끼, 어디 두고 보자. 달칠은 자기도 모르게 속으로 이렇게 뇌며, 으드득 어금니를 물었다.

"옷을 벗어!"

냅다 고함을 지른 것은 최 순사였다. 자기도 이제 함께 슬슬 시작해 보겠다는 듯이 최 순사는 한쪽 구석에 세워져 있는, 참나무로 깎아 다듬은 몽둥이 같은 칼인 복갱을 집어 들고 달칠이 곁으로 다가드는 것이었다.

잠시 후, 그때까지 난롯가에 여전히 팔짱을 끼고 의자에 비스듬히 기대앉아 있던 모리오까가 가만히 자리에서 일어났다. 저쪽 방에서 들리는 비명소리가 너무나 처절했던 것이다. 조금 전과는 그 질감이 다른 비명이었다. 찢어지는 듯 내지르는 피맺힌 소리였다.

모리오까는 코언저리에 묘한 미소를 살짝 떠올리며 까만 나비수염을 두어 번 만지작거렸다. 그리고 무슨 생각에선지 앉았던 의자를 한 손으로 덜렁 들고 그쪽 방으로 향했다.

문을 열고 들어서며 모리오까는 대뜸,

"그만―"

하고 두 부하의 처사를 조금 못마땅하게 여기는 듯한 어조로 말했다.

두 순사는 의자를 들고 들어서는 상사를 약간 의아스러운 듯이 바라보았다.

달칠은 마룻바닥에 나가떨어져서 뻗은 듯 늘어져 있었다. 윗도리가 홀랑 벗겨져 있었다. 벗겨져 알몸이 드러난 등허리랑 어깻죽지, 그리고 팔 같은 데에 시나이와 복겡 자국이 끔찍했다.

모리오까는 들고 온 의자를 놓으며,

"이제 나한테 맡기고, 자네들은 사무실로 물러가 있게."

하고 말했다.

두 순사는 어찌된 일인가 싶은 듯 서로 시선을 마주치며, 시나이랑 복겡을 한쪽 가에 세워놓고 방을 나갔다.

두 부하가 나가자 모리오까는,

"일어나게."

제법 점잖고 부드럽기까지 한 그런 어조로 말했다.

달칠은 그 소리가 어렴풋이 들렸으나 움직이질 않았다.

"여보게, 일어나라니까."

"……."

"어서."

그제야 달칠은 꿈틀거리며 몸을 일으켰다. 몸이 나사가 빠지고 망그러져버린 것처럼 팔과 다리, 그리고 몸뚱어리가 다 제각기 노는 듯 비틀거려지고, 눈앞이 일렁일렁했다.

가까스로 몸을 일으켜 세우자, 모리오까는 자기 손으로 달칠의 윗도리를 집어서,

"입게."

하면서 건네주었다.

달칠은 어떻게 되는 영문인지 어리벙벙한 채 그것을 받았다.

옷을 입고 나자,

"앉게."

모리오까는 이제 안 춥지, 하는 듯이 조금 웃으며 말했다.

달칠은 축 늘어지듯 걸상에 궁둥이를 갖다 얹었다.

모리오까는 의자를 조금 당겨 달칠이 정면에 놓고, 자기도 거기 앉았다. 그리고 호주머니에서 권련갑을 꺼내더니,

"담배 피우겠어?"

하며 한 개비를 뽑아 달칠이 앞으로 내밀었다.

달칠은 말없이 고개를 가로저었다.

모리오까는 그 권련을 자기 입으로 가져갔다.

푸— 담배연기를 내뿜으면서 모리오까는 마치 인자한 무슨 후견인이라도 되는 것 같은 그런 표정으로 타이르듯 말하기 시작했다.

"이 사람들이 너무했군. 이렇게 추운데 옷을 벗겨가지고 때리다니…… 이 사람아, 자네도 그렇지, 그렇게 맞을 게 뭐 있는가. 사실대로 순순히 말해버리면 아무 일도 없이 끝날 걸 가지고……."

"……."

"고집을 부리고 버티는 것은 어리석은 사람이 하는 짓이야. 결국은 사실대로 다 불고 만단 말이야. 실컷 맞고서 불면 좋을 게 뭔가? 안 그런가?"

달칠은 넋이 나간 사람처럼 약간 초점이 흐린 듯한 눈으로 모리오까를 멀뚱히 바라보고만 있었다.

"자네는 면사무소에 근무한 적도 있다면서? 그런 경력까지 가지

고 있는 사람이 그 정도 사리를 몰라서 끝까지 버티려고 하다니, 참 딱하네."

"……."

"에— 지금부터 내가 하는 말을 잘 듣고 대답을 하게. 대답 여하에 따라서 자네의 운명이 달라지네. 알겠는가?"

달칠은 약간 긴장이 되는 느낌이었다.

모리오까는 담배를 두어 번 크게 빨아서 내뿜고는 발아래 떨어뜨려 구둣발로 밟고 나서 한결 부드럽고 나직한 목소리로 말했다.

"자네가 가지고 있는 금붙이 가운데 거북이와 열쇠가 있다면서? 그 황금 거북이와 황금 열쇠를 좀 보세. 나는 지금까지 아직 금으로 된 거북이와 열쇠는 본 적이 없거든."

"……."

"어때? 오늘 밤에 우리 집에 그것을 좀 가져올 수 없겠나? 꼭 보고 싶단 말이야."

그 말에 달칠은 모리오까의 표정을 가만히 바라보았다. 까만 나비 수염이 붙은 코언저리에 조금 어색한 듯한 그런 웃음이 빙그레 번지고 있었다.

"에— 자네도 알고 있는지 모르지만, 지금 우리 면에 징용이 나와 있네. 금명간에 통지서가 나갈 걸세. 자네한테도 나갈걸."

난데없는 엉뚱한 말에 달칠은 약간 눈이 동그래졌다.

"그러나 자넨 내가 봐주지. 통지서가 나가도 징용에서 빼주겠다 그 말이야. 알겠어?"

"……."

"내가 왜 자네를 특별히 봐주는지 말 안 해도 알겠지? 자넨 면서기까지 지낸 사람이니까, 더 말하지 않겠네. 오늘밤에 꼭 우리 집에 오도록 하게."

달칠은 모리오까를 빤히 바라보며, 요 간교한 놈, 엉큼한 너구리 같은 놈, 너한테 내가 속아 넘어갈 줄 아느냐, 피땀 흘려 마련한 황금 거북이와 황금 열쇠를 그렇게 호락호락 빼앗길 줄 아느냐, 어림도 없지, 하고 속으로 콧방귀를 뀌었다.

"오늘밤에 우리 집에 찾아오면 징용에 안 나가게 되는 것이고, 안 찾아오면 징용에 나가는 거야. 자네 운명의 갈림길이지. 어떻게 하겠어? 찾아오겠지?"

"……."

"대답을 해."

"……."

"왜 대답이 없나? 그럼, 안 찾아오겠다 그 말인가?"

달칠은 입을 열지 않을 도리가 없어 아랫배에 지그시 힘을 주며, 그러나 질질 흘리는 듯한 목소리로 말했다.

"황금 거북이 하고 열쇠를 가지고 찾아오라 하시는 모양인데, 아이고 참 답답도 하십니다. 그런 것이 저 같은 놈의 수중에 있을 턱이 있겠습니까. 생각해 보십시오. 없는 것을 어떻게 가지고 찾아간단 말입니까. 정말 무신 그런 엉뚱한 소문이 나서 생사람을 잡는지 알 수가 없네요."

모리오까의 안색은 일변했다. 지금까지의 부드럽고 능글능글하기까지 하던 표정이 싹 사라지고, 온통 얼굴이 새하얗게 바래며 코밑의 까만 나비수염이 바르르 떨리는 듯했다. 그렇게 좋게 말했는데도 끝내 버티다니 괘심하기 짝이 없는 듯,

"이 새끼 악질이군!"

하고 내뱉었다.

그리고 벌떡 자리에서 일어나 방문을 가서 왈칵 열고는 사무실 쪽을 향해 소리쳤다.

"이리 와서 이 새끼 구류간에 처넣어."

명령이 떨어지기가 무섭게 나까노가 뛰어와서 달칠의 뒷덜미께를 덥석 거머쥐며,

"일어섯! 이 새끼야!"

호통을 쳤다. 그리고 질질 끌다시피 하고 방을 나갔다.

구류간 쪽으로 끌려가는 달칠의 뒤를 향해 모리오까는,

"이 새끼 구류간에서 잘 생각해 봐! 아직도 시간이 있으니까."

그래도 미련이 남는 듯 한마디 여운을 던졌다.

그러나 달칠은 질질 끌려가다시피 하면서도 속으로, 죽여라, 죽일 테면…… 죽어도 금붙이는 못 내놓는다, 못 내놓고말고, 그것이 어떤 금붙이라고, 어떤…… 징용에 끌고 갈 테면 끌고 가라, 하고 소리 없이 외치고 있었다. 어디서 그런 강인하고 뜨거운 것이 솟아오르는지 알 수 없었다.

11

창고의 한쪽 모퉁이, 햇빛이 조금 걸쳐진 곳에 황달칠은 웅크리고 앉아 있었다. 면사무소였다.

면내에서 징용에 나가는 남정네들이 면사무소로 집결하고 있었

다. 사무소 본관 뒤뜰이었다. 삼십 명 남짓 되는 남정네들이 서너 사람, 혹은 대여섯 사람씩 모여 서 있기도 했고, 창고 추녀 밑에 줄줄이 쭈그리고 앉아 있기도 했다. 모두 둥실둥실한 보따리를 한 개씩 들거나 옆구리에 차고 있었다.

그러나 황달칠만은 보따리가 없었다. 그는 조금 전에 주재소에서 곧바로 이곳으로 끌려와 면직원에게 인계가 되었던 것이다.

달칠은 사흘을 주재소에 붙들려 있으면서 시달릴 대로 시달렸으나 끝내 항복을 안 하고, 차라리 징용으로 나가는 길을 택했던 것이다. 생각만 해도 지긋지긋한 사흘이었다. 그 시달림을 어떻게 견뎌 냈는지, 자기의 어느 구석에 그런 강인한 것이 깃들어 있었는지, 스스로도 대견하기만 했고, 놀라운 일이기도 했다.

두 순사의 힘에 의한 강요보다도 모리오까 순사부장의 능글능글하고 교활한 회유가 오히려 견뎌내기 힘들었다. 그런데 용케도 그만 그 모리오까 앞에서 달칠은 눈물이 주르르 흘러나왔던 것이다. 주르르 눈물을 흘리면서,

"징용에 나가면 살아서 돌아올지 죽어서 돌아올지 모르는 일입니다. 그런데 금붙이가 아까워서 그 징용 길을 택하는 그런 어리석은 놈이 어디 있겠습니까. 나릿님, 생각해 보십쇼. 금붙이가 아무리 좋은 것이라 해도 목숨보다 소중할 수야 없지 않습니까. 안 그렇습니까? 금붙이가 있다면 당장 나릿님께 바치고, 징용엘 안 나간다면 얼마나 좋을까요. 정말 안타까워 죽고 싶은 심정입니다. 없는 금붙이를 어떻게 한단 말입니까, 나릿님."

듣기에도 민망할 정도로 축축하게 젖은 목소리로 달칠이 흐느끼듯 하소연을 늘어놓자, 그제야 모리오까는 달칠의 말을 곧이듣는 듯

단념하는 기색을 떠올렸다. 서른이 넘은 사내의 얼굴에 눈물이 흐를 때야 설마 거짓이 아니겠지, 싶었던 모양이다.

그러나 모리오까는 기분이 잡쳤다는 듯이, 까만 나비수염이 붙어 있는 코언저리를 두어 번 실룩거리더니,

"재수 없게 뭐 이런 것이……."

구둣발로 툭 달칠을 걷어찼다. 그리고,

"징용에나 나가 뒈져 버려!"

하고 내뱉었다.

징용에 나가면 정말로 살아서 돌아올지, 죽어 없어지는 목숨이 되어 버릴지 알 수 없는 일인데, 어쩌자고 끝까지 금붙이를 빼앗기지 않을 생각만을 하고, 끝내 징용으로 나가는 길을 택하고 말았는지, 지금 생각하니 달칠은 얼떨떨하기만 했다. 잘한 일 같기도 하고, 어떻게 생각하면 어리석은 고집을 부린 것 같아 슬그머니 후회가 되기도 했다. 금붙이는 지켜낸 셈이지만, 이제부터 어디로 끌려가서 어떤 고생을 하게 될지…… 고생은 또 고생이라 치고, 정말 살아서 돌아오지 못하는 목숨이 되어 버린다면 금붙이가 다 무슨 소용인가 말이다.

그러나 그건 어디까지나 나중의 일이고, 당장 달칠은 억울하고 분해서 도저히 금붙이를 내놓을 수 없었던 것이다. 나중에야 어떻게 될 값에, 당장은 그 순사부장이라는 멀쩡한 얼굴을 하고서 남의 피땀 어린 물건을 탐내어 능글능글하게 달려드는 모리오까란 놈한테 금붙이를 빼앗겨서는 안 된다는 시퍼런 오기뿐이었다.

그리고 달칠은 설사 징용에 끌려 나간다 하더라도 조만간 세상은 끝장이 난다는 생각이었던 것이다. 아메리카의 B29가 일본 본토까

지 폭격을 하기 시작했지 않은가. 멀지 않아 틀림없이 일본이 전쟁에 패하고 말 것이니, 그때까지만 어떻게든지 참아 넘기자 싶었다. 난세가 곧 끝장이 나고, 새로운 세상이 틀림없이 열린다는 생각은 일종의 야릇한 힘이 되어, 고문과 회유에 자칫 무너지려는 달칠의 기력과 오기를 떠받쳐 올려주곤 했던 것이다.

달칠이 만주로 어디로 돌아다니면서 돈을 벌어 그것으로 금붙이를 사 모은 것도 지금은 난세라는 그런 생각 때문이었다. 난세에는 금이 제일이니라, 싶었던 것이다. 화폐는 세월과 함께 그 가치가 떨어지게 마련이고, 일본이 전쟁에 패하고 새로운 세상이 열리는 날이면 그 가치가 한낱 종잇조각에 불과하게 될지도 모를 일이 아닌가. 그러나 금은 언제나 변함없는 금인 것이다. 그 값어치가 어느 세월에나 그대로 있는 것이니, 그래서 왈 황금이 아닌가. 얼마나 믿음직한 물건인가.

이런 생각으로 사 모은 황금 거북이와 황금 열쇠, 그리고 황금 반지들인데, 그것을 고스란히 빼앗기다니 도저히 될 말이 아닌 것이다.

햇빛이 조금 걸쳐진 창고 모퉁이이긴 했으나, 달칠은 으슬으슬 춥기만 했다. 싸늘한 날씨 탓이기도 했지만, 몸이 말이 아니어서 더욱 오한 같은 것을 느끼고 있었다. 한쪽 팔은 거의 움직일 수가 없는 지경이었고, 다리 하나도 절름거리는 형편이었다. 등이나 허리도 제대로 제 살 같지가 않았다.

이런 몸으로 이제부터 어디로 끌려가야 하는 것인지…… 암담하기만 했다. 난세가 곧 끝장이 난다고 하지만 그러나 그게 언제가 될지 기약할 수 없는 일, 이런 몸으로 과연 그때까지 견뎌나갈 수가 있을 것인지…… 생각할수록 두렵고 심란한 일이 아닐 수 없었다.

달칠은 왜 자기가 이런 꼴, 이런 신세가 되었는지, 문득 그런 생각이 들며 서러운 것이 안으로부터 축축하게 스며 올라오는 것을 어쩌지 못했다. 코허리도 시큰했다. 하필 면사무소의 창고 모퉁이에 이렇게 웅크리고 앉아서 징용인가 지랄인가에 끌려갈 시간을 기다리고 있게 되다니…… 옛날 자기가 근무하던 바로 그 면사무소의 창고 모퉁이에 말이다.

달칠은 창피한 생각과 함께 자기혐오 같은 것이 솟구쳐 오르기도 했다. 술을 좀 정상적으로 마시고, 남들처럼 해나갔더라면 지금쯤은 능히 계장 자리에 앉아 별 큰 근심걱정 없이 잘 지내고 있을 게 아닌가. 그놈의 술인가 뭔가 들어가면 왜 그렇게 사람이 변하듯 달라져버리는지, 왜 남들처럼 적당한 선에서 일어서질 못하고 밤을 새워 퍼마셔 대는 것인지, 바로 그놈의 술버릇이 자기 신세를 이 모양 이 꼴로 만들어버린 것 같아 한심한 생각이 들었다.

만주로 어디로 돌아다니면서부터는 정신을 차리느라 되도록 술을 멀리하고 조심하긴 했지만, 그 버릇이 깨끗이 뿌리 뽑혀버린 것은 결코 아니었다. 잘 나가다가도 간혹 그만 살짝 실성한 사람처럼 자기도 모르게 술 구덩이 속으로 미끄러지듯 잠겨 들어가는 것이었다. 그게 바로 어쩔 수 없는 자기의 타고난 병이며, 또한 팔자가 아닌가 싶기도 했다.

자기의 술버릇에 대해 혐오와 환멸을 느낀 적이 한두 번이 아니었으나, 그게 바로 팔자라는 그런 생각까지 들기는 처음이었다. 옛날 자기가 근무했던 면사무소의 창고 모퉁이에 웅크리고 앉은 신세가 되고 보니, 절로 팔자라는 생각에까지 미친 모양이다. 이제 겨우 서른을 넘은 터인데, 벌써 팔자라는 그런 체념 비슷한 생각을 하게 되다니…… 달칠은 가만히 한숨을 쉬었다.

조금 전, 박 서기를 만났을 때의 일을 생각하면 절로 얼굴이 붉어져 오르기도 했다. 아무리 팔자소관이라곤 하지만, 창피하기 이를 데 없었다.

박 서기, 그는 자기와 함께 서기보로 일하던 사람이다. 지금은 아마 틀림없이 계장 자리에 올라 있으리라. '센또보오시(전투모자)'를 약간 삐딱하게 쓴 점이나 자전거를 건들건들 모는 품이 아무래도 그냥 평서기는 아닌 듯했다. 그런데 자기는 이게 무슨 꼴인가 말이다. 차라리 그와 시선이 마주쳤을 때 얼른 외면을 하고 모른 척 그냥 지나칠 것을…… 싶기도 했다.

"아니, 이기 누고? 달칠이 앙이가?"

박 서기는 황달칠과 시선이 마주치자, 너무나 뜻밖의 일에 눈이 휘둥그레지며 얼른 자전거에서 내렸다.

나까노 순사와 함께 면사무소로 오는 길에서였다. 박 서기는 자전거를 타고 어디 부락에라도 나가는 길인 듯했다.

달칠은 그저 멋쩍고 창피한 그런 웃음을 씩 웃었을 뿐 뭐라고 말이 나오지가 않았다.

"홍남에 가 있다는 소식은 들었는데, 언제 왔노?"

그러면서 박 서기는 나까노 순사와 달칠을 번갈아 바라보았다. 그제야 이거 보통 일이 아니로구나 싶은 듯 약간 당황하는 것 같은 그런 곤혹스러운 표정으로 바뀌었다.

나까노 순사와는 물론 아는 사이였으나, 박 서기는 어찌된 일이냐고 얼른 내놓고 물을 수가 없는 묘한 기분이었다.

그런 눈치를 나까노 쪽에서 알고는 비죽 웃었을 뿐,

"어서 가!"

하고 걸음을 멈춘 달칠을 재촉할 따름이었다.

걸음을 떼놓으며 달칠은,

"나 징용에 나가네."

불쑥 말했다.

징용에 나가는 사람이 왜 순사와 함께 면사무소로 가는지, 손에 아무 든 것도 없이, 더구나 한쪽 다리를 절름거리면서 말이다. 어떻게 된 영문인지 알 수가 없어 박 서기는 그저 말없이 어리둥절한 얼굴로 딱하고 곤혹스러운 듯 멀뚱히 달칠을 바라보고만 있었다.

자전거를 멈추고 선 채 박 서기가 자기의 뒷모습을 지켜보고 있다는 것을 의식하자, 달칠은 절름거리는 한쪽 다리를 애써 절지 않으려고 지그시 어금니를 물었다. 눈에 뜨거운 것이 핑 돌았다.

그런저런 생각을 하면서 축축한 기분이 되어 고개를 떨구고 으슬으슬 떨며 웅크리고 앉아 있는데,

"삼촌!"

하고 달려오는 소리가 들렸다.

물론 용길이었다. 저만치 뒤따라 어머니랑 형수가 허둥지둥 뛰어오고 있었다. 형수 양순분은 한쪽 손에 둥실한 보따리를 들고 있었다.

주재소를 나서면서 마침 지나가는 이웃 사람에게, 징용에 나가게 되었으니 집에 좀 알려서 옷이랑 양말 같은 것을 가지고 면사무소로 나와 달라고 부탁을 했던 것이다.

달칠은 억지로 아무렇지도 않은 듯한 표정을 지으려고 애를 쓰며 궁둥이를 털고 엉거주춤 일어섰다.

"아이고 야야, 이기 무신 일이고, 도대체 잉?"

안 노파는 허둥지둥 다가와서 아들의 한쪽 팔을 덥석 잡으며 곧 울음을 내쏟을 듯한 얼굴이 되었다.

"도련님예, 무신 일이 이런 일이 다 있능교? 뭐가 우예 됐능게?"

양순분이 어이가 없는 듯 얼굴에 핏기가 싹 가셨다.

"나도 모르겠심더. 주재소에서 징용에 나가라니까 나가는 수밖에예."

달칠은 애써 덤덤한 목소리로 말하면서 얼굴에 히죽이 웃음까지 떠올리려 했다. 그러나 그 웃음은 곧 우는 듯한 표정으로 일그러지며 슬그머니 고개가 돌아갔다.

"아이고 야야, 이 일을 우야노, 이 일을…… 난데없이 무신 이런 베락이 다 있노. 이런 베락이…… 아이고 아이고……."

안 노파의 양쪽 눈구석에서 결국 지르르 물기가 흘러내리기 시작했다.

양순분도 한쪽 소매 끝으로 코를 찍어 눌렀다.

용길이는 어머니와 할머니, 그리고 삼촌을 번갈아 멀뚱멀뚱 바라보고만 있었다. 한쪽 콧구멍에서 기어 나오는 시퍼런 코를 들이마실 생각도 않고서.

그러다가 저도 한마디 삼촌을 위로해야겠다는 듯이 입을 열었다.

"삼촌, 주재소에서 와 삼촌보고 징용 나가라 카지예? 이상하다. 주재소에서 뭐 했는데예, 그동안?"

그러자 용길이를 바라보는 달칠의 눈빛이 험해지며,

"너, 나 좀 보자."

불쑥 내뱉고는 용길이를 데리고 창고 뒤쪽으로 돌아갔다.

창고 뒤 그늘에 삼촌과 마주서자, 용길이는 그제야 코를 홀쩍 들이마셨다. 삼촌의 기색이 험악한 것 같아 무슨 일인가 싶어 어리둥절하지 않을 수 없었다.

"용길아, 너 이누무 자석 와 약속을 안 지켰노?"

달칠은 두 눈을 부릅뜨고 노려보며 내뱉었다.

약속을 안 지키다니…… 무슨 말인지 용길이는 얼른 알 수가 없어 눈만 곧장 굴렁거렸다.

"그렇게 약속을 해놓고서, 이누무 자석 입을 열다니……."

그제야 용길이는,

"무신 입을 열었는데예?"

조금 볼멘 얼굴을 해가지고 삼촌을 빤히 쳐다보았다.

"이누무 자석, 안 열었단 말이가?"

달칠은 버럭 소리를 지르며 그만 주먹 한 개를 번쩍 쳐들었다. 곧 용길의 머리빡 위로 내리칠 듯이.

용길이는 찔끔 목을 움츠렸다.

"이눔아야, 니가 삼촌 금 가졌다는 말을 했기 때문에 소문이 나서 주재소에 붙들려갔단 말이다. 알겠나?"

"……."

"주재소에서 얼마나 얻어맞았는지…… 죽을 뻔했는 기라."

달칠은 쳐들었던 주먹을 슬그머니 내리면서 말을 이었다.

"삼촌은 끝까지 금이 없다고 우겼어. 그래서 결국 이렇게 징용에 나가게 된 기라. 다 니 때문이지, 니가 약속을 안 지켰기 때문이란 말이다."

그 말에 용길이는 그만 울상이 되지 않을 수 없었다. 얼마 전, 얼음을 지치러 나가서 냇가에서 불을 쬐면서 어쩌다가 그만 삼촌의 금붙이 자랑을 해버린 일이 머리에 떠올라, 정말 잘못했다 싶어 견딜 수가 없었다. 저 때문에 삼촌이 주재소에 붙들려가서 얻어맞고, 결국 징용에 나가게 되다니, 너무나 뜻밖의 일에 두렵기도 하고 죄송스럽기도 해서 용길이는 몸 둘 바를 몰랐다. 그런데 그 말이 어떻게 해서 주재소의 순사들 귀에까지 들어가게 됐는지 알 수가 없었다.

용길이의 그런 표정을 보자 달칠은 나직한 목소리로,

"용길아."

하고 한숨을 쉬듯 불렀다.

"예?"

용길이는 곧 울음을 터뜨릴 듯이 코를 한 번 훌쩍 들이마셨다.

"삼촌이 징용에 나가지만, 곧 돌아올 끼다. 한 달이나 두 달 있다가 돌아올지도 모르고, 조금 더 있다가 올지도 모르지만, 좌우간 머지않아 반드시 돌아올 끼니까, 그때까지 다시는 입 밖에 그런 말을 안 내겠다고 한 번 더 약속할래?"

"예."

"정말이제?"

"예."

"그럼, 삼촌은 너를 믿고 안심하고 징용에 나간대이. 알겠제?"

"예, 삼촌 걱정 마이소."

용길이는 마침내 울먹거렸다.

"아부지랑 어무이는 물론 할무이한테도 말하면 안 된대이. 아무한테도 절대로 말하지 말고, 니 혼자만 알고서, 삼촌이 돌아올 때까지 그 금붙이가 틀림없이 장독대 밑에 그대로 묻혀 있도록 니가 지켜야 한다. 삼촌은 너만 믿는다."

"……."

"정말이대이."

달칠은 애원을 하는 듯한 그런 표정이 되어 한 손으로 용길이의 머리를 두어 번 쓰다듬었다.

용길이는 묘하게 서러워져,

"삼촌—"

하면서 훌쩍훌쩍 울기 시작했다. 다시 시퍼런 물코가 질 흘러내렸다.

추녀 끝에서 눈이 한 뭉텅이 바람에 풀썩 떨어지며 눈가루를 흩날렸다.

창고 뒤에서 뭘 하고 있는가 싶은 듯 안 노파와 양순분이 기웃거렸다.

12

황달칠이 징용에 나간 지 열흘쯤 지난 어느 날, 용길이네 집은 발칵 뒤집히다시피 되고 말았다. 달칠이 징용에 나가다가 중도에 도망을 쳐버렸다는 것이었다. 주재소에서 나까노 순사와 최 순사가 함께 들이닥쳐서 황달칠을 내놓으라고, 어디에 숨어 있는지 숨어 있는 곳을 대라고, 마구 집 안을 뒤지고, 버럭버럭 악을 써댄 끝에 황달수를 주재소로 붙들어 간 것이다. 참으로 뜻밖의 일이 아닐 수 없었다.

학교에서 돌아와 그 사실을 안 용길이는 눈이 휘둥그레졌다. 겨울 방학이 끝나고, 3학기(그 무렵은 3학기까지 있었음)가 시작되어 있었다.

삼촌이 징용을 가다가 도망치다니, 그 일 때문에 아버지가 주재소에 붙들려 가고…… 도대체 어떻게 되는 영문인지 알 수가 없었다. 가슴이 벌떡벌떡 뛰면서 얼떨떨하고, 두렵기도 하고, 슬그머니 걱정이 되기도 했다. 우선 삼촌이 도망을 친 것이 잘한 일인지 어떤지, 용길이 저로서는 알 수가 없었다. 어떻게 생각하면 신나는 일 같기도 하고, 달리 생각하면 큰일날 일 같기도 해서 덜컥 겁이 나기도 했다. 그리고 삼촌이 도망을 쳤는데, 왜 아버지를 주재소로 붙들어 갔는지, 아버지를 붙들어 가서 뭘 어떻게 하는지 궁금하기도 했다.

큰방 아랫목에 늘어지듯 누워 있는 어머니에게 용길이는 불쑥 물었다.

"어무이(엄마), 삼촌이 어디로 도망갔대?"

"……."

"응? 어무이."

그러자 양순분은 공연히 용길이에게 화풀이라도 하듯이,

"내가 아나. 어디로 도망갔는지."

신경질적으로 내쏘았다. 그리고 혼자 중얼거리듯이 뇌까려 댔다.

"징용을 갈라면 곱게 갈 일이지, 와 가다가 도망을 치노 말이다. 집안사람들은 어떻게 하라고. 내 참 더럽어서…… 동생이 도망쳤는데 형님을 붙들어 가기는 와 붙들어 가노. 형님이 뭐 도망치라고 시킸나, 우쨌노."

용길이는 볼멘 표정을 하고서 어머니를 가만히 째려보았다.

숨까지 거칠게 내쉬어 대더니, 양순분은 무슨 생각이 떠올랐는지 또 불쑥 입을 열었다.

"용길아."

"와예?"

"그때 뭐라 카더노?"

"언제?"

"너거 삼촌 징용 나가던 날, 창고 뒤로 니를 딜꼬 가서 말이다. 둘이서 한참 뭐라고 지껄여 대더니, 니가 울더네. 그때 와 울었노 말이다. 삼촌이 뭐라 캤는데?"

"……."

"응이?"

"……."

"와 대답을 안 하노?"

그제야 용길이는 앙갚음이라도 하듯,

"몰라!"

하고 톡 내쏘았다.

"이누무 자석 와 모르노."

양순분이 바르르 화를 내며 벌떡 일어나자, 용길이는 후닥닥 자리를 박차고 밖으로 뛰어 나가며,

"모르니까 모르지."

부아를 돋우었다.

"저누무 자석, 니 이리 몬 올 끼가?"

양순분은 뒤쫓아 나가려다가 방문 고리를 쥐고 버르르 떨며 고함을 질렀다.

공연히 심술을 부리듯 화를 내대는 어머니를 홱 돌아보며,

"어무이라는 기 뭐 저래. 지랄같이……."

용길이는 힐끗 눈을 흘기고는 냅다 사립 밖으로 내달았다.

황달수는 그날 저녁 주재소에서 풀려나 집으로 돌아왔다. 얼마나 얻어맞았는지 허리를 못 쓰고, 엉거주춤한 자세로 어기적어기적 겨우 걸어서였다.

양순분의 부축을 받아 큰방 아랫목에 옆으로 누운 황달수는 곧장 앓는 소리 같은 신음소리가 입에서 흘러 나왔다.

"아이구, 이기 무신 일이고. 무신 이런 일이 다 있노. 이런 일이……."

안 노파는 아들의 몰골을 지켜보고 앉아서,

"관셈보살, 관셈보살—"

한숨을 쉬듯 염불을 뇌곤 했다.

용길이랑 봉숙이도 할머니 곁에 앉아 근심스런 얼굴로 아버지를 지켜보고 있었고, 여섯 살짜리 용수도 놀란 듯 눈을 뎅그렇게 해가지고 아버지의 발 쪽에 가만히 앉아 있었다.

양순분이 미음을 끓여 가지고 들어오자, 그것을 두어 모금 억지로 넘기고, 황달수는 도로 무너지듯 드러누워 버렸다.

"관셈보살, 관셈보살—"

안 노파가 이따금 염불을 뇔 뿐, 방 안엔 무거운 침묵이 흘렀다.

의식이 몽롱한 것 같은 그런 얼굴로 아무 말이 없이 늘어져 누워 있던 황달수가,

"아야야, 으응—"

이맛살을 찌푸리며 신음을 하고 나서, 마치 꿈결에 헛소리를 하는 듯한 그런 목소리로,

"우리 집에 금이 있다는 기라. 그기 무신 소린지 알 수가 없어."

질질 흘리듯이 말했다.

난데없는 말에 양순분은 두 눈이 약간 휘둥그레졌다.

"금이 있다니예? 그기 무신 소링게? 누가 그러덩게?"

"순사들이……."

"순사들이 그런 소리를 해예?"

"황금 거북이도 있을 끼고, 뭐라, 황금 열쇠도 있을 끼라 안 카나."

"도대체 그기 무신 소링교?"

양순분은 무엇에 콱 받힌 것 같은 어리둥절한 표정이었다.

"몰라, 무신 소린지. 야들 삼촌이 가지고 있다는 기라."

"삼촌이예?"

"도대체 무신 소린지 알 수가 있어야 말이지. 으응, 아야야—"

황달수는 또 앓는 소리와 함께 힘없이 늘어졌다.

달칠이가 징용을 가다가 도망쳤다고 그 형을 주재소로 붙들어가 놓고서, 엉뚱하게 무슨 금붙이는…… 싶은 듯 안 노파는 무엇이 어떻게 된 영문인지 알 수가 없어 멀뚱한 표정이다.

가만히 앉아서 듣고 있던 용길이는 자꾸 입이 열리려고 해서 그만 슬그머니 일어나 버렸다. 아랫방으로 가서 이불 속에 푹 파묻힌 용길이는 가슴이 두근거렸다. 주재소 순사들이 아버지한테까지 금붙이 이야기를 꺼내다니…… 두렵기도 하고, 걱정이 되기도 했다. 그러면서도 한편 재미있다는 생각이 들기도 했다. 그 금붙이의 비밀을 알고 있는 사람은 이제 저 혼자뿐이라는 생각을 하니, 어쩐지 기분이 으쓱해지는 듯했다.

'비밀을 꼭 지켜야지. 삼촌이 돌아올 때까지 그 금붙이를 내가 꼭 지키고 있어야지. 삼촌과의 약속을 어떤 일이 있어도 꼭 지켜야지.'

이불 속에서 혼자 중얼거리며 용길이는 가만히 미소를 지었다.

장독대 밑 흙속에 소복이 묻혀서 반짝거리고 있는 금붙이들이 눈
에 보이는 듯했다.

제3장

1

마을 뒤, 서낭이 있는 산기슭도 봄빛으로 화사하게 물들어가고 있었다. 비탈 여기저기에 진달래가 무더기 무더기로 피어 눈부셨고, 한쪽 계곡의 우거진 산벚나무에도 꽃이 만개하여 연분홍빛 구름송이처럼 떠 있었다. 민들레나 할미꽃도 있는 듯 없는 듯 피어 있었다.

각시바위에도 봄빛은 어리고 있었다. 하늘을 뒤덮은 노송의 가지 사이로 스며 내리는 봄 햇살이 돌무더기 속에서 불쑥 얼굴을 내밀고 있는 듯한 각시바위를 부드럽게 어루만지는 듯했다. 노송의 아름이 넘는 둥치에 감긴 금줄도 이 봄 들어 누군가가 새로 마련한 듯 울긋 불긋한 헝겊 쪼가리들이 햇살을 받아 곱게 반짝거렸다.

토요일이었다. 서낭 근처의 산비탈 일대에 학교 생도들이 와서 까맣게 흩어져 있었다. 5,6학년들이었다. 솔공이*('관솔'의 방언)를 따고 있는 것이었다.

학교에서 매주 토요일을 근로봉사의 날로 정해놓고, 그날은 수업을 전폐하고, 전교생이 근로봉사에 나서도록 하고 있었다. 산에 가 솔공이를 따기도 했고, 퇴비용 풀을 베기도 했으며, 학교 울타리 밖이나 운동장 가에 피마자를 심어 가꾸기도 했다. 1,2학년들에게도 그날은 하다못해 학교 주변의 청소라도 시키는 것이었다. 토요일의 근로봉사 외에도 농사철이면 보리 베기니, 모심기니, 혹은 벼 베기 같은 일에 상급생들은 며칠이고 계속 동원되기도 했다. 말하자면 국민학교 생도들도 총력전의 한몫을 감당해내고 있는 셈이었다.

토요일의 근로봉사는 두 시간 아니면 세 시간 동안이었다. 아홉 시경에 시작되어 열두 시쯤에 끝나는데, 산이나 들로 나갈 때는 가고 오는 시간을 제하면 두 시간 남짓 일을 하는 꼴이었다. 그다지 힘에 겨운 봉사라고는 할 수 없었다.

봄이 무르익는 이런 때 산으로 일을 하러 가게 되면 생도들은 일하는 틈틈이 진달래 꽃잎을 따서 입에 넣는 그런 재미도 없지 않았다. 어떤 녀석들은 선생의 눈을 피해서 연한 소나무 가지를 몇 개나 꺾어가지고 후미진 곳으로 가서 숨어 앉아 열심히 송기를 벗겨먹기도 했다.

봄철의 진달래꽃과 송기는 가을철 들에 널려 있는 익어가는 벼나 콩, 혹은 무나 고구마, 그리고 메뚜기와 마찬가지로 아이들의 군침을 돌게 하는 먹이라고도 할 수 있었다. 아이들은 노상 허기가 져 있었다. 농사지어 거두어들인 것을 공출로 거지반 빼앗기고 난 터이라, 봄철이 되면 집집마다 멀건 죽으로 끼니를 때우기 일쑤였던 것이다.

보릿고개라는 것이 시퍼렇게 살아 있던 시절이었는데, 전쟁이 막바지에 이르러 모든 면에서 심하게 밀어붙이는 바람에 그 보릿고개도 한결 무섭게 군림하고 있는 셈이었다.

호루호루 호루루— 호루호루 호루루— 호루라기 소리가 요란하게 울린 것은 해가 중천에 왔을 무렵이었다. 작업 끝을 알리는 신호였다.

"아쓰마레(집합)—"

"하야꾸 야쓰마레(빨리 집합)—"

선생들이 육성으로 내지르는 소리도 산비탈에 울려 퍼졌다.

솔공이를 따던 생도들이 일제히 일을 그만두고 환호성을 올리듯이 떠들어 대며 서낭 근처로 모여들었다. 6학년은 한 학급이었고, 5학년은 두 학급이었다. 세 학급 모두 합쳐서 이백 명 남짓 되는 남녀 생도들이 산길에 정렬을 했다. 제각기 채취한 솔공이를 싼 보자기를 손에 들고 있었다. 그러나 한두 개밖에 못 따서 빈 것과 마찬가지인 그런 보자기를 들고 있는 아이들이 대부분이었다. 솔공이를 따는 일이 결코 손쉬운 일이 아닌 것이다.

선두에 정렬을 한 6학년의 약간 뒤편에 서 있는 용길이의 보자기는 제법 부피가 있었다. 여남은 개 따 담은 것 같았다. 4월에 신학년도가 되자(그 무렵은 신학년도가 4월에 시작되었음) 용길이는 이제 6학년이었다.

솔공이를 한두 개밖에 못 딴 아이들은 걱정이었다. 학교에 돌아가, 누구는 몇 개, 누구는 몇 개 하고 담임선생이 조사를 해서 일일이 기록을 하는 것이다. 그것도 말하자면 성적에 들어가는 셈이었다.

"용길이 니 억씨기(아주) 많이 땄네."

옆에 선 아이가 부러운 듯이 말했다. 용길이는 말없이 그저 콧대를 높이며 웃었다.

"나 한 개 안 줄래?"

"……."

"응? 한 개만 도고."

그러자 용길이는,

"안 돼."

하고 자르듯 내뱉었다.

"용길이 니 그러기가?"

"임마, 니도 열심히 따지 와. 일은 안 하고, 송기 벗겨 묵었제, 그제? 헤헤헤……."

아이의 입술 가에 송기를 훑어 씹은 자국이 거뭇거뭇하게 나 있는 것을 보고 용길이는 킬킬 웃었다.

"지도 진달래 따 묵어놓고. 입에 묻었네."

아이도 지지 않고 받아넘겼다. 용길이의 입술에도 보랏빛의 진달래 꽃물이 푸릇푸릇하게 묻어 있었던 것이다.

"내사 따 묵어도 솔쾡이를 이렇게 많이 안 땄나. 니처럼 숨어서 송기만 벗겨 묵었는 줄 아나. 헤헤헤…… 배 아프제?"

"배 아프기는…… 하나도 안 아프다."

"헤헤헤……."

용길이는 아이의 약을 올리듯이 보자기를 쳐들어 보이기까지 하며 곧장 킬킬거렸다.

산에서 군가가 울려 퍼지기 시작했다.

갓따소 닙봉 단지네 갓따소(이겼다 일본 단호히 이겼네)…… 어쩌고 하는 노래였다. 아메리카와 이기리수에게 밀려 비실비실 형편없이 물러서고 있는 판국인데, 전쟁 초기의 승리를 구가하는 노래를 선생의 지시에 따라 생도들은 소리높이 불러대며 출발했다. 6학년을 선두로 한 생도들의 긴 대열은 군가 소리와 함께 산길을 꾸불꾸불 내려갔다. 그 노랫소리는 온통 메아리가 되어 산허리를 타고 우렁우렁 멀리 울려나갔다.

학교 정문을 들어서자, 아이들은 모두 눈이 휘둥그레졌다.

"하—"

"저기 뭐고?"

"웬일이지?"

입들이 딱 벌어지기도 했다.

참으로 뜻밖의 광경이 운동장 한쪽에 펼쳐져 있었던 것이다. '헤이따이상(병정)'들이었다. 언제 왔는지 병정들이 운동장 절반가량을 온통 차지하고서, 총들을 세 자루씩 한 조로 해서 줄줄이 세워놓기도 했고, 기관총과 박격포 같은 것을 늘어놓기도 했다. 무슨 연장을 잔뜩 실은 자동차도 한 대 정거해 있었고, 한쪽 가 벚나무에는 말도 한 마리 매여 있었다. 물론 군마였다. 그리고 지금 한창 천막을 치느라고 병정들이 바삐 움직이고 있었다. 취사장인 듯 커다란 솥 같은 것도 눈에 띄었다.

일과를 마친 하급생들이 집에 돌아갈 생각을 안 하고서 떼를 지어서서 구경을 하고 있기도 했다.

일본 병정들을 본 용길이는 기분이 묘했다. 처음에는 다른 아이들과 마찬가지로 이게 웬일이냐 싶어 눈이 휘둥그레졌었다. 그러나 곧 기분이 착잡하다고나 할까, 이상해지는 것이었다. 삼촌이 생각나고, 지난 겨울방학에 삼촌한테서 들은 이야기가 머리에 떠올랐던 것이다.

"야— 기관총 보라."

"박격포도 있다 그쟈?"

"밥해 묵을라고 솥단지도 건다, 잉?"

"우째 된 일이고. 여기서 전쟁할랑가?"

"한 번 전쟁해 봤으면 신나겠다. 빠방 빠방……."

아이들이 좋아서 떠들어 댔으나, 용길이는 조금 굳어진 듯한 얼굴로 말없이 그저 바라보기만 했다. 왠지 공연히 가슴이 두근거렸다.

지난 겨울방학에 삼촌한테서 좋은 마적이니, 임시정부니, 독립운동이니 그런 이야기를 듣기 전까지는 헤이따이상이라고 하면 용길이 역시 다른 아이들과 마찬가지로 덮어놓고 좋기만 했다. 제일 멋있고, 신나고, 부러운 게 헤이따이상이었다. '데쓰가부또(철모)'를 쓰고, 총을 어깨에 멘 헤이따이상들이 '히노마루노하다(일본 국기)'의 물결 속을 보무도 당당히 행진하거나, 혹은 포탄이 작렬하는 전쟁터를 데쓰가부또의 끈을 턱에 불끈 매고, 총 끝에 칼을 꽂아 든 헤이따이상들이 적진을 향해 돌격해 들어가는 그런 그림이나 사진을 보면 절로 침이 꿀꺽 넘어갈 지경으로 좋고, 신나고, 가슴이 부풀어 올랐었다.

그림이나 사진으로 보아도 그랬었는데, 실제로 눈앞에 그 헤이따이상들과 갖가지 무기들을 보게 되다니, 정말 놀랍고 감격스러운 일이 아닐 수 없었다. 그러나 용길이는 이제 그게 아니었다. 다른 아이들처럼 그렇게 덮어놓고 좋을 수는 없었다. 오히려 슬그머니 마음속 깊숙한 곳에서 어떤 반감이라 할까, 증오라 할까, 그런 감정이 고개를 쳐들기도 했다.

각자 채취해 가지고 온 솔공이를 담임선생에게 검사 맡고서 일과가 끝났으나, 상급생들 역시 얼른 귀가할 생각을 않고, 이리저리 몰려다니며 병정들 구경하기에 시간 가는 줄을 몰랐다. 용길이 역시 마찬가지였다. 처음에는 기분이 묘하고, 슬그머니 반감 같은 것이 꿈틀거리기도 했으나, 어느덧 그런 감정은 사라지고, 거의 다른 아이들과 마찬가지로 신기하고 재미있었다. 삼촌의 이야기를 그만 깜박 잊어먹어 버린 모양이었다.

"햐— 저것 보래. 자꾸 길어진다, 자꾸 길어져."

용길이는 재미가 좋아서 킬킬 웃으며 소리쳤다.

군마 가까이에 아이들이 빙 둘러서서 구경을 하고 있었다. 기관총이니, 박격포니, 혹은 무슨 측량기구 같은 것이나 곡괭이, 삽 따위 땅을 파는 연장을 잔뜩 실은 자동차, 그리고 천막 치는 것까지 모조리 구경하고서, 용길이는 이제 말 쪽으로 와서 서 있었다.

"히히히…… 삼십 센티는 되겠다 그쟈?"

"사십 센티 되겠는데."

"자꾸 길어진다. 저런 저런……."

"야— 오십 센티도 넘겠대이."

"하하하……."

"흐흐흐……."

군마의 사타구니에 덜렁 붙어 있는 거무죽죽한 물건이 비죽이 자꾸 아래로 늘어져 내리고 있는 것이 아닌가.

"굵다 그쟈?"

"숫놈이제?"

"임마— 그러니까 저런 기 달렸지, 히히히……."

"인제 다 늘어졌는 모양이제?"

"야— 억씨기 길다."

무슨 희한한 경사라도 난 듯 아이들은 온통 좋아서 야단이었다.

어떤 짓궂은 녀석 하나가 기다란 나무꼬챙이를 가지고 살금살금 다가가서 그 축 늘어진 물건을 가만가만 간질이듯이 건드렸다. 근질 근질해서 매우 좋은 듯 말은 물건을 천천히 두어 번 덜렁덜렁 흔들 었다. 그러자,

"헤헤헤…… 기분 좋은갑다."

하면서 이번에는 짓궂게도 냅다 갈겨버린다.

히히힝! 말은 코를 불면서 뒷발로 허공을 두어 번 거칠게 차올리 고는 앞발을 번쩍 들어 우뚝 솟구친다. 곧 아이들 위로 덮칠 듯한 기 세였다.

와— 하고 아이들이 놀라 흩어진다.

"아이고, 지랄!"

얼굴을 붉히며 후닥닥 달아나는 여생도도 있었다.

그런 광경을 교실 창변에 서서 여선생 두 사람이 내다보고 있었 다. 야마구찌 하루에(山口春枝) 선생과 가네모도 에이슈꾸(金本英淑) 선생이었다. 야마구찌 하루에는 일인 여선생이었고, 가네모도 에이 슈꾸는 조선 사람이었다.

가네모도 에이슈꾸는 곧 김영숙이었다. 창씨(創氏)를 해서 가네모 도가 된 것이다. 모든 조선 사람들에게 성을 일본식으로 고치도록 총독부에서 강요를 해서, 김 씨는 가네모도니 가네무라(金村)니 가네 야(金谷) 등으로, 이 씨는 구니모도(國本)니 리노이에(李家), 박 씨는

보꾸무라(朴村)니 보꾸다(朴田) 등등으로 고쳤던 것이다. 조선 사람들을 황국신민화 하는 정책의 일환이었다.

학교에 여선생은 두 사람뿐이었다.

두 여선생도 따스한 봄볕이 내리는 창변에 나란히 서서 운동장을 내다보며 병정들 구경을 하고 있었다.

"저런 못된 놈들."

야마구찌 하루에가 혼자 중얼거리듯이 말했다. 그러나 그녀의 얼굴에는 미소가 떠올라 있었다. 이마가 하얗고, 입술이 무르익은 앵두빛이었다. 동글납작한 얼굴이어서 나이보다 훨씬 앳되어 보였다. 스물세 살이었다. 그러나 스무 살도 채 안 되어 보였다.

"부대장의 말인가 보죠."

가네모도가 웃으며 받았다. 어쩐지 그녀의 귀밑 언저리가 조금 물들어 있는 듯했다.

그녀는 야마구찌 하루에보다 한 살 위인 스물넷이었다. 그러나 급수는 야마구찌보다 훨씬 아래였다. 야마구찌는 정식으로 여자사범학교를 졸업해서 훈도였고, 가네모도는 일반 고등여학교를 나와서 촉탁이었다.

"부대장의 말을, 고얀 놈들 같으니⋯⋯."

야마구찌의 말에 가네모도는,

"애들은 짓궂어요."

하고 재미있다는 듯이 싱글거렸다.

두 앞발을 번쩍 들고 솟구쳐 올랐던 말이 도로 발을 내리며 홀떡홀떡 두어 번 뛰고 나자, 물건이 현저히 줄어들어 있었다.

좀 거리가 있긴 했으나, 교실 창변에서도 잘 보였다.

"많이 짧아졌죠?"

야마구찌 하루에가 불쑥 말했다.

"글쎄, 많이 짧아졌네요. 호호호……."

"하하하……."

웃고 나서 야마구찌는 또,

"말은 굉장하다죠?"

하면서 가네모도를 바라보았다.

그 말뜻을 대뜸 알아차린 가네모도는 공연히 기분이 좋은 듯 싱글 벙글하면서 맞장구를 치듯 말했다.

"그렇다대요."

"한 번 봤으면 좋겠어. 가네모도 선생은 본 일이 있어요?"

"아니요."

"한 번 보고 싶죠?"

"하하하……."

"히히히……."

두 처녀 선생은 무엇이 그렇게 좋은지 하얀 앞니를 활짝 드러내며 웃었다.

2

학교에 주둔하게 된 병정들은 공병 일개 소대였다. 본토 결전에 대비해서 관동군의 일부가 조선반도 여기저기로 이동해 내려오고 있었다. 말하자면 그 선발대로, 이 면에도 공병 일개 소대가 와서 국민학교에 자리를 잡은 것이다.

교실 두 개를 비우게 해서 병정들의 숙사로 삼았고, 운동장 절반을 차지해서 한쪽에 천막을 쳐 취사장을 만들고 연병장으로 사용했다.

마을 뒤, 산줄기의 봉우리 하나에 포대를 구축하고, 그 주변 산허리에 굴을 파서 진지를 만드는 게 임무였다.

그런 소문은 곧 온 면내에 퍼졌다.

그렇지 않아도 '일억 옥쇄(一億 玉碎)'라는 말이 한창 입에 오르내리고 있는 때였다. 아메리카 이기리수의 군대가 본토에 상륙하면 일억 국민이 모조리 구슬처럼 부서질 때까지 싸운다는 것이었다. 무기가 없는 국민은 '다께야리(죽창)'를 들고라도 최후까지 싸워야 한다고 했다.

그런 으스스한 판국인데, 실제로 병정들이 몰려와서 학교에 자리를 잡고서, 산에 포대를 만들고 진지를 구축한다니, 미구에 이 고장이 전쟁터가 되어 불바다를 이룰 것만 같아 사람들은 불안하고 뒤숭숭하지 않을 수 없었다.

모이면 수군수군 그 이야기들이었다.

소문대로 곧 병정들은 산으로 출동을 하곤 했다. 처음에는 주로 측량이었다. 포대가 구축되는 봉우리까지 자동차가 한 대 오르내릴 수 있을 정도의 길을 닦기 위해서였다. 산 여기저기에 노란색과 빨간색의 기가 꽂혀 바람에 펄럭거렸다.

공연히 신나는 것은 아이들이었다. 병정들이 학교에 주둔한 뒤로는 아침에 등교하는 것부터가 즐거웠다. 교문을 들어서면 대뜸 시선들이 병정들 쪽으로 가곤 했다. 쉬는 시간에도, 방과 후에도 생도들의 관심은 노상 그쪽으로 쏠렸다. 낮에는 병정들 대부분이 측량이니 뭐니 기초 작업을 위해서 산으로 출동했으나, 취사병들이나 자동차 운전병, 혹은 군마를 보살피는 당번병, 그밖에 보초병 등 언제나 운동장 여기저기서 몇몇 병정들이 움직이고 있어 구경거리가 되었다.

집에 돌아와서는 병정들이 작업을 하고 있는 산으로 곧잘 구경을 가곤 했다.

용길이 역시 틈만 있으면 친구들과 함께 뒷산으로 향했다. 문득문득 삼촌이 생각나고, 삼촌한테 들은 이야기가 머리에 떠올라 기분이 묘해지기도 했지만, 그런 기분은 잠시뿐이고, 어쨌든 재미있는 구경거리가 아닐 수 없어, 일부러 홀딱홀딱 뛰기도 하면서 산으로 달렸다.

산에서 작업을 하는 병정들은 아이들의 접근을 막았다. 그러나 저만큼 떨어져 서서 구경을 하는 것까지 굳이 쫓으려 들지는 않았다.

그래서 아이들은 커다란 바위 위나 언덕배기 같은 데에 숫제 자리를 잡고서 장난을 쳐가며 해가 저무는 줄도 모르고 구경을 하곤 했다.

"오늘은 깃대가 모두 몇 개고?"

"보자. 하나 둘 셋 넷……."

"아홉 열 열하나, 열한 개다."

"아니네. 열두 개네. 저기 저 나무 뒤에 노란 깃대가 쬐끔 안 보이나. 그거까지 열두 개네."

"맞다, 열두 개다."

"어제보다 두 개 많아졌다 그쟈?"

"세 개 많아졌네. 어제는 아홉 개였어."

"아니네. 열 개였어."

"아홉 개였어."

"아니라니까."

"기라니까."

"짜식 우기네."

"지가 우기면서."

"뭐라꼬?"

"앙 그러나?"

그렇게 공연히 주먹을 쥐며 서로 맞붙을 듯이 쩨려보기도 했고,

"깃대 뭐 할라고 저렇게 자꾸 꼽노?"

"그것도 모르나, 이 멍텅구리야. 칙냥(측량) 안 하나."

"칙냥하는 기사 누가 모르까 봐."

"칙냥해서 길 맹근다 말이다."

"길 맹그는데 와 저렇게 자꾸 깃대를 꼽아 나가노?"

"저렇게 깃대를 꼽아서 그것을 잇어 나가며 길을 맹그는 기라. 길 표신 기라."

"햐— 저 산꼭대기까지 길을 맹글 모양이제."

"포대까지 길을 맹글어야 대포를 끌고 올라갈 끼 앙이가. 이 멍텅 구리야."

"히히히……."

"인제 알겠나? 하하하……."

이렇게 웃기도 했다.

한 번은 용길이가 돌을 던졌다. 언덕배기에서 가장 가까운 곳에 꽂혀 있는 빨간 깃대까지 돌멩이를 던질 수 있느냐 없느냐, 내기를

했던 것이다.

얼른 보기에는 가까운 듯했지만, 실제는 오십 미터가 넘었다. 용길이는 던질 수 있다고 했다.

"어디 던져 보래. 택도(어림도) 없을걸."

한 아이가 말하자 용길이는,

"임마, 문제없어. 내기할까?"

하고 나섰다.

"하자."

"던지면 우얄래? 대갈빼기를 한 대 때리기로 할까?"

"헤헤헤…… 그래, 하자. 못 던지면 내가 니 대갈빼길 때린다."

"좋아."

"어디 던져 보래."

"요오씨(오냐)."

용길이는 적당한 돌멩이를 하나 주워 들고 팔을 두세 번 빙빙 휘돌리고 나서 냅다 팔매질을 했다.

피웅― 돌멩이는 제법 소리까지 내며 날아갔다. 그러나 깃대 있는 데까지는 미치질 못하고, 삼분의 이 정도 가서 픽 떨어졌다.

"봐라, 택도 없지. 대갈빼기 이리 내."

"가만있어. 한 번 더……."

하면서 다시 돌멩이를 주워 들고 막 던지려고 할 때였다.

"코노야로(이 새끼야)!"

냅다 고함소리가 날아왔다. 물론 헤이따이상이었다. 그 깃대가 꽂힌 근처에는 병정들이 아무도 없는 줄 알았더니, 한 사람이 덤불 가에 누워 쉬고 있었던 모양으로, 벌떡 일어서서 이쪽을 향해 고래고래 소리를 질렀다.

"돌을 던지다니, 코노칙쇼(이 개새끼)! 거기 좀 있어."

곧 달려올 기세였다.

용길이는 말할 것도 없고, 다른 아이들도 모두 질겁을 하고 냅다 언덕배기에서 굴러 내리듯 우르르 뺑소니를 쳤다.

그런 일이 있은 뒤로도 용길이랑 아이들은 조금 켕기기는 했으나, 슬금슬금 매일 산을 찾아갔다. 그전보다 오히려 더 긴장되는 맛이 있어 재미가 짜릿했다.

아이들이 그렇게 맥없이 재미있고 신이 나는 것과는 달리, 어른들은 병정들이 주둔하게 되자, 별로 기분들이 신통치가 않았다. 우선 고장의 분위기가 흐려진 듯해서 싫었다. 조용하고, 아늑하다고 할 수 있는 그런 고장이 어쩐지 어수선하고 시끌시끌해져서 이맛살들이 찌푸려지기도 했다.

병정들이 마을로 들어와 아무 집이나 함부로 불쑥불쑥 들어서서 먹을 물 같은 것을 청하기도 했고, 어떤 패거리는 공동우물에서 여름도 아닌데 벌써 윗도리를 훌렁훌렁 벗어 붙이고 씻기도 했으며, 개중에는 '사루마다(팬티)' 바람으로 설쳐대는 녀석도 있었다. 그리고 마을 부녀자들을 곧잘 희롱하기도 했다.

평화스럽다면 평화스럽다고 할 수 있는 마을에 무법자 같은 거친 녀석들이 곧잘 나타나서 횡행하는 바람에 특히 숙성한 딸을 가진 집에서는 염려가 되어 단단히 딸 단속들을 하기도 했다.

그런 어수선하고 지랄 같은 판국인데, 심란한 소문이 한 가지 돌았다. 마을마다 대대적으로 부역이 나온다는 소문이었다. 지금까지도 더러 부역이 없었던 것은 아니지만, 하루나 이틀, 길어야 삼사 일

동안이었는데, 이번 부역은 그게 아니라, 숫제 한 달이 될지 두 달이 될지, 어쩌면 사오 개월, 아니 반년이나 일 년이 걸릴지도 모르는 그런 대대적인 것이라 했다.

소문인 만큼 허황해서 걷잡을 수가 없었으나, 아무튼 충분히 근거가 있는 얘기였다. 산에 군용도로의 측량이 끝나면 면민들을 동원해서 그 길을 닦을 뿐 아니라, 포대를 쌓는 일도, 그 주변 산허리에 굴을 파서 진지를 구축하는 일까지도 부역으로 해낸다는 것이었다.

"그럼, 농사는 짓지 말라는 긴가."

"글씨 말이네. 벨 지랄 같은 일이 다 생기는구먼."

"닷새나 열흘도 뭐한데, 뭐라, 반년이 걸릴동 일 년이 걸릴동 모른다고? 허 내참, 기가 맥히서……."

"부역이 앙이라, 바로 징용일세, 징용."

"맞다. 그기 징용이지, 부역은 무신 놈의 부역이고."

이렇게 남정네들은 모이면 투덜거렸고, 아낙네들 역시 우물가나 방앗간 같은 데서,

"우리 예편네들한테는 설마 부역 나오라 소리 안 하겠지."

"설마가 사람 잡는 줄 모르나."

"맞어. 어디 남정네들만 징용에 끌려 가더나. 데이신따인가 지랄인가 하고 큰애기*('처녀'의 방언)들까지 데리가는 판국인데……."

"더럽은 놈의 세상도 다 보제."

"해필 와 우리 동네 뒷산에다가 포댄가 뭔가를 맹근다고 지랄뻥들이지. 다른 데도 산이 쌔비맀는데(많은데)……."

"글씨 말이네. 우리가 만만한 모양이제. 더럽은 놈의 자석들."

"문딩이 같은 자석들."

하고 주고받으며 욕지거리를 내뱉기도 했다.

어떤 아낙네들은,

"정말 전쟁이 여기까지 뻗혀 올낀강?"

"그걸 누가 아노. 두고 봐야제."

"아이고, 세상 더럽게 만나서 아들 하나 몬 낳아보고 안 죽을라."

"히히히…… 내사 아들 둘이나 낳았으니 걱정 없네."

"나는 셋이나 낳았어. 흐흐흐……."

"전쟁 쳐들어오기 전에 속히 아들 하나 낳으라마."

"어떻게 돼묵었는동 배기만 하면 딸인 걸 우짜노."

"서방 물건이 시원찮아서 안 그러나."

"호호호……."

"헤헤헤……."

이렇게 킬킬 웃는 쪽으로 흐르기도 했다.

대대적인 부역이 곧 나온다는 소문에 이어 또 한 가지 소문이 돌았다. 이번 소문은 부역에 관한 소문과는 그 성질이 매우 다른 것이었다. 부역이 나온다는 소문은 사람들의 이맛살을 찌푸리게 하고, 무거운 한숨이 나오게 했지만, 이번 소문은 그런 우울하기만 한 소문이 아니었다. 그렇다고 결코 기분 좋은 소문도 아니었다. 오히려 부역에 관한 소문보다 월등이 기분이 안 좋은 그런 종류의 소문이었다.

곧 대대적인 부역이 나온다는 소문을 들었을 때는 누구나 대뜸 투덜거리는 소리가 입 밖으로 튀어나왔지만, 이번 소문을 듣고는, 뭐라고? 그기 정말이가? 이런 외마디를 내뱉고는 잠시 눈이 휘둥그레진 채 다음 말을 이을 줄을 몰랐다. 깜짝 놀란 얼굴에 금세 어떤 으스스한 공포의 그늘 같은 것이 어렸다.

특히 아낙네들이 심했다. 그중에서도 나이 많은 노파들일수록 무서움에 질리는 표정으로 잠시 말을 잊었다가,

"세상에 그럴 수가……."

"무신 재앙을 만날라고……."

"세상은 말세지, 말세."

"관셈보살—"

떨리는 목소리로 나지막하게 한숨처럼 뇌었다.

서낭을 없애버린다는 소문이었다. 각시바위도, 그 곁에 서 있는 노송도 다 없애버린다는 것이었다. 산에 만들어질 군용도로에 그것이 저촉이 되어 말끔히 없애버리게 되었다는 것이다.

그 소문을 듣고 마을 사람들은 확인을 하러 현장을 찾아가 보기도 했다. 과연 도로 폭만큼 두 줄로 띄엄띄엄 꽂혀 나간 깃대와 깃대 사이에 각시바위와 노송이 고스란히 들어 있었다.

3

마을 한쪽 변두리에 제법 큰 뽕나무밭이 있는데, 그 뽕나무밭이 끝나는 산기슭 외진 곳에 달랑 한 채의 집이 있었다. 방 한 칸 부엌 한 칸의 오두막집이었다.

집은 그처럼 볼품없었으나, 터를 꽤나 차지해서 마당은 평평한 게 제법 넓었다. 그리고 비질을 어떻게 했는지 좀 기이한 느낌이 들 정도로 구석구석까지 깨끗했다. 마당 한쪽에 장독대가 있었다. 장독대

역시 집에 비해 큰 편이었고, 단지니 옹배기 같은 것들이 마당과 마찬가지로 깨끗하고 윤이 흘렀다. 장독대 곁에 대추나무가 한 그루 서 있는데, 어쩐지 그 대추나무까지가 정갈하게만 느껴졌다. 그런데 그 대추나무의 별로 굵지도 않은 밑동에 금줄이 감겨 있었다.

무당집이었다. 그 무당을 마을 사람들은 흔히 각시무술이, 혹은 각시점쟁이라고 불렀다. 안택이니, 성주풀이니, 질병굿 같은 것뿐 아니라, 곧잘 점을 쳐서 길흉을 맞혀내기 때문이었다. 복자(卜者)를 겸한 무녀인 셈인데, 각시무술이, 각시점쟁이 하고 '각시'를 붙여 부르는 것은 그녀가 섬기는 것이 뒷산의 각시바위 서낭신이었기 때문이다.

오십이 넘은 여잔데, 얼른 보면 아직 사십 안팎으로밖에 보이지가 않았다. 반듯하게 가른 가리마*('가르마'의 방언)가 유난히 하얗고, 항상 동백기름을 자르르 묻혀서 숱이 짙은 머리카락이 별나게 검은데다가, 얼굴 살결이 마치 햇볕을 안 본 사람처럼 맑았다. 게다가 사철 초록빛 아니면 노란색 따위 화사한 저고리를 입고 있는데, 그 동정이 언제 보아도 새것처럼 깨끗했다. 그처럼 늘 깔끔하게 하고 있기 때문에 나이보다 월등히 젊어 보이는지도 몰랐다.

그러나 실은 그게 아니라, 남자라는 것을 모르기 때문에 그렇다는 얘기였다. 마당 구석구석까지가 기이할 정도로 깨끗하고, 자신의 몸차림새 역시 유별나게 정갈한 그런 것이 말하자면 결벽이라는 일종의 병이듯이, 그녀는 남자를 결코 가까이 하지 않는 이상한 성벽까지 지니고 있었다. 남자가 곁으로 가까이 다가오기라도 하면 절로 섬뜩함을 느끼는 듯 안색이 변했고, 또 어쩌다가 몸에 닿기라도 할라치면 마치 무슨 징그러운 파충류 같은 것을 접하기라도 한 듯 몸서리를 쳤나. 불결하게 여겨져서 그러는지, 어떤 두려움이 느껴져서 그러는 것인지, 좌우간 일종의 수컷 혐오증이라 할까, 공포증이라 할까, 그런 괴이한 병임에 틀림없었다.

그래서 그녀는 점을 치건 굿을 하건 남자를 손님으로 받는 일이 결코 없었다.

그렇다고 그녀가 오십이 넘은 지금까지 숫처녀의 몸인가 하면 그건 아니었다. 시집을 가기는 갔었다는 것이다. 시집간 첫날밤에 신랑이 그녀의 배 위에서 죽었다는 얘기도 있었고, 그게 아니라, 신랑 된 남자가 밤마다 어찌나 괴상망측한 작태로 그녀를 괴롭히던지 견디질 못해 불과 얼마 만에 보따리를 싸가지고 도망쳐 나왔다는 얘기도 있었다. 어느 쪽이 옳은 얘긴지 확실한 건 알 수가 없었으나, 두 가지 얘기가 다 그럴싸했다. 어느 쪽이 됐든 좌우간 신랑이라는 첫 남자한테 정나미가 떨어질 대로 뚝 떨어진 것만은 틀림없었다. 그래서 그것이 안으로 짙게 배어 본래 자기가 가지고 있는 결벽과 어울려서 이성기피증이라는 일종의 병으로 굳어진 모양이었다.

그녀가 이 마을로 흘러들어 와 뒷산의 각시바위 서낭신을 섬기며 무술이가 된 것도 따지고 보면 그런 야릇한 병에서 비롯된 것이라고 할 수가 있다. 귀신도 남자 귀신이 아닌, 여자 귀신 쪽을 택했으니 말이다. 여자 귀신이라도 그냥 보통 귀신이 아니라, 옛날 산사에 갔다 돌아오는 길에 남자에게 능욕을 당하자, 더럽고 분해서 바위 위에 올라 늘어진 소나무 가지에 목을 매어 죽었다는 한 많은 젊은 홀어미 귀신인 것이다. 그 젊은 과수의 수절도 수절이지만, 그것보다도 남자를 혐오하고 저주하며 스스로 목숨을 끊은 그 처절한 심정이 그럴 수 없이 간절하게 마음을 사로잡았던 것이다.

그래서 그녀는 그 각시바위 서낭신인 홀어미 귀신을 '성님'이라고 불렀다. 자기와 피를 나눈 형제처럼 마음이 당기고, 정이 끌리는 것이었다.

　이 봄 들어 그 각시바위 서낭의 노송 둥치에 새로 울긋불긋한 형겊쪼가리를 가지고 금줄을 만들어 달아 놓은 것도 말할 필요도 없이 그녀였다.

　그녀가 그처럼 섬기고 위하는 각시바위 서낭인데, 그것을 일본 병정들이 없애버린다는 소문이 돈 것이다. 그녀의 놀라움은 이만저만이 아니었다.

　"뭐라고?"

　그 소문을 듣자, 그녀는 대번에 안색이 변했다. 가뜩이나 햇볕을 안 본 것 같은 맑은 얼굴 살결이 그만 하얘졌다가 파랗게 질리는 것이었다.

　아침 일찍 그녀가 몽당비를 가지고 마당을 필요 이상 공을 들여 싹싹 쓸고 있는데, 뽕나무밭 아래쪽에 사는 젊은 아낙네 하나가 무슨 급한 소식이라도 전하러 오는 듯 쪼르르 달려와서,

　"소문 들었능교?"

하고 불쑥 말을 꺼냈던 것이다.

　이른 아침부터 이 젊은 여편네가 무슨 소릴 하려고 이렇게 수다스러운가 싶은 듯 각시무술이는 그저 마당을 쓸던 몽당비를 멈추고, 무표정한 얼굴로 멀뚱히 바라보기만 했다.

　"아직 모르고 있는 모양이네. 그렇지예?"

　"무신 일인데 그러는게?"

　그제야 각시무술이는 조금 못마땅한 듯이 입을 열었다.

"무신 일이라니예. 야단났구마. 각시바울 없앤다는 기라예."

"뭐라고?"

각시무술이의 안색이 대번에 홱 변했다.

"아 글씨, 일본 병대들이 각시바울 없애삐린다지 뭡니꼬. 길을 내는데 그것이 걸거친다는 기라예."

"걸거친다*('거치적거리다'의 방언)고?"

"예."

"일본 병대들이?"

"예."

"음—"

얼굴이 파랗게 질린 각시무술이의 입에서 자기도 모르게 신음소리가 흘러나오며 손에 쥐어져 있던 몽당비가 스르르 힘없이 땅에 떨어졌다.

"세상에 참 벨놈의 꼴도 다 보지예. 서낭당을 없애다니, 두렵지도 않는동……."

"……."

"어떤 후환이 있을지……."

그 말에 파랗게 질렸던 각시무술이의 안색이 별안간 활짝 피어나듯 되살아나며, 땅에 떨어진 몽당비를 그녀는 가만히 집어 들었다. 그리고 아무 일도 없었던 것처럼 멀쩡한 얼굴로 다시 싹싹 싹싹…… 이번에는 좀 더 손에 힘을 주어 비질을 해나가기 시작했다.

젊은 아낙네는 조금 어이가 없는 듯 각시무술이를 가만히 지켜보고 서 있었다.

잠시 비질을 해나가다가 각시무술이는 허리를 펴고 아낙네를 돌

아보며,

"하하하하……."

웃음을 터뜨렸다. 생각할수록 참 재미있다는 그런 투의 웃음이었다.

젊은 아낙네는 약간 눈이 휘둥그레지지 않을 수 없었다.

"하하하하…… 뭐라고? 서낭당을 없앤다고? 천벌을 받고 싶어서 환장을 한 모양이지. 없앨 테면 없애 보라지. 어림도 없을걸. 안 될걸. 우리 성님이 가만히 기실 줄 아능강. 하하하하……."

각시무술이는 살짝 실성한 사람 같았다. 다시 싹싹 싹싹…… 비질을 해나가며.

"우리 성님 건디리면 안 될 낀데. 안 되고말고. 그 화풀이를 우째 감당할라고. 우리 성님 화내면 무섭운 줄 모르는 모양이제. 왜놈 병대들이 알 택이 있나. 맛을 좀 봐야 정신을 차리지. 하하하하…… 재앙이 내려도 아주 단단히 내릴 끼니 두고 보라지. 석 달 열흘 비바람이 몰아쳐서 쑥대밭을 맨들어 삐릴지도 모를 끼니 두고 보라니까. 하하하하……."

마치 무슨 신명나는 일이라도 생긴 것처럼 뇌까려 댔다.

젊은 아낙네는 별안간 목덜미께가 섬뜩해지기라도 한 듯 찔끔 목을 움츠리며 얼른 돌아서서 자기 집 쪽을 향해 종종걸음을 쳤다.

4

"서낭당을 없앤다는 소문 들었어요?"

"들있죠."

"어떻게 생각해요?"

"글쎄요. 군사도로에 저촉이 된다면 할 수 없지 않겠어요."

야마구찌 하루에와 가네모도 에이슈꾸 두 여선생이 주고받는 말이었다.

방과 후, 야마구찌네 교실에서였다. 창변에 풍금이 놓여 있는데, 야마구찌가 풍금 앞에 앉아 있고, 그 곁 창턱에 가네모도는 기대서서 이야기를 나누고 있었다. 야마구찌가 혼자서 풍금을 타고 있는데, 심심해서 가네모도가 놀러 들어선 것이다.

가네모도는 야마구찌의 표정에 신경을 쓰면서 조심스런 어조로 말을 이었다.

"그렇긴 하지만…… 길이라는 건 얼마든지 우회해서 만들 수 있을 텐데…… 더구나 산이잖아요. 서낭당을 피해서 그 곁으로 지나가도록 할 수 있지 않을까요."

"모르겠어요. 난 그런 거…… 공병들이 어련히 알아서 하겠어요."

말은 그렇게 했으나, 야마구찌는 화제가 재미있다는 듯이 미소를 지어 보였다.

"토속신앙이라는 거 야마구찌 선생은 어떻게 생각해요?"

가네모도는 화제를 돌리듯, 그러나 여전히 서낭당과 관련되는 얘길 불쑥 꺼냈다.

"원시종교 말이죠?"

"그렇죠."

"난 그런 데 대해서 깊이 아는 게 없지만, 원시종교는 결국 원시시대에나 필요했던 것이 아니겠어요. 요즘 와서는……."

"빛을 잃었다 그 말이군요."

"빛을 잃었을 뿐 아니라, 존재가치가 없다고 생각해요. 미신이잖아요."

'미신'이라고 잘라 말하는 바람에 가네모도는 잠시 말문이 막힌 듯 할 말이 없었다. 그러나 그녀는 토속신앙은 곧 미신이라는 생각에 동의를 하고 싶지가 않았다. 자기 역시 토속신앙이란 다분히 미신이라고 할 수 있는 그런 요소가 짙다고 생각하지만, 그러나 그것이 전적으로 허황하고 황당무계한 그런 것이라고는 여겨지지 않는 것이다. 그것을 믿을 생각은 조금도 없지만, 미신이라고 한마디로 매도하고 싶지도 않은 것이다.

그래서 그녀는 곧 반박을 하듯 입을 열었다.

"물론 미신이라고 볼 수도 있어요. 그러나 문제는 그것이 미신이냐, 아니냐, 하는 데 있는 게 아니라, 그것을 믿는 사람들이 지금도 수없이 많다는 점에 있다고 생각해요. 안 그래요? 설사 미신이라고 하더라도 그것을 믿는 사람이 많다면 결코 그 존재가치가 없다고 할 수는 없지 않을까요?"

"글쎄요…… 미신을 믿는 사람이 많다고 해서 미신이 존재가치가 있다…… 어려운 문제군요. 난 그렇게 생각할 게 아니라, 존재가치가 없는 미신을 믿는 사람들이 많다는 사실 자체가 문제라고 생각해야 될 것 같네요. 미신을 믿는 사람이 없어지도록 해야 할 것 아니겠어요."

"토속신앙이란 하루아침에 이루어진 것이 아니기 때문에 없앨래야 쉽게 없앨 수가 없어요. 뿌리가 아주 깊단 말이에요."

말이 이렇게 나오자, 야마구찌는 두 눈에 반짝 빛을 담으며,

"그렇다면 이번에 서낭당을 없애게 된 것은 아주 잘 하는 일인데요. 안 그래요?"
하고는 생글생글 웃었다.

가네모도는 한 대 먹은 기분이었다. 판정패 같은 느낌이 되어 있는데, 야마구찌는 내친 김에 한 대 더 먹이겠다는 듯이, 그러나 상냥한 어조로 말했다.

"서낭당을 없애고, 대신 신사를 세워야 할 거예요."

"……."

"우리 면에도 이제 신사가 하나 있어야 할 때가 됐다고 생각해요. 면 치고는 큰 면에 속하잖아요."

"……."

"안 그래요? 가네모도 선생."

가네모도는 말없이 고개를 끄덕였다. 면 치고는 큰 면에 속한다는 말에 동의를 표한 것인지, 그녀 자신도 잘 알 수 없는 묘하고 어리뚱*('어리둥절'의 영천말)하고, 조금은 비참한 것 같은 그런 기분이었다.

그녀는 말문이 닫히고 말았다. 서낭당을 없애고, 일본의 신을 모시는 신사를 세워야 한다는데, 뭐라고 감히 입을 열 수가 있겠는가. 입을 연다면 "그렇고말고요. 신사를 세워야지요. 벌써 세웠어야 옳아요." 이런 말을 해야 할 판인데, 여느 때 같으면 총독부의 녹을 먹는 가네모도 에이슈구 선생으로서 으레 그런 투로 나올 수가 있고, 또 나와 마땅하겠지만, 지금 토론 비슷한 것에서 완패를 당한 꼴이 된 이 마당에 그런 말이 나올 기분인가 말이다.

가네모도가 아무 말이 없자, 야마구찌는 승자의 미소 같은 것을

은은하게 띠며 공연히 풍금 건반을 한 손으로 도레미파솔라시도 도
레미파솔라시도…… 하고 가볍게 재빠르게 몇 차례 두들기고 나서,

"신사를 짓는다면 위치가 어디가 좋을까요?"

하고 가네모도를 바라보았다.

"글쎄요……."

가네모도는 애써 아무렇지도 않은 듯 담담한 표정을 지었다. 그러
나 어딘지 모르게 풀이 죽은 그런 얼굴이었다.

"어디가 마땅할까……."

그러자 가네모도는 별안간 킥 웃으며,

"서낭당을 없애고 그 자리가 마땅하겠죠."

하고 내뱉었다.

"예?"

약간 놀란 듯한 표정으로 야마구찌가 빤히 바라보자 가네모도는
재빨리,

"농담이에요."

하고 히죽이 웃었다.

그러나 야마구찌의 표정이 수그러지는 것 같지가 않자, 가네모도
는 변명을 하듯 덧붙였다.

"군사도로가 생기기 때문에 서낭당이 없어지는데, 거기에 어떻게
신사를 세운단 말이에요. 농담이라니까요."

"……."

"내가 농담이 좀 지나쳤나……."

그제야 야마구찌는 표정이 풀리며 묘한 웃음을 코언저리에 떠올
렸다.

"군사도로가 들어서지 않는다 하더라도 서낭당이 있던 그런 자리에 신사를 지으면 부정을 타죠."

"하하하……."

"왜 웃어요?"

"부정을 타다니, 야마구찌 선생도 은연중 미신을 믿고 있네요."

"부정 타는 게 뭐 미신인가요?"

"그런 게 바로 미신이 아니고 뭐예요? 하하하……."

"그런가…… 호호호……."

이번에는 자기가 판정패라는 듯이 야마구찌는 유난히 하얀 이마까지 발그레 물들었다.

기분이 좀 회복된 가네모도는 이제 던지고 받고 하는 식의 대화는 그만두기로 하고, 그저 심심하니까 나도는 소문 얘기나 하자는 듯이 자연스럽게 입을 열었다.

"서낭당을 없애면 무슨 재앙이 오지 않을까 하고 마을 사람들 사이에 얘기가 많은 것 같더군요."

"재앙이 오다니요?"

야마구찌도 이제 그저 재미있는 얘기를 주고받는다는 그런 표정이었다.

"서낭당이란 서낭신을 모시는 곳이잖아요. 그런데 그것을 없애면 서낭신이 가만히 있겠느냐는 거죠."

"서낭신? 귀신 말이죠? 귀신이 화풀이를 한다 그 말이군요."

"말하자면 그렇죠."

"정말 귀신이 있을까요?"

"글쎄요…… 야마구찌 선생은 어떻게 생각해요? 있을 것 같애요,

없을 것 같애요?"

"없을 것 같은데요. 귀신이 있다고 생각하는 게 미신 아닐까요."

"나도 있으리라고는 생각하지 않아요. 그러나 좌우간 귀신이 있다고 믿는 사람들이 많으니……."

"사실 있는지 없는지 확실한 건 알 수 없죠 뭐. 본 일이 없으니까 없다고 생각하는 거지."

"그렇죠."

이제 두 사람의 죽이 잘 맞아 나가는 셈이었다.

"그런데 어떤 재앙이 온다는 거예요?"

"별별 얘기가 다 많아요. 각시무술이 있잖아요. 야마구찌 선생도 알죠?"

"알아요. 몇 번 본 일도 있어요."

"그 각시무술이의 말에 의하면 석 달 열흘 동안 비바람이 휘몰아쳐서 온통 쑥대밭을 만들고 말 거라는 거예요."

"석 달 열흘? 그럼 백 일 동안이네요."

"그렇죠."

"호호호…… 재미있다. 천지개벽을 하는 셈이군요."

"허황한 얘기죠. 그런데 좌우간 그런 엄청난 재앙이 올지도 모른다는 거예요. 그 각시무술이가 바로 산에 있는 그 서낭당의 서낭신을 섬기고 있거든요."

"그렇군요. 그러니까 그런 저주가 나오겠죠."

"각시무술이는 그렇다 치고, 그냥 마을 노인들도 그와 비슷한 말들을 해요."

"어떤 말들을 하는데요?"

야마구찌는 매우 재미가 나는 모양이었다.

"큰 가뭄이 들 거라는 말도 있고……."

"각시무술이와는 정반대의 얘기군요."

"그런 셈이죠. 가뭄이 들어도 아주 혹심하게 들어서 논밭이 온통 타버린다는 거죠. 농사를 아주 망쳐 먹을 것이 없어서 굶어 죽게 될 지도 모른다는 거예요."

"설마……."

"그리고 먹는 물까지 말라버릴지 모른다나요. 가뭄이 드니까 자연히 그렇게 되겠지만, 지하수까지 죄다 말라버려서 온 마을 온 면내의 우물들이 전부 바닥을 드러낸다는 거죠. 그렇게 되면 어떻게 되겠어요. 상상을 해보세요."

"호호호…… 그런 허황한 말을 가지고 가네모도 선생은 정말 걱정을 하는 것 같군요."

"걱정을 한다기보다는 기분이 좋을 린 없잖아요."

"난 오히려 재미있네요. 호호호…… 또 어떤 것이 있어요?"

야마구찌는 가뜩이나 앳되어 보이는 얼굴에 재미 좋은 듯한 미소를 가득 담아가지고 물었다. 그런 야마구찌가 귀엽다고 생각하면서 한 살 위인 가네모도 역시 신이 나서 지껄여 댔다.

"고약한 병이 퍼질지도 모른다는 말도 있어요. 염병*('장티푸스'를 속되게 이르는 말)이나 호열자*(사망률이 높은 전염병의 하나) 같은 전염병 말이에요."

"아이 싫어. 전염병은 싫어요."

이맛살을 약간 찌푸리기는 했으나, 그녀는 여전히 미소를 띤 얼굴이었다.

"전염병도 사람에게만 생기는 게 아니라, 가축들에게도 퍼져서 온통 소나 돼지 닭 개 같은 것이 모조리 씨가 말라버릴지도 모른다는 거죠."

"지독하군요. 상상할 수 있는 고약한 것은 죄다 들먹이는 모양이죠."

"하하하…… 맞아요."

가네모도도 웃음이 나왔다.

"그렇게 공연히 이런 얘기 저런 얘기 지껄여대는 재미로들 그러는 거 아니에요?"

"재미로 그러다뇨. 절대 그건 아니라니까요. 정말 모두 서낭당이 없어진 다음에 올 재앙을 두려워하고 있어요. 나 역시 무슨 일이 됐든 좋지 않은 일이 있을 것만 같은 예감이 드는걸요 뭐. 그냥 아무 일도 없이 넘어가지는 않을 것 같단 말이에요."

"그래요?"

야마구찌는 정말이냐는 듯이 두 눈을 좀 크게 뜨고 바라보았다.

"그냥 오래된 고목나무 같은 것을 베도 무슨 일이 꼭 있다는데, 하물며 서낭신을 모신 서낭당을 깡그리 없애버리는데 아무 일도 안 일어나겠어요. 그리고 서낭당이 없어진 다음에 올 재앙도 재앙이지만, 당장 없애는 그 순간도 예사롭지가 않을 것 같은데요."

가네모도의 표정이 한결 진지해지는 듯하자, 야마구찌의 얼굴에도 엷은 두려움의 그늘 같은 것이 서리는 듯했다.

"없애는 그 순간에도 무슨 일이 일어난다 그 말인가요?"

"그래요."

"어떤 일이 일어날 것 같애요?"

"벼락이 떨어질지도 모르죠."

"호호호……."

"웃을 일이 아니에요. 서낭당을 없애는 사람이 그 자리에서 살을 맞아 쓰러질지도 모르고요."

"살을 맞다니요?"

"뭐라 그럴까…… 말하자면 급사를 한단 말이에요. 어떤 신비한 힘에 의해서……."

"귀신의 힘에 의해서란 말이겠군요."

"말하자면 그렇죠."

"그럼, 우리 공병 몇 사람이 전사를 하는 셈이 되겠군요. 귀신한테 죽었으니 전사는 아니고, 보자…… 뭐라 그러면 좋죠?"

그 말에 가네모도는 이제 그만 입을 다물 때가 됐다는 듯이 아무 대답을 하지 않았다.

그때, 똑똑똑…… 노크 소리가 나고, 교실 문이 열렸다. 들어선 것은 공병 소대장 아오끼(靑木) 소위였다.

군복을 입고 있었으나, 전투모자는 안 쓰고 맨대가리로 들어선 그는,

"시쓰레이시마스(실례합니다)."

가볍고 멋지게 거수경례를 붙여 보이면서 다가왔다. 양쪽 깃에 붙어 있는 노오란 소위 계급장이 유난히 반짝거렸다.

난데없이 아오끼 소위가 나타나자, 가네모도는 당황하지 않을 수 없었다. 마치 무슨 해서는 안 될 이야기를 하다가 들킨 것 같은 그런 느낌이었다.

그녀와는 대조적으로, 야마구찌는 절로 얼굴에 활짝 미소가 떠오

르며,

"이랏샤이마세(어서 오세요)."

하고 앉았던 풍금 걸상에서 살짝 궁둥이를 들었다.

싱글싱글 웃으면서 다가온 아오끼는,

"무슨 얘길 그렇게 재미있게 하고 계세요."

하면서 생도용 책상 위에 털썩 걸터앉았다.

"한가하신 모양이죠?"

야마구찌가 약간 수줍은 듯하면서도 애교가 넘치는 그런 어조로
말했다.

"지나가다가 두 분이 하도 재미있게 얘길 주고받길래 한 번 들어
와 본 거죠. 실례가 안 되었는지 모르겠네요."

"실례라뇨. 대환영이에요."

야마구찌는 정말 몹시 기분이 좋은 듯 두 눈이 곱게 반짝거렸고,
앵두 빛깔의 입술도 한결 야들야들 물이 올라 보였다.

가네모도는 어쩐지 여전히 긴장이 풀리지가 않고, 속으로 조금 켕
기기까지 했다. 아무래도 서낭당 이야기가 다시 나올 것만 같은 것
이다.

"어서 얘길 계속하세요. 내가 방해가 된다면 나가 드리고요."

"아니에요. 방해라뇨. 대환영이라니까요."

"그래요? 허허허…… 그럼, 어서 계속해 봐요."

그러자 야마구찌는 좀 망설이는 듯 가네모도의 얼굴을 힐끗 보
고는,

"서낭당 얘길 하고 있었어요."

상냥하게 말을 꺼냈다.

가네모도는 바짝 더 긴장이 되는 느낌이었으나, 예사로운 표정을 지으려고 애를 쓰며 가만히 아오끼를 주시했다.

"서낭당 얘기라뇨?"

"마을 뒷산에 서낭당이 있잖아요. 그 서낭당이 군사도로 때문에 없어지게 된다면서요?"

"그래서요?"

"서낭당이 없어지면 재앙이 온다는 거죠. 그런 소문이 자자하다는군요."

"재앙이 와요?"

"예."

"어떤 재앙이?"

야마구찌는 또 가네모도를 힐끗 한 번 보고서 대답했다.

"석 달 열흘 동안 비바람이 쳐서 온통 쑥대밭을 만들지도 모르고, 반대로 심한 가뭄이 들어 농사를 망쳐버릴지도 모르며, 또 저……."

"……."

"우물이 모조리 바닥이 나서 먹을 물이 없어질지도 모른다는 거예요. 그리고 고약한 병이 돌아서 사람뿐 아니라 가축들까지 모조리 씨를 말릴지도 모르며……."

그러자 가만히 듣고 있던 아오끼가 별안간,

"으엇헛헛허……."

냅다 폭소를 터뜨렸다.

"말하자면 전멸을 하는 셈이군요. 헛헛허……."

몹시 재미있는 모양이었다.

아오끼가 웃는 바람에 가네모도는 긴장이 확 풀리는 듯했다. 야마구찌는 신이 나는 듯 계속 지껄였다.

"재앙이 올 뿐 아니라, 그 서낭당을 없앨 때도 당장 벼락이 치거나,
뭐 살…… 살을 맞아서 사람이 죽거나 한다는 거예요. 귀신의 힘이
라는 거죠."

"귀신? 헛헛허…… 그렇다면 내가 직접 내 손으로 없애 봐야겠는
데……."

가소롭다는 듯이 아오끼는 코언저리에 냉소를 가득 떠올리면서,

"죠센징와 쇼가나이(조선 놈들은 할 수 없어)."

하고 내뱉었다.

가네모도는 한 대 얻어맞은 느낌이었다.

가네모도의 그런 기색을 힐끗 보자, 아오끼는 아차, 내가 실수를
했구나, 싶은 듯 얼른 표정을 달리하며,

"풍금이나 한 번 타 보세요."

야마구찌에게 말했다.

"그럴까요. 무슨 곡이 좋을까……."

마치 야마구찌는 아오끼의 입에서 그 말이 떨어지기를 기다리고
있었다는 듯이 상글 웃으며 풍금 앞에 앉았다.

가네모도는 이제 자기는 자리를 뜨는 게 옳을 것 같은 느낌이
들어,

"그럼 전……."

아오끼에게 살짝 고개를 숙여 보이고는 걸음을 뗐다.

복도로 나서자, 곧 풍금소리가 교실에서 울렸다. 그런데 그 곡이
너무 뜻밖이어서 가네모도는 절로 걸음이 멈추어졌다.

쓰끼노 사바꾸오 하루바루또(달 밝은 사막을 멀리 또 멀리)

다브니 라꾸다가 유끼마시다(나그넷길 낙타가 가고 있었죠)…….

어쩌고 하는, 아련한 연정이 담긴 감미로운 유행가였다.

가네모도는 공연히 콧등에 주름을 잡으며 비죽비죽 웃고 나서,

"홍!"

콧방귀를 한 번 뀌고는, 찰딱찰딱 슬리퍼 소리를 요란하게 내며 교무실 쪽으로 향했다.

5

야마구찌 하루에 선생과 아오끼 소위가 연애를 한다는 소문이 생도들 사이에 퍼졌다. 주로 5,6학년생들이 킬킬거리며 수군댔다.

연애는 '렝아이'다. 그런데 아이들은 흔히 '렝가이' 또는 '넹가이'라고 혀끝이 매끄럽게 돌아가지 않는 듯한 발음을 했다.

"어제도 렝가이 하더라, 아나."

"어디서?"

"교실에서, 방과 후에. 야마구찌 선생은 풍금을 타고, 아오끼 소위는 옆에 서서 노래를 부르더라니까."

"그기 렝가이가?"

"노랠 부르면서 아오끼 소위가 야마구찌 선생의 어깨를 한쪽 팔로 기분 좋게 안고 있던데…… 그기 렝가이 아니고 뭐고?"

"그것도 쪼금 렝가이 같기는 하지만, 진짜 렝가이는 그기 아닌 기라. 우예 하는 동 아나? 히히히……."

"나도 알어. 헤헤헤……."

이런 투로 킬킬거리기도 했고,

"넹가이 하면 억씨기 기분 좋을 끼라."

"니도 해보고 싶으나?"

"호호호…… 야마구찌 선생하고 아오끼 소위하고 입을 쪽 맞출 거 앙이가."

"입 맞추는 걸 뭐라 카는동 아나?"

"넹가이 앙이가."

"헤헤헤…… 모르제? 키스라 카는 기라."

"키스?"

"그래."

"그럼, 넹가이는?"

"넹가이는 키스도 하고 또 옷도 벗는다, 아나?"

"여자도 벗나?"

"그래."

"그럼, 야마구찌 선생도 벗겠네. 웃훗후후…….'"

이렇게 주고받으며 묘한 웃음을 내뱉기도 했다.

여생도들은 남생도들보다 한결 재미가 좋은 듯 은밀히 큭큭 켈켈 웃어가며 곧잘 그 화제를 즐겼다.

그 무렵은 의무교육이 아니라, 국민학교도 시험제였기 때문에, 몇 차례나 낙방을 거듭한 끝에 겨우 합격이 되어 입학하는 수가 허다했 다. 뿐만 아니라, 아예 열 살이 넘어서야 학교에 보내는 경우도 많았 다. 그래서 5,6학년생 가운데는 이미 이마에 여드름이 돋아난 그런 생도들도 적지 않았다. 여생도들도 마찬가지였다.

그런 처녀티가 역력한 여생도들은 더욱 신이 나는 듯 모여 앉기만 하면 공연히 좋아서 얼굴까지 붉혀가며 떠들어 댔다. 떠들어 댄다 해도 몹시 야릇하고 부끄러운 그런 화제여서 혹시 남생도들이나 선생님이 지나다가 듣지나 않을까, 곧장 주위에 신경을 쓰고, 이따금 깜짝깜짝 놀라기도 하면서 수줍게 떠들었다.

야마구찌 선생과 아오끼 소위의 연애 이야기가 발전해서,

"일본 사람들은 말이지, 남자하고 여자하고 함께 목간통에 들어간다 카더라."

이런 식으로 흐르기도 했다.

"뭐라고? 같은 목간통에 옷을 다 벗고 들어간다 말이가? 남자하고 여자하고."

"그런대."

"신랑 각시가 그러겠지 뭐."

"앙이래, 신랑 각시가 아니라도 그런다 캐."

"그럼 렝가이를 하는 사이겠지."

"앙이라니까. 렝가이를 안 해도 그런다는 기라. 서로 모르는 사이라도 같이 목간을 한다 안 카나."

"우야꼬, 그기 정말잉강?"

"정말이래. 공동목간통에 남자하고 여자하고 버글버글 섞여서 목간을 한다는 기여."

"어메— 얄궂어라. 히히히…… 부끄럽어서 우예 그러제."

"글씨 말이다. 나 같으면 부끄럽어서 때도 몬 씻고 후닥닥 뛰어 나와 삐리겠다."

"하하하……."

"호호호……."

한바탕 웃고 나서,

"일본 사람들은 부끄럽은 줄도 모르는 모양이제?"

"개 한가진갑다."

"맞다 그런갑다."

하고 일인들을 짐승으로 몰아붙였다.

그러면서도 어떤 여생도는 남자와 여자가 한 목욕탕에서 목욕을 한다는 사실이 생각할수록 신기하고 야릇하기만 한 듯,

"일본 목간통에 한 번 들어가 봤으면 좋겠다야."

하고 서슴없이 내뱉었다.

"우야꼬— 야 보래."

"얄궂대이, 얄궂대이."

"소문 내세—"

모두 무엇이 좋은지 살짝살짝 목덜미까지 물들여가며 필요 이상 킬킬 겔켈 자지러졌다.

야마구찌 선생과 아오끼 소위가 말을 둘이 함께 타더라는 소문도 퍼졌다. 물론 그것도 그들의 연애에 관한 소문의 한 가닥이었다.

그 소문은 용길이의 입에서 나왔다.

지난 일요일 오후였다. 용길이는 과수원 근처의 논두렁에서 혼자 개구리를 잡고 있었다. 집에 가지고 가서 닭모이로 주기 위해서였다. 봄 사람들과 마찬가지로 봄 닭들 역시 먹이에 허덕이고 있는 터이라, 개구리라도 잡아다 주지 않으면 알을 잘 낳질 않았다. 그래서 논두렁을 헤매며 개구리를 잡아다 나르는 게 용길이의 일 몫이 되어 있었다.

겨우내 땅속에서 잠을 자고 기어 나온 개구리들은 아직 몸에 살이

오르지 않아 껍질만 남은 어설픈 몰골이었고, 기운도 없어 재빠르게 뛰어 도망치지도 못했다. 막대기를 들고 살금살금 다가가면 어기적어기적 기어가다가 홀떡 한 번 뛰어보고는 비실거리기 일쑤였다. 한 대 내리치면 그대로 허연 뱃가죽을 드러내며 발랑 뒤집어져 바르르 떨게 마련이었다.

눈에 띄기만 하면 그렇게 으레 잡을 수가 있었으나, 논두렁에 아직 개구리가 흔치 않았다.

대여섯 마리만 잡으면 하루 먹이로 넉넉한 편인데, 아직 세 마리밖에 잡질 못한 용길이는 그것을 새끼오리에 꿰 들고서 두어 마리 더 찾아내려고 논두렁을 더듬어 나가다가 별안간,

"익크!"

깜짝 소스라치며 후닥닥 뒷걸음을 쳤다.

뱀이었다. 제법 큼직한 뱀 한 마리가 풀숲에서 스르르 기어 나오고 있었다.

뱀 역시 개구리와 마찬가지로 겨울잠에서 깨어난 지 얼마 안 되는 터이라 아직 제대로 힘을 쓰지 못하는 듯 움직이는 게 어딘지 모르게 맥이 없어 보였다. 돌멩이 같은 것으로 냅다 내리치면 대번에 꾸들꾸들하게 말리며 뻗어버릴 것 같았다. 그러나 친구가 두엇 함께 있다면 모르지만, 혼자서는 도저히 그럴 엄두가 나지 않았다. 맥이 없어도 역시 뱀은 뱀이어서 징그럽고 섬뜩했다. 그리고 뱀은 잡아보아야 닭의 먹이가 되는 것도 아니었다. 그저 짓궂은 재미로 그러는 것인데…….

"이누무 것아!"

용길이는 공연히 손에 쥔 막대기로 땅바닥을 한 번 내리치며 한쪽

발을 쾅 굴렸다.

뱀은 놀라는 기색도 없이 그저 느릿느릿 미끄러질 뿐이었다.

용길이는 섬뜩한 기분을 떨쳐버리기라도 하려는 듯,

"개구리 구만 잡자—"

냅다 소리를 지르며 내닫기 시작했다.

과수원의 탱자나무 울타리를 따라 뻗어 있는 오솔길을 한참 달리다가 용길이는 조금 숨이 차서 타박타박 걸었다.

과수원은 일인 야마구찌네 것이었다. 면내에서 가장 큰 사과밭이었다. 야마구찌 하루에 선생은 바로 이 과수원집 딸이었다.

한 손에 개구리 세 마리를 꿴 새끼오리를 달랑거리며 용길이가 타박타박 걸음을 옮기고 있는데, 히힝! 하고 말이 코를 부는 소리가 들렸다. 탱자나무 울타리 안쪽에서였다. 과수원 안에 웬 말인가 싶어 용길이는 걸음을 멈추었다. 그리고 탱자나무 울타리가 조금 벌어진 사이로 안을 들여다보았다.

군마였다. 학교에서 늘 보는 공병 소대장 아오끼 소위의 말인데, 그러나 뜻밖이 아닐 수 없었다. 그 말이 이 과수원에 와 있다니……
그리고 그 말 위에 놀랍게도 아오끼 소위와 야마구찌 선생이 함께 타고 있는 것이 아닌가. 군복에 전투모자까지 쓴 아오끼 소위가 흰 운동복 차림의 야마구찌 선생을 앞에 앉혀 바싹 안다시피 하고 사과나무 사이를 한가롭게 말을 몰고 있었다. 사과나무는 약간 연분홍빛을 띤 하얀 사과꽃들이 한창 만발해 있었다. 그 사과꽃의 은은한 향기를 즐기며 두 사람은 말을 타고 산책을 하고 있는 것이었다.

뭐라고 서로 지껄이고는 함께 활짝 웃기도 했다.

그렇게 두 사람이 탄 말 뒤를 하라꼬가 따르고 있었다. 하라꼬는 공연히 신나는 듯 혼자 홀딱홀딱 뛰기도 했다. 과수원 한쪽 가에 하라꼬네 조그마한 함석집이 있는 것이다.

"하라꼬짱─"

용길이는 냅다 소리를 질렀다. 그리고는 얼른 숨듯이 탱자나무 울타리 그늘에 조그맣게 웅크리고 앉아버렸다. 어쩐지 켕기는 듯 가슴이 두근거렸다. 하라꼬짱을 불렀지만, 실상은 말을 함께 타고 있는 야마구찌 선생과 아오끼 소위를 야유하고 싶은 그런 기분이었던 것이다. 말하자면, 나는 보았네─ 하는 소리와 마찬가지였다.

하라꼬는 어디서 저를 부르는가 싶은 듯 두리번거렸다. 그러나 말 위의 두 사람은 그런 것 들은 체도 아니 하고, 그저 기분 좋게 건들건들 말에 흔들려가고 있었다.

말이 사과나무 숲속으로 차츰 멀어져가고, 하라꼬의 모습도 사라져가자, 그제야 용길이는 가슴을 활짝 펴고서,

"앗핫핫하…… 웃훗훗흐……."

커다란 소리로 억지웃음을 한바탕 웃었다.

그리고 타박타박 걸음을 옮겨가다가, 이번에는 입술을 똥그랗고 딴딴하게 오므려가지고 냅다 후익─ 후익─ 날카로운 휘파람을 몇 번 과수원 안쪽을 향해 날렸다.

그렇게 해서 용길이의 입을 통해 퍼져나간 소문은 제멋대로 가지를 뻗기도 했다.

"야마구찌 선생하고 아오끼 소위가 말을 같이 타더라는 기라."

"말을?"

"응, 아오끼 소위가 야마구찌 선생을 말 위에서 불끈 껴안고 있더라는데."

"히히히…… 기분 좋겠다."

"그리고 말이지, 야마구찌 선생 젖가슴을 아오끼 소위가 두 손으로 주물럭주물럭 하더라 캐."

"아이구 신나겠네."

이런 식이기도 했고, 심지어는,

"야마구찌 선생을 아오끼 소위가 말 타더란다."

"뭐? 말 타다니, 어떻게?"

"말 타는 것도 모르나? 올라타더라 말이다."

"ㅎㅎㅎ…… 올라타면 무겁어서 우야노."

이렇게 전혀 엉뚱한 얘기가 되어버리기도 했다. 말이란 굴러감에 따라 어느 정도 변모되게 마련이지만, 아이들의 입을 통할 때는 그 변모가 현저히 더 심한 듯했다. 그렇게 소문만 가지를 뻗어간 게 아니라, 더러 그런 낙서도 눈에 띄게 되었다. 학교 변소 안이나 교사 한쪽 모퉁이 같은 데에 야마구찌 선생과 아오끼 소위가 연애를 한다는 낙서가 등장한 것이다. 연필로 또박 또박 써놓기도 했고, 분필로 내갈겨놓기도 했다.

―야마구찌 아오끼 렝아이.

―야마구찌 선생 렝아이 박사.

―야마구찌 아오끼 신랑 각시.

이런 비교적 점잖은 것이 있는가 하면,

―야마구찌하고 아오끼하고 뭐뭐 했다네.

―야마구찌+아오끼=아웅아웅아웅(갓난애 우는 소리)

이런 고약한 것도 더러 눈에 띄었다.

낙서가 등장하자, 선생들의 눈에도 그것이 띄어 주훈에 '낙서를 하지 말자'라는 것이 나오게 되었다. 주훈이란 그 한 주 동안에 특별히 실천해야 될 중점사항이었다. 주번선생이 월요일 조회 때 주훈을 발표하고, 그것을 실천해 나가도록 독려를 하는 것이었다.

불시에 생도들의 호주머니 검사를 실시해서 연필 동강이나 분필, 혹은 크레용 도막 같은 것이 나올 것 같으면 낙서혐의자로 벌을 주기도 했고, 소제 시간에 교내의 모든 낙서를 말끔히 지우는 작업을 시키기도 했다. 모든 낙서를 샅샅이 찾아 지우는 그런 때면 생도들은 오히려 재미가 나서 헤헤헤 히히히 웃어대기 일쑤였다. 야마구찌 선생과 아오끼 소위가 연애를 한다는 사실을 잘 몰랐던 생도들도 새삼스럽게 전부 알게 되어 눈들이 휘둥그레지는 그런 역효과도 없지가 않았다.

그렇게 말하자면 교내의 일대사건처럼 떠들썩했으나, 당자인 야마구찌 선생은 뭐 그다지 당황하는 것 같지도 않았고, 수치스럽거나 부끄러운 듯한 기색도 보이지 않았다. 조금 멋쩍은 듯한 웃음을 더러 흘리기는 했으나, 오히려 전보다 화색이 더 돌고, 더 명랑해 보일 뿐 아니라, 내심 자랑스럽게 여기고 있는 것처럼 느껴지기까지 했다. 혹시 같은 교직원끼리 연애에 빠지게 되었다면 일이 어색해지고 난처해졌을지 모르지만, 공병 소대장과의 사이에 벌어진 일이라, 도리어 콧대가 우뚝해지는 것인지도 알 수 없었다. 이미 아오끼 소위가 자기 집인 과수원에까지 찾아와서 부모가 기뻐하는 가운데 함께 말을 타고 산책을 즐기는 정도가 되었으니, 야마구찌 선생으로서는 이제 뭐 감추고 어쩌고 할 일이 아니라고 생각하고 있는지도 몰랐다.

아닌 게 아니라 야마구찌 선생의 그런 마음가짐을 실증이라도 하듯 그녀와 아오끼 소위가 함께 타는 이인승마(二人乘馬)는 과수원의 범위를 벗어나 들길에 그 모습을 나타내기도 했고, 냇둑을 멀리까지 갔다가 돌아오기도 했다. 이인승마도 제법 익숙해진 듯 냇둑 같은 데서는 천천히 달려보기도 했다.

빠까빡 빠까빡…… 하고 말발굽 소리가 따스하고 나른하기도 한 봄날 황혼 무렵의 들녘에 울릴 것 같으면, 논이나 밭에서 일하던 사람들이 허리를 펴고서 그쪽을 바라보며,

"잘 노네."

"팔자 좋구나."

한마디 내뱉고는 공연히 코언저리에 냉랭한 웃음을 떠올리기도 했고, 흥! 하고 콧방귀를 뀌기도 했다. 어떤 사람은 아니꼬워서 못 보겠다는 듯이 냅다 코를 한바탕 땅바닥에 풀어 던지고는 얼른 고개를 돌려버리기도 했다.

아무튼 그들의 소문은 그렇게 자연히 학교라는 범위를 벗어나, 마을 사람들의 입에도 심심찮게 오르내리는 공공연한 것이 되었다.

6

군용도로 건설을 위한, 동원령이 내렸다. 면내의 각 부락에 부역이 할당되어 나온 것이다.

보리를 베야 할 때가 다가오고, 못자리를 만들어 모를 심을 철이 멀지 않았는데, 하필 이런 바쁜 농사철에 부역이라니, 그것도 하루 이틀이 아니고, 몇 달이 걸릴지도 모르는 그런 대규모의 것이니, 마을 사람들은 그저 어안이 벙벙할 따름이었다. 올 것이 드디어 오고

야 말았구나 하는 얼떨떨한 심정들이었다. 도리가 없었다. 하라면 하는 수밖에. 나오라면 나가는 수밖에. 집 안에서는 온갖 소리를 다 내뱉으며 불만을 쏟아내고 한숨을 토하고 했지만, 바깥에 드러내 놓고 그럴 수는 도저히 없는 세상이었다. 죽으라면 죽는 시늉이라도 해야 할, 서슬이 시퍼런 시국이 아닌가. 오히려 웃음 띤 낯으로, 기꺼이 부역에 앞장선다는 그런 태도로, 다시 말하면 황국신민의 한 사람으로서 대동아 성전의 한몫을 담당한다는 그런 긍지를 가지고 삽이나 괭이를 무기처럼 어깨에 메고, 혹은 지게를 지고 나서야만 되었다.

그렇다고 전혀 농사에는 손을 댈 수 없을 정도로 모조리 부역에 나서도록 몰아붙이는 것은 아니었다. 부락별로 인원이 할당되고, 또 일하러 나가는 날짜도 며칠씩 차례로 정해졌다. 그러니까 어느 정도 숨 쉴 틈이 없는 것은 아니었다. 어쨌든 그렇게 해서 온 면내가 들썩거리는 가운데 산봉우리에 포대를 쌓고, 진지를 구축하고, 거기까지 가닿는 도로를 닦는 일대 군사 작업이 시작되었다.

포대를 쌓고 진지를 구축하는 일은 힘깨나 쓰는 남정네들의 차지가 되었고, 길을 닦아 올라가는 일은 주로 노인층과 아낙네들의 몫으로 돌아갔다. 길은 아래서부터 위쪽으로, 한 가닥으로 닦아 올라가는 것이 아니라, 어디서 어디까지는 어느 부락, 이런 식으로 배당이 되어 책임제로 작업이 이루어져 나갔다.

맨 아래 쪽으로부터 각시바위 서낭이 있는 곳까지가 면소재지 마을, 즉 용길이네 마을의 담당이었다. 제일 큰 마을이기 때문에 가장 구간이 길었다. 그러니까 각시바위 위쪽부터는 다른 마을 사람들이 길을 닦아 올라가고, 맨 아래쪽에서 그곳까지 용길이네 마을 사람들이 닦아 올라가는 것이었다.

딴따라 딴따라 딴…… 빵빠가 빵빠가 빵…… 산에 곧잘 나팔 소리가 울려 퍼졌고, 이따금 쿵쾅! 하고 남포 터지는 소리가 요란하게 산과 들을 뒤흔들기도 했다. 조용하고, 아늑하다면 아늑한 고장이 별안간 시끌시끌하고 어수선한 지대로 탈바꿈을 하고만 셈이었다.

그렇게 군사작업이 진행되어 나가는 가운데, 은밀히 한 가지 계획이 마을에 꿈틀거리기 시작했다. 연판장을 만드는 일이었다. 탄원서를 내자는 것이었다. 부역에 동원되고 있는 대상에서 벗어난, 수염이 허연 노인들 사이에서 고개를 쳐든 공론이었다.

차츰 길이 닦여 올라감에 따라 머지않아 각시바위 서낭이 없어지고 말 터인데, 그것이 제거된 다음에 올 재앙을 생각하면 가만히 앉아 보고만 있을 수가 없지 않느냐는 것이었다. 어떻게 해서든지 서낭만은 그대로 보존이 되도록 손을 써보자는 얘기였다. 이미 측량이 끝나 작업이 시작된 판국인데, 몇몇이서 말로만 진정을 해가지고는 일이 이루어질 가망이 없어 보이니, 집집마다 연판장을 돌려 도장을 받아서 탄원서를 만들어 요로에 제출을 해보자는 의논이었다.

요로를 어디로 할 것인지, 그것은 차차 또 상의해 보기로 하고, 우선 창호지를 잘라 책처럼 엮어서 연판장을 만드는 일에 착수한 것이다. 앞부분에 탄원문을 쓸 자리 두어 장을 남겨놓고서 말이다. 탄원문을 잘 지어야 할 것이니, 먼저 도장부터 받기로 하자고, 간단히 생각하고서 그렇게 시작했던 것이다. 탄원문은 도장을 다 받은 다음에 적어 넣어도 뭐 상관없을 게 아닌가, 모두 그렇게 생각했었다.

집집마다 도장을 받으러 다니는 일은 역시 비밀리에 진행하는 것이 옳을 것 같아 은밀히 밤중에 행동해 나갔다. 물론 직접 연판장을 들고 가가호호 찾아다니는 일은 좀 덜 늙은 축에서 담당했다. 그러나 아무리 은밀히 밤중에 일을 해나간다 하지만, 그것이 결코 비밀이 될 수는 없었다. 그런 종류의 비밀이란 여간해서 지탱해 나갈 수가 없는 세상인 것이다.

결국 그 연판장과 함께 두 노인이 먼저 주재소로 연행되어 갔다. 연행되어 가면서도 두 노인은 그저 아무 대수로울 게 없는 수작이니, 해명이나 하면 그만일 줄 알았다. 그러나 일이 결코 그렇게 간단하지가 않았다.

연판장을 본 주재소 소장 모리오까는 대뜸 안색이 확 변했다. 코밑의 까만 나비수염이 별안간 빳빳하게 굳어지는 듯했다.

도대체 이게 무슨 비밀공작이냐는 것이었다. 아주 위헌천만하고 불순한 그런 문서를 만들려는 음모라고 생각하는 모양이었다. 그게 아니라 각시바위 서낭을 그대로 보존하려고 탄원서를 작성하는 중이라고 극구 해명을 해도 믿으려 들지 않았다. 문제는 연판장 앞에 탄원문을 먼저 적어 넣지 않은 데 있었다. 말은 그런 식으로 해서 서명과 날인부터 받아 가지고 엉뚱한 문서를 만들려고 한 게 아니냐는 것이었다. 독립운동 같은 것과 관계되는 그런 성질의 것이 아닌가 하고 넘겨짚는 듯했다.

그런 혐의를 벗는 데 여러 날이 걸렸다. 관련이 된 노인들이 모두 붙들려 왔고, 심지어 도장을 찍은 사람들까지 하나하나 불러다가 심문을 했다. 그렇게 샅샅이 훑은 끝에 결국 다른 무슨 불순한 목적이 있었던 것이 아니라는 걸 알게 되자, 그제야 좀 누그러졌다. 그러나 이번에는 각시바위 서낭이 다 뭐냐, 이 결전의 시기에 그런 게 다 무슨 소용이냐, 결과적으로 군사작업을 방해하려는 수작으로밖에 볼 수 없다, 이런 식으로 나왔다. 용서할 수 없는 비국민이라는 것이었다. 진정한 황국신민이라면 서낭당을 보존하다니 될 말이냐는 것이었다.

모리오까는 노인들의 허연 턱수염을 예사로 잡아당겨가며,

"이 늙은 죠센징, 정신 차려! 정신! 지금이 어느 땐 줄 알고 그따위 잠꼬대 같은 수작들을 벌이는 거야!"

하고 내뱉기도 했다.

마을을 위해서, 이 고장에 닥쳐올 재앙을 막기 위해서 각시바위 서낭을 건져보려던 촌로들의 애틋한 충정은 그렇게 무참히 물거품처럼 꺼져버리고 말았다. 말할 것도 없이 그 연판장은 갈기갈기 찢겨서 주재소의 쓰레기통에 처넣어졌다.

7

각시무술이의 얼굴은 여느 때보다 월등히 희고, 화사하기까지 했다. 분을 짙게 바르고, 연지를 선명하게 찍었으며, 눈썹까지 곱게 그렸다. 그런 얼굴에 땀이 조금씩 내배고 있었다.

각시바위 서낭 앞이었다. 금줄이 쳐진 노송의 밑둥치에 바싹 붙여서 조그마한 제상이 놓였고, 허름한 돗자리가 그 앞에 깔렸으며, 돗자리 위에서 각시무술이는 혼자 우쭐우쭐 굿을 하고 있는 것이었다. 저고리 위에 덧입은 녹의의 긴 자락이 펄럭펄럭 나부끼고, 치마 밑으로 하얀 버선발이 희끗희끗 나타나곤 했다.

"엇쒸─ 물러가라, 물러가라. 잡귀도 물러가고, 살기도 물러가고,

304

오만 액신 다 썩 물러가라. 엇쐬—"

한쪽 손에는 삼창(三槍)을 쥐고 있는데, 그것을 이리 흔들고 저리 흔들 때마다 세 가닥으로 뻗은 창끝이 아침 햇살을 받아 번쩍번쩍 번쩍였다. 녹이 슬었던 창을 무술이는 간밤에 말짱 갈고 닦았던 것이다. 여느 때의 굿 같았으면 그냥 그대로 썼을 터인데, 이번은 그게 아니었다. 어쩌면 각시바위 서낭당 앞에서의 굿은 이것으로 마지막이 될지도 모른다. 십중팔구 마지막인 것이다.

오늘 각시바위 서낭당을 없앤다는 소식을 들은 것이다. 아직 산 아래쪽에서 닦아 올라오는 길이 각시바위 서낭이 있는 데까지 닿으려면 멀었다. 빨라도 두어 달은 더 걸릴 것 같았다. 그런데 마을에 그런 연판장 소동이 있자, 서둘러 먼저 서낭당부터 없애기로 주재소와 공병부대 사이에 결정이 내려졌던 것이다. 쓸데없는 공론을 일으켜 민심을 뒤숭숭하게 휘저어 놓은 그 서낭당인가 뭔가 하는 괴이한 바위와 나무를 얼른 없애버리는 게 군사 작업의 순조로운 진행에도 보탬이 되리라는 의견이었던 것이다. 말하자면 앓는 이는 그저 서슴없이 빼버리는 게 상책이라는 그런 생각이었다.

그 소식을 들은 각시무술이는 간밤에 거의 눈을 붙이질 못했다. 드디어 올 것이 오는구나 하는 아찔한 절망감에 휩싸여 치를 떨었다. 그 서낭을 모시고 섬기던 무술이로서는, 서낭신을 우리 '성님'이라고 부르던 그 동생으로서 결코 가만히 보고만 있을 수는 없는 노릇이었다. 일본 병정들이 하는 일을 한낱 아녀자의 몸으로 막을 길은 도저히 없겠지만, 그러나 하는 데까지는 해보는 도리밖에 없었다. 부득부득 이를 갈면서 그녀는 밤이 이슥토록 녹이 슨 삼창을 갈고 닦았고, 꼭두새벽부터 서낭을 찾아와서 굿판을 벌인 것이다.

"……2월이라 드는 액은 3월이라 삼질날*(삼짇날)로 막아내고 3월이라 드는 액은 4월이라 초파일로 막아내세. 엇쐬— 엇쐬— 4월이라 드는 액은……."

해가 돋아 오른 지도 꽤 되었는데, 각시무술이는 여전히 지칠 줄 모르고 혼자서 넋두리를 하며 너울너울 춤을 추기도 했고, 홀떡홀떡 몸부림을 치듯 뛰기도 했다. 그러다가는 삼창을 던지고, 제상 앞에 털썩 주저앉아서 두 손을 썩썩 비비며 중얼중얼 흥얼흥얼 저주와 원망과 그리고 간절한 소망과 애원이 함께 뒤범벅이 된 듯한 그런 목소리, 그런 가락으로 끝없이 뇌까려 댔다. 그녀로서는 그 어느 때의 굿보다도 월등히 정성을 다해서 심각하고 또 진지하게, 사무쳐 끓어오르는 간절하고 뜨거운 것을 내쏟고 있는 것이었다. 아무도 보는 사람이 없는 굿판인데도 이렇게 짙은 신이 내리다니, 스스로도 놀랄 지경이었다.

제상에 세워진 한 자루의 촛불은 노송의 가지 사이로 비껴 내리는 아침 햇살 속에 나불나불 타면서 그녀의 애끊는 심정처럼 추적추적 녹아내리고 있었다.

사람들이 하나둘 모여들기 시작한 것은 얼마 뒤의 일이었다. 일을 하러 나온 부역꾼들이었다. 오늘 각시바위 서낭을 없앤다는 말을 들어서 알고 있는 터이라, 모두 두려움과 호기심이 뒤섞인 그런 얼굴들이었다.

구경꾼들이 모여들자, 각시무술이는 더욱 신이 났다. 너울너울 추는 춤도 한결 그 팔 움직임이 컸고, 몸부림을 치듯 홀떡홀떡 뛰어대는 활동도 한층 더 힘이 넘쳤다. 질러대는 목소리 역시 더욱 어기차고 절절했다.

좀 멀찍이 빙 둘러선 구경꾼들은 아무래도 오늘 무슨 일이 있을 것만 같은 예감에 휩싸이며 각시무술이의 굿을 지켜보고 있었다.

"신이 단단히 내린 모양인데……."

"얼굴에 저 땀 좀 보소."

"죽기 아니면 살기 아니겠나."

"그렇고말고. 자기가 모시는 서낭당이 없어지는데 눈이 안 뒤집히겠어."

"쯧쯧쯧…… 너무하지, 너무해."

이렇게 주고받으며 혀를 차는 남정네들도 있었고,

"곧 서낭당을 없애삐릴 낀데 굿을 하면 뭐하노."

"곧 없어지니까 마지막으로 굿이라도 한 번 해야지. 그럼, 가만히 보고만 있어야 된다 말이가?"

"새벽부터 나와서 굿을 하는 모양이제?"

"그런 모양인데. 촛불이 저렇게 닳은 걸 보니……."

"억씨기 기운도 좋다. 새벽부터 지금까지 저렇게 땀을 뻘뻘 흘리며 굿을 하다니……."

"저거 성님하고 마지막 작별이니 그래야지."

"저거 성님 오늘 가만히 안 있겠제?"

"글씨, 두고 봐야지. 서낭당이 정말 영험이 있는 긴지, 없는 긴지……."

"베락이라도 떨어져 삐리면 좋겠다."

"맞다. 콱 몇 놈 꼬꾸라지구로."

아낙네들은 이렇게 주고받으며 킥킥 웃기도 했다.

딴딴따 딴딴따 딴— 딴딴따 딴딴따 딴—

나팔 소리가 울려 퍼졌다. 작업 시작을 알리는 신호였다. 아홉 시 정각이 된 모양이었다.

나팔 소리가 울렸으나, 각시무술이의 굿은 계속되었고, 구경꾼들은 조금 움직이기는 했지만, 자리를 뜰 생각은 하지 않았다.

그대로 빙 둘러서서 구경을 하고 있는데, 잠시 후, 아오끼 소위가 도착했다. 아오끼 소위는 군마를 타고 있었고, 옆구리에는 큼직한 군도를 차고 있었다. 전투모자의 끈을 턱밑으로 내려서 단단히 졸랐고, 적갈색의 기다란 가죽장화를 신고 있었다. 완전무장을 한 셈이었다. 위세가 제법 당당했다.

군마의 뒤를 따라 공병 일개 분대도 도착했다. 공병들 가운데 서너 사람은 어깨에 도끼를 메고 있었고, 두 사람은 다이너마이트랑 그것을 장치할 용구 같은 것을 들고 있었으며, 그 밖의 사람들은 착검을 한 장총을 메고 있었다. 얼른 보아도 서낭 제거를 위해 출동해 온 병정들이라는 것을 알 수 있었다.

"나니시도룬다(뭣들 하고 있는 거야)!"

아오끼 소위는 말에서 훌떡 뛰어내리며 냅다 소리쳤다. 작업 시작을 알리는 나팔 소리가 났는데, 무엇들 하고 있느냐는 것이었다. 그러나 아오끼 소위의 얼굴에 노기가 비친 게 아니라, 히죽 웃음이 떠올랐다. 경멸에 찬 그런 웃음이었다. 물론 각시무술이의 굿하는 모습을 보고서였다.

각시무술이는 일본 병정들이 도착하자, 바짝 긴장이 되는지 좀 주춤하는 듯하더니, 냅다 지금까지보다 월등히 큰 목소리로 내지르기 시작했다.

"물러가라! 물러가라! 엇쐬— 어디서 온 귀신이냐. 동에서 온 잡귀냐, 서에서 온 살기냐. 무얼 몬 묵어서 우리 성님까지 잡아묵을라고 이렇게 몰려오는고. 더럽다! 물러가라! 썩 물러가라! 엇쐬! 엇쐬—"

악이 받치는 듯 입에서 마구 침이 튀었고, 두 눈에 곧장 흰자위가 번뜩였다. 홀떡홀떡 정신없이 뛰면서 연신 삼창으로 허공을 쿡쿡 찌르는 시늉을 해댔다.

펄럭이는 치마폭과 너풀거리는 녹의의 자락이 일으키는 바람에 촛불이 곧 꺼질 듯이 지지러들었다가 화르르 화르르 되살아 타오르곤 했다.

아오끼 소위와 병정들은 재미있는 구경거리라는 듯이 싱글싱글 히죽히죽 웃기도 하면서 한참 가만히들 서서 구경을 하고 있었다. 히힝 히힝…… 이따금 코를 불면서 말도 멀뚱히 각시무술이 쪽을 바라보고 있었다.

작업을 시작하지 않고 뭣들 하고 있느냐는 아오끼 소위의 호통 소리에 슬금슬금 흩어지려던 구경꾼들도 도로 멈추어 서서 일이 어떻게 될 것인지, 호기심과 긴장이 반반인 그런 표정들을 하고서 숨을 죽이고, 아오끼 소위와 각시무술이를 번갈아 바라보곤 했다.

"이제 그만!"

아오끼 소위가 버럭 고함을 지른 것은 한참 뒤의 일이었다. 물론 각시무술이를 향해 지른 명령이었다.

그러나 그 소리를 들었는지 못 들었는지, 각시무술이는 여전히 삼창을 휘둘러 대며 병정들 쪽을 향했다. 빙 돌아섰다, 이리 갔다, 저리 갔다 하면서 악을 쓰듯 넋두리를 해댔고, 우쭐우쭐 홀떡홀떡 몸부림을 쳐댔다.

"안 들리나?"

아오끼 소위의 고함 소리에 조금 가시가 박히는 듯했다.

"성님 성님 우리 성님. 곱고 고운 우리 대감. 물을 보면 물을 막고, 불을 보면 불을 막는 우리 대감. 무얼 하고 기시능교. 잡귀들을 막아 주소. 잡귀인지 살기인지 몰려왔구마. 엇쐬— 쫓아주소."

"그만 못하겠어?"

아오끼 소위는 군도를 쥐고 있는 손에 불끈 힘을 주었다. 군도의 끝 쪽이 약간 위로 쳐들렸다.

그래도 여전히 그칠 줄을 모르자,

"콘칙쇼(이 개 같은 것)!"

칵 내뱉으며 뚜벅뚜벅 각시무술이에게로 다가갔다.

아오끼 소위가 군도를 불끈 거머쥐고 다가오자, 각시무술이는 흠 첫 놀라며 조금 비실거렸다. 그러나 곧 겁도 없이 떡 버티고 서며 허 공을 향해 한 손으로 내두르고 있던 삼창을 얼른 앞으로 가져와 두 손으로 거머쥐었다. 마치 그것으로 아오끼 소위에게 대항하려는 자 세 같았다.

구경꾼들은 침들을 삼키며 바짝 굳어지고 있었다.

각시무술이가 삼창으로 대항할 듯한 자세를 취하자, 아오끼 소위 는 우뚝 멈추어 섰다. 그리고 어이가 없는 듯 그만,

"엇헛헛허……."

웃음을 터뜨렸다. 가소로워 못 견디겠는 모양이었다.

아오끼 소위가 웃자, 각시무술이는 다시 소리를 질렀다.

"엇쐬— 물러가라. 잡귀는 물러가라. 엇쐬—"

그러나 그 소리는 현저히 맥이 풀려 있었고, 약간 떨리기까지 했다.

"헛헛허…… 재미있는 여자로군."

아오끼 소위는 입을 한쪽으로 삐딱하게 하고, 코를 실룩이 들면서 천천히 오른손을 군도의 자루로 가져가더니,

"에잇!"

날카로운 기합과 함께 냅다 쑥 칼을 뽑았다. 번쩍 허공에 빛이 튀는 듯했다. 햇살을 받아 시퍼런 칼날이 싸늘하게 번쩍였다.

각시무술이는 눈이 휘둥그레지며 몸을 떨었고, 두 손에서 절로 힘이 풀리는 듯 삼창의 끝 쪽이 서서히 밑으로 떨어졌다.

"맛 좀 보겠어?"

군도를 번쩍 쳐든 채 아오끼 소위가 다시 두어 걸음 뚜벅뚜벅 천천히 다가가자, 각시무술이는 비실비실 뒷걸음질을 치며 힘없이 삼창을 놓아버렸다.

삼창이 땅에 떨어지자, 아오끼 소위는 비시그레 코언저리에 웃음을 떠올렸다. 그리고 번쩍 쳐든 칼을 밑으로 내렸다.

"어서 저 촛불을 끄고 상을 치워!"

"……."

"어서!"

그러나 각시무술이는 뒷걸음질로 노송의 굵은 둥치에 가서 두 팔을 뒤로 벌려 그것을 등 뒤에 감싸듯이 하고는 벌떡 기대섰다. 검은 자위보다 흰자위가 월등히 많아 보이는 두 눈엔 겁에 질린 듯한 빛과 함께 마지막 독기 같은 것이 희번덕였다. 이 나무는 못 벤다, 베려면 나를 베라는 그런 투의 모습이었다.

그녀의 등 뒤에 감겨 늘어진 금줄의 울긋불긋한 헝겊쪼가리들도 마치 함께 노송을 지키려 감싸고 있는 것처럼 보였다.

아오끼 소위는 잠시 그녀의 모습을 지켜보고 있다가, 차마 군도를

들이댈 수는 없었던지, 옆구리의 칼집에 칼을 꽂았다. 그리고,

"어서 비켜."

한결 누그러진 목소리로 말하고는, 싱글싱글 웃으면서 그녀를 잡아 끌어내겠다는 듯이 두 손을 앞으로 내밀며 다가들었다.

"어메야—"

각시무술이는 무슨 징그러운 것이 왈칵 다가오기라도 한 듯 질겁을 하고 후닥닥 몸을 날려 도망을 치는 것이 아닌가.

칼 앞에서는 질리면서도 끝까지 버티는 듯하던 각시무술이가 아오끼 소위의 맨손이 다가가자, 그만 비명을 지르며 달아나다니……구경꾼들은 뜻밖의 광경에 긴장이 무너지며 술렁거렸다. 킬킬 웃는 사람들도 있었다.

와— 하고 병정들은 일제히 폭소를 터뜨렸다. 재미있는 무슨 신파극의 한 장면이라도 본 것 같은 기분이 들었다. 칼보다도 남자의 맨손을 두려워하다니, 참 이상한 여자가 아닐 수 없었다.

버선발로 허겁지겁 저만큼 도망을 치던 각시무술이는 풀썩 무너지듯 주저앉았다. 무엇에 발이 걸렸는지, 아니면 현기증 같은 것 때문에 그러는지 잘 알 수가 없었다.

구경하던 아낙네들이 그쪽으로 몰렸다.

각시무술이가 항복을 하고 물러나자, 아오끼 소위는 제상 앞으로 다가갔다.

"난다 고래와(뭐야 이건)."

히죽이 웃으면서 적갈색의 기다란 장화를 신은 발 하나를 제상 밑으로 디밀어 끄떡 상을 들어 올리더니, 보기 좋게 뒤집어 엎어버렸다.

와그르르 상 위의 것들이 흩어져 쏟아졌고, 촛불도 나가뒹굴었다. 그런데 초 도막에는 용케도 여전히 불이 꺼지질 않고, 흘흘 타고 있는 게 아닌가.

그것을 보자, 아오끼 소위는 아, 요것 봐라 싶은 듯 콱 발로 밟아 으깨어버렸다. 그리고 냅다 소리를 질렀다.

"작업 개시!"

명령이 떨어지자, 도끼를 든 병정들은 얼른 노송 가까이로 다가들었다.

"잠깐!"

아오끼 소위는 병정들을 제지하고서, 자기가 도끼 하나를 받아 쥐었다.

슬금슬금 흩어져 가던 구경꾼들이 다시 멈추어 서서 아오끼 소위의 하는 수작을 멀찍이 바라보고 있었다. 물론 각시무술이도 몸을 일으켜 눈초리를 바르르 떨며 지켜보고 있었다.

아오끼 소위는 잠시 뜸을 들이는 듯하더니, 번쩍 도끼를 높이 쳐들었다. 도끼날에 차갑게 반짝이는 빛이 허공을 가르며 쾅! 노송의 옆구리에 박혔다. 툭 끊어진 것은 금줄이었다.

"으악―"

찢어지는 듯한 비명소리가 뒤를 따랐다. 각시무술이가 실신을 하여 비실 무너지듯 쓰러지고 있었다.

아오끼 소위는 금줄을 두 동강이로 만들어 땅에 떨어뜨리고 노송의 몸뚱이에 콱 박힌 도끼를 뽑을 생각을 안 하고서 그대로 놓아둔 채 손을 뗐다. 자기가 할 일은 끝났다는 얼굴이었다. 말하자면 첫 공격을 시범적으로 감행한 셈이었다.

그 도끼의 임자인 병정이 다가가서 그것을 뽑았다.

아오끼 소위가 유유히 물러서자, 도끼를 든 병정들은 굵은 노송을 둘러서서 쾅! 쾅! 내리찍기 시작했다.

쿵! 쾅! 쿵! 쾅!…… 도끼가 서낭의 몸뚱이를 찍어대는 소리가 산에 메아리를 이루며 멀리멀리 울려나갔다.

쿵! 쾅! 쿵! 쾅! 쿵! 쾅!…….

그 소리를 듣는 구경꾼들은 모두 어떤 두려움에 휩싸이며 얼떨떨하고 멍멍한 표정들을 지었다. 당장 무슨 변고가 일어날지도 모른다는 생각이 떠나질 않았다. 아오끼 소위가 첫 도끼를 내리찍었을 때 살이라도 내려 그 자리에 꺼꾸러지지나 않을까 하는 일종의 기대감 같은 것이 무너지기는 했으나, 노송이 무너지기 전에, 혹은 각시바위를 없앨 때, 좌우간 오늘 중에 일이 벌어질지도 모른다는 생각이 남아 있었다.

그러나 하늘은 그저 맑기만 했고, 바람도 알맞게 산들산들 불고 있었다. 화창하기만 한 봄날이었다.

노송이 넘어진 건 한참 뒤의 일이었다. 우지끈 쿵! 와르르— 어찌나 큰 나문지 마치 무슨 천둥 치는 소리 같았다. 그 여운이 산허리를 타고 퍼져나갔다.

작업을 하면서 그 소리를 들은 부역꾼들은 눈들이 휘둥그레졌다. 입을 딱 벌리는 사람도 많았다.

"넘어졌는 모양이제?"

"억씨기 소리도 크네."

"무신 변이 안 일어났나……."

"글씨, 멫 놈 칵 그 자리에 꼬꾸라졌어야 될 낀데……."

이런 기대와는 달리 아무런 변고도 일어나지 않았다. 나무가 넘어지며 땅을 냅다 후려치는 바람에 돌이 튀어 그 돌에 병정 하나가 정강이를 좀 다쳤을 뿐이었다.

다이너마이트가 터졌을 때도 마찬가지였다. 노송을 쓰러뜨리고 나서, 그 곁에 있는 각시바위에 다이너마이트 장치를 하여 폭파시킨 것은 오후였다. 다이너마이트 터지는 소리는 온 천지를 진동시키는 듯했다. 대번에 각시바위가 산산조각이 나서 사방으로 튀었다. 그러나 살을 맞아 직사한 병정도 없었고, 아무도 바위 조각에 부상을 당하지도 않았다.

오히려 변을 당한 것은 각시무술이 쪽인 셈이었다. 각시무술이는 가까이에 사는 두 아낙네에 의해서 집으로 옮겨졌었다. 한 아낙네가 업고, 한 아낙네는 뒤에서 부축을 해서 실신 상태에 있는 각시무술이를 집으로 데려갔던 것이다. 한참 뒤에 깨어난 각시무술이는 입에 무엇을 좀 떠 넣고, 다시 자리에 누워 이번에는 잠에 떨어졌다. 꼭 두새벽부터 장시간 굿을 하느라고 무리를 한 탓과, 아오끼 소위와 말하자면 대결에서 온 긴장, 도끼날에 금줄이 끊길 때의 충격, 그리고 실신 상태에서 깨어난 뒤의 허탈감, 이런 것이 한데 뒤엉겨 무거운 피로가 되어 온몸을 짓누르는 듯 그녀는 자면서도 곧장 신음소리 같은 것을 토했다.

얼마나 잤을까. 난데없이 쾌쾅! 요란한 폭음과 함께 집이 덜썩했다. 깜짝 놀라 눈을 뜬 각시무술이는 벌떡 일어나 앉았다. 무엇이 어떻게 된 영문인지 도무지 정신이 하나도 없었다.

쾅! 또 한 번 폭음이 울렸을 때야 그것이 각시바위를 박살내고 있는 남포 소리라는 것을 알고 또 새파랗게 질리며,

"아이고메— 성님! 성님!"

냅다 서낭신을 불러댔다.

여느 때의 다이너마이트 터지는 소리는 놀라 정신이 하나도 없을 지경은 아니었다. 포대와 진지를 구축하고 있는 산봉우리 쪽에서 들려왔기 때문이었다. 그런데 이번에는 마을에서 별로 멀지 않은 곳에 있는 각시바위를 폭파하는 소리니 엄청날 수밖에 없었다.

약간 실성을 한 사람처럼 냅다 비명을 지르고, 서낭신을 불러대던 각시무술이는 다시 힘없이 비실 쓰러져버렸다. 그리고 잠잠해졌다. 또 실신을 한 것인지, 잠이 든 것인지, 잘 분간을 할 수가 없었다.

8

그렇게 아무 변고도 일어나지 않고 허망하게 각시바위 서낭이 제거되어 버리자, 마을 사람들은 허탈감 같은 것에 젖어들었다. 서낭신도 다 헛것이었구나 싶으니 그럴 수밖에 없었다. 무엇에 속은 것 같은 느낌이었다.

그러면서도 한편 재앙은 이제부터일 것이라는 두려움이 없지 않았다. 서낭을 없애는 당장 그때는 아무 일이 없었으나, 재앙은 서서히 나타나게 마련이라는 생각이었다. 그런 생각은 사람들을 공연히 불안하고 심란하게 했다. 바람만 좀 세게 불어도, 비가 기세 좋게 쏟아지기만 해도 혹시 재앙의 시작이 아닌가 하고 그늘진 얼굴로 하늘을 쳐다보곤 했다.

개중에는 지긋지긋하고 지겨운 까짓 놈의 세상, 폭삭 가라앉아

버리게 정말 무서운 재앙이 얼른 닥쳐왔으면 싶은 사람도 없지 않았다.

그러나 재앙은 좀처럼 나타나질 않았다.

그런데 뜻밖에 괴이한 일이 한 가지 발생했다. 각시무술이 오두막집이 불에 타버린 것이다. 그것도 불이 난 것을 마을 사람들이 알고 몰려들어 한바탕 불을 끄려고 소란을 피운 그런 화재가 아니라, 언제 탔는지도 알 수 없게 감쪽같이 폭삭 새까만 잿더미로 가라앉아버린 것이다.

맨 처음 그것을 발견한 것은 가까이에 사는 젊은 아낙네였다. 아침 일찍 우물에 가서 물동이에 물을 길어 가지고 이고 오다가 보니, 뽕나무밭 저쪽에 있어야 할 각시무술이네 조그마한 초가지붕이 보이지 않질 않는가.

"아니?"

아낙네는 자기의 눈을 의심했다. 위치를 착각했는가 싶어 걸음을 멈추고 두리번거렸다. 분명히 있어야 할 자리에 지붕이 보이질 않자, 혹시 뽕나무에 가려서 안 보이는가, 오늘따라 그럴 리가 없는데…… 이상해서 그 자리에 물동이를 내렸다. 그리고 얼른 뽕나무밭 모퉁이를 돌아가 보았다.

"우야꼬!"

아낙네는 눈이 휘둥그레지고, 입이 딱 벌어졌다. 도대체 이게 어떻게 된 일일까. 오두막집이 새까만 잿더미가 되어 폭삭 가라앉아 있는 것이 아닌가. 간밤에 그렇게 된 모양인데, 이웃에서 감쪽같이 몰랐다니 어이가 없었다. 마치 무슨 꿈을 꾸는 것 같은 느낌이었다.

그런데 이렇게 집이 잿더미가 되도록 각시무술이는 무엇을 하고 있었기에 이웃에서 몰랐단 말인가. 그리고 각시무술이는 지금 어디 가고 보이지 않는 것일까.

소문은 곧 마을에 퍼졌고, 사람들이 모여들었다. 마치 무슨 도깨비에 홀린 것 같은 그런 얼굴들이었다. 각시무술이가 보이지 않고, 어제 해질녘 이후로 그녀를 본 사람이 아무도 없으니, 괴이한 일이 아닐 수 없었다.

그러나 곧 놀라운 사실이 밝혀졌다. 각시무술이가 집과 함께 불에 타 죽은 것이다. 잿더미 속에서 새까맣게 탄 시체 하나가 나타났던 것이다. 사람들의 추측은 두 갈래로 갈렸다. 집에 불이 붙은 줄도 모르고 자다가 참변을 당한 것 같다는 의견과, 다른 하나는 아무리 깊이 잠이 들어도 집에 불이 난 줄도 모르고 타죽다니 말이 안 된다고, 어쩌면 스스로 집에 불을 지르고 자기도 함께 타죽었는지 모른다는 것이었다. 각시바위 서낭이 없어진 뒤로 노상 시들시들 아픈 사람처럼, 혹은 약간 실성한 것처럼 초점이 흐린 희멀건 눈을 하고 있더니, 결국 그렇게 스스로 목숨을 불태워버린 게 아마 틀림없을 것이라고 했다.

확실한 것은 물론 아무도 알 수가 없었다.

그런데 이야기는 더욱 괴이하게 되어 갔다. 주재소에서 순사들이 나오고, 화재현장의 자세한 조사가 있고 나자, 이야기는 백팔십도 뒤집히고 말았던 것이다.

타죽은 시체는 여자가 아니라 남자라는 것이었다. 잿더미 속에 누워 있는, 새까맣게 탄 시체를 얼른 보았을 때는 그게 남잔지 여잔지 잘 분간을 할 수가 없어 간단하게 그저 집주인인 각시무술이거니 했는데, 순사들이 이리저리 자세히 살펴보니 여자가 아니라 남자였던 것이다. 몸집도 키도 어느 모로나 남자일 뿐 아니라, 사타구니에 새까만 숯처럼 타버리기는 했지만, 남자라는 흔적이 남아서 오그라붙어 있었던 것이다.

더욱 놀랄 일은 시체의 가슴이랑 옆구리께에 서너 군데나 칼에 찔린 듯한 자국이 있었다. 그 자국 역시 시꺼멓게 타서 얼른 보면 잘 분간을 할 수가 없었으나, 자세히 살펴보면 틀림없는 상처였다. 그리고 그 상처를 낸 칼인 듯 시체 곁 잿더미 속에서 부엌칼이 나오기도 했다.

칼에 찔린 남자 시체. 그렇다면 살인이 아닌가. 살해된 남자가 각시무술이네 오두막집과 함께 불에 타버리다니…… 도대체 어떻게 된 영문일까. 아무도 확실한 내막을 알 길은 없었으나, 누구나 얼른 떠올릴 수 있는 것은 각시무술이가 그 남자를 살해하고서 집에 불을 질러버렸을 가능성이었다. 그리고 각시무술이는 겁에 질려 불타는 오두막집을 뒤로 하고 어디론지 멀리 뺑소니를 쳐버린 게 아닐까.

마을 사람들도 대부분 그렇게 추측을 했고, 순사들 역시 그런 결론을 내리는 듯했다.

그렇다면 살해된 남자는 도대체 누구란 말인가. 그 의문은 당장 풀길이 없었다. 어디 한 군데 제대로 생전의 모습이 남아 있질 않고, 시꺼먼 숯등걸처럼 되어 버렸으니 말이다.

각시무술이의 살인과 방화, 그리고 도주. 그것은 십중팔구 틀림없는 사건의 줄거리가 된 셈인데, 그날 저녁 무렵엔 그 줄거리를 뒷받침하는 듯한, 다시 말하면 줄거리를 좀 더 그럴싸하게 얽어나갈 수 있는 그런 사실 한 가지가 소문이 되어 마을에 퍼졌다. 살해된 남자의 신원이 애매하게나마 밝혀진 듯한 그런 소문이었다.

공병부대의 일본 병정 한 사람이 행방불명 되었다는 것이었다. 어젯밤 취침 시각 이후에 어디론지 없어졌는데, 아직 행적이 묘연하다는 것이었다. 그래서 혹시 각시무술이네 불탄 집 잿더미 속에서 나타난 그 남자 시체가 아닌가 하고 부대에서 나가 검증을 해보았는데, 역시 숯등걸처럼 되어서 확실한 결론을 내릴 수 없었으나, 그 체격과 신장, 그리고 대갈통 같은 것으로 미루어 보아 근사한 것 같다는 이야기였다.

그렇다면 이제 그 줄거리는 한결 구체성을 띠고 떠오른 셈이어서 누구나 쉽사리 고개를 끄덕일 수가 있었다.

그 병정이 취침 시각 이후에 욕정이 동해서 부대를 빠져나가 각시무술이네 집을 찾아갔을 게 분명하다. 서낭을 제거하던 날, 나이보다 월등히 젊어 보이고 살결이 깨끗한 각시무술이를 눈여겨보았던 것이리라. 어쩌면 그날 도끼를 휘둘러 노송을 찍어 넘어뜨린 병정 가운데 한 사람인지도 모르고, 다이너마이트로 각시바위를 박살낸 병정 중의 하나인지도 모른다. 그녀가 혼자 사는 몸이라는 것, 그리고 그녀의 집 위치도 안성맞춤으로 호젓한 뽕나무밭 가의 산기슭이라는 것을 알고 회심의 미소를 지었으리라.

각시무술이를 덮치는 데 성공했는지 어떤지는 알 수가 없다. 아마 확률은 반반일 것이다. 각시무술이가 잠이 깊이 들었다면 가능했을지도 모르고, 그렇지 않았다면 아마 불가능했을 것이다. 남자라는 것을 병적일 정도로 싫어하고 멀리하는 그녀이고 보면 아무리 잠이 깊이 들었다 하더라도 남자의 뜨거운 살이 자기의 살 속으로 침입하는 데도 모르고 그냥 흐지부지 당하고 말았을 가능성은 희박하다. 틀림없이 깨어나 있는 힘을 다해서 미친 듯이 반항을 했을 것이다.

그런 과정에서 칼로 남자를 찌르게 되었는지, 아니면 역부족으로 당하고 난 뒤에 늘어진 놈을 습격했는지, 역시 알 수 없는 일이다.

어쨌든 남자가 일본 병정이라는 것을 각시무술이가 알았던 것만은 틀림없는 것 같다. 그렇지 않았다면 코라도 물어뜯어 주고 말았지, 칼로 사람을 찌르기까지야 했겠는가 말이다. 서너 번이나 연달아 찔러댈 때는 눈이 뒤집혔을 게 아닌가. 가뜩이나 서낭을 없애버린 데 대한 원한이 골수에 사무쳐 있는 판인데, 그들 중 한 녀석이 한밤중에 자기의 몸까지 더럽히려 들다니…… 각시무술이는 순간적으로 실성한 사람처럼 입에 거품을 물었던 것이리라.

정신을 차린 각시무술이는 와들와들 사시나무 떨 듯 떨었을 게 분명하다. 자기가 사람을 죽이다니, 더구나 서슬이 시퍼런 일본 병정을 말이다. 불안과 공포에 휩싸여 어찌할 바를 모르다가, 옛다 모르겠다, 내 인생은 이제 끝난 거나 마찬가지 아닌가. 삼십육계 중에 도망치는 게 상책이라는 생각이 들어 그만 정든 오두막집에 불을 지르고, 어둠 속으로 걸음아 날 살려라 하고 정처없이 마구 해놓은 게 아니겠는가. 우선 입을 옷가지 같은 것을 싼 단봇짐이라도 들고 도망쳤는지, 그런 것을 챙길 경황도 없었는지, 물론 알 길이 없다.

"불쌍한 예편네, 신세 조졌구면."

"어디로 도망쳤을까?"

"붙들리지 말아야 될 낀데……."

"안 붙들린다. 이름도 성도 없는 여자, 아무 데나 가서 쿡 처박혀 있으면 알 끼 뭐고. 남자 같으면 몰라도, 여자는 숨어 살기 좋은 기라. 남의 집 식모살이로나 들어앉아 버리면 알 끼 뭐고 말이다."

"맞다, 맞다."

"불쌍한 예편네, 우야든동 붙들리지 말아야지. 붙들리면 끝장 아니겠나."

"끝장이고말고. 일본 병정을 죽였는데, 살 수 있을 것 같으나."

"쯧쯧쯧쯧……."

남정네들은 이렇게 혀를 차기도 하며 각시무술이의 안전한 도주를 걱정들 했고, 아낙네들은,

"독하기도 하제, 아무리 그렇다고 칼로 사람을 찔러 죽이다니……."

"글씨 말이다. 아이, 무시라."

"내사 생각만 해도 몸서리가 치인다. 사람을 죽이고, 자기가 살던 집에 불을 지르다니…… 그래놓고 도망쳐서 살 생각을 하는 긴지……."

이런 식으로 비난을 하는 축도 있고,

"오죽했으면 그랬겠나. 안 그래도 남자라면 냄새도 몬 맡는 예편네였는데, 더구나 일본 병정이 한밤중에 기 들어왔으니, 흐흐흐……."

"하기사 단단히 복수를 한 셈이지."

"그렇지. 서낭당이 없어졌으니 무술이로서 그보다 더한 원한이 어딨겠노. 그 원한을 쪼매는 푼 셈 앙이가."

"맞어. 서낭당이 없어졌는데, 눈에 보이는 기 뭐 있겠노. 까짓 놈의 거 나라도 그러겠다."

이렇게 옹호를 하는 축도 있었다.

어느덧 사건의 그 줄거리가 기정사실처럼 되어버린 셈이었다. 마을 사람들 사이에만 그런 것이 아니라, 주재소에서도, 공병부대에서

도 그런 식으로 결론이 내려지고 말았다.

범인인 각시무술이를 체포하기 위한 수배가 된 것은 말할 것도 없다. 그러나 그녀가 붙들렸는지 어떤지, 확실한 것은 그 후에도 알 수가 없었다. 붙들렸다면 틀림없이 범행의 현장인 이곳으로 일차 끌려와서 주재소에서 조사를 받았을 터인데, 그런 일이 없는 걸 보니 아마 체포되지 않은 모양이었다.

그런데 소문이라는 것은 참 이상했다. 어디서 그런 소문이 날아오는지, 마치 무슨 바람결에라도 흘러오듯이 여러 가지 소문이 돌곤 했다. 밤기차를 타고 각시무술이가 만주로 도망가더라는 소문이 있었고, 붙들려서 어느 형무소에서 징역을 살고 있다는 소문도 있었다. 그런가 하면 어떤 깊숙한 산중의 절간으로 숨어 들어가 머리를 깎고 비구니가 되어 있다는 소문도 있었다. 다 허황한 이야기들 같았다. 재미삼아 그저 생각나는 대로 지껄이는 말이 그렇게 소문이 되어 퍼지는 듯했다.

그런 가운데 한 가지 그럴싸한 소문이 돌았다. 각시무술이가 미쳤다는 것이었다. 완전히 실성한 사람처럼 되어, 먼 곳도 아닌 바로 읍내의 거리를 배회하고 있다는 것이었다. 장날 틀림없이 그녀를 보았다고 했다. 그녀를 본 사람이 정확히 누구인지 그런 것은 역시 분명하지가 않았다. 그저 누군가가 틀림없이 목격했다는 그런 정도였다.

소문이란 본래 가지에 가지를 뻗는 법이어서, 각시무술이가 미친년이 되어 속치마바람에 맨발로 장거리를 돌아다니며 허공을 향해 곧잘 삿대질을 하기도 하고, 히죽히죽 웃으면서 성님, 성님, 하고 '성님'을 불러대기도 하더라는 것이다.

어쨌든 소문 가운데서 가장 그럴싸한, 사실에 가까운 것이 아닌가 여겨져 듣는 사람들은 누구나 고개를 끄덕였고, 이맛살을 찌푸리며 안됐다는 듯이 쯧쯧쯧…… 혀를 차기도 했다.

그런 소문이 주재소의 순사들 귀에도 들어가자, 각시무술이를 체포하러 두 사람의 순사가 이틀 동안 읍내로 나가 거리거리를 샅샅이 더듬다시피 했으나, 결국 미쳐서 돌아다닌다는 각시무술이를 발견하지 못하고 말았다. 그 소문 역시 한갓 허황한 뜬소문에 지나지 않았던 모양이다.

그런 일이 있은 뒤로는 각시무술이에 관한 소문은 뜸해지고 말았다. 차츰 사람들의 관심 밖으로 사라져 간 셈이었다.

봄도 다 가고, 신록이 눈부신 어느 날, 이번에는 참으로 신기하고 괴이한 일이 한 가지 일어났다.

그것이 일종의 재앙인지 어떤지는 알 수 없었으나, 좌우간 마을 사람들의 입이 딱 벌어지게 하기에 족한 것이었다.

9

"아, 후련하고 좋군요."

"학교 운동장이 마치 도화지 같군."

"어머, 재미있는 표현을 하시네요. 정말 도화지 한 장처럼 보여요."

야마구찌 하루에와 아오끼 소위였다. 하루에는 몹시 기분이 좋은 듯 담뿍 애교가 묻은 그런 목소리로 말을 이었다.

"저기 면사무소랑 주재소 보세요. 꼭 장난감 같죠?"

"장난감치고는 낡았군요. 당신 집 과수원은 보자기를 펼쳐놓은 것 같고, 녹색의 비단보자기 같잖아요."

"어머, 어쩌면…… 당신 헤이따이상 같지 않아요. 시인 같아요."

"허허허, 그래요?"

아오끼 소위는 기분이 나쁘지가 않은 듯 앞에 앉은 하루에를 두 팔로 살짝 한 번 힘을 주어 안는다.

일요일 오후였다. 두 사람은 함께 말을 타고 산을 오르고 있었다. 아직 완성이 되려면 멀었지만, 그런대로 길 형태를 갖추어가고 있는 군용도로를 따라 이인승마의 한가로운 산책을 즐기고 있었다.

"당신, 꽃이 좋아요, 신록이 좋아요?"

하루에가 나긋한 표정으로 가볍게 아오끼 소위를 돌아보며 물었다.

"꽃도 좋고, 신록도 좋죠."

"그러지 마시고, 한 가지만……."

"그야 아무래도 꽃이……."

"그래요?"

하루에의 말하는 억양이 자기는 그렇지가 않다는 투로 들렸다.

"그럼, 당신은 신록이……?"

"예, 난 신록이 더 좋아요. 물론 꽃도 좋지만, 신록이 훨씬 마음에 들어요."

"흠—"

"꽃은 그저 곱고 화사하다는 생각뿐인데, 신록은 눈이 부시단 말이에요. 눈이 부셔도 그냥 부신 게 아니라, 가슴속이 환하게 밝아지는 것 같고, 또 싱싱하게 물이 오르는 것 같아요. 꽃을 보고는 가슴이 두근거리는 일이 없지만, 신록을 보면 가슴이 부풀어 오르고, 두근거리기까지 한다니까요."

"흐, 그것 참…… 아마 여자라 그런 모양이죠?"

"여자라 그렇다뇨?"

"난 남자기 때문에 꽃이 더 좋던데요."

"……."

"말하자면 당신도 역시 꽃이잖아요."

그러면서 아오끼 소위는 하루에를 이번에는 아까보다 좀 더 힘을 주어 끌어안았다.

"아유—"

하루에는 가볍게 몸을 떨며 교성을 지르고 나서,

"그럼 당신은 신록이군요."

하고 킥 웃었다.

그렇게 달착지근한 대화를 낯간지러운 줄도 모르고 희희낙락하는 두 연인을 등에 태우고 빠각빠각 빠각빠각…… 산길을 걸어 올라가는 군마는 이따금 히힝 코를 불며 머리를 우뚝 쳐들고 걸음을 현저히 늦추기도 했다. 경사가 그다지 가파른 것은 아니지만, 아직 덜 닦여진 어설픈 길을 성인 두 사람을 등에 싣고 걸어 오르기가 꽤 힘에 겨운 모양이었다. 그럴 때면 아오끼 소위는 한 손에 쥔 채찍으로 말의 한쪽 엉덩이를 찰싹 갈기곤 했다.

등 위의 두 연인이 몹시 기분이 밝고 유쾌한 것과는 달리, 말은 오늘따라 도무지 무언가 내키지 않은 듯 쩡쩡해 보였다. 꽤 힘에 겹기는 했지만, 그것보다도 어쩐지 산을 오르는 게 못마땅하고 싫은 것 같았다. 이상하다면 이상한 일이었다.

그러나 말이야 어떻든 알 바 아니었다. 하루에는 문득 생각이
난 듯,

　"참, 저기가 서낭당인가 뭔가 그런 게 있던 자리죠?"

하고 입을 열었다.

　"맞아요."

　"각시바위라던가 뭐라던가 그 서낭당을 없애면 재앙이 온다고 소
문이 자자하더니, 아무 일도 없잖아요."

　"다 어리석은 소리죠. 말하자면 야만인들이나 하는 소리 아니겠어
요."

　"그런 것 같아요."

　"그것을 없앨 때, 당장 무슨 참변이 일어날지도 모른다고 했었잖
아요. 벼락이 떨어지거나, 뭐 뭐라더라……."

　"살이라고 그랬죠. 살을 맞아서 사람이 직사한다고요."

　"맞아요. 귀신의 힘이라면서요? 어처구니가 없어서…… 그래서 내
가 먼저 시범적으로 그 노송에 감긴 금줄인가 뭔가를 도끼로 냅다
보기 좋게 찍어버렸잖아요. 참변은 무슨 놈의 참변…… 그런데 솔직
한 얘기가 도끼로 내리찍기 직전에는 약간 기분이 이상하긴 하더군
요. 바짝 긴장이 되고……."

　"그렇겠죠. 기분이 좋을 리야 있겠어요."

　두 사람을 태운 말이 서낭이 있던 자리를 지날 때는 얄궂게도 앞
으로 더 나아가지 않으려는 것처럼 그 자리에 멈추어 서서 발을 뻗
디디며 히힝 히힝…… 곧장 코를 하늘로 쳐들고 불어댔다. 마치 더
앞으로 나아가서는 무슨 안 될 일이라도 생긴 듯 겁을 집어먹고 있
는 것 같았다.

"이게 왜 이래!"

아오끼 소위는 냅다 채찍을 휘둘렀다.

히히힝! 말은 잇바디를 허옇게 드러내며 거칠게 앞발 두 개를 번쩍 쳐들기까지 했다.

"어머나!"

하루에의 입에서 절로 비명소리가 흘러나왔다.

"코라! 수수메! 수수메!(이것아 전진 전진)"

매서운 호령소리와 함께 사정없는 채찍이 궁둥이를 휘갈겨 대자, 그제야 말은 긴 목줄기를 후들후들 떨고 나서 마지못하는 듯 다시 앞으로 걸음을 내딛기 시작했다. 그런데 그동안에 땀이 내배어 말 목덜미의 갈기가 마치 물에 젖은 듯 축축했다. 참 별일이었다.

조금 가다가 하루에는 놀랐던 가슴이 약간 가라앉는 듯하자, 다시 입을 열었다.

"각시무술인가 하는 여자 아직 체포 못 했나요?"

"글쎄, 확실한 건 모르겠는데, 아마 그런 것 같아요."

아오끼 소위는 채찍을 쥔 손의 손등으로 이마를 썩 한 번 훔치면서 대답했다. '센또보오시'를 쓴 그의 이마에도 조금 땀이 끈적했다.

"지독한 여자죠? 사람을 죽이고서 집에 불을 지르고 도망을 치다니……."

"보통 악질이 아니죠. 체포되면 총살감인데…… 서낭당인가 뭔가를 없앨 때도 글쎄, 굿할 때 쓰는 무슨 장난감 같은 창을 가지고 나한테 대항하려고 들잖아요. 가소로워서……."

"눈에 보이는 게 없는 모양이죠?"

"하기야 자기가 섬기는 귀신이 붙어 있다는 서낭당을 없애는 판이

니 그럴 만도 하죠. 그래서 군도로 냅다 목을 쳐버릴까 하다가 살려
줬더니…….”

“귀신을 섬기는 여자라, 어쩐지 보기에도 기분 나쁘죠? 나도 몇 번
본 적이 있거든요.”

“기분이 나쁘고말고요. 눈빛도 이상한 것 같고…….”

“그런데 그런 여자가 무엇이 좋다고 밤에 그 집으로 찾아가서……
흐흐흐…….”

“기다오(北尾)란 놈 말이군요. 그놈 정신 나간 놈이죠. 아무리 못
견딜 지경이라 하더라도 그런 기분 나쁜 죠센징 무당 여자를 덮치러
찾아가다니…….”

“남자는 뭐 짐승과 별로 다름이 없다면서요?”

그렇게 말하고 나자, 하루에는 아차 싶은 듯 얼굴을 활짝 붉히며
큭큭큭 킬킬킬…… 혼자서 곧장 필요 이상 수줍게 웃어댔다.

아오끼 소위는 그녀의 야릇한 웃음소리에 온몸이 묘하게 후끈해
지는 것 같아 약간 열기를 띤 목소리로,

“그럼, 결국 나도 짐승이겠군.”

하면서 또 그만 그녀를 뒤에서 불끈 끌어안았다. 그리고 얼굴을 그
녀의 머리카락에 갖다가 푹신 묻듯이 하고 마구 문질러 댔다.

“어머어머, 나 몰라, 나 몰라, 아유—”

하루에는 잠시 숨까지 멎는 듯 오그라들었다가, 짐승처럼 문질러
대던 아오끼 소위의 얼굴이 자기의 머리에서 떨어져 나가자, 뜨거운
경련이라도 일어나는지 바르르 한바탕 몸을 떨고 나서는 후유— 더
운 숨을 내뿜었다. 그리고 별안간 무슨 놀라운 것이라도 눈에 띈 듯,

“어머나! 저기 저 신록 좀 보세요. 얼마나 눈부셔요.”

호들갑스럽게 소리를 지르며 한 손으로 그쪽을 가리켰다. 두 눈이 유난히 곱게 빛나고 있었다.

"흠, 과연 눈부시군요."

하면서 아오끼 소위는 빙그레 웃음을 떠올렸다. 그녀의 심중을 헤아리고도 남겠다는 그런 웃음이었다.

말의 고삐를 살짝 한쪽으로 잡아당겨 말머리를 그 신록 방향으로 돌렸다.

계곡 건너 쪽이었다. 꽤 짙은 숲과 덤불이 한데 어울려 유난히 싱싱한 신록의 무더기를 이루고 있었다.

두 사람을 태운 채 말은 길을 벗어나 천천히 비탈을 내려갔다. 별로 깊은 계곡은 아니었으나, 바위가 많았고, 맑은 물이 바위틈으로 제법 흐르고 있었다.

계곡을 건널 때는 위태위태했다. 그러나 전장에 길들여진 군마라 별로 힘들이지 않고 건너갔다.

먼저 말에서 내린 아오끼 소위는 하루에가 내리는 것을 밑에서 받아 안듯이 부축해 주었다. 그리고 말을 계곡 가의 나무에 매었다.

목덜미의 갈기가 젖도록 땀이 내밴 말은 무척 목이 탔던 모양으로 곧 입을 물로 가져갔다.

숲속은 눈부셨다. 연한 나뭇잎들 사이사이로 쏟아져 내리는 햇빛이 마치 신록의 물이 든 듯 싱싱한 연둣빛으로 반짝이는 듯했다.

"정말 너무 좋아요. 아— 기분 좋아."

하루에는 즐거운 소녀처럼 나풀나풀 숲속으로 뛰어들어 갔고, 뒤를 아오끼 소위가 빙글빙글 웃으며 천천히 따랐다.

부드러운 풀이 보료처럼 깔려 있는 덤불 가 아늑한 자리에 가서

하루에는,

"아으— 좋아."

야릇한 음색의 감탄사를 서슴없이 내지르며 쓰러지듯 발딱 그만
드러누워 버렸다. 그러자 그때까지 천천히 뒤따르던 아오끼 소위도
냅다 뛰어가서 '센또보오시'를 홀렁 벗어 던져 버리고, 그녀 곁에 뒹
굴 듯이 바싹 다가 누워 버린다.

휘휘 호루루호루루 휘휘 호루루호루루…… 어디선지 마치 휘파람
을 부는 듯한 산새 소리가 이따금 들려올 뿐, 숲속은 호젓하기 이를
데 없다.

물을 실컷 마시고 난 말은 나무그늘에서 땀을 식히면서 이리저리
멀뚱멀뚱 얼굴을 돌리곤 했다. 주인과 여자가 어디로 갔나 싶은 모
양이었다.

숲속 깊숙한 곳에 희끗희끗한 것이 눈에 띄자 말은 멀뚱히 그곳을
바라보았다. 덤불에 가려서 잘 보이지 않았으나, 사람의 다리 같았
다. 다리가 네 개인 듯했다. 덤불 밖으로 살짝 옆으로 내다보이는 네
개의 다리가 풀밭에서 포개졌다가 휘감겼다가 하면서 물결치듯 움
직이고 있었다.

말의 눈에도 그것은 주인의 다리와 여자의 다리라는 것을 알 수
있었다. 그러나 왜 두 사람의 다리가 저렇게 풀밭에서 뒤엉켜 바동
거리고 있는 것인지 알 수가 없어 그저 멀뚱히 지켜보고 있을 따름
이었다.

잠시 후, 말은 히힝! 코를 한 번 힘주어 불었다. 혹시 두 사람이 엎
치락뒤치락 하면서 싸우고 있는 것이나 아닌가 싶던 모양이다.

말의 코 부는 소리를 하루에는 꿈결인 듯 어렴풋이 들으며 가만히

눈을 떴다. 휘휘 호루루호루루 휘휘 호루루호루루…… 어디선지 산 새 지저귀는 소리도 가물가물 흘러오고 있었다.

아오끼 소위는 비실 힘없이 나가떨어져서 축 늘어져 버렸다.

아직도 열기가 가시지 않은 혼혼한 시야에 신록이 아련하고 화사한 너울처럼 퍼져 들어왔다. 하루에는 감미롭고 상쾌한 피로감이라고 할까, 그런 야릇한 나른함에 젖은 사지를 풀밭에 그냥 가볍게 내던진 채 아련한 너울처럼 퍼져 내리는 신록을 하염없이 바라보고 있었다. 그런데 그 화사한 연둣빛의 너울 가운데에 무언지 새빨갛게 나불거리는 것이 눈에 띄었다. 선연한 불꽃같았다. 가느다랗게 나불나불 타오르는 불꽃…… 너무나 고운 그 불꽃을 하루에는 잠시 황홀한 듯이 바라보고 있었다.

그러나 혼혼한 열기가 가시면서 시야에서 너울처럼 흐릿하게 퍼져 보이던 신록이 형체를 하나하나 드러내기 시작하자, 그 가느다란 진홍빛으로 나불거리는 불꽃이 덤불 위의 나뭇가지에서 미끄러져 내려오고 있다는 것을 알 수 있었다. 거뭇하고 얼룩덜룩하고 미끈둥한 것이 햇빛을 받아 번들거리면서 그 불꽃을 물고 슬금슬금 기어 내려오고 있는 것이 아닌가.

"으악!"

질겁을 하고 하루에는 냅다 비명을 지르면서 튀어 일어났다.

뱀이었다. 제법 굵직한 놈이 혀를 나불거리며 나뭇가지를 휘감고 꿈틀꿈틀 기어 내려오고 있었던 것이다.

하루에가 비명을 지르면서 뛰어 일어나는 바람에 축 늘어졌던 아오끼 소위도,

"난다, 도시단다(뭐야? 왜 그래?)"

하면서 부스스 몸을 일으켰다.

"헤비데수! 헤비 헤비(뱀이에요, 뱀 뱀)."

하루에는 황급히 아랫도리를 여미는 둥 마는 둥 하면서 뱀이 기어 내려오는 나뭇가지를 힐끗힐끗 쳐다보고는,

"아이고─"

또 비명을 지르며 냅다 말 있는 쪽으로 달아나듯 뛰어갔다.

"난다, 헤비까(뭐야, 뱀을 가지고)."

아오끼 소위는 뱀 따위 뭐 그렇게 놀랄 게 있느냐는 듯이 천천히 일어서 아랫도리를 수습했다. 그리고 나뭇가지를 휘감고 슬금슬금 기어 내려오다가 멈추고서 새빨간 혀를 여전히 나불거리고 있는 뱀을 쳐다보며,

"흥!"

일부러 태연한 척 콧방귀를 한 번 뀌어주고는 저만큼 벗어 던져놓은 '센또보오시'를 주우러 뚜벅뚜벅 걸음을 옮겼다.

그러나 아오끼 소위의 입에서도 곧 깜짝 놀라는 소리가 터져 나왔다. '센또보오시'를 집어 들려고 하는데, 글쎄 모자 밑에서도 뱀이 한 마리 스르르 기어 나오는 것이 아닌가.

"익크! 이게 뭐야!"

흠칫 놀라며 후닥닥 한 걸음 뒤로 물러섰다.

하필 남의 모자 밑에 뱀이 들어가 있다가 기어 나오다니…… 그동안에 그 밑에 들어가 똬리라도 틀고 도사리고 있었단 말인가. 아오끼 소위는 버르르 떨리도록 화가 치밀었으나, 도리가 없었다. 구둣발로 냅다 콱 짓밟아 뭉개버릴까 하는 생각도 들었으나, 징그럽고 끔찍했다. 그렇게 되면 '센또보오시'도 형편없이 망가져버릴 게 아닌

가. 모자 밑에서 기어나가 버리기를 기다리는 수밖에 없었다.

뱀은 마치 약이라도 올리듯이 대가리의 방향을 이리저리 돌려가며 느릿느릿 기어 나왔다.

"콘칙쇼(이 개새끼!)!"

아오끼 소위는 두 주먹을 불끈 쥐며 한쪽 구둣발을 냅다 쾅 내리굴렀다.

그러나 뱀은 조금도 놀란 기색이 없었다. 오히려 더 느리게 움직이는 것 같았다.

뱀이 완전히 기어 나가 사라진 다음, 아오끼 소위는 재수 더럽다는 듯이 이맛살을 잔뜩 찌푸리며 살짝 '센또보오시'의 차양 끝을 집어 들었다. 무슨 징그럽고 끔찍한 물건이라도 손에 드는 듯했다.

말 있는 쪽으로 걸음을 떼 놓으며 그것을 나무줄기에 두어 번 탁탁 두들겨 털었다. 그리고 머리에 쓰질 않고, 구겨서 하의의 뒷주머니에 찔러 넣어버렸다.

"글쎄, 모자 밑에서도 뱀이 기어 나오잖아요."

하루에를 먼저 말에 태우고, 뒤이어 오르면서 아오끼 소위가 말하자,

"그래요? 아이 징그러워."

하루에는 생각만 해도 소름이 끼친다는 듯이 가볍게 몸서리를 쳤다.

"산에 뱀이 있는 거야 보통인데, 하필 남의 모자 밑에……."

"도대체 뱀이 왜 그러죠? 재수 없게……."

하루에는 참으로 야릇하고 황홀하던 기분이 뱀 때문에 온통 망가뜨려버린 게 몹시 안타까운 모양이었다.

계곡을 건너 비탈을 오를 때는 아까 내려올 적과는 달리 말이 꽤나 애를 먹는 것이었다. 제법 경사가 진 비탈인데, 길도 나 있질 않고, 풀과 덤불이 우거져 있어, 그 사이를 이리저리 헤치며 오르느라 말은 곧잘 미끄러지기도 했고, 입에 거품을 물며 혼신의 힘을 다하기도 했다.

말 위의 두 사람 역시 말에서 미끄러져 떨어질까 봐 바짝 긴장이 되어 있었다.

길에 오르자, 말도 헐떡거리며 코를 불었고, 두 사람도 안도의 숨을 내쉬었다.

그러나 곧 이상한 일이 일어났다. 참으로 당황하지 않을 수 없는 일이었다.

말이 냅다 달리기 시작한 것이다. 달려도 그냥 길을 제대로 달려 내려간다면 별로 문제가 없었다. 아무리 하루에를 앞에 태우고 있다 하더라도 승마 솜씨가 보통이 아닌 아오끼 소위고 보면 당황할 게 없었다. 채찍과 호령으로 얼마든지 조정할 수가 있는 것이다. 말도 잘 길들여진 군마가 아닌가. 그런데 그냥 달려 내려가는 것이 아니라, 마치 무엇에 놀란 것처럼, 혹은 몸의 어디 한 군데가 몹시 아프거나 미칠 지경으로 근지럽거나 한 것처럼 훌떡훌떡 뛰고, 대가리를 내흔들고 하면서 달리는 것이 아닌가. 속도도 무서울 지경이었다. 광란을 하는 것 같았다.

"으악!"

하루에의 입에서 비명이 터져 나온 것은 말할 것도 없고, 아오끼 소위 역시 고래고래 호령을 지르며 고삐를 잡아당겨 말을 제지하려고 정신이 없었다. 그러나 허사였다.

말의 그 광란은 각시바위 서낭이 있던 자리에 이르자, 극에 달했다.

어찌된 영문인지 그곳에 당도하자, 말은 마치 무엇이 앞을 가로막기라도 하는 듯 별안간 속도를 늦추어 우뚝 멈추어 서더니 히히힝! 히히힝! 요란하게 콧소리를 내지르면서 앞발 두 개를 번쩍 허공으로 쳐들어 냅다 허우적거렸다. 그리고 대가리를 이리저리 사정없이 마구 내흔드는 것이 아닌가.

그 순간, 하루에와 아오끼 소위는 거의 동시에 비명을 내질렀다. 찢어지는 듯 처절한 그런 목소리였다.

뱀이 눈에 띄었던 것이다. 말의 앞다리 하나를 굵다란 뱀이 휘감고 기어올라 목줄기를 타고 대가리를 향해 솟구쳐 오르고 있는 것이 아닌가. 뱀이라도 그냥 거뭇한 보통 뱀이 아니라, 빨갛고 새파란 얼룩이 알록달록 뒤섞여 현란하게 번쩍거리는 독사였다. 말의 눈깔이라도 물어뜯으려는 듯 아가리를 짝 벌리고 덤벼들고 있었다. 아마 덤불이 우거진 비탈을 오를 때 달려들어 다리에 휘감긴 모양이었다.

하루에는 그만 정신이 아찔해지고 말았다.

우뚝 솟구쳤던 말은 홀떡홀떡 그 자리에서 미친 듯이 뛰다가 휙 몸체를 돌렸다. 그 순간, 하루에가 비명소리와 함께 나가떨어졌다.

말은 어찌할 바를 모르겠는 듯 빙빙 돌다가, 달리다가, 홀떡홀떡 뛰다가 그만 길 밑으로 대가리를 처박듯 곤두박질을 쳐버렸다. 일부러 그러는 것 같았다. 그렇게라도 하면 낯바닥으로 기어오르는 독사를 떨쳐버릴 수 있을까 싶었던 모양이다. 그 바람에 마침내 아오끼 소위도 공중에 홀떡 솟구쳤다가 데굴데굴 산비탈을 굴러 내렸다.

몸부림을 치듯 무서운 기세로 말은 다시 일어났다. 그러나 독사는 여전히 달라붙어 있었고, 말의 낯바닥에서는 피가 흐르고 있었다.

땅에 처박는 바람에 찢어져서 그런지, 아니면 독사의 잇바디에 결국 물린 것인지 잘 알 수가 없었다.

이제 말은 완전히 돌아버린 것 같았다. 독사가 그대로 휘감겨 꿈틀거리고, 피가 철철 흐르는 낯바닥을 쳐들고 울부짖듯 처절하게 코를 불어대며 냅다 마을 쪽으로 산비탈을 내닫기 시작했다. 데굴데굴 굴러서 저만큼 나가떨어진 주인 아오끼 소위 따위 이제 안중에도 없는 것 같았다.

10

바로 그게 서낭신의 저주가 아니고 무엇이겠느냐, 그 해괴한 사건을 이야기 들은 마을 사람들은 누구나 눈이 휘둥그레지고, 입이 딱 벌어졌다. 특히 노인네들은 그러면 그렇지, 하고 고개를 끄덕이며 회심의 미소 같은 것을 주름진 얼굴에 떠올리기도 했다.

"자고로 고목나무만 비내도(베 내어도) 무신 화를 입어도 입는다는 긴데, 서낭을 그렇게 몽땅 없애삐렸으니 무사할 택이 있나."

"암, 그렇고말고. 말하자면 귀신 사는 집을 없애삐린 셈인데, 귀신이 가만있겠어."

"그 알록달록한 독사가 바로 옛날 목을 매 죽었다는 그 서낭각시의 넋인 모양이제?"

"글씨 말이네. 좌우간 뭐가 있긴 있는 모양이제?"

"있고말고. 틀림없이 있네."

이렇게들 주고받으며 노인네들은 담뱃대의 꼭지를 재떨이에 힘

있게 땅땅 두들기기도 했고, 아낙네들은,

"아이 무시라."

"아이고 징그럽어."

"세상에 참 벨 희한한 일도 다 있제. 서낭당이 없어져도 아무 일도 없길래 귀신도 다 헛 기라 싶었더니……."

"그런데 그 독사가 와 말만 물어 죽였제? 죄 없는 말만……."

"맞어. 물라면 그 뭐라 캤노?……."

"아오끼 소위 앙이가."

"아오끼 소원가 뭔가 그놈을 물어야 되는 긴데…… 그래야 복수가 되지. 안 그러나?"

"귀신이 실수를 한 모양이제."

"귀신도 실수를 하나?"

"하하하……."

"호호호……."

재미가 좋은 듯 웃어대기도 했다.

어른들뿐 아니라, 아이들 사이에도 그것은 신나는 화제가 되었다. 오히려 어른들보다 더 재미있고 신기해서 못 견디었다.

"야마구찌 선생하고 아오끼 소위하고 렝가이(렝아이, 연애) 하로 둘이 말 타고 산에 갔다가 그렇게 됐다, 아나."

"나도 알아."

"뱀 때문에 렝가이 잡쳤겠다 그쟈?"

"렝가이만 잡쳤으면 개안구로(괜찮게). 둘 다 골로 갈 뻔했는 기라."

"읍내 병원에 갔다면서?"

"낫아도 빙신(병신)이 될 끼라 캐. 야마구씨 선생은 다리가 뿐질러지고, 아오끼 소위는 허리가 뿐질러졌다, 아나."

"임마, 허리가 뿐질러지면 죽는 기라."

이렇게 주고받기도 했고, 어떤 아이들은,

"뱀이 귀신이라 캐."

"헤헤헤, 뱀이 우째서 귀신이고?"

"우리 어메가 그랬어."

"임마, 귀신은 밤에 머리를 산발해 가지고 나타나는 기라. 입에 피를 물고…… 아나."

"그날 말한테 달라든 그 독사가 서낭당 귀신이라 카던데……."

"헤헤헤, 독사는 독사지, 그기 뭐가 귀신이고."

"귀신은 독사로 둔갑도 하는 기여."

"아니네."

"기네."

"임마, 아니라니까."

"임마, 기라니까."

얘길 나누다가 주먹다짐이라도 할 듯 서로 쨰려보기도 했으며,

"야마구찌 선생 다리 빙신 돼도 선생질 할 수 있제?"

"다리 빙신이 어떻게 선생질 하노. 절뚝절뚝하면서 학교에 온단 말이가?"

"그럼 야단났는데……."

"와?"

"야마구찌 선생이 날 이뻐한단 말이다, 아나."

"헤헤헤, 똥꾸무 간지랍다."

"야마구찌 선생하고 렝가이 하고 싶은 모양이제."

"그런 모양이제."

"얼레― 숭보세."

"숭보세―"

이렇게 한 애를 놀려대기도 했다.

뱀 소동은 그것으로 끝나지가 않았다. 독사에 물려 말이 죽고, 하루에와 아오끼 소위가 크게 부상을 입어 입원을 하는 그런 해괴하고 끔찍한 사건은 다시 없었으나, 어찌된 영문인지 그해는 여느 해보다 유난히 뱀이 많았다. 산에도 들에도, 그리고 마을에까지 뱀이 시글시글 들끓었다.

뱀이 나무에 기어올라 참새를 잡아먹기도 했고, 마당가의 병아리를 물고 달아나는 일은 허다했다. 심지어 어미닭에게 달려들어 뱀과 닭이 싸우는 그런 광경도 볼 수 있었다. 집 장독대에서 간장이나 된장을 뜨다가 단지 사이에서 기어 나오는 뱀 때문에 질겁을 하고 넘어지는 아낙네도 적지 않았고, 부엌 안에 뱀이 기어 들어와 온통 난리판이 되는 일도 많았다. 논이나 밭에 나갔다가 뱀 때문에 질겁을 하는 일은 약과였다.

학교 교실에 뱀이 나타나 공부하고 있던 생도들이 온통 책상 위로 뛰어 오르며 야단법석을 떠는 일도 있었고, 공병부대의 취사장에 뱀이 한꺼번에 두 마리 세 마리가 몰려들어 휘젓고 다니며 소동을 피우기도 했다.

아이들은 학교에서 돌아올 때나 마을에서 놀 때, 뱀을 보면 재미삼아 때려잡기 일쑤였다. 그래서 논두렁이나 길바닥, 혹은 마을 골목 같은 데에 맞아죽은 뱀의 시체가 허다하게 눈에 띄었고, 그것을 물고 다니는 개도 볼 수가 있었다.

　이게 바로 재앙이 아니고 무엇이냐고, 세상은 말세라고, 이맛살을
찌푸리며 한숨을 내쉬지 않는 사람이 없을 지경이었다.

제4장

1

그해 여름은 더웠다. 덥지 않은 여름이 있을까마는, 그해 여름은
여느 해보다 한결 더 더운 듯했다. 아침나절부터 햇볕이 지글지글
끓는 그런 날이 대부분이었다.

그날도 아침나절부터 뙤약볕이 쏟아져 내리고 있었다. 용길이는
냇물에서 멱을 감고 있었다. 용길이뿐 아니라, 마을의 거의 모든 아
이들이 냇물에 나와 퐁당거렸다. 방학 중이어서 아이들은 아침을 먹
기가 바쁘게 집을 빠져나와 냇물로 모여들었다. 여름방학을 온통 냇
물에서 보내고 있다고 해도 과언이 아니었다.

아이들은 모두가 새까맣게 타 있었다. 이마에서 발등까지 온통 햇
볕에 그을려서 새까만 구리 빛이었다. 그야말로 하동(河童)들이었다.

그런 새까만 머슴애들의 알몸들 속에 더러 계집애들도 섞여 있었

다. 계집애들은 홀랑 벗은 알몸은 아니었다. '사루마다(팬티)'를 입고 있었다. 물론 아직 학교에 다니지 않는 어린애들이거나, 학교에 다닌 다 해도 1,2학년이나 고작 3학년 정도짜리들이었다. 머슴애들의 새 까맣게 탄 고추를 보아도 뭐 별로 신기하지도 부끄럽지도 않았다.

계집애들은 주로 가장자리에서 풍덩거리거나 찰박거렸다. 한가운 데는 제법 물이 깊었다. 어떤 곳은 한 길이 훨씬 넘기도 했다. 그리고 물살도 빨랐다.

"아, 후까이!(아, 깊어)"

호들갑스럽게 소리를 지른 것은 하라꼬였다. 냇물 가운데 쪽으로 조심조심 걸어 들어가 보다가 발이 쭉 미끄러졌던 모양이다. 놀라 후닥닥 뒤로 물러나오면서 재미가 좋은 듯 까르르 웃었다.

하라꼬 역시 거의 매일 냇물에 나와 사는 계집애 가운데 하나였다.

하라꼬는 이번에는 물속에 첨벙 얼굴까지 내던지며 툼벙툼벙 툼 벙툼벙…… 제법 팔다리를 놀려 헤엄을 쳐댔다. 일이 미터 정도는 가 는 것 같았다.

"하라꼬! 나 보래—"

그런 하라꼬가 귀여운 듯 용길이는 냅다 소리를 지르고는, 물살이 빠른 한가운데께로 쭉쭉 미끄럽게 밀고 들어갔다. 헤엄치는 솜씨를 좀 뽐내 보이려는 듯이.

용길이가 헤엄을 잘 친다는 것은 다 알고 있는 터여서 다른 아이 들은 별로 관심도 없었다. 그러나 하라꼬는,

"용길아, 조심해! 물살이 빠르단 말이야! 위험하단 말이야!"

하고 귀엽게 소리를 질렀다. 그러나 물에 젖은 조그마한 눈을 반짝 뜨고 웃고 있을 뿐, 하라꼬는 조금도 걱정이 되는 표정은 아니었다.

한가운데께의 물살에 실려서 용길이는 저만큼 아래쪽까지 금세 떠내려가듯 헤엄쳐 내려갔다.

아래쪽에서 가장자리로 나와 물장구를 치며 놀고 있는데,

"용길아! 야 봐!"

하라꼬의 구원을 청하는 목소리가 들려왔다.

"야, 좀 봐! 용길아!"

용길이는 물속에 서서 그쪽을 바라보다가,

"와카노(왜 그래)?"

하면서 힉 웃었다. 그리고 첨벙첨벙 뛰어서 그쪽으로 갔다.

종수였다. 종수가 하라꼬의 물에 젖은 '사루마다' 가랑이 하나를 한 손으로 거머쥐고 있었다.

"놓아, 싫어."

하라꼬는 두 손으로 '사루마다'를 한사코 위로 당겨 올리고 있었다.

"좀 보자 와."

종수의 말에,

"싫다니까."

하라꼬는 찡그리며 쏘아붙였다.

"뭐가 들었는지 좀 보자니까."

"아무것도 안 들었다니까 지랄이야."

"어디 좀 봐야 알지."

용길이가 다가가서,

"와? 뭐 우쨌는데?"

하고 묻자, 종수는 히히히 앞니를 드러내며 웃기만 했다.

하라꼬는 용길이에게,

"사루마다 속에 뭐가 들었는가 자꾸 보자구 지랄이잖아. 아무것도 안 들었는데……."

일러바치듯이 말했다.

"뭐? 핫핫하……."

용길이는 그만 웃음부터 터뜨렸다.

하라꼬는 용길이가 왜 그렇게 깔깔 웃어 대는가 싶은 듯 멀뚱히 바라본다.

여전히 히죽히죽 웃음을 띤 얼굴로,

"사루마다 속에 아무것도 안 들었다는데 와 자꾸 보자 카노. 응? 임마."

용길이가 말하자 종수는,

"히히히 히히히……."

재미가 좋은 듯 곧장 킬킬거렸다.

"그만둬, 임마."

"히히히……."

"그만두라니까 까부네."

조그만 계집애의 '사루마다'를 벗겨보려 들다니, 짓궂고 치사하다는 생각이 드는 듯 용길이의 얼굴에서 웃음이 사라지고, 목소리가 좀 격해졌다.

그제야 종수는,

"에이 참, 에이 참……."

아쉽기도 하고 약간 멋쩍기도 한 듯 하라꼬의 '사루마다' 가랑이를 쥐고 있던 손을 놓았다.

'사루마다'를 바짝 더 당겨 올리고 나서 하라꼬는 종수를 향해,

"고노 빠가야로(이 바보새끼). 용용 죽겠지."

하고 빨간 혀끝을 내밀어 날름거렸다.

그러자 종수는,

"뭐라고? 이누무 가시나!"

되지못하게 도리어 발칵 화를 내며 두 손으로 냅다 하라꼬를 향해 물을 끼얹어 댔다.

한참 정신없이 물벼락을 맞고 난 하라꼬는 그만 으앙— 울음을 터뜨렸다.

종수는 재빨리 도망을 치듯 냇물 가운데께로 풍덩 몸을 날렸다.

"하라꼬, 울지 마, 울지 마."

용길이가 달래듯 말하자, 하라꼬의 울음소리는 더 높아진다. 그러나 하라꼬는 곧 울음을 그치고 조그마한 손등으로 눈물을 닦았다. 기분 잡쳤다는 듯이 볼멘 얼굴을 하고 냇기슭*(냇물에 가까운 곳)으로 나가 벗어 던져놓은 '간땅후꾸(여자아이의 짧막한 원피스)'를 주워 입기 시작한다. 집으로 돌아갈 모양이다.

'간땅후꾸'를 다 입고 마을 쪽으로 걸음을 떼놓으려다 말고 무슨 생각이 떠오른 듯 하라꼬는 도로 돌아섰다. 그리고 무슨 자랑이라도 하듯 큰소리로 외쳤다.

"오늘 열두 시에 방송하는 거 너거들 모르지?"

용길이랑 몇몇 아이가 무슨 소린가 싶어 멀뚱히 바라보기만 하자, 하라꼬는 또 외친다.

"덴노오헤이까(천황폐하)가 열두 시에 라지오(라디오) 방송을 한대."

"뭐라? 덴노오헤이까가 라지오 방송을 한다고?"

용길이가 되묻는다.

"그래."

"덴노오헤이까가 다 라지오 방송을 하나?"

"오늘 열두 시에 한대. 중대한 방송이래."

"너거 집에 라지오 있나?"

"우리 집엔 없어도, 우리 야마구찌 선생 집에 있네. 나 덴노오헤이까 방송 들으러 간다. 아나."

하라꼬는 뽐내듯이 폴짝폴짝 뛰면서 냇둑을 올라 마을 쪽으로 사라져 갔다.

'덴노오헤이까'가 라디오 방송을 하거나 말거나 아랑곳없다는 듯이 용길이는 풍덩 다시 물속으로 몸을 처박았다.

하라꼬가 다시 냇둑에 나타난 것은 한참 뒤의 일이었다. 하라꼬의 조그만 모습이 둑 위에 나타난 것을 용길이는 물 위에 드러눕듯이 떠서 물살 흘러가는 대로 둥실둥실 떠내려가면서 힐끗 보았다. 용길이는 이제 헤엄치는 것도 지겹고, 시장기가 치밀기도 해서 별로 힘 안 드는 배영을 하고 있었다.

하라꼬가 왜 또 왔지…… 그저 심상하게 생각하며 물에 떠내려가고 있는데, 둑 위에서 냇기슭으로 쪼르르 달려 내려오며,

"전쟁이 끝났대!"

하라꼬가 소리를 질렀다.

그 소리를 듣자,

"뭐라?"

용길이는 귀가 번쩍 하는 듯 얼른 몸을 뒤집어 냇물 가로 헤엄쳐 나갔다.

하라꼬는 묘한 표정을 하고 서 있었다. 울상인 것 같기도 하면서 어딘지 모르게 약간 호기심 같은 것이 내비치기도 하는 그런 어리둥절한 얼굴이었다.

"뭐 전쟁이 끝났다고?"

"응."

"덴노헤이까가 그카더나? 라지오 방송으로."

"응."

냇물에서 헤엄치고 있던 아이들이 슬금슬금 모여들었다.

"어느 쪽이 이깄다 카더노?"

"응? 하라꼬."

"우리 일본이 이깄다 카더나?"

아이들은 제각기 궁금한 듯 물어댔다

그러자 하라꼬는 그만 대답 대신 찔 울기 시작했다. 아이들은 모두 약간 얼떨떨한 그런 기분에 휩싸이며 가만히 하라꼬의 우는 모습을 지켜보았다.

하라꼬는 찔 조금 눈물을 흘리고 나서,

"우리 일본이 졌대."

하고 내뱉듯이 말했다.

"뭐? 우리 일본이 져?"

"그기 정말이가?"

"응? 하라꼬. 덴노오헤이까가 그카더나?"

"그럼, 우야제?"

아이들은 모두 눈이 휘둥그레지고, 어안이 벙벙해졌다.

용길이 역시 처음에는 놀랐다. 일본이 지고, 전쟁이 끝나다니, 얼

떨떨하고 멍해지는 느낌이었다. 그러나 곧 그는 절로 눈이 번쩍 뜨이며,

"야—"

감탄사가 입에서 터져 나왔다. 거의 무의식적이었으나, 좌우간 신난다는 그런 기분이었다.

일본과 우리 조선이 따로따로라는 것을 알고 있는 터이라, 용길이는 이거 정말 무슨 엄청난 일이 벌어진 것 같은 생각이 들어 가슴이 벌떡벌떡 뛰기까지 했다. 문득 삼촌이 머리에 떠오르기도 했다.

일본이 전쟁에 졌다는데, 그처럼 용길이가 환호성을 올리자, 다른 아이들은 어떻게 된 영문인지 알 수가 없어 멀뚱한 표정들이었다. 하라꼬 역시 그런 용길이가 이상한 듯 조그마한 눈을 깜작거리며 빤히 쳐다보았다.

용길이는 얼른 냇기슭 풀밭에 던져놓은 잠방이를 주워 입었다. 그리고,

"야— 일본이 졌다—"

냅다 신난다는 듯이 고함을 지르며 내닫기 시작했다. 냇둑을 단숨에 뛰어 올라 마을 쪽으로 달리는 것이었다.

그런 용길이를 보자, 종수도 얼굴에 밝은 웃음이 떠오르며 얼른 잠방이를 입었다. 그리고,

"용길아, 같이 가자—"

소리를 지르며 뒤쫓기 시작했다.

삼촌은 지금쯤 어디에 가 있는 것일까. 만주의 좋은 마적, 즉 우리 조선의 독립군 이야기를 해주던 삼촌도 일본이 지고, 전쟁이 끝났다는 방송을 들었을까. 들었으면 얼마나 좋아할까…… 용길이는 그

런 생각과 함께 지난해 가을 어느 날 밤, 아버지 어머니가 주고받던 말이 머리에 떠오르기도 했다. 곧 망할 끼니까 두고 보라구. 얼른 좀 칵 망해 삐리면 속이 시원하겠어. 누가 들을라, 가만가만 얘기해. 듣기는 누가 들어요, 이 밤중에. 좌우간 처녀들까지 끌고 갈 때는 볼장 다 봐간다는 징존 기라. 얼른 망해야지, 얼른. 더럽은 놈의 세상…… 이렇게 소곤소곤 주고받던 아버지 어머니였으니, 일본이 졌다는 소식을 들으면 얼마나 좋아할까…… 용길이는 빨리 아버지 어머니에게 알려야지 싶으며 시장기가 치미는 것도 잊고 집을 향해 내내 달렸다. 종수가 뒤를 따랐다.

집 사립을 들어서며 용길이는,

"아부지—"

냅다 소리를 질렀다.

논에 나갔다 돌아와서 목침을 베고 마루에 누워 살풋 낮잠이 들려던 황달수는 무슨 일인가 싶어 멀뚱히 용길이를 바라보았다.

"아부지, 일본이 졌답니더. 전쟁이 끝났대예."

"뭐라?"

황달수는 자기도 모르게 벌떡 일어나 앉았다.

"조금 전에 방송을 했다 캐예."

"방송?"

"예, 일본 덴노오헤이까가 라지오 방송을 했대예."

"그기 정말이가?"

"예, 정말입니더."

그러자 종수도,

"정말입니더, 하라꼬가 들었다 캐예."

하고 거들었다.

황달수는 이게 도대체 무슨 소린가, 꿈인가 생신가, 싶은 듯 휘둥그레진 눈을 곧장 끔벅거리면서 잠시 어찌할 바를 모르다가 황급히 짚신을 끌고 사립 밖으로 뛰듯이 잰걸음을 쳤다. 소문을 확인하지 않고는 못 배기겠는 모양이다.

용길이도 종수도 그 뒤를 따랐다.

뒤꼍에서 김칫거리를 다듬고 있던 양순분이 무슨 일인가 싶어 마당 쪽으로 돌아 나오며,

"용길아 무신 일이고?"

물었다.

사립 밖으로 나서면서 용길이는 뒤돌아보고 소리쳤다.

"어무이, 일본이 졌어, 일본이."

"뭐라? 일본이 져?"

"응."

"정말이가?"

"정말이다. 거짓말 앙이다."

"우야꼬!"

양순분은 입이 딱 벌어지고 있었다.

용길이가 앞서가는 아버지의 뒤를 바싹 쫓았다. 종수도 바싹 따랐다.

어디선지 찍— 맴맴맴…… 찍— 맴맴맴…… 하고 매미 우는 소리가 지글지글 끓듯이 들려왔다.

2

'해방이 되었다'는 말은 어른 아이 할 것 없이 남녀노소 누구에게 나 얼떨떨하면서도 신기하고, 희한하고, 가슴 벅차는 그런 것이었 다. 일본이 연합국에게 무조건 항복을 하고, 우리 조선은 일본으로 부터 해방이 되었다니, 꿈같은 사실이 아닐 수 없었다. 살다가 보니 그렇게 되는 수도 있구나 하고, 모이면 그 이야기들이었다. 지겹고 지긋지긋한 어둠이 하루아침에 걷히고, 환하고 눈부신 새로운 세상 이 활짝 열린 것 같은 느낌이었다. 온통 마을마다 그 '해방'이라는 말이 던지는 뜨거운 열기가 넘실넘실 출렁출렁 물결치는 듯했다.

'해방'이라는 말과 함께 '독립'이라는 말도 등장했다. 일본이 물러 가고, 우리 조선은 곧 독립을 하게 된다는 것이었다. 듣기만 해도 으 스스하고 기분 나쁘던 일본의 '총독부'라는 것이 이 땅에서 사라지 고, 나라를 되찾아 독립을 하게 되다니…… 사람들은 벌써부터 가슴 이 울렁거리고, 부풀어 오르기도 했다.

해방이니 독립이니 하는 말에 '대한'이라는 말도 새롭게 사람들의 입에 오르내렸다. 우리나라가 조선이 아니라, 진짜 이름은 '대한'이 라는 것이었다. 앞으로 독립이 되면 나라 이름이 '대한'이 될 거라고 했다.

지금까지는 어디 음침한 구석진 곳에 숨을 죽이고 숨어 있던 말들 이 이제 당당히 튀어나와 활개를 치게 된 셈이었다.

'만세'라는 말 역시 감격적인 것이었다. 지금까지는 '만세'가 '반자 이'였다. '텐노헤이까 번자이'니, '다이닛뽕데이고꾸(대일본제국) 반자 이' 하고, 일본을 위해서만 두 손을 번쩍번쩍 쳐들었었는데, 이제 누

구의 눈치를 볼 것도 없이 당당히 우리말로 '해방 만세' 혹은 '독립
만세'를 소리높이 부르게 된 것이다. 역시 꿈같은 사실이 아닐 수 없
었다. 사람들은 번쩍번쩍 힘차게 두 손을 쳐들어 만세를 부르면서
세상이 달라진 사실을 온몸으로 느끼는 듯했다.

'태극기'라는 말 또한 신기하고 희한했다. 우리나라 국기를 '태극
기'라고 한다는 것이었다. 지금까지는 '히노마루노하다(일본기)'가
국기였다. 경축일에는 집집마다 으레 '히노마루노하다'를 게양했었
다. 그런데 그 '히노마루노하다' 대신 이제까지 듣지도 보지도 못했
던 '태극기'가 실제로 눈앞에 나타났을 때, 사람들은 숙연한 기분과
함께 야릇한 감동에 휩싸였다.

태극기가 맨 처음 게양된 곳은 주재소였다. 해방이 된 지 며칠이
지난 어느 날, 주재소 앞뜰에 솟아 있는 국기게양대에 태극기가 올
랐던 것이다. 순사들이 다 어디론지 자취를 감추어버린 텅 빈 주재
소를 마을 젊은이들이 점령을 하듯 들어가 차지하고서 태극기를 게
양했던 것이다.

어디 감추어 두었던 태극기가 있었던 것은 아니었다. 촌로들이 옛
날에 본 태극기의 기억을 더듬어 가르쳐주는 대로 서둘러 만들었던
것이다. 중학교 학생으로 방학에 고향에 돌아와 있다가 해방을 맞이
한 그런 젊은이들이 주동이 되어서였다. 그러니까 물론 정확하게 그
려진 태극기는 아니었다.

주재소에 태극기가 올랐다는 소문을 들은 마을 사람들은 어디 우
리 국기가 어떻게 생겼는가 구경 좀 하자는 듯이 모여들었다. 이웃
여러 마을에서 소문을 듣고 찾아오는 사람도 적지 않았다.

태극기가 게양되어 바람에 나부끼고 있는 것을 우러러보면서 사

람들은 비로소 우리나라를 되찾은 듯한 그런 숙연하면서도 가슴 두
근거리는 야릇한 감동에 젖었다. 늙은이들 가운데는 더러 눈물이 내
비치는 이도 있었다. 뭐라고 할까, 서른 몇 해 만에 다시 육친의 얼굴
을 대하는 듯한 그런 약간 낯설고 쑥스러우면서도 반갑기 한이 없
고, 그러면서 조금 슬픈 것도 같은 기분이라고나 할까. 젊은네들과
는 달리 옛날에 태극기를 본 기억이 있는 늙은이들의 감회가 한결
짙고 깊었다.

신나는 것은 아이들이었다. 아이들은 나부끼는 태극기를 향해 번
쩍번쩍 두 손을 쳐들면서,

"해방 만세!"

"독립 만세!"

"대한독립 만세!"

"만세! 만세! 만만세!"

목청을 돋우어 만세를 부르곤 했다.

그리고 그날로 저희들도 다투어 태극기를 만들어 들고 다니면서
만세를 부르며 놀았다.

해방이 되자, 또 한 가지 신명나는 것은 마을마다 곧잘 풍물이 울
리기 시작한 것이었다. 유기공출도 심했는데, 어디에 숨겨 두었는지,
징이 나오고, 꽹과리가 나오고, 날라리가 나오고, 장구 소고 북 같은
것이 온통 쏟아져 나와 거의 매일 이 마을 저 마을에서 깨갱깨갱 징
징 깨갱깨갱 징징 둥더꿍…… 하고 밤도 없고 낮도 없이 흥청거리기
일쑤였다. 기쁨을 한데 모아 터뜨리는 데는 농악이 제일이었다.

그리고 마을마다 술이 또한 철철 넘치다시피 했다. 공출에 박박
긁혀서 먹을 양식도 달랑달랑하는 판국인데, 무슨 재주로 담그는지

좌우간 어지간한 집의 단지에는 술이 익어 부글부글 끓어올랐다. 까짓 놈의 것 이렇게 신나는 판인데, 나중에야 어떻게 되든 우선 술이나 빚어 실컷 마시고 취해서 우쭐우쭐 휘청휘청 신명풀이나 해보자는 셈들이었다. 물론 이 집 저 집 몰려다니며 취해서 너울거리는 것은 남정네들이었다. 바싹 마른 세상에 살다가 마치 컬컬하고 질퍽질퍽하고 넉넉한 세상을 만난 듯 서로 권커니 잣거니 하며 꿀떡꿀떡 벌컥벌컥 마셔댔다. 그렇게 취해 가지고 벌겋고 번들번들한 얼굴에 흠뻑 웃음을 띠고서 춤추고, 노래 부르고, 그러다가 풍물을 울리며 마을을 누비고 다녔다. 살맛나는 판들이었다.

황달수 역시 오래간만에 술에 젖게 되어 그저 기분이 연일 그만이었다. 그는 술에 취해가지고 집에 돌아오면 곧잘 노래를 불렀다. 〈아리랑〉이니 〈양산도〉였다. 별로 신통한 목소리는 못 되었지만, 술기운 탓인지 제법 가락이 미끄럽게 넘어가기도 했다.

마루에 벌렁 드러누워 흥얼흥얼 노래를 불러댈 것 같으면 양순분은 듣기 좋다는 것인지, 안 좋다는 것인지 잘 분간이 안 되는 그런 어투로,

"얼씨구, 해방이 되니까 가수로 나갈 모양이지."

혹은,

"잘도 노시네."

이런 식으로 빈정거렸다.

물론 황달수네 집에도 단지에 술이 익어 있었다.

용길이가 처음으로 술을 마셔본 것은 그런 어느 날이었다. 해가 기울 무렵, 냇물에서 집으로 돌아온 용길이는 몹시 배가 고팠다. 그러나 아직 저녁 짓는 연기가 오르지 않고 있었다.

용길이는 부엌으로 들어가 보았다. 어머니는 우물에 갔는지 보이지 않았다. 부엌 한쪽 구석에 놓여 있는 방방하고 반들반들한 단지가 눈에 띄자, 용길이는 그 속에 무엇이 들었는가 싶어 뚜껑을 열어 보았다. 푹 코를 찌르는 냄새가 새콤하면서도 달자근한 것 같기도 했다. 물론 술이라는 것을 알 수 있었다.

"히히히……."

용길이는 공연히 혼자 킬킬거리며 사발을 가져다가 단지 속의 누르끄름한 술을 푹 떠냈다.

"햐—"

절로 입이 헤벌레 벌어졌다.

가만히 한 모금 맛을 보았다. 신 것도 같고, 단 것도 같은 묘한 맛이었다. 조금 이맛살이 찌푸려지기는 했지만, 먹을 만했다.

사발에 거의 절반가량 담긴 술을 용길이는 쿨럭꿀럭 다 마셔버렸다. 곧 뱃속이 얼얼해지는 것 같았다.

"햐, 맛 좋대이."

히죽히죽 웃으며 한 모금 더 떠 마실까 하는데, 사립으로 어머니가 물동이를 이고 들어서는 것이 보였다. 용길이는 후닥닥 술 단지 뚜껑을 닫고 밖으로 나갔다.

"니 뭐 했노?"

양순분은 아무래도 좀 용길이가 수상해서 물동이를 내리면서 물었다.

"아무것도 안 했다 와."

"아니, 니……."

"히히히."

356

"술 마싰구나. 그제?"

"아니."

"아니는 뭐가 아니라. 낯바닥이 벌겋구마는."

"히히히."

"몬됐 놈 같으니라구. 벌써부터 술을 마시다니……."

양순분은 눈을 허옇게 흘겼다.

용길이는 기분이 좋다는 듯이 마루로 가서 걸터앉았다. 그리고 다리를 간들간들 흔들어 댔다. 가슴이 두근두근 뛰면서 얼굴이 화끈거리는 것이 아닌가. 눈앞이 약간 아른아른해지는 것 같기도 하고, 참희한했다.

그런 용길이를 보고 양순분은 어이가 없는지 같잖다는 듯이 웃고는,

"이누무 자석아, 니도 나중에 너거 삼촌처럼 될라 카나? 나 참 기가 맥혀서……."

하면서 부엌으로 들어가 버렸다.

그 말에 용길이는 별안간 삼촌 생각이 짜릿하게 가슴에 다가와,

"참, 우리 삼촌은 와 안 돌아오제. 해방이 됐는데……."

하고 중얼거리면서 곧장 간들간들 다리를 흔들어 댔다.

3

해방은 그저 막연한 감격과 흥분만을 마을 사람들에게 가져다 준 것은 아니었다. 일본이 패망해서 물러가고, 나라를 되찾아 앞으로

독립을 하게 된다는 사실은 막연한 기쁨이라고 할 수 있었다. 그런 것과는 달리 직접 몸에 와 닿는 짜릿한 기쁨이라고 할까, 그런 기대가 있었다. 마을을 떠나간 사람들이 돌아오게 된다는 사실이었다. 징병이나 징용, 혹은 '데이신따이'로 끌려 나간 사람들이 전쟁이 끝났으니, 머지않아 고향으로 돌아오게 될 게 아닌가.

고향을 떠나간 사람들이 거의 집집마다 한둘씩은 있었다. 강제로 끌려간 게 아니라, 자진해서 제 발로 걸어 나간 사람도 없지 않았다. 봉례를 사랑하다가 그녀가 엉뚱한 데로 시집을 가버리자, 자포자기가 되어 지원병으로 나가버린 두만이처럼 말이다. 두만이는 자포자기 상태에서 그렇게 됐지만, 그렇지가 않고, 스스로 이마에 '하찌마끼(머리띠)'를 매고, 군가를 부르며 떠나간 사람도 더러 있었다.

끌려 나갔건 제 발로 나갔건, 어쨌든 죽지 않고 돌아오기를 바라는 가족들의 마음은 마찬가지였다. 제 발로 나간 경우는 조금 마음한 구석이 찜찜하지 않은 것은 아니었지만.

그런 기다림의 정은 딸이나 손녀가 '데이신따이'로 끌려 나간 경우가 한결 짙고 간절하다고 할 수 있었다. 남정네들은 남정네들이라 그렇다 치고, 처녀의 몸으로 어디로 끌려가서 그동안 무엇을 하고 있었는지, 생각하면 애처롭고 가슴이 쓰려 특히 어머니나 할머니들은 전쟁이 끝나고 해방이 되었다는 말에 우선 아이고, 우리 아무개가 돌아오게 됐구나, 하고 눈물을 글썽거리며 기뻐했었다. 나라를 되찾아 독립이 된다는 그런 것은 그 다음이었다.

그렇게 거의 집집마다 한둘씩 집을 떠나간 살붙이가 돌아오기를 기다리고 있었으나, 해방이 된 지 벌써 열흘 가까이 한 명도 돌아오는 사람이 없었다. 전쟁이 끝났다고 어디 바로 자, 집으로 돌아가라

하고 보내주겠느냐. 보내준다 하더라도 일본 본토나 만주, 혹은 남
양군도에 가 있을 텐데 그렇게 쉽사리 올 수 있겠느냐고, 기다리노
라면 차차 돌아오겠지, 하고 느긋하게 마음을 먹는 수밖에 없었다.

용길이네 집에서는 말할 것도 없이 달칠이가 돌아오기를 기다리
고 있었다. 달칠은 징용에 끌려 나가기는 했지만, 중도에 어디로 도
망을 쳤다고 하니, 해방이 됐다는 것을 알면 곧 집으로 돌아올 터인
데, 아직까지 아무 소식이 없는 것이 이상했다. 혹시 만주 같은 아주
먼 곳으로 달아나서 아직 못 오는 것인지, 슬그머니 걱정이 되기도
했다.

물론 어머니인 안 노파가 가장 궁금해하며 애타게 기다렸다. 징용
에 나갈 때, 주재소에서 얻어맞아서 성하지도 않은 몸이었는데, 어디
로 도망을 갔는지, 그동안 붙잡히지 않고 잘 피신해 있었는지, 혹은
붙들려서 징역을 살지나 않았는지, 그리고 때로는 다리가 하나 절름
거리도록 얻어맞은 몸이었으니, 우선 도망은 쳤다 치더라도 어디 마
땅한 피신처가 있는 것도 아니고, 골병 든 몸이 약은 고사하고 먹지
도 마시지도 제대로 못 했을 터이니, 어쩌면 그만 죽어버린 것이나
아닐는지…… 그런 방정맞은 생각이 들기도 했다.

그래서 안 노파가 한숨을 쉬듯 관세음보살을 뇌면서 그런 말을 내
비칠 것 같으면 황달수는,

"어무이는 벨 쓸데없는 걱정을 다…… 달칠이가 어떤 녀석이라고
죽다니예. 그런 걱정일랑 아예 하지도 마이소. 가(그 애)는 만주로 어
디로 굴러댕길 대로 굴러댕겨서 어디다 던져놔도 끄떡도 없심더."

조금도 염려할 것 없다는 투로 말했다.

"아이고 야야, 몸만 성했다면야 걱정이 없지만…… 다리를 하나

찔뚝거리도록 얻어맞았던데, 그런 몸으로 잘 피신을 했었는동……
관셈보살―"

"다리 하나가 아니라, 두 개가 다 찔뚝거려도 가는 걱정 없다니까
그러네예."

"그럼, 와 해방이 됐는데 안주(아직) 안 돌아오제? 보자, 벌써 메칠
째고……."

"차차 돌아올 낍니더, 걱정 마이소."

말은 그렇게 했지만, 실상 황달수 역시 혹시나…… 하는 생각이
전혀 안 드는 것은 아니었다. 몸만 그 지경이 아니었다면야 정말 아
무 걱정할 것 없는 녀석이지만 말이다.

그런 어느 날, 어스름이 짙어올 무렵이었다. 마당에 살평상을 놓고
그 위에서 온 식구가 저녁을 먹고 있었다. 호박범벅이었다. 호박에다
가 보리를 갈아 넣고, 강낭콩을 섞어 쑨 죽인데, 제법 구수하게 먹을
만했다.

황달수는 범벅을 먹으면서 반주를 곁들이고 있었다. 반주라기보
다도 오히려 술 쪽이 앞서고, 범벅은 그 다음인 듯 커다란 사발에 철
철 넘치는 술을 꿀떡꿀떡 넘기고, 그 안주삼아 범벅을 떠먹고 있었
다. 집에서 담근 술이 이제 한물가는 듯 조금 신맛이 나기도 했으나,
황달수는 이맛살 하나 찡그리지 않고 마셨다.

그런 남편을 보고 양순분이 빈정거리듯 입을 열었다.

"해방이 되더니 이 양반 모주꾼이 될라 카나…… 우짠 술을 그렇
게 매일 마셔대는 게."

"……."

"그만 마시소."

"술이 벌써 시어질라 안 카나. 시기 전에 마셔삐리야제."

"걱정도 많네. 시어지면 초 맹글만 안 되능게."

"모처럼 집에서 당군 술인데 초를 맹글다니, 아깝구로. 어험."

하면서 황달수는 또 술 사발을 들어 올렸다.

용길이는 부지런히 범벅을 입에 떠 넣으면서도 곧장 힐끗힐끗 아버지의 술 사발을 바라보았다. 어른들이 왜 밥보다 술을 더 좋아 하는지, 용길이도 이제 알 성싶은 것이었다. 새콤하면서도 달착지근한 그 맛도 맛이지만, 마신 다음에 뱃속에서 온몸으로 훈훈하게 퍼지며 눈앞이 아른아른해지는 그 야릇한 기분이 그저 그만이었다. 며칠 전에 처음으로 술을 마시고서 그만 눈두덩이 화끈화끈해지도록 취기가 올라 마루에 벌렁 드러누워서 한숨 정신없이 자고 났더니, 보통 낮잠을 자고 깼을 때와는 달리 몸이 약간 나른하고 정신이 흐릿한 것 같으면서도 묘한 기분이 괜찮던 일이 생각나 용길이는 혼자서 희웃었다. 한 번 더 마셔보았으면 싶은 것이었다.

그러다가 문득 어머니가 한 말 중에 잘 모르겠는 것이 있어서,

"어무이, 모주꾼이 뭐고?"

불쑥 물었다.

양순분은 얼른 대답하지 않았다.

"응? 모주꾼이 뭔데?"

그러자 안 노파가,

"술 많이 마시는 사람을 모주꾼이라 안 카나."

대신 대답하고는 씹을 것도 없는 범벅을 합죽한 입으로 곧장 우물거렸다.

그 말을 얼른 받아 양순분이,

"너거 삼촌 같은 사람 말이다."

하고 말했다. 양순분은 자기도 모르게 그런 말이 입 밖으로 나와 버려서 아차, 싶으며 힐끗 시어머니 안 노파를 곁눈질 해보았다.

안 노파는 뭐라고 입을 열려다가 말고, 그저 못마땅한 표정을 짓기만 했다. 황달수의 얼굴에도 조금 곤혹스러운 듯한 빛이 떠올랐으나, 이맛살을 두어 번 꿈틀거리고는 사발에 남은 술을 마저 꿀꿀꿀 비워버렸다.

잠시 모두 아무 말이 없었다. 숟가락을 입으로 가져가다가 말고 봉숙이가,

"아이고 이놈의 모기!"

하면서 제 다리를 왼손으로 찰싹 때렸다.

"밥 묵고 어서 모깃불 놔라."

양순분이 말했다.

합죽한 입으로 곧장 범벅을 우물거리고 있던 안 노파가 난데없이,

"삼팔선이라는 기 생깄다메? 그기 뭐고?"

아들 황달수를 바라보며 물었다.

안 노파의 입에서 그런 질문이 나오자, 모두 약간 의외라는 듯이 바라보았다.

"글씨예, 뭐 그런 기 생깄다 캅디더."

"그것 때문에 사람이 잘 왔다 갔다 몬하게 된다메? 정말이가?"

"모르겠심더. 좌우간 개성 바로 우에 삼팔선이 있답디더. 삼팔선 남쪽으로는 미국 군인들이 들어오고, 북쪽으로는 소련 군인들이 벌써 들어왔다지예, 아매."

"소련이 뭐고?"

안 노파는 '미국'이라는 말은 해방 전부터 들어서 알고 있었으나, '소련'이라는 말은 처음 듣는 낯선 말이어서 멀뚱한 얼굴을 했다.

"노서아를 소련이라 한답디더."

"노서아?"

"예."

안 노파의 표정으로 보아 '노서아'라는 말도 잘 모르는 것 같아 황달수는,

"아라사(俄羅斯) 말입니더. 아라사."

하고 다시 말했다.

그제야 안 노파는,

"응, 아라사……."

알겠다는 듯이 고개를 끄덕거렸다. 그리고,

"아라사가 와 오제? 일본하고 싸워서 이긴 건 미국 앙이가. 맞제?"

이상한 일이라는 듯이 물었다.

"예, 맞심더. 뭐 우째 되는긴동 알 수가 있어야지예."

그러자 양순분이 불쑥 입을 열었다.

"두 개로 쪼갤 모양이라 카대예."

"두 개로 쪼개다니?"

"삼팔선으로 미국하고, 뭐라 캤능교? 소, 소……."

"소련."

"소련하고 두 나라가 우리나라를 두 개로 쪼갤지 모른다 카대예. 내사 뭐 아능게, 그캐쌓대예."

"쪼개다니, 한 나라를 우째 두 개로 쪼개노. 말도 아닌 소리지."

황달수가 약간 화라도 나는 듯 목청을 높이자, 재빨리 용길도 한

마디 끼어들었다.

"쪼개면 어떻게 독립을 하라고, 아부지 그지예?"

"그래, 맞다. 쪼개다니…… 택도 없지. 쪼개면 누가 가만히 있능가?"

술기운이 오른 탓인지 황달수는 공연히 핏대까지 세우려 들었다.

그러자 안 노파는 뚝배기 밑바닥의 범벅을 싹싹 깨끗이 긁어먹고 숟가락을 놓으며,

"관셈보살― 좌우간 삼팔선인동 뭔동 그거 때문에 우리 달칠이가 몬 오는 기나 아닌지 몰따(모르겠다)."

하고 한숨을 쉬었다.

안 노파가 삼팔선에 관해서 물은 것은 나라의 장래가 어떻게 되는가 염려가 되어서라기보다 아들 달칠이 걱정 때문이었다. 혹시 삼팔선인가 뭔가 하는 그 너머로까지 피신해 갔다가, 해방이 됐는데도 그것 때문에 못 돌아오는 게 아닌가 하는 생각이 들었던 것이다.

그런 이야기를 나누며 호박범벅을 다 먹어가고 있을 때였다.

사립 밖에 웬 목탁소리가 들렸다. 스님이었다. 이렇게 날이 저물었는데, 스님이 탁발을 하러 찾아오다니, 좀처럼 없는 일이었다.

똑똑똑똑똑…… 목탁소리와 함께,

"……사리자 색불이공 공불이색 색즉시공 공즉시색 수상행식 역부여시……."

제법 낭랑하게 경문을 외어 대는 것이 아닌가.

승복에 바랑을 멨으나, 머리에는 낡은 보릿짚 모자를 깊숙이 눌러 쓰고, 얼굴을 푹 숙이고 있었다. 어딘지 모르게 좀 예사 스님 같지가 않았다. 땡땡이중 냄새가 난다고나 할까. 좌우간 얼른 보아도 젊은

탁발승이라는 것을 알 수 있었다.

안 노파는 부스스 살평상에서 내려와 부엌으로 가서 보리를 조금 그릇에 담아가지고 나왔다.

똑똑똑똑똑…….

"……시고 공중무색 무수상행식 무안이비설신의 무색성향미촉법……."

계속 경문을 외어 대는 스님 앞으로 안 노파가 시주 그릇을 들고 다가가자, 뚝 목탁소리와 염불 소리가 멎더니,

"허허허……."

그만 탁발승이 웃음을 터뜨리는 것이었다. 그리고 깊숙이 눌러썼던 보릿짚 모자를 홀떡 벗었다.

"어무이, 그간 안녕하싰능교?"

꾸벅 허리를 꺾는데 보니 달칠이가 아닌가.

"우야꼬!"

너무나 뜻밖이어서 안 노파는 눈이 휘둥그레졌다.

"아이고 야야, 난 또 스님인 줄만 알고…… 아이고, 니가 돌아왔구나. 돌아왔어. 관셈보살, 관셈보살—"

안 노파는 달칠이의 행색이 너무나 의외여서 얼떨떨하고, 약간 어이가 없으면서도 반가워서 그저 어쩔 줄을 몰랐다.

살평상에서 모두 놀라 일어서고 있었다.

"삼촌!"

하면서 용길이는 냅다 맨발로 달려 나갔다.

달칠의 행색으로 보아 그동안 그가 어디 가서 피신해 있었다는 것을 대뜸 알 수가 있었다. 산중의 절간에 들어가 숨어 살았다고 하더

라도, 이제 해방이 됐으니 그냥 평복으로 돌아올 일이지, 그대로 승복을 입고 바랑을 메고 목탁을 치면서 정말 탁발승처럼 돌아오다니, 어쩌면 진짜 승려가 되어 버린 거나 아닌가 싶어서 안 노파는 아들의 면도로 밀어붙인 듯 민들민들한 머리를 바라보며 우선 그것부터 물었다.

"야야, 니 정말 스님 돼삐린 건 앙이제?"

"허허허……."

"인제 집에 돌아온 기제?"

그러자 황달수가,

"스님이 될 택이 있능교."

하고는,

"덥다. 어서 옷 벗고 등물해라."

하면서 담배에 불을 붙여 물었다.

옷을 갈아입고, 목물을 하고 난 달칠이 살평상에 와서 앉자,

"그란해도 방금 삼촌 얘길 하던 참이었는데……."

"호랑이도 제 말 하면 온다더니……."

"글씨 말이다. 관셈보살—"

식구들은 제각기 한마디씩 하며 반가워서 못 견디었다.

양순분은 솥에 남아 있는 호박범벅을 뚝배기에 마저 퍼 담아 상을 대강 새로 차려가지고 나오며,

"아이고, 얼매나 고생이 많았능게. 자, 호박범벅이구마. 어서 드소. 다 묵지 않고 잘도 남가 놨제."

하면서 달칠이 앞에 상을 놓았다.

몹시 시장했던 모양으로 달칠은 호박범벅을 훌쩍훌쩍 입에 떠 넣

기에 잠시 정신이 없었다.

"야야, 체할라. 천천히 묵어라. 어느 절에 있다가 인제 오노? 해방이 됐는데 얼른 돌아오지 않고서…… 와 안 돌아오는강 하고 얼매나 걱정을 했다고……."

안 노파의 말을 받아 봉숙이가 킥 웃으며 말했다.

"삼팔선이 생겨서 몬 오는강 싶었대예. 할무이가."

"삼팔선?"

달칠은 그게 무슨 말이냐는 듯한 표정이었다.

"삼팔선 모르나? 삼팔선이라는 기 생깄다 카던데. 개성 북쪽에……."

황달수가 입을 열었다.

"그래예? 난 첨 듣는데…… 해방이 된 줄도 메칠 전에사 안 알았능교."

"어느 절에 있었는데, 해방된 줄도 몰랐노?"

"아주 깊은 산중에 있었심더. 뭐 이름도 없는 절이지예."

"이름도 없는 절이 있능교?"

양순분이 물었다.

"천도암이라고, 이름 없는 기사 아니지만, 쪼맨한 암자지예."

"아이고 야야, 몸도 성하지 않았는데, 우째 그런 깊은 산중까지 도망을 쳤디노?"

안 노파는 생각할수록 지금도 가슴이 쓰리다는 듯이 미간에 주름을 잡으며 말했다.

"까짓 놈의 거 죽기 앙이면 살기로 맘묵으니까 문제없대요. 그런 몸으로 징용에 끌려 나갔다가 아무래도 끝장일 것 같애서 엤다 모르겠다, 하고 도망을 안 쳐삐렸능교. 그런데 내가 도망친 걸 우쩨 알고 있능교?"

"다 아는 수가 있지. 흐흐흐…… 어디서 도망 쳤띠노?"

"기차로 밤중에 부산 쪽으로 실려 가다가 어떤 정거장에서요."

"관셈보살— 그런데 주재소에서 그때 와 그렇게 때리더노? 무신일 때문에……."

그러자 달칠은 그때 일이 생각나 슬그머니 분이 치밀어 오르는 듯약간 격해진 목소리로,

"주재소 놈들 그대로 있능교?"

불쑥 물었다.

"그대로 있을 택이 있나. 해방이 됐는데…… 해방이 되자, 어디로 갔는동 한 놈도 없이 모조리 없어져 삐렸다 앙이가."

"음— 그놈들……."

달칠은 그자들이 그대로 있다면 몽둥이를 들고 달려가서 더도 덜도 말고 자기가 얻어맞은 만큼만 두들겨 주었으면 시원할 것 같았다. 그러나 그럴 작정을 하고 고향에 돌아온 것도 아니고, 또 모조리자취를 감추어 버렸다는데, 공연히 핏대를 올리는 게 부질없고 우스운 일인 것 같아 달칠은 목소리를 현저히 낮추어 말했다.

"아, 글씨, 금붙이를 내놓으라 카메 두들기지 뭡니꺼."

"금붙이를 내놓으라고? 그기 무신 소리고?"

안 노파는 도무지 무슨 영문이지 알 수가 없어 어리둥절해졌다. 금붙이 얘기를 처음 듣는 것은 아니었다. 달칠이 징용을 가다가 도망 쳤다면서 주재소에서 형 달수를 붙들어 갔을 때, 집에 금붙이가있다는 얘기를 들었던 것이다. 황금 거북이도 있고, 황금 열쇠도 있

을 거라고 하더라는 것이다. 그게 도대체 무슨 말인지, 안 노파는 그때나 지금이나 어리둥절할 따름이었다.

안 노파뿐 아니라, 황달수도 양순분도 마찬가지였다. 봉숙이 역시 도무지 어떻게 된 영문인지 알 수가 없었다.

용길이만 그 비밀을 알고 있어서, 그는 삼촌의 입에서 금붙이 말이 나오자, 입언저리에 야릇한 웃음을 띠고 두 눈을 반짝거리며 빤히 삼촌의 표정을 지켜보고 있었다.

양순분이 입을 열었다.

"우리 집에 금붙이가 있다는데, 그기 무신 소린교? 되련님이 징용을 나가고 열흘쯤 지나서 형님도 주재소에 붙들려 갔었구마. 되련님이 징용을 가다가 도망쳤다고 찾아내라고 말이구마. 허리를 못 쓰도록 맞고 나왔는데, 그때 글씨, 순사들이 우리 집에 황금 거북이 하고 또 뭐……."

"황금 열쇠하고……."

황달수가 얼른 받았다.

"황금 열쇠하고 있다면서 내놓으라 카더래예. 그기 무신 소린교? 되련님 혹시 그런 거 가지고 있능게?"

그러자 달칠은 얼른 뭐라고 대답이 나오지가 않는 듯 우물우물하다가,

"내가 무신 그런 걸……."

하고 말끝을 흐렸다. 그리고 힐끗 절로 시선이 용길이에게로 갔다.

용길이는 삼촌과 눈길이 마주치자 쿡쿡 가만히 웃었다.

"니가 가지고 있다는 기라. 순사들이 안 카나. 도대체 무신 소린 동……."

그러면서도 황달수는 어쩐지 달칠이와 용길이의 눈치가 이상한 것 같아 힐끗힐끗 살폈다.

"허허허……."

그만 달칠은 웃음을 터뜨렸다.

그런데 그 웃음소리가 어쩐지 그 말을 시인하는 것 같은 아리송한 것이어서,

"되련님한테 그런 기 있능교?"

양순분이 두 눈을 약간 크게 뜨며 물었다.

"허허허……."

달칠은 범벅을 다 먹고 숟가락을 놓으며 아리송하게 웃기만 했다.

그러자 용길이도,

"하하하……."

웃고 나서,

"나는 아네."

하고 입을 열고 말았다.

"뭐, 그기 정말이가?"

"아니, 정말이가?"

"우야꼬, 삼촌한테 황금 거북이랑 열쇠가 있단 말이가?"

양순분도 황달수도 봉숙이도 깜짝 놀라 입들이 벌어졌다. 안 노파 역시,

"정말 니가 가지고 있단 말이가? 관셈보살—"

놀랍고 신기한 듯 휘둥그레진 눈으로 달칠을 바라보았다.

그때,

"아이고 이 집에 경사 났는 모양이제."

"누가 돌아왔는게? 달칠이가 돌아왔는게?"

하면서 이웃 노파 두 사람이 사립으로 들어섰다.

마치 노파들의 뒤를 따르듯 반딧불 한 개가 곱게 반짝거리며 울타리를 넘어 날아들었다.

4

여느 때보다 한결 신선하고 눈부신 듯한 아침 햇살을 받아 장독대에 놓인 이슬에 젖은 단지나 항아리들이 정갈스럽게 반질거렸다.

"여기제?"

달칠은 한 손에 괭이를 들고 있었다.

"아니라예. 이 돌입니더."

용길이가 말하자,

"그렇던가……."

고개를 기울이며 달칠은 장독대 한편 모서리의 넓적한 돌 두어 개를 들어냈다. 그리고 그 밑을 괭이로 파기 시작했다.

봉숙이는 말없이 서서 꿀컥 침을 한 덩어리 삼키며 지켜보고 있었다.

"어디, 어디다가 묻어놨는데……."

부엌에서 아침밥을 짓고 있던 양순분도 장독대에서 흙 파는 소리가 나자, 물에 젖은 손을 치마폭으로 닦으며 뒤꼍으로 모습을 나타냈다.

황달수는 일어나자 곧 논을 둘러보러 나가고 없었고, 안 노파는 아직 자고 있었다.

한 번 파서 묻은 자리라, 몇 번 괭이질을 하지 않아도 되었다. 흙 속에서 곧 금붙이를 싼 종이뭉치가 나타나자, 달칠은 괭이를 놓고 얼른 그것을 집어냈다. 종이뭉치에 온통 흙이 묻어 있었다. 흙을 대강 떨어내고 종이뭉치를 펼쳤다.

"우야꼬—"

"정말 금이네—"

양순분과 봉숙이는 새삼스럽게 놀라 눈이 휘둥그레지고, 입이 딱 벌어졌다. 용길이는,

"이건 거북이고, 이건 열쇠 앙이가. 행운을 여는 황금 열쇠다, 아나."

그게 마치 제 것이거나 한 듯 누나 봉숙이에게 자랑을 하며 싱글벙글 했다.

그러자 달칠이 기분이 좋은 듯,

"뭐라? 행운을 여는 황금 열쇠? 허허허…… 니는 모르는 기 없구나."

하고 용길이의 머리를 한 번 쓰다듬었다.

"아이고, 많기도 하네. 가락지는 몇 개고? 보자…… 하나, 둘, 셋…… 다섯 개구나. 참 이쁘기도 하다."

양순분은 거북이나 열쇠보다 금반지 쪽이 훨씬 귀물스럽고, 구미를 당기게 하는 모양이었다.

"삼촌예, 이거 다 정말 삼촌 낀교? 어디서 이렇게 금덩어릴 많이……."

봉숙이는 도무지 믿어지지가 않는다는 듯이 말했다.

"만주로 어디로 돌아댕기메 모은 재산이 이거 앙이가. 이기 내 전 재산인 기라."

"그래예? 삼촌 정말 억씨기 부자네예."

"허허허…… 이거 가지고 인제 장개도 가고, 논도 사고 해야지."

그 말에 양순분은,

"그래야지예. 어무이가 얼매나 좋아하시겠노. 되련님 고향에 돌아 와 장개들어 자릴 잡고 살길 어무이가 얼매나 바랬다고예. 물론 형 님도……."

하고는, 얼굴에 살짝 웃음을 띠며 약간 농담조로 말했다.

"이 금붙이 몬 잊어서 징용 나가다가 도망쳤던 거 아닝교?"

"맞심더, 허허허……."

그러자 봉숙이도 킥 웃기부터 하고서 입을 열었다.

"삼촌, 각시 다섯 사람 얻을라 카능교?"

"뭐? 각시를 다섯 사람 얻다니……."

"가락지를 다섯 개 장만한 걸 보니 말입니더."

"허허허…… 봉숙이는 농담도 잘 한대이."

"안 그러면 나 한 개 주이소. 히히히……."

봉숙이가 킬킬 웃자 양순분은,

"야가 참말로 카나, 부로(장난으로) 카나."

조금 민망한 듯이 말했다.

"얌체 앙이가."

용길이도 한마디 쏘아붙였다. 그리고 용길이는,

"어무이 밥 탄다!"

소리를 질렀다.

밥 눋는 냄새가 풍겨오자,

"아이고, 내 정신 좀 보래이."

후닥닥 양순분은 부엌으로 향했다.

신선하고 눈부신 아침 햇살을 받아 귀물스럽게 반짝반짝 빛나는 금붙이들을 종이째 두 손바닥으로 받쳐 들고 달칠은 앞마당으로 돌아나갔다. 용길이와 봉숙이가 뒤를 따랐다.

부스스 일어나 마루로 나오고 있는 안 노파 쪽으로 가서 마루 끝에 걸터앉으며 달칠은,

"어무이, 이거 보이소. 이거 뭔동 아시능교?"

두 손바닥으로 받쳐 든 금붙이를 내밀었다.

"이기 뭐고? 금이가? 아이고, 금이구나. 우야꼬—"

눈곱이 낀 눈을 휘둥그렇게 뜨며 안 노파는,

"관셈보살, 관셈보살—"

하였다.

달칠은 그것을 어머니 앞 마룻바닥에 놓았다.

"아이고 야야, 이기 다 니 끼가?"

"예."

"우짠 기 이렇게 많노."

"만주로 어디로 돌아댕기메 돈 벌어 가지고 사 모은 거 아닙니껴."

"아이고, 그랬구나. 지 요량(요량) 다 했었구나. 번 돈 술로 다 없애삐린 줄 알았더니…….."

"할무이."

용길이가 불쑥 끼어들었다.

"삼촌 인제 이 금덩어리 가지고 각시도 얻고, 논도 사고 한대예."

"인제 객지에 안 나가고, 고향에 산대예."

봉숙이도 입을 열었다.

"하모(암), 그래야제. 올갈게는(올 가을에는) 당장 장개를 들어야지. 아이고, 인제 내가 죽어도 여한이 없겠대이. 니가 맘을 바로잡는 걸 보니, 해방이 정말 좋기는 좋구나. 관셈보살—"

안 노파의 한쪽 눈구석에서 지르르 눈물이 한 줄기 흘러내렸다.

그러나 용길이는,

"야, 신난다. 올갈에 삼촌 장개간다."

하고 소리를 지르고는,

"만세—"

그만 저도 모르게 번쩍 두 손을 쳐들었다.

그때, 논에 나갔던 황달수가 사립을 들어서며,

"식전부터 우짠 만세는…… 무신 좋은 일이 있나?"

빙글빙글 얼굴에 웃음을 띠었다.

"자, 아침 묵읍시더."

양순분도 싱글싱글 웃으며 부엌에서 상을 들고 나왔다.

마치 무슨 큰 경사라도 난 아침 같았다.

해설

동원과 삶, 그리고 성장의 기억

김요섭(문학평론가)

1. 하근찬 소설과 전쟁의 기억

전쟁의 기억은 하근찬의 소설 세계가 출발한 원점이었다. 하근찬이 1957년 한국일보 신춘문예로 등단하며 발표했던 「수난이대」부터 「흰 종이수염」, 「왕릉과 주둔군」, 『야호』, 『월례소전』 등 그의 주요 작품들 상당수가 전쟁의 기억을 다루고 있다. 하근찬의 작품세계 속에서 이야기되는 전쟁은 두 가지다. 하나는 「수난이대」와 「흰 종이수염」으로 대표되는 한국전쟁의 기억이고, 다른 하나는 「그해의 삽화」나 『산에 들에』 등에서 보여주는 태평양전쟁이다. 『야호』나 『월례소전』처럼 태평양전쟁기부터 한국전쟁기까지 아우르는 작품들도 적지 않다. 하근찬에게 이 두 번의 전쟁은 서로 분리되는 기억이 아니었다. 하근찬의 첫 소설이자 대표작인 「수난이대」에서 아버지인 '만도'는 태평양전쟁기에 징용으로 한쪽 팔을 잃고, 그의 아들인 '진수'는 한국전쟁에서 다리를 잃으며 대를 이은 비극을 체험했듯이 말이다. 그래서 일부 연구자들은 하근찬의 소설 속에 등장하는 전쟁의 기억을 각기 나눠서 보지 않고, 전쟁들을 연속적으로 이해하는 '관전사(貫戰史)*'라는 관점에서 설명하기도 한다.** 하근찬의 작품 세계는 두 번의 전쟁을 경험한 작가가 그 기억의 의미를 탐색해가는 과정이었다.

1931년 경북 영천에서 태어난 하근찬의 성장 과정은 계속되는 전쟁과 함께했다. 그가 태어난 해인 1931년에는 만주사변이 발생했고, 1937년에는 중일전쟁이 발발하며 식민지화되어 있던 조선사회 역시 점차 전시체제로 돌입해갔다. 하근찬이 교육을 받고 성장하던 시기는 제2차 세계대전이 발발하고 뒤이어 태평양전쟁으로 제국 일본이 총력전 체제에 돌입하던 때였다. 하근찬이 국민학교 저학년이던 1939년에 이미 일제 당국의 학생에 대한 통제는 생활감시와 근로동원을 넘어서 군사교육을 교육의 핵심 과정으로 포함하고 있었다.*** 하근찬의 소설에 학교 운동장에 주둔하는 일본군의 모습이 반복해서 등장한다는 것은 성장의 공간이었던 학교에 드리운 짙은 전쟁의 그림자를 잘 보여준다. 하근찬의 소설에서 그가 보여주는 국가의 동원에 대한 비판적 시각은 태평양전쟁기 제국 일본의 동원체제를 경험했던 기억을 빼놓고 이야기하기 어렵다. 하근찬은 강제 징발,

---

* '관전사'는 일본의 역사학자 나카무라 마사노리가 전쟁을 전전(戰前)과 전후(戰後)로 나누어 보는 관점에서 탈피하여 연속적인 역사의 흐름을 보여주기 위해서 제시했던 개념이다.
** 하근찬의 소설 속 전쟁의 기억을 관전사의 관점에서 설명하려고 한 이로는 한수영과 염창동이 있다.(한수영, 「관전사의 관점으로 본 한국전쟁 기억의 두 가지 형식」, 『어문학』 제113호, 2011; 염창동, 「하근찬 장편소설 『야호(夜壺)』의 관전사(貫戰史)적 연구」, 『현대문학의 연구』 66권, 한국문학연구학회, 2018)
*** 김경호, 「전시체제기 경성 사람들의 저항」, 『일제 말기 경성지역의 강제동원과 일상』, 서울역사편찬원, 2020, 141쪽.

징용, 일본군 '위안부' 등 태평양전쟁기 일본제국의 동원을 위선적인 폭력으로 기어한다. '백성들', '시골 사람들', '농촌사람들' 등 차별받고 소외받던 조선의 민중들이 동원이 필요해질 때만 국가로부터 국민으로 호명되었기 때문이다.*

하근찬은 전주사범학교에 재학 중에 교원시험에 합격하여 해방 직후부터 1954년까지 교사로 일한다. 하근찬이 사범학교로 진학한 데는 교사였던 아버지의 영향이 컸다. 「수난이대」에서 다리를 잃은 아들을 업어주는 아버지처럼 하근찬에게 그의 아버지인 하재중은 누구보다 애틋한 존재였다. 해방 직전인 1945년 4월에 하근찬이 전주사범학교에 입학했을 당시를 배경으로 한 소설 「삼십이 매의 엽서」에서 일본인 선배의 괴롭힘과 그 기저에 자리한 군사주의문화의 폭력에서 그를 지켜주는 유일한 희망은 아버지가 보내주던 엽서였다.** 기숙학교 안에서의 군사주의적 폭력을 견디게 해주던 아버지의 편지는 소설 속의 이야기만이 아니라 하근찬의 실제 경험이기도 했다.*** 이처럼 하근찬에게 소중했던 아버지는 한국전쟁 중 인민군의 민간인 학살에 휘말려서 사망한다. 「수난이대」부터 반복되는 전쟁의 폭력에 휘말린 아버지의 형상은 그의 고통스러운 가족사를 반영하고 있다. 하근찬 자신도 한국전쟁 중 국민방위군으로 소집되어서 추위와 굶주림 속에서 극심한 고통을 경험했었다. 다수의 국민

---

* 서승희, 「전후 작가의 식민지 기억과 민족주의」, 『현대문학이론연구』 53호, 현대문학이론학회, 2013, 183쪽.
** 한수영, 「유년의 입사형식(入社形式)과 기억의 균열」, 『현대문학의 연구』 52, 한국문학연구학회, 2014, 412쪽.
*** 이호규, 「하근찬 전후 소설에 나타난 기억의 복원과 확장」, 『한국문학논총』 75집, 2017, 273쪽.

을 동원하고도 군 간부들의 착복으로 보급조차 제대로 받지 못해 수많은 이들이 전투가 아닌 굶주림과 질병, 추위로 사망한 국민방위군 사건*의 경험은 하근찬이 국가의 동원을 잔인한 폭력으로 파악하게 한 또 다른 이유였다. 인민군에 의한 아버지의 죽음과 국민방위군 사건까지 경험하면서 하근찬의 한국전쟁에 대한 기억은 당대의 반공 이데올로기에 휩쓸리지 않고 권력과 민중 사이의 문제로 인식되었다. 하근찬에게 한국전쟁은 태평양전쟁과 마찬가지로 민중의 삶에 대한 근대의 폭력이었다. 그래서 하근찬은 두 개의 전쟁을 "전쟁·징병·국가폭력"과 같은 "근대적 폭력"이 민중의 삶을 이루는 "토착적이고 전통적인 자연관"이 훼손되는 과정**이라는 일관된 시선으로 소설에서 통합해낼 수 있었다.

하근찬은 토속적인 민중의 삶이 전쟁과 같은 근대적 폭력에 의해서 피해를 입고 상처받는 상황을 예리하게 포착한다. 하근찬의 소설은 이념화된 국민 정체성이 아니라 민중의 세계를 중심으로 이야기를 펼쳐갔다. 그가 경험했던 두 번의 전쟁, 태평양전쟁과 한국전쟁에서 반복되었던 국민 아닌 자들의 호명들이 시기와 지역에 따라 '불령선인(후테이센진)', '빨갱이', '반동분자' 등으로 표현만 달라졌을 뿐모두 동일한 논리를 통해서 작동해왔기 때문이다.*** 하근찬의 토속적인 민중의 세상은 국가가 만들어 놓은 경계에 의해 갈라지지 않는 세계였다. 한반도의 산과 들을 따라서 펼쳐져 있는 삶의 공간 위에

---

* 김동춘, 『전쟁과 사회』, 돌베개, 2000, 179쪽.
** 오창은, 「분단 상처와 치유의 상상력」, 『우리말글』 52, 우리말글학회, 2011, 15쪽.
*** 염창동, 「하근찬 장편소설 『야호(夜壺)』의 관전사(貫戰史)적 연구」, 『현대문학의 연구』 66권, 한국문학연구학회, 2018, 270쪽.

하근찬이 사랑하고 애달파하는 시대의 고난 속에서도 낙천적인 시선을 잃지 않는 평범한 사람들의 이야기가 있다. 하근찬의 장편소설 『산에 들에』는 그 평범한 사람들이 경험했던 태평양전쟁의 1년을 보여주는 따듯한 성장의 이야기다.

2. 동원과 소문들

하근찬의 후기 소설인 장편 『산에 들에』는 태평양전쟁 말기인 1944년 가을부터 해방이 되는 1945년 여름까지 1년간 황씨 일가가 경험했던 전쟁의 기억을 다루고 있다. 하근찬은 1970년대부터 일제강점기를 배경으로 한 성장 소설들을 다수 발표했는데, 1984년 작인 『산에 들에』 역시 태평양전쟁기를 배경으로 14살 소년 '용길이'를 중심으로 황씨 가족의 다양한 인물들을 보여준다. 공습경보를 알리는 주재소의 종소리가 울려 퍼지고 하늘에는 미군의 B-29 폭격기가 날아다니는 상황을 아무렇지도 않은 듯이 웃긴 이야깃거리로 여기는 아이들의 모습은 그 마을에서 전쟁이 머나먼 곳의 일임을 알려준다. 태평양전쟁은 한창이지만 아직 이 마을에는 하늘 위에 보이는 미군의 폭격기 말고는 전쟁이 그들의 삶에 다가와 있음을 알리는 징후는 뚜렷하지 않다. 하지만 '데이신따이'(정신대)의 소문이 들려오면서 '황달수' 일가에게 전쟁은 급박하게 대응해야 할 현실적 위협으로 다가온다.

『산에 들에』는 4개의 장으로 구성되어 있다. 소설의 각 장은 가을, 겨울, 봄, 여름의 사계절로 나뉘어 있다. 태평양전쟁의 끝을 향해서 가고 있던 1944년 가을부터 해방이 찾아오는 1945년 여름까지 이어지는 이 소설에서 각 장마다 전쟁은 동원이라는 형태로 점차 황달수 일가의 삶에 더 깊게 영향을 끼친다. 해방이 찾아오는 1945년 여름을 배경으로 한 소설의 4장을 제외한다면, 시간의 흐름과 함께 황달수 일가가 직간접적으로 체험하게 되는 동원의 강도는 계속해서 높아져 갈 뿐 아니라, 물리적 거리까지 좁혀진다. 『산에 들에』에서 일본 제국의 전쟁은 식민지 주변부의 작은 마을로까지 동원이라는 체계를 통해 전쟁과 연결해가지만, 이를 조선의 민중이 인식하는 방식은 '소문'이라는 점을 주목할 필요가 있다. 전쟁의 진행을 식민지민들이 소문이라는 민간의 연결과 그 해석을 통해 불분명하게 알려지고 있다는 것은 식민지민이 전쟁의 상황을 정확히 파악할 수 없다는 정보의 제약을 보여줄 뿐 아니라, 제국이 규정한 의미와는 다른 방식으로 전쟁을 이해한다는 점을 보여준다.

황달수의 딸이자 용길의 누나인 '봉례'의 결혼을 중심으로 진행되는 1장에서는 '데이신따이(정신대)'*, 즉 일본군 '위안부'로 여성들이 동원되는 사건이 중심이 된다. '데이신따이'는 『월례소전』 등 하근찬의 전작에서도 여러 차례 반복해서 등장한다.** 1장에서 제국 일본의

---

* 근로 정신대와 일본군 '위안부'는 동일한 개념이 아니었지만, 상당한 시간 동안 한국 사회 안에서 혼용이 되어 왔다. 1944년 8월에 제정이 된 '여성근로정신령'으로 14~45세 조선인 여성들을 정신대에 참여하게 하여 노동력을 동원하였는데 이에 참여한 여성들 일부가 위안부가 되는 경우도 있었다.(안연선, 『성노예와 병사 만들기』, 삼인, 2003, 21~22쪽) 한국의 위안부 운동에서도 초기에는 정신대라는 용어를 혼용하였는데 '한국정신대문제대책협의회' 같은 단체가 대표적이다. 이 글에서는 '정신대'와 일본군 '위안부'의 기억이 뒤섞여 있던 하근찬의 경험을 고려하여 '데이신따이'로 표기할 것이다.
** 다만 전작들과 비교하면 '데이신따이'라는 용어가 사용되는 방식에서는 약간의 차이

국가적 동원은 처녀 공출, 즉 '데이신따이'가 조만간 실행되리라는 불길한 소문의 형태로 다가오기 시작한다. 2장에서는 만주 일대를 떠돌다가 고향으로 돌아온 용길이의 삼촌 '황달칠'이 귀금속 헌납을 강요받다가 징병에 끌려간다. 부족해진 전쟁 물자를 보충하기 위해 제국의 공출 정책이 표면적으로 자발적 참여를 권장하지만, 순사와 같은 권력의 하부 실무자들이 권한을 남용할 수 있는 착취의 수단으로 쓰인다. 그리고 황달칠처럼 그 정책에 의문을 표시하는 자는 강제 징용의 대상이 되고 만다. 어렴풋한 소문으로 들려오던 동원은 물자 공출을 넘어 가족에 대한 징용까지 점차 강도를 높여가면서 일상 안으로 깊숙하게 침투해 들어간다. 3장에서는 일본군 공병부대가 용길이가 다니는 학교 운동장에 주둔한다. 이들은 전쟁 수행을 위해서 마을의 서낭당을 없애고 그곳에 군용도로를 건설하기로 한다. 제국 일본의 동원은 마을의 오래된 신화적 세계를 파괴하면서 과거로 돌아갈 수 없는 변화를 남긴다.

하근찬의 작품들에서 국가의 동원은 민중의 삶을 파괴하는 심대한 위협으로 그려진다. 봉례가 가족의 요구로 가난한 연인을 놔두고 갑작스럽게 얼굴 한번 본 적 없는 이와 결혼을 하게 만드는 '데이신따이'의 소문은 황달수 일가에게는 그게 무엇인지 도대체 감조차 잡히지 않는 알 수 없는 위협이다. 고모 '황성녀'에게 처음 '데이신따이'에 대해서 전해 들었을 때 황달수는 처녀를 공출한다는 게 말도

가 있다. 『월례소전』에서는 '처녀 공출', '여자 공출' 등 소문 속의 불분명한 표현이 통지서라는 공식적 언어가 전달되었을 때 '데이신따이'로 전환되지만(서승희, 「'데이신따이(挺身隊)'로 동원된 여성의 포스트/식민 현실과 재현 난제」, 어문연구 50권 2호, 한국어문교육연구회, 2022, 274쪽.) 『산에 들에』에서는 소문과 공식 언어 사이의 간극은 뚜렷하지 않다.

안 되는 이야기라고 생각한다. 황성녀는 '데이신따이'를 만주 일대에 공장 등으로 여성노동력을 동원했던 근로정신대로 설명한다. 그 설명은 들은 뒤에야 황달수는 처녀 징용이라고 생각하면 있을 법한 일이라고 여기면서 아직 어린 딸을 조급하게 결혼시켜야 하는 것은 아닌가 하고 불안해한다. 만주를 떠돌다가 돌아온 동생 황달칠이 '데이신따이'가 일본군 '위안부'로의 동원이라는 사실을 알려주자 그는 다급하게 봉례의 결혼을 준비한다. 제국 일본의 동원으로부터 딸을 보호하고자 했던 결혼 준비는 의도치 않게 젊은 연인의 마음에 상처를 남긴다.

봉례와 그의 연인인 '두만'의 관계는 '데이신따이'를 피하기 위해서 딸을 급하게 결혼시키려는 황달수의 결정 때문에 파국을 맞게 된다. 금융조합 소사로 일하면서 교사가 되기 위해 시험을 준비하는 가난한 청년인 두만은 봉례의 가족이 혼처를 구하고 있다는 소식을 들었음에도 선뜻 나서지 못한다. 그는 어떻게든 자신이 검정시험을 통과해서 국민학교 교사가 될 때까지는 봉례가 기다려주기를 바라지만, 동원의 공포는 이들을 놔두지 않는다. 봉례의 결혼은 '데이신따이'로 조만간 마을의 처녀들이 동원될지 모른다는 두려움 때문에 긴박하게 준비된다. 결혼이 급한 것은 봉례의 혼처 역시 마찬가지다. 아들이 징용으로 끌려 나가기 전에 자식이라도 남기려고 하는 마음에 결혼을 서두르는 것이다. 봉례는 연인인 두만과 예상보다 너무 이르게 갑작스레 강요당한 결혼을 피해서 도망치려고 하지만, 결국 가족에게 이끌려 혼사를 치르게 된다. 봉례는 자신의 결혼을 받아들이고, 두만은 실연의 상처 때문에 시험 준비를 포기하고 지원병으로 전선으로 향한다. 그리고 봉례의 단짝 친구인 '순금'은 '데이신따이'로 동원되어 고향을 떠난다.

1장의 최후반부에 이르기 전까지는 제국 일본의 동원은 아직 소문의 차원에 머물러 있었다. 황달수의 고모가 전해준 '데이신따이'의 모호한 소문에서 시작해서, 만주 일대를 떠돌던 황달칠의 말을 통해서 처녀 공출은 다급하게 피해야 하는 위협으로 인식된다. 그러나 이 모두 소문에 불과할 뿐 어떤 식으로 공식적인 확인이 나타나지는 않는다. 그러나 동원은 아직 완전히 그 위협적인 얼굴을 내보이지 않았을 뿐, 마을 사람들의 일상에 가까이 자리하고 있었다. 공습경보를 알리는 종소리로 시작해서, 아이들이 학교에서 받는 교육, 두만이가 군사 훈련을 받았던 면 단위의 군사 예비교육 조직인 '청년훈련대' 등 동원을 위해 조선인들을 훈육하는 제국의 체계는 이미 일상의 가까이에 안착해 있었다. 그리고 소문으로 떠돌던 동원은 언제든 그들의 삶을 장악할 준비가 끝나 있었다. 제국의 정책이 공식화되기 전에 발 빠르게 대책을 찾지 않는다면, 가난한 민중은 무력하게 끌려갈 뿐이었다. 제국의 동원은 갑작스럽게 찾아온 위협이지만 한편으로 식민지 조선 사회의 기저에 자리한 근대적 식민지체계 그 자체와 불가분의 관계를 이루고 있었다.

황달수가 '데이신따이'의 소문에 민감하게 반응했던 것은, 그가 경험한 식민지 사회는 여성을 그런 방식으로 착취해온 폭력적 구조였기 때문이다. '데이신따이'의 소문을 처음 들었을 때 황달수는 어린 시절 유난히 가까웠던 이종사촌인 '첫선이 누나'가 고향을 떠나 경성과 일본의 대판 등을 떠돌다가 사라졌던 것을 떠올린다. 부모를 병으로 잃은 뒤 첫선이 누나는 생계를 위해 남의집살이를 하려고 경성으로 보내졌다가 일본의 공장에서 일하고, 다시 동경을 거쳐서 북

해도로 향한 뒤 가족들과의 연락이 끊긴다. 가난 때문에 식민지 도시의 일하는 여성이 된 첫선이 누나는 가난과 노동력 착취, 그리고 성 착취로 이어지는 제국 경제구조의 어두운 그림자 속으로 끌려 들어간다. 동원이라는 형태로 가시화되기 전에도 제국은 구조적으로 식민지 조선 민중을 계속 희생시켜 왔다. 그런데 이 소설 속에서 제국의 구조적 착취를 인식하는 방식은 근대 세계의 언어를 빌려오지 않는다. 오히려 토속적인 민중공동체가 가지고 있는 설화적 세계의 상상력을 통해 그 위협을 암시한다.

봉례와 두만의 밀회 장소였던 각시바위는 그들의 만남과 헤어짐의 공간이다. 두만에게 자신이 결혼하게 될 것임을 알렸던 곳도, 결혼한 봉례가 시댁으로 가는 길을 두만이 혼자 몰래 숨어서 바라보는 장소도 각시바위다. 각시바위는 여성의 옆얼굴을 닮아 붙은 이름이기도 하지만 여성에 가해진 성적 폭력에 대한 전설도 얽혀 있다. 각시바위는 소설 속에서 서낭당과 함께 제국 일본에 의해서 파괴당하는 전근대적 세계를 상징하는 장소이면서, 동시에 여성화된 토속적 세계의 단면이기도 하다. 각시바위의 전설은 첫선이 누나의 비극적 삶과 함께 '데이신따이'의 위협을 생각하게 만드는 공간이다. 그 두려움은 연인의 사랑의 장소를 이별의 장소로 바꾸어 놓는다. 각시바위는 '열녀'로서 여성의 죽음을 가부장제의 성윤리 안으로 귀속시키는 상징이기도 하지만, '데이신따이'에 대한 두려움을 구성하는 민중의 언어 역시 동일한 상상력 속에 놓여 있다. 하근찬은 『산에 들에』에서 이 토속적인 민중의 언어와 세계관을 통해서 제국의 통치를 근대적 폭력으로 인식하는 이들을 반복해서 보여준다.

3. 성장과 금기

『산에 들에』에서는 제국 일본이 지배하는 근대적 세계와 조선의 민중의 마음을 구성하는 전근대적 세계의 구분이 굉장히 뚜렷하다. 황달수나 황달칠 같은 기성세대들은 식민지적 근대 세계에서 어른으로 성장한 이들이고 만주와 같은 제국이 근대적 국가를 건설하려고 했던 공간*을 체험하기도 했으나 이들의 언어나 인식은 토속적이다. 반면에 용길이와 같은 조선의 아이들은 조선과 일본이 서로 다른 나라라는 자각도 분명하지 않고, 제국이 만드는 근대적 질서를 빠르게 학습해간다. 학급 친구들끼리 일본군 병정놀이를 하고, 아이들의 놀이 용어인 '링꾸단렝(인고단련)'은 조선인들을 제국신민으로 교육하기 위해 조선총독 미나미가 제시했던 3대 교육강령 중 하나였다. 그리고 소설의 3장에 가서는 학교는 일본군이 주둔하는 공간이 되어 식민지 아이들이 제국과 마주하는 장소가 된다. 학교라는 근대적 공간에 속한 아이들은 제국의 근대성을 아주 익숙하게 체화해간다. 그런데 『산에 들에』에서 이 학교와 학생을 그리는 방식은 그의 전작들과는 조금은 다른 모습을 보여준다.

교사였던 하근찬에게 학교라는 공간은 그의 소설 속에서 주요한

---

* 1931년 만주 사변 이후 제국 일본은 중국의 자치권을 위협하기 위해 만주국이라는 괴뢰국을 건설하면서 메이지 유신 이후 일본이 쌓아 올린 발전국가 만들기에 필요한 제도와 지식을 집중적으로 이식했으며, 이 근대적 국가 만들기의 경험은 이후 한국 등에 상당한 영향을 끼쳤다. 한석정, 『만주 모던』, 문학과지성사, 2016, 163~167쪽.

배경으로 반복되었다. 특히 그 자신의 유년기 기억을 적극적으로 반영했던 식민지 시기 학교에 대한 재현이 중심이 된 그의 70년대 소설들에서는 민족 정체성과는 다른 형태의 집단 및 개인의 정체성을 구성하는 작업이 이루어졌다.[*] 이는 「그해의 삽화」(1971)에서 일본인 여교사에게 느끼는 소년의 연애 감정처럼 민족적 경험과 다른 개인의 욕망을 보여주는 사례로 나타나기도 한다. 소년의 사랑은 표면적으로는 민족적 차이로 인해 좌절되어야 하는 것처럼 그려지지만 식민지민 소년의 균열된 의식 속에서는 '사제 간의 사랑'이라는 금기 때문이라고 혼란스럽게 자기합리화해야 했다.[**] 「그해의 삽화」 속에서 일본인 여교사에 관한 에피소드들은 『산에 들에』에서도 반복해서 등장하지만, 전작과 달리 소년에게 민족의식에 기반한 정체성에 혼란을 느끼는 사건으로 전개되지는 않는다. 이는 『산에 들에』의 소년이 성장하는 방식이 「그해의 삽화」와는 전혀 다르기 때문이다.

「그해의 삽화」에서 소년은 일본인 여교사에 대한 감정 때문에 성과 사랑에 눈을 뜨는 사춘기의 성장통을 겪지만, 『산에 들에』의 용길이는 성적인 조숙함이 전혀 없는 아이다. 14살 소년 용길이는 성숙한 일본인 여교사를 거의 의식하지 않는다. 오히려 그는 자기보다 세 살 어린 일본인 여자아이인 '하라꼬'와 함께 놀면서 소년보다는 아이 같은 모습을 더 보여준다. 소년 용길이의 성장은 성에 대한 고민이 아니라 설화적 세계, 금기를 부여하는 이야기들을 통해서 이루어진다.

---

[*] 류동규, 「식민지 학교의 기억과 그 재현」, 『우리말글학회』 51, 우리말글, 2011, 252쪽.
[**] 한수영, 위의 글, 410~411쪽.

민담에서 주인공에게 설정된 금기는 위반을 통해 미성숙한 주체가 어른으로 성장해가는 여정의 출발점이 된다.* 『산에 들에』에서는 집안의 어른들이 용길이에게 금기를 설정하는 장면이 여러 차례 반복된다. 소설의 1장에서는 일본의 패망을 예측하는 부모의 대화를 용길이가 잠들지 않고 엿듣는다. 그 사실을 알게 된 아버지는 용길이에게 절대로 다른 이들에게 말하면 안 된다고 당부한다. 소년에게 이 첫 번째 금기는 자신이 속해 있던 세상을 다르게 보는 계기가 된다. 학교에서 배워온 것과 아버지가 알려준 비밀 사이에 이해할 수 없는 간극이 있기 때문이다.

　　일본이 곧 망할 거니까 두고 보라니…… 그렇다면 '고오궁(황군)'이 아메리카 이기리수(영국) 그리고 짱꼴라(중국)들한테 진다는 이야기 아닌가. 학교에서 교장 선생이랑 담임선생은 노상 우리 고오궁이 아메리카, 이기리수군을 무찌르고 혁혁한 전과를 올리고 있다고 말했는데, 그럼 그 말이 거짓말이었단 말인가…….(43)

　　첫 번째 금기를 통해 용길은 그동안 자신이 바라보던 방식과는 다르게 현실을 바라볼 수 있음을 알아챈다. 이런 용길의 변화에 가속도가 붙게 하는 인물이 바로 삼촌인 황달칠이다. 황달칠은 용길이가 다니는 학교와 대척점에 서 있다. 제국 일본이 만들어가는 근

---

* 러시아의 민담연구자 블라디미르 프로프는 『민담형태론』에서 민담의 이야기 구조를 정리하면서 가족 성원이 부재한 상태에서 주인공에게 금기가 부여되고 이를 위반하는 과정이 서사가 기능적으로 배치된다고 분석한다. 블라디미르 프로프, 유영대 옮김, 『민담형태론』, 새문사, 1987, 40~42쪽.

대사회를 살아갈 신민을 교육하는 학교는 용길이에게 제국의 공식적 언어를 교육한다. 반면에 황달칠은 아이들의 호기심을 자극하는 타고난 이야기꾼이다. 그의 이야기 속에서 제국 일본이 근대 국가를 건설하는 공간으로 여겼던 만주 일대는 유령이 출몰하는, "괴이한 이야기가 수없이 널려 있는 으스스한 땅"(174)으로 바뀐다. 그리고 그 이야기 속에 등장하는 "일본한테서 우리나라를 도로 찾을라고 하"는 "좋은 마적"(184)인 독립군과 임시정부는 학교가 용길이에게 부여했던 제국 신민이라는 정체성을 해체하고 민족적 자기 정체성을 자각하게 한다. 누구에게도 말하면 안 된다는 삼촌의 금기를 통해서 접하게 되는 이야기는 용길이를 학교의 다른 아이들과는 사뭇 다른 존재로 성장하게 한다. 삼촌의 이야기 속의 설화적 세계로 구성되는 만주는 제국 일본의 해석과는 전혀 다른 공간으로 인식된다. 설화의 금기처럼 은밀하게 전달되는 민중의 언어는 용길을 '황국신민'으로 정체화하려고 하는 근대의 교육에 맞서 조선의 산과 들에서 살아가는 민중의 시각을 가지게 한다.

삼촌은 용길이에게 독립군 이야기 말고도 또 다른 금기를 부여한다. 황달칠은 만주 등지를 떠돌면서 일해서 모은 전 재산을 귀금속으로 바꿔서 몰래 가지고 온다. 용길이는 늦은 밤 몰래 집으로 돌아온 삼촌이 가지고 온 트렁크 속에 무엇이 들어 있는지 궁금해 한다. 삼촌을 졸라 트렁크 속 금붙이들을 본 용길이는 누구에게도 이에 대해서 말하지 말라는 삼촌의 금기에도 불구하고, 친한 아이들에게 이야기한다. 그로 인해 삼촌은 일본 경찰들의 표적이 된다. 소설의 2장에서 제국 일본의 동원은 황달수 일가의 삶에 훨씬 깊숙이 파고드는데, 동에서 비행기를 헌납하기 위해 귀금속 공출을 시도한다.

황달칠이 몰래 가지고 온 금붙이들이 소문이 나면서 순사들은 그를 붙잡아서는 금을 헌납하길 강요한다. 그렇지 않으면 전쟁터로 징용되어 끌려갈 것이라 위협한다. 황달칠은 끝내 금을 헌납하지 않고 징용에 끌려가게 된다. 집을 떠나기 전에 황달칠은 몰래 땅에 금을 묻어두고는 용길이에게 자신이 돌아올 때까지 이 비밀을 꼭 지켜달라고 한다.

만주에 대한 이야기를 들려주면서 용길이가 제국이 부여한 신민으로서의 정체성을 내면화하지 않게 했던 황달칠은 그에게 마지막 금기(땅에 묻어둔 금의 비밀을 지키달라)를 부여한다. 징용으로 전장으로 가야 했던 황달칠은 이동 도중에 도망치고, 해방 이후에야 집으로 돌아온다. 용길이는 삼촌과의 약속을 지키고, 돌아온 황달칠은 숨겨두었던 금을 가족 앞에서 꺼내 보이면서 밝은 미래를 기약한다. 용길이가 자신에게 부여된 금기를 끝내 지켜냈다는 결과는 민족의 독립과 함께 제국의 신민으로 자라던 소년에게 다른 미래를 가능하게 한다. 『산에 들에』에서 소년의 성장은 비슷한 사건과 장면을 공유하던 전작과 달리 학교라는 근대적 공간과 그곳에서 교차하는 식민자의 혼란스러운 욕망을 드러내 보이지 않는다. 대신에 민중공동체의 설화적 세계를 통해 성장해가는 과정을 보여준다. 하근찬은 왜 전혀 다른 방식으로 소년의 성장을 보여주었을까? 이는 이 작품의 또 다른 주인공, 즉 조선의 산과 들이라는 민중적 생활공간과 제국의 근대가 충돌하는 과정을 포착하기 때문이다.

4. 산야와 근대의 폭력

하근찬의 「그해의 삽화」에서 등장했던 학교에 주둔하는 일본군과 학교의 일본인 여선생과 연애 관계를 맺는 일본군 장교 등의 이야기는 『산에 들에』의 3장에서 비슷하게 반복된다. 그런데 「그해의 삽화」에서는 주인공 소년의 시선이 일본군 장교와 여교사를 향해 있었던데 반해서, 『산에 들에』에서 용길이는 '야마구찌' 선생과 '아오끼' 소위 사이의 '렝아이(연애)'는 그저 가십거리 중 하나일 뿐 중요한 사건이 아니다. 학교 이곳저곳에서 여교사와 일본군 장교의 연애를 알리는 낙서는 「그해의 삽화」에서는 주인공 소년이 남긴 것이지만, 『산에 들에』에서는 누구의 소행인지 끝내 밝혀지지 않는다. 다만 그들이 함께 있는 모습을 본 용길이의 몇 마디 말이 소문으로 퍼지는 계기가 되었을 따름이다. 1945년의 봄을 배경으로 하는 소설의 3장에서 중요한 사건은 그들의 연애가 아니라, 일본군 공병부대가 마을에 건설하는 군사도로다.

학교 운동장에 주둔한 일본군 공병부대는 마을에 군사도로를 건설하려고 한다. 그런데 건설 예정지에는 마을의 토속신앙의 상징물인 서낭당과 각시바위, 노송이 있었다. 군사도로를 건설한다는 소문을 마을 사람들은 서낭당을 없애려는 것으로 이해한다. 군사도로 건설이라는 근대국가의 행정적 목표는 마을 사람들에게는 마을의 토속적인 문화와 종교에 대한 제국의 파괴로 인식된다. 마을을 제국의 군사행정 속으로 편입시키려는 제국의 시선에서는 서낭당이 마을 사람들에게 가지는 의미는 전혀 파악되지 않는다. 주재소와 같은 제국의 행정기관에게는 국가에 저항하는 불순한 '불량선인'들의 저항으로 인식된다. 각시바위 서낭당을 없애지 말아 달라는 탄원서를 쓰기 위해서 연판장을 돌리던 마을의 노인들은 주재소로 연행당하기까지 한다.

서낭당의 파괴에 대해 조선인들과 같은 공간에서 살아가는 일본인, 즉 재조일본인 이주자들도 제국과 비슷한 시각을 보인다. 일본인 여교사 야마구찌는 더는 원시시대의 미신을 믿을 필요가 없으니 서낭당을 없애게 된 것이 좋은 일이라면서, 오히려 마을에 신사를 건설할 때도 되었다고 창씨개명을 한 조선인 여교사에게 이야기한다. 민중의 토속신앙인 무속의 상징물을 파괴하고 대신에 제국의 국가 종교인 신도의 사원인 신사를 건설하자는 야마구찌의 말은 재조일본인 이주자들이 가지고 있던 조선에 대한 동화와 근대화의 욕망을 반영한다. 태평양전쟁 후반 제국 일본의 동화정책인 창씨개명 정책의 핵심적인 협력자였던 일본인 교사*는 『산에 들에』에서 조선을 계몽해야 할 전근대적 사회라고 내려다보고 있을 뿐이다. 거기에 더해 그의 연인인 일본군인 아오끼 소위는 서낭당 철거에 대한 마을 사람들의 인식을 보면서 "죠센징와 쇼가나이(조선 놈들은 할 수 없어)." (290)라며 조롱한다.

마을의 토속신앙을 둘러싼 제국과 마을 사람들의 갈등은 서낭신을 모시는 '각시무술이'가 일본군 공병대를 막아서면서 최고조를 이룬다. 각시무술이는 굿을 할 때 쓰는 삼창을 손에 쥐고서 군도를 든 아오끼 소위 앞에서 물러서지 않는다. 하지만 남성과의 신체적 접촉을 두려워하는 각시무술이는 아오끼 소위가 칼을 집어넣고 손을 뻗

---

* 우치다 준, 한승동 옮김, 『제국의 브로커들』, 도서출판 길, 2020, 512쪽.

으려고 하자 비명을 지르며 도망치면서 웃음거리가 되고 만다. 그리고 신성한 장소를 파괴하면 재난이 뒤따르리라는 마을사람들의 믿음과 달리 각시바위와 서낭당, 노송이 모두 파괴되는 사이에 어떤 기이한 일도 일어나지 않는다. 제국 일본의 근대적 군대 앞에서 마을 사람들이 믿어온 오래된 신앙은 어떤 힘도 보여주지 못하고 비웃음거리로 남게 될 뿐이다.

어떠한 이유로 남성과의 신체적 접촉을 두려워하는 각시무술이가 모시는 신은 성적 폭력에 희생된 여성의 전설이 깃든 각시바위의 서낭신이다. 토속신앙이라는 무속적 세계는 소설 속에서 여성 수난의 이미지와 반복해서 겹친다. 성폭력에 의해 희생된 여성의 비극을 상징하는 각시바위가 제국의 성폭력적 착취의 구조, '데이신따이'를 피하기 위해서 헤어지게 된 봉례와 두만의 밀회 장소였다는 사실은 이를 잘 보여준다. 서낭당이 파괴된 이후 각시무술이가 살던 오두막에 불이 나고 그곳에서 불에 탄 시신이 한 구 발견된다. 마을 사람들은 각시무술이가 불을 피워 자살한 것이라고 생각했지만, 그 시신은 일본군이었다. 각시무술이는 삶의 기반이었던 서낭당이 파괴당한 것도 모자라 일본군에게 성폭력 위협을 받았으며, 그를 살해한 뒤 일본 경찰에 쫓기는 도망자가 된다. 『산에 들에』에서 토속적 신앙인 무속은 여성의 이미지와 결합되어 있으며, 동시에 제국의 남성성에 의해 지속적으로 피해를 입는 대상으로 그려진다. 한국사회에서 무속은 남성 중심의 유교적 제사 전통과 달리 여성의 영역*이었다. 그리고 식민지에 대한 제국의 지배는 피식민자를

---

* 로렌 켄달, 김성례 · 김동규 옮김, 『무당, 여성, 신령들』, 일조각, 2016, 281~282쪽.

열등한 존재로서의 여성화*할 뿐 아니라 성적 대상화하고 욕망했
다.** 각시무술이와 서낭당을 향한 일본군의 폭력은 여성화된 식민
지를 향한 제국의 폭력을 상징적으로 보여준다. 여성화된 식민지를
향한 제국의 폭력을 성적인 것으로 상징화한 장면은 하근찬이 왜
「그해의 삽화」에서 소년의 성장의 핵심으로 삼았던 일본인 여교사
에 대한 사랑을 통한 성을 이해하는 과정을 이 작품에서는 제거했
는지 이해할 수 있게 한다. 제국과 매개된 성은 근대적 폭력의 구조
라는 점이 부각된다. 그래서 조선의 산야를 떠도는 설화적 세계의
힘은 일본인 연인, 아오끼와 야마구찌의 밀회의 순간에 그들을 응
징한다.

서낭당을 파괴하면 발생하리라는 재앙은 나타나지 않았다. 그러
나 아오끼와 야마구찌가 숲속에서 만나고 있을 때, 갑작스레 뱀이
나타난다. 뱀에 놀란 그들은 겨우 옷가지를 챙겨서 말에 올라타지
만, 타고 있던 말이 갑자기 빠른 속도로 달리기 시작한다. 아오끼가
고삐를 휘어잡아도 말은 무엇인가에 겁을 먹은 듯이 광란에 빠진 상
태로 계속 달린다. 각시바위 서낭당이 있던 자리에 이르자 말의 광
란은 극에 달한다. 갑자기 독사까지 나타나서 말을 공격하자 아오
끼와 야마구찌는 땅에 떨어지면서 크게 다친다. 마을 사람들은 그들

---

* 유럽의 식민주의를 지탱한 인종차별의 담론은 다른 인종들을 열등한 존재로 만들었을
뿐 아니라, 그 열등함을 젠더의 차별적 위계에 맞춰 재배치함으로써 피식민자를 '여성
화'하였다.(로버트 J.C. 영, 이경란·성정혜 옮김, 『식민 욕망』, 북코리아, 2013, 175쪽)
이러한 피식민자의 여성화는 실제 여성성의 특징을 반영하는 것이 아니라, 열등한 자
로서의 여성과 피식민자를 창출하는 행위였다. 일본의 조선에 대한 식민지배 역시 유
럽 제국의 인종주의를 변형하여 반복했다.
** 로버트 J.C. 영, 위의 책, 156~157쪽.

을 공격한 독사를 서낭신이었던 각시바위의 넋이라고 생각한다. 이 사건이 있은 뒤에 마을 주변과 산과 들에 뱀이 득시글거리고 사람들은 이를 재앙이 다가왔다고 여긴다.

조선의 산야를 개발하고 재구성하려는 제국의 욕망 앞에 토속적 설화의 세계는 정면에서 맞설 수 없다. 그러나 이 토속적 세계의 반격은 제국의 개발이 과시한 세계에 대한 근대적 해설과 다른, 설화적 세계의 상상력을 지속시킨다. 제국은 서낭당이라는 민중의 토속신앙을 파괴했지만, 제국의 시선이 닿지 않는 곳에서 민중은 여전히 그 문화적 상상력을 통해 세계를 바라보고 있던 것이다. 이러한 시선은 『산에 들에』에서 제국의 지배에 대응하는 조선 민중의 인식을 통해서 반복적으로 나타난다. 황달수 일가와 같은 민중은 표면적으로는 제국 일본이 내세우는 지배의 언어에 반기를 들지 않는다. 그러나 제국의 시선이 닿지 않는 사적인 공간이나 사회의 비공식적 대화에서 그들은 다른 시각을 거리낌 없이 표출한다. 일본의 패배를 직감하는 황달수나 불령선인으로 의심받고 있다고 생각해서 만주에서 자신의 행보를 안전한 내용으로 둘러대던 황달칠, 군사도로를 건설하는 데 동원되었을 때는 "황국신민의 한 사람으로서 대동아 성전의 한몫을 담당한다는 그런 긍지"(301)를 가진 척 위장하지만 집에서는 온갖 불만을 쏟아내는 마을 사람들처럼 말이다.

하근찬의 소설은 제국의 공식적 지배 논리와 설화의 세계와 같은 피식민자의 비공식적인 언어 사이의 간극을 반복적으로 보여준다. 제임스 스콧이 '은닉대본'이라고 불렀던 지배자의 공식 언어와 직접적으로 충돌하지 않으면서도 은밀하게 대항의 논리를 구사하는 피

지배자의 언어*는 이 작품에서는 토속적 설화의 세계로 나타난다. 그래서 제국의 언어를 학습하는 공간인 학교에서의 체험은 용길이를 제국의 신민으로 키워가지만, 삼촌이 해주는 옛 이야기들은 소년의 민족적 정체성을 자각하게 한다. 민중의 문화와 언어가 은밀하게 유지되는 제국과는 다른 정체성과 시각은 광복이 찾아온 순간에 가시화된다. 해방이 되었다는 소식과 함께 등장한 '독립', '대한', '만세' 등 조선의 언어는 제국 일본의 언어가 차지하고 있던 자리를 대체하고, '히노마루노하다'(일본기) 대신에 마을 사람들은 태극기를 들어올린다. 학교와 같은 공적 영역에서 전해질 수 없었던 것들이 민중의 문화와 말 속에서 완전히 사라지지 않고 해방이라는 변화의 순간에 돌아오는 이 과정은 『산에 들에』에서 하근찬이 조선의 산과 들이라는 토속적 세계로 향하고 있음을 선명하게 보여준다. 그는 제국의 폭력으로 작용하는 근대성이 민중의 삶에 어떤 위협을 가했고, 또 그럼에도 불구하고 사라지지 않은 것을 토속적 세계를 통해서 그리고 있다.

하근찬은 『산에 들에』에서 토속적 세계를 통해 제국의 근대적 제도 바깥에서 소년이 어떻게 성장하는지를 보여주었다. 「그해의 삽화」처럼 하근찬이 1970년대에 많이 발표했었던 일제강점기를 배경으로 한 성장 서사의 연장이지만, 『산에 들에』는 개인의 근대 체험만이 아니라, 공식화되지 못했던 토속적 민중 문화를 또 다른 주인공으로 내세운다. 하근찬이 보여주는 이 풍부한 이야기의 세계는 근대의 압도적인 폭력 앞에서도 낙천적인 희망을 잃지 않는다. 이 따뜻

---

* 제임스 C. 스콧, 전상인 옮김, 『지배, 그리고 저항의 예술: 은닉 대본』, 후마니타스, 2020, 69쪽.

한 세계를 거치며 펼쳐지는 성장기가 단단하게 느껴지는 것은 이 소설이 삶의 뿌리를 아주 깊게 내리고 있기 때문이다. 그 깊게 뻗은 단단한 뿌리는 한반도의 산야를 살았던 이들에 대한 작가의 오랜 애정을 보여준다.